산의 품안에

# 산의 품안에

김병준

## 책을 펴내며

내가 이 책을 펴낸 것은 순전히 '전홍'이라는 후배 산악인 때문이다. 1992년 서울시산악연맹이 히말라야 낭가파르바트8,126m에 원정대를 파견했을 때 내가 원정대장을 맡았고, 전홍은 대원이었다. 지금은 산악영웅으로 유명인사가 된 엄홍길도 당시 대원이었는데, 엄홍길과 전홍은 중학교 시절부터 산에 함께 다녔던 오랜 친구 사이이다.

작년 봄 화창한 어느 날, 전홍에게서 오랜만에 전화가 왔다. 느닷없이 요즘 산악인들이 글을 너무 안 읽고 안 쓴다고 투덜대더니 전화를 끊었다. 한 달 후쯤 전화가 또 왔다. 나보고 글을 쓰라고 부추긴다. 그때만 해도 그냥 웃어 넘겼다. 무더운 여름날에 또다시 전화가 왔다. 산악인으로 더 늙기 전에 책을 발간하라고 막무가내로 요구했다.

"한번 생각해 볼게."

그리곤 혼잣말로 요즘 백수라 시간 많은데 한번 써볼까? 하는 생각이 들었다.

그동안 가끔 등산잡지에 기고했던 원고를 정리해서 다시 쓰기 시작했다. 글을 쓰기 시작하자 서서히 열정이 생겼고, 나중에는 책을 내고픈 욕망이 생겼다. 흔쾌히 이 책을 만들어준 선출판사 김윤태 대표님께 깊은 감사의 말씀을 드린다. 김 대표는 '엄홍길휴먼재단'의 이사이기도 하다. 또 귀한 사진자료 등을 제공해 주신 이용대 선배님과 여러 산악인들 그리고 대한산악연맹 사무국에도 따듯하고 고마운 심정을 전해 드린다.

이 책에서 '우리나라 등산의 발전사'를 내 나름대로 나누어 짧게 정리해 보았다. 그리고 평소 산과 가까운 산사람들과 이들의 산행을 지켜본 내 생각을 적었다. 또 환갑 넘어 떠난 트레킹 중에서 잊지 못하는 순간을 몇 장면 골라보았다. 이 책을 읽는 우리 산악인들에게 조금이나마 유익했다면 또 서로 공감할 수 있다면 여러 면에서 부족함이 많은 나에게는 참으로 영광이요 기쁨이리라.

나는 유년단과 소년단을 거치며 산을 처음 알게 됐다. 소년 시절 보이스카우트의 야외활동이 참 좋았다. 록클라이밍도 고1때부터 시작했다. 이후 점점 더 산에 매료되었고, 나이 70살이 넘도록 산을 오랫동안 떠난 적이 없다. 산에 가는 것은 나에겐 신앙의 경지다. 히말라야로 향하게 된 것도 자연스럽게 이어진 내 삶이었다. 흐르는 강물처럼 세월이 빨라 어느새 나의 산행도 끝자락을 향해 간다. 몸의 이곳저곳 삐걱거리는 걸 느낀다. 앞으로 한 10년 정도 더 산에 갈 수 있으려나? 욕심은 없다. 산과 벗하며 산 친구, 산 선후배와 한잔 나누며 그렇게 늙어 가리라. 산은 내 삶의 반려자이며, 내 사랑이자 내 생명이다.

2020년 1월 김병준

# 산의 품안에

## 1. 산, 내 사랑

## 2. 내 생애의 산행 _60세 이후



## 3. 우리나라 등산의 어제와 오늘

1

# 산, 내 사랑

# 우리들의 진정한 영웅!

故 박영석 / 故 김창호 / 엄홍길 / 한왕용 / 김재수 / 김미곤

## 좌절은 있어도 포기는 없다

이 세상에는 해발 8,000m 이상의 높은 산이 14개가 있다. 흔히 14좌座라고도 하는데 이는 일본식 표기로 틀린 말이다. 봉우리로만 보면 칸첸중가8,586m에 얄룽캉8,505m을 포함해 6개봉, 로체8,516m에 로체샤르8,382m를 포함해 7개봉 등 총 36개의 8,000m 봉이 있지만, 독립된 산으로는 모두 14개의 산이고, 가장 높은 봉우리가 그 산의 정상이다. 이 자이언트 고산들은 히말라야 산맥에 10개, 카라코람 산맥에 4개가 위치해 있다.

나라별로 보면 카라코람의 4개 고산 즉 K28,611m, 브로드피크8,047m, 가셔브룸18,068m, 가셔브룸28,035m 산이 모두 파키스탄과 티베트 국경에 있고, 히말라야의 서쪽 끝에 있는 거봉인 낭가파르바트8,126m가 파키스탄에 있다. 고로 파키스탄에 5개의 8,000m 산이 있다. 네팔에는 8개의 8,000m 산이 있는

데. 이중 4개산 즉 에베레스트8,850m, 로체8,516m, 마칼루8,463m, 초오유8,201m 산은 티베트와 국경지대에 위치하고 1개산 즉 칸첸중가8,586m 산이 인도와 국경지대에 있다. 네팔에 독립적으로 위치한 산은 다울라기리8,167m, 마나슬루8,163m, 안나푸르나8,091m 3개의 산이고, 티베트에 독립적으로 있는 산은 시샤팡마8,046m 단 하나다.

히말라야 고산에는 생명체가 없다. 차가운 하늘의 해와 달과 별 그리고 매서운 추위와 바람과 눈과 얼어붙은 바위뿐. 우리가 꿈꾸어 왔던 인간을 포용하는 넓은 가슴의 산이 아니다. 등반가Alpinist에게는 날씨가 좋고, 필요한 장비를 잘 갖추고, 체력과 팀워크가 좋을 때는 멋지고 아름다운 산이 되겠지만, 조금이라도 지치거나, 방심하거나, 기상이 악화되었을 때는 한없이 비정하고 냉혹한 무서운 산이다.

때문에 2,000m 넘는 산이 하나도 없는 우리나라에서 8,000m가 넘는 고산을 단 한 번이라도 등정한다는 것은 훈련받은 산악인도 결코 쉬운 일이 아니다. 하물며 14개의 8,000m 봉을 모두 등정한다는 것은 정말 대단하다. 올림픽처럼 단시간에 이루어 내거나, 짧은 기간에 이루어낼 수 있는 기록은 더더구나 아니다. 위험천만한 높은 고도의 설·빙벽, 희박한 대기 속에서 혹한, 강풍, 눈보라 속을 뚫고, 수없이 반복되는 뼈를 깎는 고통과 인내, 숱한 좌절을 딛고 일어서는 피눈물 나는 노력, 그리고 목숨 건 자신과의 처절한 투쟁과, 불굴의 도전정신이 없었다면 불가능했다.

여기에는 함께 고통을 나눈 가족과 동료 산악인, 현지인 그리고 지원을 아끼지 않은 등산장비업체, 끝까지 격려를 해 준 후원자들의 숨은 공이 지대했음은 물론이다. 또한 히말라야의 여신이 도와주지 않았다면, 이는 한 인간의 능력으로는 결코 불가능했으리라.

좌절은 있었으나 포기는 결코 없었던 이 위대한 여섯 산악인에게 아낌없는 박수와 찬사를 보낸다. 이들은 젊은 시절 몸과 마음이 찢어지는 그 숱한 가시밭길을 이겨내며, '태산이 높다하되 하늘 아래 뫼이로다.'라는 옛 선인의 말씀을 정녕 말과 글이 아닌 행동으로 이루어낸, 우리의 진정한 영웅이다.

## 세계기록의 중요성

'세계등반사'를 볼 때, 1786년 알프스의 최고봉 몽블랑Mont Blanc, 4,807m을 인간이 처음 등정한 때부터 근대 등산이 시작되었다고 보는 견해가 지배적이다. 그 이전까지는 순수 등산의 개념이 아닌 삶의 한 방편, 또는 집단적 공격과 방어의 용도로 산을 올랐다고 보는 것이다. 이렇게 우리나라보다 대략 170년 앞서 시작된 이른바 유럽인의 철학적 의미인 등산Alpinism은 그 여명시대를 지나, 개척시대, 금, 은, 철의 시대를 지나면서 더욱 다양하게 변천을 거듭하게 된다.

한편, 인류가 등반을 목적으로 저 멀리 '세계의 지붕'이라는 히말라야 산맥을 찾은 것은 19세기 말경이었다. 이후 숱한 실패를 거듭한 끝에, 8,000m 급으로는 드디어 1950년에 프랑스에 의해 안나푸르나8,091m가 초初등됐다. 이후 최초 가을 시즌 등정1954년 오스트리아의 초오유, 최초 전원 등정1955년 프랑스의 마칼루, 최초 알파인스타일 등정1957년 오스트리아의 브로드피크 등을 거쳐 14년이 지난 1964년에 가서야 중국의 시샤팡마8,046m를 마지막으로 14개의 자이언트 봉이 모두 등정됐다.

히말라야 고산등반은 이후 양적, 질적으로 많은 발전을 거듭해 왔으며, 드디어 한 사람이 8,000m 14개봉을 모두 등정하는 대기록이 달성된 것은 1986년에 이태리의 등반영웅 라인홀트 메스너Reinhold Messner에 의해서였다.

물론 이는 혼자 힘만으로 가능했던 것이 아니었다. 주위에서 많은 사람들의 노력이 그 결실을 본 것이다. 이듬해인 1987년에 폴란드의 예지 쿠쿠츠카 Jerzy Kukuczka가 두 번째로 14개봉 완등자가 됐다.

한편, 한국인으로 제일 먼저 8,000m급 자이언트 14개봉 완등자는 엄홍길이다. 2000년 여름, K2 8,611m를 끝으로 14개 산 등정을 마무리했다. 그러나 시샤팡마 8,046m와 로체 8,516m 등정에 의혹이 제기되자 이듬해 봄에 로체, 가을에 시샤팡마를 다시 올랐다. 한편 2001년 여름에 박영석이 역시 K2를 끝으로 14개 산을 모두 등정하는 쾌거를 이룬다. 국제산악연맹 UIAA에서는 시각이 달랐다. 엄홍길의 완등시점을 시샤팡마 등정으로 본 것이다. 때문에 세계기록에는 8번째 완등자 박영석, 9번째 완등자 엄홍길로 명기되어 있다.

박영석

## 한국이 낳은 걸출한 여섯 산사나이

세계기록상 첫 번째 한국인인 고故 박영석 1963년~2011년은 1993년 봄, 세계 최고봉을 오른 것이 그의 첫 8,000m 등정이다. 그것도 무無산소로 등정했다. 뒤늦게 8,000m봉 등정에 불이 붙어 1997년에 4개봉, 2000년에 3개봉을 등정하는 놀라운 저력을 보이기도 했으며, 에베레스트 무산소 등정 이후 만 8년 2개월 만에 완등을 기록했다. 보스 기질이 강한 등반리더로 후배들을 적절히 잘 이끄는 스타일이다. 때문에 남몰래 숱한 고생을 감내하곤 했으며, 2011년 안나푸르나 남벽에서 산신山神이 될 때까지 모두 11명의 동료를 등반 중에 잃는 슬픔을 겪어야 했다. 그가 첫 시도했던 에베레스트 남서벽을 18년 후에 끝내 성공했으며, 이후 그의 진정한 꿈은 후배들이 순수 알피니즘을 계승해 나가도록 힘껏 지원하는 것이었다.

엄홍길1960년생은 '탱크'라는 별명에 걸맞게 혼자서라도 과감히 밀어붙이는 스타일로, 거친 광야에서 모진 비바람을 견뎌내며 자란 잡초와 같았다. 해군 UDT 출신. 히말라야에 갈 수 있다면 국내외 어느 팀과도 어울렸고, 대한산악연맹 원정팀에도 많이 참여했다. 실패도 많이 했다. 1986년 에베레스트 남서벽을 시작으로 22년간 그의 청춘을 불태우며 총 38번 고산에 도전해서 에베레스트 3회 등정 등 모두 20번 8,000m 봉을 등정했다. 국내 최다등정이다. 14개봉 외에 2004년 얄룽캉8,505m, 2007년 로체샤르8,382m 등정을 끝으로 고산등반을 멈췄다. 또 그동안 모두 10명의 동지를 잃었다. 이후 '엄홍길 휴먼재단'의 상임

엄홍길

한왕용

김재수

이사로 네팔 전역에 학교와 병원을 짓고 있으며, 사회 유명인사가 되었다.

한왕용 1966년생 은 비교적 차분하고 겸손한 성격으로, 두 선배의 장단점을 잘 파악해 그때그때 자신에 맞게 잘 활용한다. 1994년 초오유 8,201m 등정 이후 9년 만인 2003년 가셔브룸 2봉 8,035m 등정을 끝으로 세계 11번째 완등자 반열에 올랐다. 이 중에 엄홍길 선배와 3번, 박영석 선배와 4번 정상에 함께 올랐다. 1995년 에베레스트 등정 후 하산할 땐 뒤처진 다른 팀 대원을 정상직하에서 무려 5시간 15분을 기다린 후, 기진맥진한 그를 부축해 하산하여 상상을 초월한 초인간적인 휴머니즘을 발휘하기도 했다. 단 한 명의 동료도 잃지 않았다. 훗날 'Clean Mountain'을 제창하며 14개 고산의 청소등반을 실시했으며, 요즈음도 꾸준히 LNT Leave No Trace 운동에 적극 참여하고 있다.

김재수 1961년생 는 부산 출신으로 거칠게 자란 야생마다. 일찍이 1990년에 에베레스트를 등정했고, 1991년 대한산악연맹 팀에 선발되어 시샤팡마의 험난한 남벽을 김창선과 함께 등정했다. 1999년 가셔브룸 4봉의 거벽등반에 성공하고, 2002년에는 로체 8,516m 를 등정했다. 이후 2007년부터 뒤늦게 8,000m 레이스에 뛰어들게 됐다. 여성 산악인 고미영을 고산으로 이끌다 보니 그 자신도 함께 등정하게 된 셈이다. 2007년에 3개봉, 2008년에 3개봉,

2009년에 4개봉을 등정했고, 고미영이 낭가파르바트에서 하산 중 추락사한 후 2010년과 2011년에 각각 2개봉씩 등정했다. 4년 4개월 만의 14개봉 완등은 진정 놀라운 기록이다. 세계에서 27번째 완등자다. 현재 경남산악연맹 회장을 맡아 열심히 산악운동의 지도자로 활동하고 있다.

고 김창호1969년~2018년는 해병대 특수수색대 출신이다. 또 놀라울 정도로 학구적이다. 그는 5,000m~7,000m급 등정을 무수히 했는데 이중 7개의 미답봉을 올랐다. 세계 초初등정을 이룩한 쾌거로 한 사람이 이런 기록을 세우기는 결코 쉽지 않다. 루트개척도 많이 했다. 그는 장장 1,700여 일 동안 히말라야, 카라코람, 파미르, 힌두쿠시의 오지들을 혼자서 탐사한 대단한 모험가이며 탐험가이기도 하다. 2005년 낭가파르바트8,126m 루팔 벽으로 등정함을 시작으로 2013년 에베레스트 등정까지 14개봉을 모두 무산소로 등정했다. 이 '7년 10개월 무산소 등정'은 아직까지는 세계기록이다. 세계에서 31번째 완등자인 그는 2018년 10월,

김창호

김미곤

구르자히말7,193m 남벽 BC에서 취침 중 원인을 알 수 없는 엄청난 돌풍에 휘말려 일행 8명과 함께 숨졌다. 너무나 참담한 심정이며 애석하기 그지없다.

김미곤1972년생은 한왕용 선배에게 발탁되어 1998년 가을 마나슬루8,163m 원정에 참여했다. 그의 첫 히말라야 원정으로 등정에는 실패했다. 2년 후 2000년 초오유8,201m 등정이 첫 등정이고, 2018년 낭가파르바트 등정까지 근 20년 인고忍苦의 세월이 필요했다. 세계기록으로 40번째 8,000m 완등자다. 2001년 한국도로공사 팀이 시샤팡마 남벽에 신 루트 개척할 때 대원으로 참여했고, 이후 한국도로공사에 입사했다. '한국도로공사 산악팀'은 고산등반으론 국내 유일의 실업팀인 셈이고, 그에겐 큰 행운이었다. 2013년 가셔브룸 1봉8,068m 등반 때는 앞서 등반하는 타이완 팀이 7,700m 지점에서 추락사고가 발생하자, 어렵게 이들을 구조하기도 했다. 현재 서울시산악연맹 이사인 김미곤은 아직 젊고 앞길이 창창하다. 앞으로 산악지도자로도 대성하기 바란다.

### 국가의 영웅으로

나는 이들의 그 기나긴 세월 처절하리만큼 힘들게 이루어낸 완등을 한마디로 우리 민족의 산에 관한 무한한 잠재력의 결실로 본다. 돈을 쏟아 붓는다고 이루어지는 것도 아니고, 국가에서 많은 노력을 기울인다고 가능한 것도 아니기 때문이다. 또 완등을 이룬 외국 산악인들은 모두 4,000m~6,000m 산들이 동네 뒷산이었다.

오늘날도 유치원 어린이에게 집을 그리라면 뒷산부터 그리는 유일한 나라. 초, 중, 고교 교가에 거의 대부분 '산의 정기를 받은 학교'라고 노래하는 나라. 어린이와 노약자를 제외하곤 대부분의 국민이 일 년에 한두 번씩이라도 산을 찾는 나라. 산을 마음의 고향으로 여기면서 끔찍이 산을 사랑하고 의지하며 살고 있는 우리 겨레의 근성과 저력이 저 세계의 지붕이라는 히말라야에서 입증된 것이다. 축구하는 사람들이 많은 브라질이 월드컵 챔피언을 따내듯, 비록 낮은 산이지만 산악인 층이 두터운 한국에서 이런 대스타의 탄생은 결코 우연이 아니다.

이 여섯 영웅들을 보면 공통점이 참 많다. 우선, 낙천적이고 명랑하다. 항상 잘 웃으며, 표정이 밝다. 단순, 명료함을 좋아하며, 건장한 체력에 매우 부지런하다. 매사에 긍정적이며, 두주불사의 술 실력에, 산사나이의 의리를 매우 중히 여긴다. 또 웬만해서는 포기하지 않는, 굽힐 줄 모르는 성격도 닮았다. 산 생활에선 요리솜씨가 좋기로도 모두 소문나 있다. 이들이야말로 예의 바르고, 겸손하며 유쾌한, 우리의 정겨운 산山 친구들이다.

한편, 이들을 볼 때 늘 안타까움을 느끼곤 한다. 서글퍼지기까지 한다. 세계적인 대기록을 달성한 이 자랑스러운 민족의 긍지와 자부심을 막상 우리 국민이 잘 모르고 있다는 아쉬움이다. 물론 산악인이 히말라야 고산이나 거벽에 도전하는 것은 세인世人들에게 유명해지기 위해서가 아니며, 등산의 진정한 의미는 스포츠의 그것과는 전혀 다른 차원이다. 무상無償의 행위를 통해 산악인은 자연과 동화된다. 거친 대자연 속에서 자연을 사랑하고, 산을 사랑하고, 인간의 진솔한 삶을 사랑할 뿐이다.

그러나 이런 대기록은 또 다른 차원에서 다루어져야 한다. 이 세상 모든 나라의 국민들은 진정한 영웅을 필요로 한다. 미래를 향한 청소년들에게는 더욱 그러하다. 선진국들은 어느 분야에서건 위대한 인물이 나오면, 이를 국민의 단결과 자긍심으로 연결시키려 노력하는데, 우리나라는 어떤가. 온 인류가 존경할만한 여섯 영웅이 바로 우리 곁에 있는데, 정작 우리들이 모르고 있다는 것이 참 슬프다.

냉엄한 대자연속에서 고독한 자신과의 싸움을 이겨내며, 인간능력의 한계를 넘어보려고 그 얼마나 부단한 애를 써왔던가! 숱한 생사의 갈림길을 넘나들며, 그 얼마나 많은 좌절을 겪어야 했는가! 절망적 위기 속에서 동료의 죽음을 지켜보아야 하는 고통을 감내하며, 힘들게 등반한 후 손가락 발가락을 동상으로 자르면서도, 고소의 저산소증으로 인해 돌아와서 뇌수술을 받으면서도 이에 굴하지 않고, 불확실성의 거친 미지를 향해 목숨을 내건 이 숭고한 도전정신! 실로 위대한 업적을 남긴 한국이 낳은 세계적인 산악인! 이 땅의 수많은 스포츠의 역사를 통해, 이 여섯 사람과 견줄만한 업적을 남긴 사람이 과연 어디 있겠는가!

# 오은선과 고미영, 비극의 2009년

2009년의 두 여인을 생각하지 않을 수 없다. 오은선1966년생과 고미영1967년~2009년. 그 아담한 체구에서 어떻게 그런 엄청난 힘과 용기가 샘물처럼 솟아나는지, 희박한 대기 그 혹독한 극한 상황에서도 결코 좌절을 모르는 여걸女傑들이다. 두 원더우먼Wonder Women 모두 2009년 한 해에 4개의 8,000m 거봉을 등정하는 세계적인 대위업을 달성했다. 평소에 늘 맑고 밝은 미소로 진솔하게 산을 공부하는 두 여인은 그야말로 우리 한국여성의 표본이며, 특히 산악인에겐 감동이고 우상이며, 보람이고 자랑이다.

## 전천후 등반가 고미영의 죽음

스포츠클라이밍Sports Climbing과 빙벽등반Ice Climbing 실력은 세계무대에서도 명성이 자자한 국내챔피언이었고, 뒤늦게 시작한 산악스키Ski Mountaineering

도 일취월장, 산악스키대회에서도 우승해 산악 관련 3개 분야 전국대회 우승의 금자탑을 쌓은 역대 유일한 전천후 선수다. 아시안 여성 최초로 5.14급에 등극한 암벽등반가로 '아시아 스포츠클라이밍선수권대회'에선 6년 우승의 대기록을 세우기도 했다. 이후 거벽등반의 명 지도자로 후배양성에도 열심이던 그녀는 30대 후반의 다소 늦은 나이에 히말라야 고산등반으로 방향을 돌렸다. 김재수 대장을 만난 것은 그녀에게 큰 행운이었다.

하나 둘 등정을 거듭하더니 급기야 2009년 봄 시즌에 3개 8,000m 봉(마칼루, 칸첸중가, 다울라기리) 등정의 대위업을 달성했다. 이는 네팔 히말라야 등반사상 세계 최초의 기록이다. 더군다나 세 봉 모두 등반이 어렵기로 정평이 난 산들이다. 이 힘든 3개 험산을 한 시즌에 등정한 기록은 앞으로도 좀처럼 깨지지 않을 대기록이다. 그녀는 진정 불세출의 여성 산악인이다.

내친김에 곧바로 파키스탄으로 날아갔다. 한 템포 늦췄으면 좋으련만, 낭가파르바트에 바로 도전해 정상에 올랐으나, 하산 중 캠프2 부근에서 그만 아차 실수로 실족, 추락사했다. 불과 3달 만에 4개봉을 등정하는 대기록을 세웠지만 죽었는데 무슨 소용이 있겠는가. 그녀가 꿈꾸었던 8,000m 거봉 완등은 11개봉으로 마감되었다. 그것도 2006년 10월의 초오유 등정부터 2년 9개월 만에 11개봉을 등정한 것이다. 너무도 가슴 아픈 그녀의 죽음이고, 우리는 큰 희망의 별을 잃었다.

당시 너무나 안타까운 나머지 "한국 여인끼리 서로 경쟁함이 화를 불렀다.", "경쟁을 부추긴 스폰서가 나쁘다.", "고미영을 죽게 만든 대장과 곁에 있었던 대원이 잘못했다."는 등의 불만이 여기저기서 터져 나왔다. 그러나 시간이 흘러가며 사태는 원만히 수습됐다. 스폰서는 결코 무리한 등정을 독촉할 수 없으며, 이는 스폰서로도 득이 되지 않는다. 또 왜 경쟁심이 나

고미영

뿐가! 세상만사에 경쟁심 없는 분야가 과연 얼마나 될까? 이들의 아름다운 경쟁은 높이 평가받아 마땅했다. 또 고미영이 힘겹게 정상에 섰다지만, 캠프 4로 무사히 내려와 다음 날 무전으로 여유롭게 인터뷰까지 했다. 어려운 구간을 모두 통과한 후 거의 다 내려와 쉬운 코스에서 순간적 방심으로 일어나는 사고는 옆에 있는 동료도 어쩔 수 없는 경우가 허다하다. 우리는 오히려 누구보다 가슴 아프고 누구보다 더 큰 슬픔에 쌓인 동료대원들을 진심으로 위로하고 따뜻이 감싸야 하지 않겠는가!

고 고미영의 영결식은 2009년 7월 21일 국립의료원에서 대한산악연맹장葬으로 거행됐다. 정부에서는 체육훈장 맹호장을 추서했으며, 고인의 꿈과 도전정신을 계승하려는 '사)고미영 기념사업회'가 발족하고, 생생한 생전 모습 사진을 담은 화보집을 발간2010년 3월했다. 대한산악연맹은 2010년 10월에 '제1회 고미영컵 전국 청소년스포츠클라이밍대회'를 개최했고 이 대회는 매년 이어지고 있다. 2012년 5월에는 그녀의 고향 전북 부안군 부안스포츠파크에 고미영의 동상이 세워졌다.

## 아시아 최고의 여성 등반가 오은선

대학산악부수원대 85학번 출신으로 1993년 대한산악연맹의 '한국여성에베레스트원정대'에 참여하면서 고산등반을 시작했다. 1997년 가셔브룸 2봉을 등정했을 때는 별로 알려지지 않았지만, 2004년 에베레스트를 단독으로 등정한 이후 점차 알려지기 시작해 2006년 시샤팡마, 2007년 초오유와 K2를 등정했을 땐 어느덧 세계적으로 히말라야 고산등반의 여성 선두주자 반열에 오르게 되었다. 대망의 2009년을 맞이하며 그녀는 남은 다섯 고봉을 한 해에 모두 등정하려는 야심찬 꿈을 품었다. 남자가 꿈을 꾸기도 거의 불가능에 가까운데.

그녀는 봄에 칸첸중가와 다울라기리를 등정하고, 여름에 낭가파르바트와 가셔브룸 1봉을 등정했다. 이 역시 세계적인 엄청난 대기록 수립이다. 백전노장답게 산중생활이 늘 여유로우며, 일단 등반에 임하면 지칠 줄 모르고 과감하게 꾸준히 도전함이 그녀의 스타일이다.

가을이 되자 그녀는 의연히 마지막 남은 고산 안나푸르나로 향했다. 부산 희망 원정대, 코오롱 팀, 전남의 김홍빈 팀 등 막강한 한국 원정대 네 팀이 안나푸르나 BC에 모여 사기충천했으나 히말라야 전체를 강타한 기상악화와 갑자기 몰아치는 악천후로 한국 팀뿐만 아니라 모든 팀이 실패했다. 그러나 그녀는 이듬해인 2010년 4월에 기어코 안나푸르나 등정에 성공했다. 세계 등반 역사상 여성 최초로 8,000m 고산을 모두 등정한 영웅이 탄생하

오은선

는 순간이다. 그녀는 에베레스트와 K2 두 산을 제외한 12개의 산을 모두 무산소로 등정했다. 또 한국여성 최초로 7대륙 최고봉을 모두 등정했는데, 이는 세계에선 12번째 기록이다.

그런데 이 한국이 낳은 세계적인 여성 산악인이 난데없이 2009년 봄에 등정한 칸첸중가의 등정시비에 휘말리는 비운을 맞았다. 세상사 대부분이 그러하듯 '세계 최초'라는 역사적인 대기록 달성이 그리 순탄치는 않았나보다. 당시 이 등정시비로 인해 우리나라 산악계界는 물론 전국이 떠들썩했다.

## 알피니즘과 휴머니즘 & '세계 최초' 타이틀

당시를 회상해 본다. 등정시비는 오은선 팀이 철수한 후 뒤를 이어 오른 김재수 팀이 오은선의 수원대 깃발을 발견하면서부터다. "정상이 아직 아닌 곳에 깃발이 있었다. 돌들을 얹어놨으니 정상에서 날아온 것도 아니다."라고 말했다. 여기에 스폰서인 블랙야크가 정상 사진을 조작한 것이 알려지며 악재로 작용했고, 오은선과 함께 올랐던 3명의 셰르파 중 한 명이 "정상에 도달하지 못했다."는 치명적 발언이 도화선이 됐다.

의혹은 의혹을 낳고, 산악계는 '등정했다' '못했다'로 양분되더니 점점 확산되어 시중 인터넷이 떠들썩했고, 급기야는 SBS TV에서 〈그것이 알고 싶다〉 프로에 특집으로 오은선의 등정 의혹을 방영했다. 오은선의 마지막 등정을 다룬 KBS TV의 〈안나푸르나 생방송〉도 득과 실이 있었다. 일반 대중에겐 일약 영웅이 되었지만, 픽션Fiction으로 느껴질 때가 많아 안타까웠다. 오죽하면 《신동아新東亞》 잡지에서 "오은선에게 어떤 축하도 할 수 없다. 팀이 그녀를 정상에 데려다줬다."란 섬뜩한 제목으로 기사가 나왔을까.

이 혼란의 이면에는 "한국이 낳은 세계적인 영웅을 왜 우리 스스로 발목을 잡느냐?", "등정시비를 문제 삼은 산악인들이 무조건 나쁘다."는 동정론을 편 나이 든 어른세대와 기성세대의 착각과 관용심이 크게 일조했다. 착각이란 무상無償의 행위 등 구舊시대적 알피니즘Alpinism을 말함이요, 관용심이란 여성으로 그토록 힘겹게 올랐으면 등정을 인정하는 것이 마땅한 도리라는 휴머니즘Humanism의 포용심이다. 오은선이 악전고투해서 그 높이까지 올랐으면, 그래서 본인 스스로 등정했다고 믿고 충분히 만족한다면 더 이상 무얼 바라겠는가. 알피니즘은 누구와 경쟁하는 것이 아닌 오직 자신과의 처절한 싸움인 것을.

그러나 문제는 '세계 최초' 타이틀이다. '세계 최초'는 엄연한 속세의 기록이다. 고귀한 알피니즘과 철학적 휴머니즘과는 또 다른 차원이다. 불운하게도 등정 의혹이 거론됐으면 과학적으로 입증하는 수밖에 다른 도리가 없다. 또한 '히말라야 등반 역사'를 보면 과거 한 번이라도 등정 의혹이 거론

된 경우는 훗날 과학적인 입증 없이 등정으로 인정된 사례가 단 한 차례도 없었다.

## 안타까운 결과

오은선은 우리나라의 보배며, 우리 산악인 모두의 기쁨이다. 그러하기에 더 심한 안타까움이 가슴 깊숙이 저려온다. 돌이켜보면 세계 최초를 향한 오은선의 강한 도전에는 아쉬운 대목이 몇 있었다. 엄홍길, 박영석 등이 이미 겪은 등정시비를 오은선이라고 비껴가겠는가? 철저히 등정기록을 남겼어야 했다. GPS를 왜 지참하지 않았는지 참으로 답답하다. 블랙야크는 단순히 상표가 잘 보이게끔 정상 사진을 고쳤는데 이는 결국 우를 범한 셈이 됐다. 무엇보다 확실한 증거를 확보치 못해 '바라사브'를 곤경에 빠뜨리게 한 고용된 세 셰르파의 잘못이 가장 크다.

오은선의 칸첸중가 등정시비 덕분에 신바람 난 곳은 바로 유럽사회다. 등산의 역사와 등산문화에 대한 유럽인의 자존심은 실로 대단하다. 이들은 여성 최초의 완등을 유럽 밖의 세상에 빼앗기기 싫어했다. 더더구나 아시아의 동쪽 작은 나라의 여성에게. 그렇지만 그들의 불안은 오은선이 너무 빠른 데 있었다. 따라 잡을 수가 없었다. 그런데 오은선의 나라에서 등정 의혹이 제기됐으니 얼마나 신나겠는가.

결국 오은선의 8,000m 완등은 세계적으로 인정받지 못했다. 참 애처롭고 안타깝다. 영예의 '세계 최초 여성' 타이틀은 스페인의 에두르네 파사반이 차지했고, '세계 최초 여성 무산소 완등'의 영예는 오스트리아의 겔린데 칼텐브루너가 받았다. 오은선은 세계적으로 인정받는 인터넷 사이트인

everestnews.com, himalayandatabase.com, himalman.worldpress.com, 8000ers.com, explorersweb.com, en.wikipedia.org 등에서 'in dispute' 또는 'disputed'로 명기돼 있다. 논쟁중이란 의미는 차후라도 입증할 자료를 제출해 인정받으면 등정이고, 그렇지 못하면 등정이 아니라는 뜻이다. 훗날 등정을 입증할 과학적 자료를 어떻게 구한단 말인가!

### 산 선배로서 한 마디

오은선은 그때 분연히 일어났어야 했다. 다시 칸첸중가로 향했어야 했다. 다시 올라가라는 선배 산악인도 많았고, 무조건 도와주겠다는 지인들도 참 많았었다. 스폰서인 블랙야크도 다시 가길 원했다. 그러나 오은선은 "다시 간다면, 결국 내가 거짓말했다는 뜻 아니냐?" 하면서 등정 주장을 굽히지 않았다. 우리는 그녀의 고집을 꺾을 수 없었다. 여기에는 "너는 분명히 등정했기 때문에 다른 말은 듣지 마라. 너는 누가 뭐라 해도 확실히 완등했다." 라고 그녀의 재도전을 막은 일부 기성세대도 한몫했다. 참으로 무책임한 처사였다.

우리가 왜 역사를 배우는가. 엄홍길과 박영석의 경우를 보자. 엄홍길은 2개봉에 등정시비가 일어나자 "거 다시 오르지요. 뭐" 씩 웃으며 이듬해 두 산을 모두 재등정했다. 박영석도 등정시비가 일자 "그래요?" 하면서 다시 올랐다. 진정한 프로정신이다. 이태리의 S. 마르티니와 F.D. 스테파니는 절친한 친구로 함께 완등했다. 그러나 로체 등정 의혹이 일자 마르티니는 웃으며 다시 올랐고, 스테파니는 올라가지 않았다. 훗날 마르티니는 14개봉 완등자로 세계를 돌며 강의하며 우리나라도 초청 방문했었다. 스테파니는 13

개봉 등정자로 남아있다.

이렇듯 본인의 완등주장과 달리 세계기록에 13개봉 등정자로 남아있는 안타까운 산악인은 오은선과 스테파니 외에 영국의 A. 힌키즈, 우크라이나의 V. 테줄[작고], 스페인의 C. 파우너, 티베트의 장 리앙 등 여섯 사람이나 된다. 오은선은 현재 고려대 대학원에서 체육교육학 박사과정을 밟으며 그녀의 새로운 인생을 향해 열심히 학업에 전념하고 있다.

한편, 혹자는 등정 의혹을 제기하는 사람이 나쁘다고 말한다. 그러나 그렇지 않다. 오히려 이런 자세가 우리의 등산을 발전시킨다고 본다. 여기에서 영국의 크리스 보닝턴을 이야기하려 한다. 1975년 영국 팀은 세계 최초로 에베레스트 남서벽을 통해 등정했다. 1차 등정자는 더그 스코트와 두갈 해스톤, 2차 등정자는 피터 보드맨과 셰르파 파 템버. 2차 등정자가 정상에서 내려올 때 '힐라리 스텝'에서 혼자 오르는 마이크 버크를 만났다.

이 모두는 세계적으로 이름난 등반가들이다. 특히 마이크 버크는 4년 전 안나푸르나 남벽을 초[初]등한 베테랑 멤버다. 피터는 마이크에게 "10여 분 가면 정상이니 사진 찍고 내려오라. 남봉에서 기다리겠다."고 말했다. 날씨는 쾌청하고 마이크의 컨디션도 좋았다. 1시간쯤 지나 날씨가 나빠지기 시작했고, 피터는 파 템버와 남봉에서 1시간 50분을 기다렸다. 마이크는 돌아오지 않았다.

마이크 버크는 등반가이자 직업사진가다. 그가 정상에 도착했을 때는 쾌청한 날씨에 천하를 굽어보는 기쁨이 컸으리라. 사진을 열심히 찍었겠지. 내려오다가 날씨가 나빠지니 순간 실수로 미끄러졌을 것이라고 모두들 생각했다. 확실했다. 그러나 마이크와 오랜 등반 파트너인 크리스 보닝턴 대장은 그의 등정을 인정하지 않았다. 등정을 입증할만한 물적 증거가 없기 때문이다. 그는 유명한 말을 남겼다.

"마이크 버크의 가족에겐 참 미안하지만, 조국 영국의 신뢰성이 더 중요하다."

만일 우리의 경우라면 어떠했을까? 의리도 없고, 인정도 없는 치사한 대장이라고 욕하지 않았을까? 그 대장은 우리 사회에서 영영 매장되지 않았을까?

●●●

이 글을 마치기 전에 고미영의 죽음에 대해 한 마디 해야겠다. 낭가파르바트 당시로 돌아가 보자. 정상등정 후 캠프4에서 단잠을 잔 고미영은 아침에 일어나니 기분이 상쾌했다. 일행 모두가 그랬다. 이들은 천천히 하산을 시작했고, 어려운 구간을 다 내려오자 바로 눈앞에 캠프2가 보였다.

"캠프2에서 자고, 내일이면 BC 도착이다."

김재수 대장은 윤치원에게 고미영과 함께 천천히 오라면서 대원들에게 따뜻한 차를 대접하려고 빠른 걸음으로 텐트에 도착해 버너로 눈을 녹이고 있었다. 모두들 "오늘 산행 끝"이라며 서로 이야기를 주고받을 때 고미영은 아차 실수로 넘어지더니 빠르게 저 아래로 미끄러지며 시야에서 사라졌다.

실로 눈 깜박할 사이였고, 옆에 있던 윤치원이 번개처럼 빠르게 고미영의 옷소매를 잡았으나 그만 놓쳤다. 윤치원은 힘이 장사며, 고소에서 셰르파보다 더 빨리 걸으며, 이미 6개의 8,000m 봉을 등정한 베테랑 산악인이다. 윤치원은 자신의 실수로 고미영이 죽었다고 생각하며 늘 괴로워했다.

이듬해 윤치원은 한국도로공사 팀의 대원으로 마나슬루로 향했다. 대원들이 8,000m 부근까지 접근했으나 워낙 가스가 짙게 끼어 주위를 구별하기

오은선, 고미영과 함께 찍은 필자

도 힘들었다. 정상으로는 이런 날씨에 불가능했다. 이들은 일단 하산하기로 했지만 하산도 쉽지는 않았다. 비박을 하고 7,600m쯤 하산했을 때 맨 뒤에서 내려오던 윤치원은 고산병과 피로로 쓰러진 박행수를 발견했다. 날씨는 계속 앞이 안 보이는 최악의 상태였다. 윤치원은 지쳤지만 혼자 내려올 수가 없었다. 작년에 사라진 고미영 선배가 생각났다. 후배를 여기서 또 잃게 된다면 그는 평생을 괴로워하며 살아야 할 것이 뻔했다. 윤치원은 쓰러진 박행수를 부축하고 조금씩 내려오기 시작했다. 그러나 결국 둘은 내려오지 못했다.

다음해 도로공사 팀이 다시 마나슬루를 찾았을 때 박행수의 시신은 7,500m 지점의 넓은 푸라토에서 발견되었다. 윤치원은 찾을 수 없었다. 윤치원은 고미영을 따라갔을 것이다. 참 슬프고 가슴 찡한 이야기다.

## 네팔 히말라야 트레킹이란?

트레킹Trekking이란 말은 옛날 남아프리카 원주민들이 달구지를 끌고 정처 없이 집단 이주한 데서 유래했다고 한다. 또 다른 설說은 네덜란드어語인 'Trek여행'이 19세기 중엽 영어로 활용되면서 '모험에 가까운 여행'을 뜻하는 말로 쓰이게 됐다고 한다. 어찌되었건 유럽에선 '대자연을 찾아 서둘지 않고 느긋하게 즐기는 장거리 도보여행' 또는 '산과 들로 바람 따라 한가로이 떠나는 사색여행' 등을 말해 왔었다. 산 정상이 목적이 아니라, 산과 주변의 풍광을 즐기는 산행으로 일테면 '산악자연 탐사여행'이다. 대상지는 지구촌 도처에 즐비하다.

### 트레킹(Trekking)에 대하여

최근 들어 전문산악인들이 개발한 네팔 히말라야 등 험준한 산악길이 일반에게 알려지면서 트레킹이라는 용어는 새롭게 정착했다. 다시 말해 위험성이 높은 등반Mountaineering과 심신단련과 수양, 단합을 위해 산야山野를 걷는 하이킹Hiking의 중간 형태가 트레킹이다. 근래에 우리나라뿐만 아니라 전 세계적으로 퍼지고 있는 각종 둘레길산, 도시, 섬 등의 둘레를 걸어가는 길과 일반적인 트레일Trail 코스와는 다르며 훨씬 힘들다. 무거운 짐을 짊어지고 장거리 야영여행을 하는 백 패킹Back Packing과 그때그때 코스들을 미리 정해 걷는 트램핑Tramping은 트레킹에 해당된다고 볼 수 있다. 하루 도보거리는 보통 15~25km 정도다. 또한 이러한 트레킹을 즐기는 사람을 '트레커Trekker'라 부른다.

트레킹을 즐기려면 우선 필수적으로 갖춰야 할 몇 가지가 있다. 트레킹도 산행인 만큼 무엇보다 '진정한 산악인'이 되어야 한다. 산악인은 때로는 무거운 배낭도 잘 메고, 거칠고 힘든 코스도 잘 걸어가는 우수한 체력의 소유자여야만 하지만 이는 가장 기본적인 것이다. 스스로 '산악인'이라 칭하려면 다음의 세 가지를 항상 곁에 품어야 한다.

첫째, 대자연 속에서의 겸허謙虛함이다. 매사에 공명정대하고 순리와 도리를 따르며, 단정한 품행으로 예의를 지키는 밝은 마음이 겸허함에서 나온다. 둘째, 새로운 지식탐구와 지속적인 훈련 그리고 풍부한 체험을 말한다. 냉철한 판단으로 등산지식과 상식을 배우며, 명확하고 신속한 기술습득, 그리고 단체행동에 있어 솔선수범의 자세를 훈련을 통해 쌓는다. 셋째, 과감한 용기와 강한 인내심이다. 미지를 향한 모험심과 개척정신으로 매사에 진지한 자세가 그것이다. 그럼에도 불구하고 이 셋을 모두 지녔다고 '진정한 산악인'이라고 말할 수 없다. 여기에 하나 더 중요한 덕목을 지녀야 하는데 바로 '희생정신'이다. 산과 동료를 사랑하고, 이들을 위해 늘 희생하려는 마음을 지닌다면 그야말로 세상의 행복을 품에 안은 진정한 산악인이리라.

트레킹을 보다 넓고 깊게 즐기려면 매사에 감동적이고, 부지런해야 한다. 트레킹의 최대의 적敵은 바로 자신의 게으름이다. 나이 들어도 트레킹은 미지의 세계를 향한 무한한 도전임을 잊지 말아야 한다. 항시 진지한 호기심을 지녀야 한다. 두렵고 설레고 흥미진진하고 로맨틱해진다. 흥분되고 또 젊어진다. 트레킹을 통해 우리는 더 풍요로워지고, 더 강인해지고, 더 지혜롭고 행복해지리라. '카르페 디엠Carpe diem'이라는 라틴어가 있다. 영어로 'Seize the day'로 '현재를 잡아라.' 다시 말해 '현재 내가 처한 상황에서 후회 없이 최선을 다하자.'라는 뜻인데, 트레킹을 즐길 때도 해당되는 말이 아닐까 싶다.

트레킹의 코스는 거의 무한하다. 히말라야를 비롯해 남미 안데스, 유럽 알프스, 북미 로키 등 대표적 대산맥은 물론 전 세계의 크고 작은 산악지대에도 훌륭한 트레킹루트가 무수히 많다. 툰드라Tundra의 동토凍土와 타이가Taiga의 침엽수림, 열대의 밀림과 황량한 사막 등 오지奧地를 탐험하는 거칠고 황량한 트레킹도 있고, 아름다운 해안과 들꽃 만발한 구릉丘陵지대를 걷는 낭만의 트레킹도 있다.

또한 트레커들이 직접 짐을 나르며, 직접 요리하고 텐트치고 야영하며 걸어가는 힘든 트레킹 코스도 있고, 네팔 히말라야처럼 현지인 로컬포터가 짐을 운반해 주고, 고용한 쿡이 요리해 주는 편한 트레킹도 있다. 우리나라의 백두대간, 일본의 남북알프스 종주, 미국의 잔 뮤어 트레일 등은 로컬포터 없이 걷는 잘 알려진 트레킹 코스다.

네팔 히말라야 트레킹을 즐기는 트레커들. 멀리 에베레스트 정상이 살짝 보인다.

## 네팔 히말라야의 트레킹

세계에서 가장 긴 산맥은 남미의 안데스 산맥이다. 페루 등 7개국으로 이어지는 약 7,200km의 대산맥으로 높이 6,000m 이상의 산이 100여 개에 이른다. 또 세계에서 가장 높고 험한 산맥은 카라코람 산맥이다. 인도 잠무 카슈미르와 파키스탄 북부로 이어지는 약 400km의 카라코람 산맥에는 세계 2위봉 K2를 포함해 4개의 8,000m급 고산과 7,500m 이상의 고봉만도 20개가 넘는다. 그럼에도 불구하고 '세계의 지붕'이라고 부르는 산맥은 약 2,500km의 히말라야 산맥이다. 서쪽의 파키스탄에서 동쪽의 부탄까지 이어지는 대산맥으로 10개의 8,000m급 고산이 여기에 있다.

히말라야 산맥이 보유한 이 10개의 자이언트 산중에 낭가파르바트파키스탄와 시샤팡마티베트를 제외한 8개의 산이 네팔과 네팔 국경에 몰려있다. 그래서 네팔은 신들의 고향 히말라야 자락에 위치한, 모든 산악인의 영원한 꿈이며 파라다이스다. 위 8개 자이언트 산은 카라코람 산맥처럼 한 군데 몰려 있지 않고 넓게 퍼져있는데 이를 동쪽부터 나열하면 칸첸중가, 마칼루, 에베레스트와 로체, 초오유, 마나슬루, 안나푸르나, 다울라기리로 워낙 산 덩치가 크기에 각각 자체의 산군을 이루고 있다. 이외에 7,000m급 산군으로 로왈링, 랑탕, 가네쉬 등과 북쪽의 무스탕, 돌포, 서쪽의 사이팔, 아피 등도 웅장하고 아름다운 산군으로 훌륭한 트레킹 코스다.

히말라야 원정Expedition은 크게 둘로 분류하는데 바로 등반과 트레킹이다. 등반은 6,000m~8,000m대의 산을 오르는 것으로 등정登頂이 목적이며, 네팔 관광성의 사전허가가 필요하다. 산의 높이에 따라 입산료는 많이 차이가 난다. 또 등반루트의 난이도에 따라 제반비용, 일정 등이 달라진다. 트레킹은 일반적으로 5,000m급 이하의 산속을 걷고 야영하며 즐기는 것이다. 간혹 6,000m대의 트레킹피크를 등반하는 경우도 있다. 이때는 반드시 네팔등산협회NMA에 소정의 입산료를 지불하고 사전허가를 받아야 한다.

등반은 무엇보다 전문적인 등반실력과 강력한 의지 및 동료와의 팀워크와 파트너십이 반드시 필요하지만, 트레킹은 산악인으로서의 어느 정도 체력과 정신적인 성숙함과 여유가 있으면 된다. 물론 파트너십도 중요하다. 히말라야 트레킹만큼 정신을 맑게 해 주고 온몸에 새로운 힘이 솟아나는 힐링Healing이 또 어디에 있을까싶다. 네팔의 산군들은 어느 곳이든 무척 아름다워서 해마다 전 세계에서 히말라야를 체험하려는 수많은 산악인들이 몰려와 각자 원하는 코스대로 트레킹을 즐기고 있다.

안나푸르나 BC(베이스캠프)로 향하는 트레커들

## 네팔 트레킹 코스의 등급

네팔의 트레킹 코스에는 거의 차가 다니는 도로가 없다. 그러나 깊은 산 속에도 원주민들이 살고 있으며, 다른 지역과의 교역도 활발해 당연히 길이 있고 삶에 필요한 생활설비도 최소한은 갖추고 있다. 깊은 산길을 걷다가 간혹 마을의 찻집에서 쉬어가고, 전망 좋은 로지Lodge에서 숙박하며 참 산행의 즐거움을 찾는 것이 바로 트레킹의 묘미다. 기간은 보통 1주일~3주일 정도로 더 길게 잡을 수도 있다.

트레킹 코스는 주위의 자연환경과 마을의 편의시설에 따라 비교적 쉬운 코스부터 다양하다. 약 20년 전부터 유럽에서는 네팔 히말라야의 트레킹 코스를 EasyE, 초급, ModerateM, 중급, HardH, 또는 Strenuous, 고급, Extreme HardEH, 최고급 등 4단계로 구분해 왔다. 일반적으로 3,000m급 이하 고지를 오르내리는 코스를 초급E 코스라 하며, 히말라야 자락의 낮은 구릉지 산책 코스 및 안나푸르나 산군의 푼힐3,210m이 여기에 해당된다.

중급M 트레킹 코스는 남쪽 안나푸르나 BC4,130m 트레킹을 시작으로 랑탕, 사이팔, 아피, 가네쉬, 로왈링, 마나슬루 BC, 에베레스트 BC 등이다. 눈이 오면 아이젠이 꼭 필요한 코스로 특히 에베레스트 산군은 워낙 찾는 사람들이 많기 때문에 곳곳의 로지 등 시설이 매년 편리해지고 가격은 점점 비싸지지만 쉬운 트레킹 코스로 변했다. 에베레스트를 전망하는 칼라파타르5,550m도 중급M으로 친다.

고급H 코스는 주로 5,000m 대의 패스Pass, 현지말로 '라'를 넘고 4,000m 대의 빙하를 횡단하는 험난한 코스로 아이젠, 스패츠는 물론 동계장비를 갖춰야 한다. 라르꺄 패스5,213m를 넘는 마나슬루 라운드, 프렌치 패스5,360m를 넘

고급 코스의 트레킹 길에서는 간혹 텐트를 치고 야영생활도 즐긴다.

는 다울라기리 라운드, 랑탕 산군의 간자라5,106m와 틸만 패스5,320m, 에베레스트 산군의 콩마라5,535m, 촐라5,368m, 렌조라5,360m 및 무스탕 지역의 테리라5,577m 등이 여기에 해당된다. 무스탕 서쪽의 상 돌포Upper Dolpo 지역에는 5,000m 넘는 고개가 무려 13개가 있다. 투르부긴4,310m을 넘는 북쪽 안나푸르나 BC, 마칼루 BC, 다울라기리 BC, 칸첸중가 BC 트레킹도 고급으로 분류된다. 트롱라5,416m를 넘는 안나푸르나 라운드는 고급으로 분류되지만 요즘은 중급에 가깝고, 칸첸중가 남북 BC 트레킹은 워낙 주위 경관이 좋아 환상적인 트레킹으로 알려져 있다.

최고급EH으로 분류되는 코스는 산군과 산군 사이의 패스를 넘는 최고난이도 트레킹 코스로 마칼루와 에베레스트 사이의 밍보라5,845m, 이스트 콜6,100m, 웨스트 콜6,143m, 셀파니 콜 패스6,146m, 암푸랍차일명 아마랍차, 5,787m 등과 로왈링과 쿰부지역으로 이어지는 타시랍차 패스5,755m, 무스탕 동쪽의 사리봉 패스6,050m 등이다. 또한 6,000m대의 모든 트레킹피크 등반은 최고급에 해당된다. 확보장비와 동계등반장비는 반드시 필요하다. 한편, 네팔과 티베트 국경지대에는 크고 작은 산군들이 이어지고 아직도 미개발 오지가 많아 이 지역들을 트레킹하려면 특히 안전에 유의해야 한다.

현재 네팔트레킹협회TAAN와 북미, 유럽의 트레킹전문회사가 발표한 등급이 조금씩 차이가 나고, 같은 등급도 날씨와 계절에 따라 당연히 난이도가 달라진다.

## 그레이트 히말라야 트레일(GHT, Great Himalaya Trail)

새로운 트레킹 코스가 생겼다. 네팔트레킹협회가 3대 인기 높은 트레킹안나푸르나, 랑탕, 에베레스트 등 몇 군데에 너무 많은 트레커가 몰리는 것에 대한 다른 지역과의 경제적 불균형 해소 등을 위해, 야심작으로 새롭게 개척한 뉴모드 트레킹이 바로 GHT다. 미국서부 멕시코 국경에서 캐나다 국경까지 잇는 PCT4,300km에 자극 받아서인지 네팔 히말라야를 동서로 횡단하는 대장정이다.

동쪽 끝 인도와의 국경지대의 칸첸중가에서 시작하는데 칸첸중가로 가기 위해선 비행장이 있는 '타플레중' 마을에서부터 칸첸중가를 향해 올라가며 시작해야 한다. GHT는 네팔 서북쪽 티베트와의 국경 마을 '힐사'에서 끝나는데 모든 코스는 두 종류로 나눠져 있다. 현존하는 트레킹 코스들을 연결

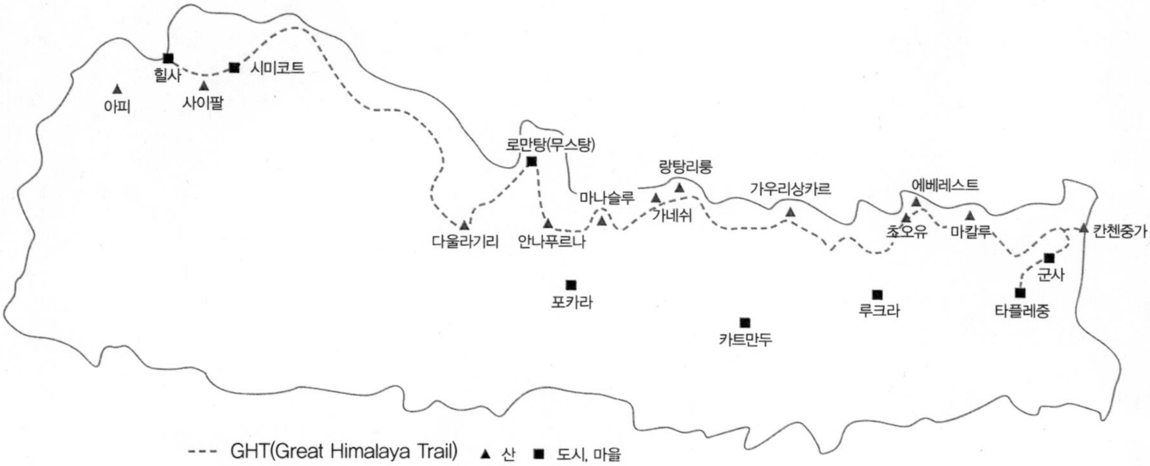

네팔 중부 북쪽 티베트와의 국경지대로 가는 트레킹 팀

하는 높은 트레일Upper Trail은 전장 1,700km로 대략 150일 정도 걸린다. 또 새롭게 낮은 지역으로 연결한 트레일Lower Trail은 1,500km에 대략 90일 정도로 다양한 부족들의 문화전통 체험이 키포인트로 포함되어 있다.

높은 트레일의 경우 일정이 너무 길고, 대부분 캠핑 트레킹으로 이루어지며, 대원과 로컬포터의 체력의 한계와 금전적 부담으로 인해 크게 3단계칸첸중가~쿰부, 로왈링~안나푸르나, 무스탕~힐사 또는 6단계 및 9단계로 나눠 이어가기도 한다. 이 대장정은 일반 산악인에게는 적극 권하고 싶지 않다. 트레킹의 진정한 맛과 멋은 어디까지나 서두르지 않는 느긋함에 있기 때문이다. 그러나 네팔을 자주 찾는 트레킹의 고수급 산악인에겐 권하고 싶다. 여러 번으로 나눠 이어나가는 것은 어쩜 지구촌의 그 어느 코스보다 진지하고 모험적이며 추억에 오래 남으리라. 좋은 산 벗님들과 함께 떠난다면 더없이 즐거울 것이다.

최근 들어 세계 각지에서 모험심과 탐험정신이 강한 젊은 트레커들이 이곳에 몰리기 시작하면서 마치 경주를 하듯 기간도 점차 빠르게 단축되고 있다. 어느 나라의 누구누구가 며칠 앞당겼다는 등 뉴스에 간혹 보도된다. 그러나 이를 귀담아 들을 필요 없다. 거듭 강조하거니와 트레킹의 진정한 의미는 빨리 가는 데 있지 않다. 기록 단축하기에는 주위 풍광이 너무 아깝고, 걷는 중에 일어나는 모든 것이 다 소중하기에 항시 여유가 있어야 한다. 현재 우리나라 젊은 트레커 사이에도 GHT에 대해 서서히 관심이 높아지고 있다.

# 영원한 청년, YD 김영도

YD는 '1977년 에베레스트 원정대원'들이 부르는 김영도 선생님의 약칭이다. 내가 YD를 처음 뵈었을 때가 1975년 1월 초순경이다. 당시 내 주위의 여러 등산 선배가 대한산악연맹에서 에베레스트 등반훈련을 하니 참가해 보라고 권했다. 좋다 한번 신청해 보자. 중구 다동에 있는 연맹사무실을 찾았다. 낯익은 산악인들이 왔다갔다 북적거리는데 한쪽 책상에 한 조그만 중년 신사가 앉아계셨다. 분위기를 보니 아마 훈련단장인가 보다. 두터운 안경테에 꼼꼼히 따지는 폼이 마치 호랑이 선생 아니면 엄한 형사 같았다. 나중에 알고 보니 대한산악연맹 부회장에 국회의원이란다. 성함은 김영도金永棹.

훈련은 참 재미있었다. 전국 각지에서 모인 선후배 산악인들을 사귈 기회도 좋았고, 함께 훈련받는 재미가 쏠쏠했다. 만족스러운 산행이었다. 한 달쯤 지났을까? 대한산악연맹에서 나오라는 전화가 왔다. 나가니 YD께서 직접 이것저것 물어보시는데 뜻밖에 다정다감하고 자상하시다. 아무래도 뭔가 이상하다. 금년에 정찰대를 현지로 파견한다는데 아마 내가 대원으로 선발되나 보다. 드디어 제1차 정찰대는 최수남 대장 외 6명으로 구성됐다.

이 정찰대원들에게 1975년은 완전히 에베레스트 원정을 위한 한 해였다. 1월과 2월의 설악산 훈련, 3월에 정찰대원 선발, 4월부터 7월까지 국내훈련과 정찰준비, 8월부터 11월 중순까지 무려 107일간 현지정찰 활동, 11월의 정찰보고서 작성, 12월의 사진 및 장비전시회 등 정찰대원들의 1975년은 에베레스트가 전부였다. 딴 생각할 여유가 없었다.

● ● ●

YD의 커피 사랑은 유명하다. 지난날 YD 댁을 방문하는 사람들은 누구나 깊고 그윽한 커피 맛에 경탄驚歎하기 마련이다. 아담한 나무들이 주위를 감싼 넓은 잔디마당에 단아한 이층집, YD 자택을 방문하면 아래층 응접실로 안내받는다. 사치하지 않은 우아하고 고상한 분위기. 가운데의 벽난로가 운치 있고, 한쪽 벽에는 YD의 작품사진이 큼직하게 걸려있다. 이 컬러사진은 국전國展 '사진부문 특상'을 받은 바티칸의 성 베드로 대성당 내부에 햇살이 드리우는 아침장면이다. YD는 프로 빰치는 사진 실력으로 유명했다.

고풍古風과 현대가 조화를 이루며 격조 높은 클래식 선율이 은은히 흐르는 가운데, 부인께서 포터블 스토브를 테이블 위에 갖다 놓고 커피를 끓이신다. 보글보글 커피의 독특하고 강한 향기가 퍼지며 먼저 주위 분위기를 완전히 압도한다. 이어 부인께선 직접 손님들에게 일일이 커피를 따라주시는데 그 맛이 또한 요샛말로 죽여준다. 어느 가정이든 남편의 고상한 품위는 부인의 커피 내리는 솜씨에 좌우한다 해도 틀린 말이 아니니라.

김영도 선생의 최근 모습

'커피 박사' 칭호는 하루아침에 받은 것이 아니다. 우선 YD는 커피에 관한 전문서적들 거의 전부를 갖고 계신다. 커피는 어떻게 발달되어 왔고, 종류는 어떤 것들이 있고, 어떻게 끓여야 제 맛이 나고, 각국의 다방분위기, 커피에 얽힌 여러 에피소드 등 그의 커피이야기를 들으면 시간 가는 줄 모른다. 재미있는 건 YD의 커피 발음이 언뜻 '코피'로 들린다는 점이다.

1977년 가을, 에베레스트 원정 때다. BC에 아담한 휴게실을 건설하고 YD는 알라딘 석유난로에 언제나 커피를 끓였다. 거친 산행에서 돌아와 황량하고 두려운 아이스폴을 바라보며 진한 커피향기 벗 삼아 대원들은 YD와 담소를 즐겼다. 우리는 이곳을 '아이스폴 뷰 커피숍'이라 불렀다. 추억이 아른거린다.

이 시대의 영원한 로맨티스트 YD는 요즈음도 꼭 시내의 롯데백화점에서 커피를 직접 구입하신다. 물론 커피숍도 즐겨 찾는다. YD와 담소를 나누다 보면 마냥 즐거워 몇 시간이 금방 지나가 버린다.

● ● ●

나도 이미 칠순이 지난 나이지만, 이제껏 살면서 YD처럼 한 여인을 끔찍이 사랑한 분을 만난 적이 없다. YD는 6·25 전쟁 통에 부인을 만나 결혼했다. YD가 통역장교일 때다. 부인은 서울의 명문 진명여고를 나온 재원으로 다방면에서 해박한 지식과 지혜가 넘치는, 보기 드문 미인으로 신식 여인이었다.

YD는 바로 위 아이스폴 뷰 커피숍에서 가끔씩 그 옛날 학창 시절에 전쟁이 터지자 육군에 지원한 이야기, 장교가 되기 전에 분대장 사병으로 전투에 투입되어 동생을 포함한 분대원 모두가 죽고 홀로 구사일생 살아난 이야기, 전쟁 때 만난 부인과의 사랑이야기, 가난했던 신혼살림 이야기 등 괴롭고 또 즐거웠던 잊지 못할 추억들을 우리에게 들려주시곤 했다.

당시는 통신망 등이 발달치 못해 한국과 에베레스트 BC와의 주고받는 소식 전달은 메일러너가 있어야 가능했다. 등정하고 나서는 BC를 철수한 후 카트만두에 도착해서야 고국의 편지를 볼 수 있었다. 한번은 무슨 보고사항이 있어 YD 방으로 들어갔다. YD는 한 편지를 보며 울고 계셨다. 슬쩍 글을 보니 바로 부인께서 보낸 편지다.

"여보! 정말 훌륭한 일을 해 내셨어요……."

YD 부부의 두터운 정은 우리 젊은이들의 표상이었다. 언젠가 말씀하셨다.

"난 제일 행복한 순간이 하루 일을 끝내고 집에 돌아와 마누라가 해 준 저녁밥을 단둘이서 함께 먹을 때라오."

부인께선 돌아가시기 전 몇 년을 투병생활로 매우 고생하셨다. 그 오랜 기간, YD는 자식들에게 맡기지 않고 손수 부인의 곁에서 병간호와 온갖 수발을 다 드셨다.

● ● ●

"요즘은 책을 갖고 다니는 사람이 드물다. 그러나 나는 한 번도 책을 갖고 다니지 않은 적이 없다."

YD의 어록語錄 중 하나다. YD는 엄청난 독서광이다. 또 늘 정독精讀 하신다. 마음에 드는 산악서적은 우리 글로 번역도 즐겨 하신다. YD처럼 완벽하게 번역하는 역자譯者는 아마 없으리라. 예를 들어 라인홀트 메스너 책의 경우, 매 문장마다 독일어 원서, 영어 번역서, 일어 번역서를 함께 같이 보며 번역하신다. 그러니 시간은 오래 걸려도 작가의 숨은 뜻과 깊은 심정을 충분히 느끼며 번역하게 되는 것이다. 인기를 좇는, 또 시간에 쫓기는 일반 서적 번역과는 그 근본이 다르다.

그래서 YD가 번역한 책은 이따금 오리지널 책보다도 더 내용이 원작에 가깝다고 느껴진다. 모르긴 몰라도 90대 중반이신 지금도 뜨거운 열정으로 산악서적을 번역하고 계실 것이다.

YD는 독서와 번역뿐만 아니라 글쓰기도 좋아하신다. 지금도 다양한 내용의 칼럼을 등산전문지 등에 기고하신다. 읽기에 전혀 부담이 없다. 수준 높은 글인데도 보기 시작하면 끝까지 쉽게 읽어나가게 된다. 분명 YD의 글에는 그 어떤 마력魔力이 있는 듯하다. 연세 90대 중반의 노인이 아직도 창작 글을 쓴다는 것도 쉽게 이해되지 않는다.

그런데 더 놀라운 점은 늘 200자 원고지를 사용하시는 데 있다. 요즘은 누구나 인터넷으로 글을 쓴다. 중간에 글을 고치거나 보완하기 수월하다. 참 편리한 세상이다. 그러나 YD는 예나 지금이나 200자 원고지에 만년필로 글을 쓰신다. 여기에 더욱더 놀라운 것은 그의 원고지를 보면 고친 부위가 많지 않다는 점이다. 생각과 느낌을 바로 글로 옮기는데 어쩜 이리도 글의 흐름이 간결하고 명확할 수가…! 진정 경이로울 따름이다. 오스트리아 태생의 천재작곡가 볼프강 아마데우스 모차르트의 오리지널 악보가 별로 수정 부위가 많지 않은 것으로 유명한데, YD가 쓰신 원고지가 꼭 그러하다.

• • •

YD는 설득력 있게 말씀을 참 잘 하신다. 말끝에 강한 카리스마가 풍긴다. 어쩜 그리도 말씀을 잘 하시는지 듣는 우리는 감히 아무 반론을 못한다. YD는 한때 독설가毒舌家로도 유명했다. 77 KEE한국에베레스트 원정대 당시, 등반을 성공리에 끝내고 카트만두로 돌아왔을 때다. 하루는 우리 팀을 맡은 용역회사 대표 마이크 체니영국인가 원정대를 방문했다. YD는 그에게 나이케포터들의 우두머리들이 포터 3일치 임금을 갖고 도망가 2중으로 지불했으니 마땅히 책임을 물으며 갚으라고 했다. 그러나 영국신사임을 내세우며 그 사건은 전혀 들은 바 없으며, 원정대는 네팔에서 가장 큰 용역회사의 사장이자 최고 실력자인 자신에게 응당 고마움을 표시해야 한다는 고자세였다. 여기에 대한 YD의 대답은 "SON OF A BITCH!" 그는 한 동양인에게 혼쭐이 나서 도망치듯 빠져나왔다.

YD는 6·25 전쟁 이후 세상사 매사에 공부하고 탐구하는 그리고 도전하는 자세로 살아왔으며, 부정한 마음과 행위와는 거리가 먼 대쪽같이 강직한 외길인생을 걸어왔다. 그래서 혹자는 YD를 고집불통이라고 하지만 결코 그렇지 않다. 기실 YD만큼 합리적인 분도 드물다. 대화를 할 때도 상대의 눈높이에 맞추며, 대화 폭이 넓으시다. 다방면에 박식하시고 지기지우知己之友들과 대화를 즐기신다. 대화중에도 곧잘 웃으신다. 술도 한두 잔은 하신다. 가끔 옛 생각이 나면 눈물도 흘리시는 다정다감한 노신사다.

지하철에서의 YD 모습을 잊지 못한다. 그는 요즘도 좌석이 텅텅 비지 않는 한 결코 앉지 않는다. 노약자석 근처에는 가지도 않는다. 한 손에 손잡이를 잡고 한 손에 책을 들고 독서삼매를 즐기는 건강하고 진지한 삶을 사는 멋쟁이 노인이다.

●●●

지난 2007년 에베레스트 등정 30주년을 맞이하여 대원들은 네팔로 향했다. 에베레스트 BC를 찾아갔다. 카트만두에서의 기념파티 때 만난 대원들과 당시 셰르파들은 첫눈에 못 알아볼 정도로 모두들 초로初老의 모습으로 변해 있었다. 서로 얼굴을 어루만지며 눈물을 흘렸다. 특히 대장이며 당시 대한산악연맹 회장인 YD는 남달리 감회가 깊었으리라. 1971년 입산 신청부터 국내훈련, 현지정찰, 원정 후 펴낸 몇 권의 보고책자 등 '77한국에베레스트 원정대'는 처음부터 끝까지 YD의 작품이라 해도 과언이 아니다.

요즈음도 YD는 이따금 산악행사에 나오신다. 한번은 격려사에 이런 말씀을 하셨다.

"나는 사람들을 두 종류로 봅니다. 산에 다니는 사람과 안 다니는 사람. 산에 다니는 사람도 나는 둘로 나눕니다. 산山 책을 보는 사람과 안 보는 사람. 산 책을 보는 사람도 둘로 나눕니다. 산행 후에 글을 쓰는 사람과 안 쓰는 사람."

YD의 격려사는 언제나 명名 연설이다. 그의 말씀을 들을 때마다 늘 두 가지 감정에 휩싸인다. 어쩜 저리도 선배 어른으로 꼭 필요하고 적절한 말씀을 해 주실 수 있을까! 하는 감탄과 저 양반이 안계시면 누가 과연 저 자리를 메울 수 있겠나? 하는 우려가 그것이다.

90대 중반의 연세임에도 지하철에서 서서 책 보시는 분. 90대 중반의 연세임에도 강의할 때 마이크 없이 쩌렁쩌렁하게 젊은 혈기를 불어넣으며 열강하시는 분. 90대 중반의 연세임에도 보석같이 훌륭한 글을 창작하시는 분. 그것도 왕성하게.

YD는 우리나라 산악운동의 발전과 산악문화의 정착에 흔들리지 않는 주춧돌이며 자긍심이고, 교훈이며 미래다. 우리의 영원한 정신적인 지주로서 앞으로도 지금처럼 항상 밝고 건강하게 사셨으면 좋겠다. YD! 내가 진정 존경하는 분, 선생님을 사랑합니다.

# 산악인 김인섭

여기 한 산사나이가 있다. 70대 중반의 할아버지. 낙천적이며 음악과 미술을 좋아하고, 다방면으로 해박한 지식을 지닌, 영어와 인도어, 네팔어에 능통한 멋쟁이 여행가. 돌이켜보면 1960년대와 1970년대 우리나라 클라이밍세계의 첨단을 이끌던 사람. 그러나 불운하게도 빛을 못 보고 사라진, 현존하는 산악인들에겐 오래전에 잊혀져버린 인물. 우리 등산 발전사에서 빼놓을 수 없는 첨예산악인 한 분을 한 치의 가식과 과장 없이 소개하고자 한다.

이 분은 내 고등학교서울사대부고 4년 선배다. 같은 보이스카우트 출신으로 나에게 고1때 록클라이밍의 세계를 가르쳐준, 말하자면 내 등산 사부師父이시다. 1975년 에베레스트 정찰 40주년을 자축하기 위해 2015년 봄에 이 선배와 둘당시 정찰대원들이 에베레스트 자락을 다시 찾기도 했다.

## 은벽산악회 창립

김인섭金仁燮. 1944년생. 그가 처음 록클라이밍에 빠져든 것은 중2 1958년 때이다. 한선호 전 순천향병원장 등과 함께 김동수 선배 중앙고OB로부터 암벽등반을 배웠다. 이어 고1 때 스노우알파인Snow Alpine 클럽 창립에 참여했다. 안영찬 한양대OB, 김진수 동국대OB 등 선배와 고교생으로는 권오성 대신고, 황석영 경복고 등과 함께였다. 그런데 회원들이 줄줄이 군에 입대하면서 갑자기 유명무실한 클럽이 됐다. 그는 건국대학교 지리학과에 재학 중이던 1964년에 엄광일, 이건우 등과 은벽산악회를 창립하며 후배들을 모았다. 당시 고1이던 나도 이때 창립회원으로 참여했다. 그 즈음 서울의 록클라이밍세계는 삼각산 인수봉파와 도봉산 선인봉파로 나뉘었는데 그는 선인봉파의 대표주자 중 하나였다. 그는 참 열심히 외국 산山 서적들을 읽곤 했었다. 산 서적에 심취할수록 등산의 무한한 세계에 빠져들었다. 어느덧 주위에서 늘 공부하는 클라이머로 유명해졌다.

은벽산악회 회원들은 심벌마크 배지를 항시 옷에 달고 다닐 정도로 긍지가 대단했다. 1968년엔 회장인 그의 뜻에 따라 본격적인 회지會誌 《은벽銀壁》을 창간했는데 내용이 진취적이고 학술적이라 주위에서 큰 호평을 받았고, 이는 어쩌면 '순수클라이밍 산악회지'로는 국내 첫 번째일지도 모른다. 이어 1969년에 선인봉에 '은벽길' 코

산악인 김인섭의 최근 모습

스를 개척했다. 이때 그는 새로운 수평하켄을 고안해 직접 대장간을 찾아가 제작하기도 했다.

### ENSA 교육

대망의 1970년대가 되었다. 1971년 12월, 한국산악회에서 8명이 프랑스국립스키등산학교ENSA의 교육을 받고 돌아왔는데 이에 자극받아 과감히 '모리스 엘조그' 샤모니 시장市長에게 편지를 썼다. 번역은 프랑스어에 능통한 명동성당의 장익 신부神父, 장면 박사의 동생를 찾아가 부탁했다. 장 신부님은 독일 유학파에 알프스에서도 오래 공부했던 인텔리였다. 6개월 후 한 통의 편지가 프랑스에서 날아왔다. 발신인은 '모리스 엘조그' IOC 위원으로 모리스 엘조그는 1950년 인류 최초로 8,000m 봉을 등정한 산악인으로 1958년부터 6년간 프랑스 청소년체육부장관Minister of Youth & Sports을 지낸 후 산골 마을 샤모니로 내려가 시장으로 재직할 때였다.

1972년 8월, 그는 후배 산악인 3명과 프랑스로 가서 ENSA의 '국제아마추어리더' 2주 과정을 이수했다. 이 과목교육은 국내 최초의 일로 당시 영국, 이태리, 그리스 등 8개국에서 48명이 함께 교육받았다. 이어 히말라야 등반의 산증인인 도미니끄 교수로부터 '고산등산학'을 10일간 연수받았다. 이후 국내 최초로 알프스 최고봉 몽블랑4,807m을 등정했다.

ENSA 교육을 마친 후 시몽, 밀레, 라프마 등 여러 등산장비회사를 방문했다. 이때 선진화된 서구제품에 크게 감명 받고, 귀국 후 국내 등산장비 현대화에 앞장설 결심을 한다. 귀국하자마자 그는 우선 전년도 교육 팀과 달리 ENSA에서 교육받은 피켈사용법 등 신新기술을 열심히 전수傳授하기 시작했다. 마침 1971년부터 서울산악회의 겨울등산학교가 매년 1월 설악산 일원에서 열렸는데 1973년부터 시작된 그의 강의는 새로운 빙벽등반의 혁신을 불러일으켰다. 등산잡지를 통해 암벽과 빙벽등반의 신기술 보급에도 앞장섰다.

## 장비개발에 나서다

1973년 봄, 그는 서울 종로 청계천1가에 등산장비점 '설산장雪山莊'을 오픈했다. 당시 외제장비는 보따리장사 수입품?이 대부분이고, 시장에선 미제 군용장비가 주종을 이루고, 국산 제조장비는 질적으로 매우 열악할 때이다. 그는 등산화 공장과 배낭 공장, 등산복 공장을 차례차례 개업했다. 모두 시작은 수작업으로 가내공업 수준이었지만 그의 꿈은 훗날 세계 최고품으로 인정받는 국산 등산장비회사 경영이었다. 오늘날 국산제조 선두그룹인 블랙야크의 전신 동진산악, 코오롱스포츠, K2 등은 아직 오픈도 하지 않았을 때이다. 당시 록클라이밍슈즈는 송림, 미성, 멜본이 대세였는데 그의 '설산장' 암벽화는 독특한 제조방식과 스타일로 점점 인지도가 높아졌다. 배낭도 새로운 스타일로 전문 클라이머에겐 인기 독점품목이 됐다. 그가 제작하는 등산복 중에선 윈드재킷, 닉카바지 및 젤트색 등이 인기 있었다.

아침에 일어나면 등산 서적부터 읽기 시작하고, 이론과 실기에 해박하며, 등반장비 디자인에 늘 몰두하는 그는 이미 직업등산가였다. 1972년에 모래내금강 김수길 사장을 통해 국산아이젠에 혁신을 가져오자 곧바로 김수길 씨를 찾아가 샤르레모제 양날 톱니의 피켈을 모방 제작케 했던 장본인도 바로 그다. 이후 윔퍼형型 텐트도 도안, 제작했다. 주문 수량은 점차 늘어났다. 4계절 관계없이 장사가 잘 됐다.

## 한국등산학교 창립과 에베레스트 정찰

1974년 1월 겨울등산학교가 끝나자 그는 몇 사람이 모인 자리에서 4계절을 아우르는 상설 등산학교 설립을 제안한다. 이왕이면 문교부의 정식인가를 받기를 원했다. 이때 그의 발언에 동조한 분이 당시 국회의원으로 서울시산악연맹 회장인 권효섭 선생이다. 권효섭 회장과 그는 의기상투意氣相投해 곧바로 등산학교 설립에 앞장섰다. 여기에 산악계 원로 안광옥 선생과 강호기, 김경배 씨가 합류해 '거부권을 행사할 수 있는 5인 발기위원'으로 등산학교를 설립했다. 당시 대한산악연맹, 한국산악회를 초월해 전국 규모의 국내 최초 상설 등산학교로 그 학교가 바로 '한국등산학교'이다. 또한 그는 한국등산학교의 홍보를 위해 1974년 여름부터 〈일간스포츠〉에 매주 수요일 '등산교실'을 1년 반 동안 연재했다. 한국등산학교 이름으로 연재했지만 그 원고는 100% 그 혼자서 작성한 것이다.

등산장비 제조, 판매와 등산학교 강의와 원고 등으로 바쁘게 산악활동을 하고 있을 1974년 말에 대한산악연맹 부회장이며 국회의원인 김영도 선생으로부터 77에베레스트 원정 훈련대의 트레이너를 맡아달라는 부탁이 왔다. 이듬해에 파견할 에베레스트 1차 정찰대의 부대장 직책도 함께였다. 그는 흔쾌히 받아들였고, 서서히 에베레스트에 총력을 기울이기 시작했다. 1975년은 그에게 오직 에베레스트를 위한 한 해였다고 해도 과언이 아니다. 정찰대원은 기자 포함 모두 7명으로 각자 맡은 임무가 있었지만, 세부계획과 일본에서 장비구입, 현지일정 등 일체 기획은 그의 머리에서 나왔다. 경비행기 타고 웨스턴 쿰Western Cum 상공에서의 공중정찰을 시도한 것도 바로 그였다. 매사에 철두철미했고, 선견지명의 슬기로움과 예지叡智가 돋보였다.

그러나 기쁨 뒤에는 슬픔이 있다고 했던가. 그가 산악인으로서의 첫 슬픔은 귀국 후에 현실로 나타났다. 네팔에 가 있는 사이에 사랑했던 후배 산악인들이 그의 구두공장과 배낭공장의 유능한 직원들과 정보를 빼간 것이다. 무릇 비즈니스 세계에선 스카우트 경쟁이 다반사라지만 당시 그에겐 쇼크였다. 에베레스트 정찰 활동을 하는 동안 그런 일을 일으킨 것에 배신감을 느꼈다. 그러나 어쩔 수 없지 않은가!

## 77 에베레스트 원정

다음해인 1976년 2월 설악산 훈련에서 최수남 송준송 전재운 등 세 명의 대원이 안타깝게 눈사태로 희생됐지만 이 애석한 사고는 오히려 이후 그 결의와 열정과 노력이 더욱 강화되는 계기가 됐다. 그의 두 번째 슬픔은 뜻밖에 1977년 초봄에 나타났다. 당시 김영도 회장 외에 가장 깊숙이 원정에 관여한 대원은 바로 그였다. 원정대 식량, 장비, 산소, 수송, 루트개척 등 실질적인 모든 기획 초안을 직접 세운 원정대의 브레인으로 그의 역할은 자타가 공인했다. 그런데 최종대원 선발과정에서 뭔가 이상한 기류를 감지했다. 그의 생각으론 연맹의 몇 분이 여기에 끼어드는 것은 옳지 않다고 느꼈다. 최종 선발대원 중 몇 명은 그로선 용납하기 어려웠다. 또한 무언가 연맹과 김영도 회장의 순수성에 의심이 들면서, 등반대장과의 보이지 않는 알력도 느꼈다.

그는 고심 끝에 자신이 빠지는 것이 오히려 원정대에 도움이 되리라 확신한다. 수년 동안 그토록 노력해 온 에베레스트였지만, 또 이 때문에 사업에도 큰 타격을 입었지만 과감히 접기로 했다. 막판이라 아쉬움이 컸다. 그

칼라파타르에서 김인섭(뒤에 에베레스트가 보인다)

러나 이는 옳고 그름의 문제가 아닌 선택의 문제였다. 공공公共의 선善을 위한 선택의 차이라 할까. 그를 애써 찾는 김영도 회장에게 벌려놓은 사업체를 핑계로 원정대에 참여가 어렵다고 거짓말을 했다. 이후 오늘날까지 원정대원 모두는 그가 사업 때문에 원정대를 떠난 것으로 알고 있지만, 실은 그렇지 않다.

홀연히 물러났지만 마음속에 어찌 원정대에 관심이 없겠는가. 원정대가 카트만두에서 대원들의 신발이 맞지 않아 새로 구입한다는 등 또 몇 가지 장비를 김주명 사무국장이 부랴부랴 일본에서 구입해 현지로 전달했다는 등의 소식이 들릴 때마다 노심초사했다. 원정대가 등반을 펼칠 때 그의 걱정은 단 두 가지, 아이스폴 루트의 안정성과 변덕이 심한 날씨였다. 결국 하늘의 뜻으로 원정대는 성공했다. 하늘의 뜻이라 함은 루트개척 중에 프랑스의 산소통 13개를 발견하지 못했다면 성공이 그만큼 어려웠기 때문이다.

원정대가 성공한 날 저녁, KBS TV는 특집프로로 전국에 생방송했는데 에베레스트 전문가인 그를 특별 대담자로 초청했다. 그는 아이스폴의 안정성 유지, 잦은 변덕이 적었던 날씨, 대장의 훌륭한 지도력과 대원들의 단결력을 성공의 요인으로 꼽는다고 말했다. 그러나 정작 원정대가 국민적 영웅으로 금의환향했을 때는 나타나지 않았다.

## 북극탐험 기획

그는 항상 새로운 도전에 심취해 왔다. 도전하는 인생이 좋았다. 에베레스트의 서글픈 중압감을 떨쳐버리려 노력하던 1977년 여름에 그의 머릿속에 새로운 아이디어가 떠올랐다. 좋다! 세계 3극지라는 에베레스트 본 원정엔 참여하지 않았지만 대신 제1, 2의 극지로 향하자! 그는 북극과 남극 탐사계획을 세우기 시작했다. 현지자료를 구하는 등 실질적 기획 작업에 몰입했다. 국내 최초라 정보가 적어 많이 힘들었다. 먼저 북극을 선택해야 했다. 북극은 얼음바다 위에 위치하기에 북극권에서의 개썰매 경험도 필요했다. 고심 끝에 우에무라 나오미 등과 달리 그린란드를 출발지로 기획했고, 탐사기간은 이듬해인 1978년 봄, 여름으로 정했다. 육분의六分儀, Sextant 등 천측을 전문적으로 배운 해군장교 출신도 확보했다.

어느 정도 초안이 작성되자 삼성그룹 이건희 부회장을 찾아갔다. 이건희 신임부회장은 그의 고교 2년 선배로 학교 때부터 잘 아는 사이다. 이건희 부회장은 고교 동기 손근 이사를 불러 〈중앙일보〉에서 긍정적으로 검토할 것을 지시했다.

그러나 그의 기획안이 〈중앙일보〉 임원들 사이에 떠돌더니 결국 〈중앙일보〉는 기획 당사자인 그를 외면하고, 대신 에베레스트 등정으로 국민적 영웅이 된 김영도 회장을 선택한다. 그의 세 번째 슬픔의 순간이다. 오랜 노력과 집념이 뜬구름이 되는 순간 허무했다. 에베레스트는 스스로 그만두었지만 이번은 정말 억울했다. 그러나 달리 생각해 보면 비중 있는 김영도 회장과 대한산악연맹을 잡은 〈중앙일보〉를 이해 못할 바도 아니었다. 어차피 세상 이치가 그런데……. 미약한 그 자신을 원망할밖에. 그럼에도 불구하고 〈중앙일보〉가 미웠다. 하염없이 눈물만 쏟아졌다.

한편 김영도 회장은 에베레스트 대원 중에서 몇몇 대원들로 북극 원정대를 구성했다. 나는 지난 2015년 에베레스트 정찰 40주년 기념트레킹에서 눈 내리는 어느 날 문득 그에게 물었다.

"만일 그때 김영도 회장이 형과 손잡았다면 어땠을까?"

그는 자신 있게 대답했다.

“그랬으면 결코 북위 80도 2분에서 끝나지 않고 훨씬 더 올라갔을 것이다.”

어느덧 70대 노인이 된 그에게 옛 젊은 시절의 미련은 남아있지 않은 듯했다. 그러나 가끔씩은 아주 가끔 어쩌다 밤에 술에 취하면 그때의 억울했던 심정을 꺼내곤 했다. 그러다 잠이 들어 아침에 깨어나면 여느 날처럼 항상 밝았다.

나는 그를 볼 때마다 느닷없이 '남난희'를 생각한다. 남난희는 1984년 1월 1일부터 장장 76일간 매서운 겨울철에 국내 최초로 단독으로 백두대간을 종주한 여걸로, 그녀가 펴낸 책 《하얀 능선에 서면》은 베스트셀러가 되어 백두대간 종주 붐을 일으킨 장본인이다. 히말라야 강가푸르나7,455m를 여성 세계 최초로 등정했고, 토왕성 빙폭氷瀑을 오르는 등 자타가 공인하는 실력파인 남난희. 대한산악연맹의 에베레스트 여성 원정대의 훈련대장과 정찰대장을 맡아 잘 이끌어왔으나, 사소한 문제로 대한산악연맹 집행부에 반발했다고 원정대 출국 몇 달 전에 원정대에서 탈락됐다. 원정대는 등정에 성공했다. 그러나 그 뒤안길에서 분함과 창피함으로 가슴앓이를 했을 것이 분명한 남난희. 그녀는 이듬해 세상을 등지고 지리산으로 떠났다. 우리는 혹 양지의 사람 기억하기에 바빠 음지는 미처 생각 못하는 것은 아닐까?

## 대만에서의 등산교육과 네팔에 정착

1978년도 늦봄, 북극 원정대가 한창 준비에 바쁠 때, 그 반대로 그가 한가했을 때 뜻밖에 초청장이 날아왔다. 대만의 건행등산회健行登山會, CTMA에서 강의를 부탁하는 편지와 함께. 망설임 없이 후배 허정식과 임윤영을 데리고 대만으로 향했다. 기륭해안 절벽에서 암벽등반을 1주일간 지도하고 귀국했다. CTMA는 국제산악연맹UIAA 및 아시아산악연맹UAAA에 정가입한 대만의 대표적인 산악단체이다. 따지고 보면 이 교육이야말로 한국의 산악인이 외국의 유수산악단체에 등산 지도교육을 떠난 국내 최초의 기록이다.

CTMA에서는 그의 강의 평이 좋아 이듬해 겨울등산교육도 부탁했다. 그는 이때 새로운 도전의 삶을 결심한다. 실망의 연속인 우리 산악계를 떠나 미지의 땅 네팔에서 살아가기로. 그는 사업체인 '설산장'과 공장들을 하나하나 정리했다. 한국등산학교 설립위원 강사도 조용히 물러났다. 1979년 대만 옥산에서 설상훈련교육 등 15일을 보낸 후 홀로 네팔로 향한다.

새로운 삶, 미지의 세계, 그곳에는 산사나이 마음의 고향처럼 히말라야 설산雪山과 후한 네팔 사람들의 인심이 있었다. 낯설지만 무역업을 시작했다. 주로 한국과 네팔간의 무역으로 한국의 등산제품, 생필품 등을 많이 수입해 팔았다. 에델바이스 양말의 경우 한 번에 2만 켤레를 부탄에 공급하기도 했다. 수입도 쏠쏠했다.

산악인 김인섭의 최근 모습

한편 〈한국일보〉에서는 그에게 '네팔주재 기자증'을 교부해 줬다. 네팔 주재기자로서 그의 글이 가끔씩 〈한국일보〉와 〈일간스포츠〉에 실렸다. 1981년 아내와 아들딸을 네팔로 불러 큼직한 집을 구했다. 한 가족이 오순도순 살며, 한국 원정대를 위한 네팔 정부의 서류 수속을 대행해 주고 편한 잠자리와 음식을 제공해 줄 게스트하우스를 운영했다.

또한 시간만 있으면 배낭을 꾸려 발걸음 닿는 곳 어디나 높은 설산이 보이는 트레킹 코스를 많이도 탐방했다. 그의 뜨거운 열정은 바람결 따라 히말라야 자락 곳곳을 누볐다. 버스 타고 몇 시간이면 인도 국경을 넘을 수 있었기에 수시로 수천 년 된 고대유적들을 보러 다녔다. 네팔어는 트리부반 국립대학교의 국어교수로부터 직접 배웠다. 그래서 그는 고급 네팔어를 구사한다. 아직 갈 곳도 많이 남아있었지만 아이들 교육 때문에 결국 6년간의 네팔생활을 접고 귀국을 결심한다.

## 세상을 넓게 바라보는 '큰 바위 얼굴'

1984년 귀국하니 화가, 사진작가, 수필가 등을 비롯해 인도와 히말라야에 호기심 많은 일부 개인과 단체가 종종 안내를 부탁하곤 했다. 산악인은 없었다. 삶의 새로운 화두가 결정되는 순간이다. 전문여행가로 거듭난 것이다. 그렇게 시작해 안내를 하거나 혼자 훌쩍 떠나 세상을 마음껏 훨훨 날아다닌 지 어언 30여 년이 흘렀다. 인도와 네팔 전역을 샅샅이 훑었다. 네팔의 경우 지금까지 180여 회를 트레킹했고 인도는 250여 회를 탐사했다.

이 지역 탐사여행에 그는 그야말로 독보적 존재다. 특히 인도는 북부 힌두문화권, 히말라야문화권, 중부 고대문화권, 남부 드라비다문화권 그리고 불교문화권 등 다섯 문화권으로 나눠 연구하며 여행했다. 그는 늘 공부한다. 타고난 낙천적 성격에 현지인과 현지어로 대화를 즐기며, 그들의 음식을 몇 달간 먹어도 전혀 탈이 없는 적응력 탁월한 체질을 갖췄으니 천생 산악인이며 여행자이다. 인도와 네팔을 제2의 고향처럼 포근해한다.

● ● ●

중국 사마천의 《사기史記》에는 반드시 옳은 자가 출세하는 경우는 오히려 많지 않으며, 어느 분야건 먼저 앞선 자는 대부분 실패하고 욕과 비난의 대상이 된다고 써 있단다. 꼭 그의 경우가 아닐까? 혹자는 축구에서 반 발 빠르면 슈퍼스타, 한 발 빠르면 오프사이드Offside 반칙으로 볼을 빼앗긴다고 말한다. 꼭 그의 경우가 아닐까? 그는 등산의 여명시대에 늘 앞서나갔다. 록클라이밍, 등산교육, 장비제작, 에베레스트 원정, 북극탐험, 네팔 게스트하우스 운영 등 그는 언제나 먼저 생각했고 또 과감히 실행에 옮겼다. 그런데 왜 옛 산악인 중 일부는 그의 능력을 인정하면서도 결국은 실패한 루저Loser라고 생각했을까? 모두가 성숙치 못할 때였다.

그가 산악계를 떠난 지 어느덧 40년. 그 긴 세월의 물결을 타고 5대양 6대주를 거침없이 많이도 돌아다녔다. 그는 타고난 강한 체력의 소유자다. 70대 중반인 지금도 매년 몇 번씩 5,000m 대의 높은 설산 자락을 흥얼거리고 걷거나, 꽁꽁 숨어 있는 깊숙한 곳을 물어물어 찾아가다 보면 어느새 나이는 어디론가 훨훨 날아가 버리고 몸과 마음은 즐거움의 연속이다. 그 높은 곳에도 그 깊은 곳에도 옛 인류유산은 숨어 있었고, 남루하지만 온화한 미소를 지으며 권하는 형제 같은 원주민들의 냉수 한잔은 보람과 기쁨으로 충만했다.

높이보다는 넓게 세상을 바라보며 오늘도 여유만만 느긋한 그의 미소를 볼 때면 문득 '나다니엘 호손'의 〈큰 바위 얼굴〉이 오버랩 되곤 한다. 지난 시절, 등산의 개척기에 늘 앞서가는 그를 이유 없이 시기, 질투하며 루저라고 단정했던 일부 산악인들. 오늘날 다시금 되돌아볼 때 그가 과연 루저였을까?

# 산벗 박훈규와 그리운 제주도 산사람들

## 기운이 장사인 산적두목

내가 제주도 산악인을 처음 만난 것은 1975년 1월 설악산훈련 때다. 당시 대한산악연맹은 1977년 에베레스트 원정을 앞두고 제2차 동계훈련으로 설악산에 들어갔다. 훈련은 공룡능선 주능선까지 수송훈련에 이어 공룡능선상에 BC를 설치하고 설악골의 여러 계곡에서 조별 및 전체훈련을 실시했다. 전국 시도산악연맹에서 앞길이 창창한 젊은 유망주들을 선발해 훈련에 참여시켰다. 제주도에서는 다듬어지지 않은 강도같이 거친 인상에 촌티가 좔좔 흐르지만 기골이 장대한, 좋게 표현해 어느 산적두목 같은 사람을 보냈다. 이름을 물으니 '박훈규'라고 한다.

마침 내가 수송담당이라 "이 친구 힘 좀 쓰겠군." 제법 무거운 짐을 주니 군소리 없이 짊어지고 산행에 임하는데 과연 힘이 장사였다. 당시 그의 클라이밍 실력은 당연히 도시산악인에게 뒤질 수밖에 없었지만, 겨울 험산 속의 적응력은 월등히 우수했다. 야영할 때엔 특히 그의 진가가 발휘됐다. 가령 철사와 텐트 팩을 이용해 고기 구울 석쇠를 만들고, 못을 구부려 사슬을 만들어 솥을 나무에 매달고, 눈보라 불어 닥치는 무인 산장 유리창 없는 창문에 갈대와 비닐을 이용해 그럴듯한 창문을 만들고, 넘어진 거대한 나무를 끌고 와 경사 급한 빙벽 위에 비박할 자리를 만드는 등 비상한 두뇌에 뛰어난 손재주와 엄청난 힘으로 냉엄 혹독한 설악산 추위에 슬기롭게 대처했다. 전국에서 모인 훈련대원들은 모두 감탄했고 그를 'Mountain Man'으로 불렀다. 알피니스트가 아닌 '진짜배기 산사나이'란 의미다.

이듬해 겨울 어느 날 제3차 훈련 준비를 위해 대한산악연맹 사무실로 가다가 입구에서 그와 딱 마주쳤다. 마치 오랜 벗을 만난 듯 반가웠다. 곧바로 선술집으로 향했다. 산사나이 정情이란 이런 것인가 보다. 우리는 서로 고된 훈련을 잘 이겨내자고 격려했다. 나는 A조에, 박훈규는 B조에 편성됐다. 훈련 장소는 설악산 설악골, 잦은바위골 주위의 능선과 계곡에서다. 한창 훈련 중에 애석하게도 공룡능선의 1,275고지 옆 계곡으로 눈사태가 발생해 마침 그곳에서 내려오던 B조를 덮쳤다. 3명이 죽고 3명이 살아났다. 살아난 두 명도 먼저 눈 속을 헤쳐 빠져나온 박훈규가 살렸다고 해도 과언이 아니다. 죽음의 위기에서 본능적으로 재빠르게 엄청난 괴력을 발휘한 것이다.

### 에베레스트 원정대원 합격

그해 봄, 나는 결혼을 했다. 제주도로 신혼여행을 갔다. 제주도에 머물면서 박훈규에게 한잔 하자며 전화를 했다. 신혼여행 셋째 날 그는 우리 부부를 적십자사로 데리고 가서 김현우 선생께 인사시켰다. 선생은 인자한 훈장님 모습으로 나를 반긴다. '제주 산악안전대' 창립의 산파역을 맡으셨던 선생은 말씀하실 때마다 건장하신 체격에 한라산의 오랜 경륜이 온몸에 배어 있는 듯했다. 마치 한라산 신령님 같았다.

저녁 때가 되자 박훈규는 제주 산악안전대 대장과 한잔 하자며 어느 술집으로 데리고 갔다. 한 분이 술상에 앉아 기다리고 계신데 폼부터가 비범한 주성酒聖의 자세다. 바로 양하선 대장이다. 에베레스트 1차 훈련에 직접 참가해 보니 더 젊은 산악인을 보내야 바람직하겠다 싶어 2차부터 박훈규를 보냈단다. 이날 이후 나는 지금까지 40여 년 동안 제주도에 가면 박훈규와 함께 양하선 선배를 찾는다. 술이 말술인데 밤새 마셔도 조금도 흐트러짐 없이 늠름하시다. 이 분과 술잔을 나누는 것이 그렇게 즐거울 수가 없다.

다음 해인 1977년 2월에 마지막 훈련을 대관령, 오대산 일원에서 받았고, 박훈규와 나는 당연히 참여했다. 3월 말쯤 대한산악연맹에서 최종 원정대원을 발표했는데 나와 박훈규는 영예롭게 선발이 됐다. 당시 우리 훈련대원에게는 여느 합격자 발표보다 더 절실했으리라. 제주도 산악인으로 알려진 고상돈은 고향이 제주도일 뿐 당시는 충북대표였다. 집합명령이 떨어졌다. 다들 대한산악연맹 사무실에 모여 반갑게 그리고 힘껏 악수를 나눈다.

그런데 제주도 대표 박훈규가 안 보였다. 집에 와서 전화를 했더니 "잘 다녀와라." 하면서, 제주도에 중요한 일이 생겨 원정대에 참여 못하겠단다. 그렇게나 수년간 고생하며 훈련받아 드디어 합격했는데……. 이해하기 어려웠다. 이후 계속 전화해도 일절 받지 않았다. 그 사연은 에베레스트 다녀와서야 비로소 알게 됐다. 일찍 남편을 여의신 어머니가 홀로 키우신 외아들을 사지死地로 보낼 수 없다고 반대하셨기 때문이었다.

박훈규의 최근 모습

에베레스트에서 대원들은 영웅이 되어 귀국했고, 사회인으로 돌아와 열심히 직장 생활하던 어느 봄날 박훈규가 느닷없이 전화하더니 "제주도의 제주산악회 후배가 서울에 올라가는데 나보고 친절히 구경시키며 잘 대접하라."고 한다. 만나보니 뜻밖에 아리따운 제주아가씨였다. 내 딴에는 정성껏 여러 곳을 안내했다.

이듬해인 1979년 초 박훈규의 결혼소식을 들었고, 몇 달 후 에베레스트의 영웅 고상돈이 대장을 맡은 '〈한국일보〉 매킨리 원정대'의 대원으로 미국 알래스카로 떠났다. 고상돈 대장과 박훈규와 후배 이일교 등 3명이 한국인 최초로 북미 최고봉 매킨리현 드날리, 6,194m 정상에 섰다. 그러나 하산 중에 사고가 나서 표고차로 근 2,000m를 슬립Slip당했다. 고상돈 대장과 이일교는 현장에서 죽고, 박훈규는 중상을 입고 극적으로 구조됐다. 박훈규가 매킨리에서 구사일생 살아나 서울대학병원으로 옮겨져 입원해 있을 때 가보니 병상을 지키고 있는 그의 부인이 바로 그 아가씨가 아닌가!

## 제주도의 개아방과 거두 3인방

박훈규는 오랫동안 서울대학병원에 입원해 있었다. 이때 나는 병문안 오는 이우형 선배를 자주 만났다. 이우형 선배는 오래전부터 잘 아는 사이이다. 일찍이 1969년에 산악잡지 《산수山水》를 창간했던 분으로 등산지도집 《산으로 가는 길》을 펴냈고, 서울시산악연맹 초대 구조대장을 지낸 분이다. '현대판 김정호'로 불리는 지도제작의 일인자 이우형 선배와 박훈규는 마치 친형제처럼 가까웠다. '종합 제주도 총도'를 발간한 분이 바로 이우형 선배다. 지도제작을 위해 제주도를 수없이 드나들었고 이때 제주도 산악인들과 가까워졌는데 특히 박훈규와 정이 들었나 보다.

제주도에 남다른 애정을 갖고 섬 곳곳의 민속역사를 많이도 연구했다. 제주산악인들 사이에 '개아방'으로도 불린다. '개아방'이란 '개 아버지'란 뜻으로, 술에 취하면 제주산악인들을 '개새끼'라고 불러 이런 별명을 얻었단다. 나는 '개아방' 이우형 선배를 통해 제주도와 한라산에 관한 귀하고 재미있는 이야기들을 종종 듣곤 했다. 이 선배가 만든 '한라산 등산지도'는 한라산을 오르는 산악인들은 물론 제주 산악안전대 훈련과 구조 활동에 큰 도움이 되었으리라.

1983년 1월에 대한산악연맹은 1986년 K2 원정대를 파견하기 위해 제1차 동계훈련에 들어갔다. 전국에서 모인 70여 명 훈련대의 발대식을 부산에서 치르고 배를 타고 제주도로 갔다. 당시만 해도 호랑이 담배 피던? 시절이라 나는 훈련지역 사전답사 차 1개월 전에 제주도산악연맹을 찾았었다. 이날 저녁 나는 놀라울 정도로 건강해진 박훈규를 만났다. 다소 뒤뚱거리며 걷고, 또 앉을 때 불편해 했지만 그 외는 정상인과 다름없었다. 특히 술 마실 때는.

이때 박용철 선배와 김용구 선배를 만났다. 박용철 선배는 대동장호텔을 운영했고, 무서울 정도로 험악한 인상인데 웃으실 때 미소는 가히 환상적이다. 마음도 덩치만큼 넓었다. 술 실력도 양하선 선배와 막상막하로 이 두 분은 언제나 술자리를 함께 하고픈 전국에 몇 안 되는 주선酒仙들이다. 김용구 선배는 당시 라이카 제주대리점을 경영했다. 작은 키에 말씀도 또박또박 찬찬히 하셨고, 큰형님같이 든든하고 매사에 느긋한 분이다. 술을 많이 마시지는 않지만 산악인과의 정겨운 술좌석을 무척 좋아했다. 양하선 선배와 김용구 선배는 훗날 제주도산악연맹 회장을 맡았고, 양하선, 박용철, 김용구 세 분을 후배 산악인들은 '제주의 거두 3인방'이라 불렀다.

## 내가 만난 제주도 산악인들

당시 제주 산악안전대 대장인 고길홍 선배와도 가까워졌다. 제주도청에 근무했는데 사진 실력이 출중했다. 낙천적이며 부지런하며 두주불사 애주가였다. 소박함과 노련함이 온몸에 배어 있는 고 선배의 웃는 모습이 눈에 선하다. 아마 지금도 산과 사진과 술을 여전히 사랑하고 계시리라. 내 기억에 당시 제주도에는 고길홍 선배 외에 이경서 선배, 서재철, 신용만 등 쟁쟁한 사진작가가 많았다. 1983년 말, 고길홍 대장과 서귀포의 김홍렬, 배종원 등과 K2 훈련을 위한 정찰산행을 했다. 술과는 인연이 멀지만, 맑고 청아한 미소 속에 강한 웅지를 지녔던 김홍렬 님을 지금도 잊을 수 없다. 어디서 건강하게 잘 지내는지.

K2 훈련을 몇 차례 하면서 만나 뵌 김종철 선생과 안흥찬 선생도 잊을 수 없는 분이다. 제주 산악안전대 초대 대장 김종철 선생은 제주 토박이 기자 출신으로 제주MBC 편집국장 등 언론의 요직을 두루 거친, 자타가 공인하는 제주도 박사다. '한라산을 가장 많이 오르신 분'이라는 이야기를 들어 만나 뵐 때 무척 긴장했는데 의외로 말없이 조용한 분이셨다. 주연급 영화배우처럼 잘 생기시고, 말씀도 생각도 미소도 그윽한 눈동자처럼 참 아름다우신 분이었다. 제주사랑으로 가득한 '오름나그네'를 남긴 선생은 아마도 제주도와 한라산을 가장 많이 사랑하신 분이 아니었나 생각이 든다.

한라산의 겨울전경

제주도와 한라산 사랑이라면 김종철 선생 다음으로 안흥찬 선생도 만만치 않으리라. 이분과 술잔 주고받을 때는 늘 한라산에 대한 애정과 제주도민의 삶에 얽힌 애환哀歡과 행복이야기로 술잔을 가득 채우시곤 했다. 기실 제주도 산악인이라면 누구인들 제주도와 한라산을 사랑하지 않는 분이 어디 있겠냐만. 안 선생 댁에 마련한 개인소장품 전시실은 산악인의 한 사람으로 절로 고개가 숙여지지 않을 수 없다.

K2 훈련 때는 서귀포 산악인과도 많이 친해졌다. 특히 매너 좋은 미남신사로 당시 현충남 제주도산악연맹 회장을 비롯해 백록의 오광협 고문과 강갑길 회장, 걸쭉한 목소리의 김근방 님, 매사에 진지했던 양진홍 님, 열정적 야성미의 양광순 님, 김대준 님 등이 생각난다. 이분들끼리 담소하는 모습에서 마치 영혼을 함께 나눌 수도 있는 무척 가까운 인생과 산행의 동반자들로 보였다. 섬의 남단 서귀포에는 하나같이 잘생긴 미남들만 살고 있는지. 벌써 30여 년 전 이야기이다. 지금은 다들 늙었을 텐데 잘 계시는지 궁금하다.

또한 이때 제주도의 걸쭉한 산사나이들을 많이도 만났다. 대 원로이신 구수한 언변의 진정한 멋쟁이 이기형 선생을 잊지 못한다. 아직 건강히 살아 계시다는데 연세 구순이 훨씬 넘었으리라. 또 또랑또랑 언변에 술 한잔 들어가면 세상에 부러운 것이 없는 낙천가 윤성암 선배, 훈련 중 내 다리가 크게 다쳤는데 친절하게 돈 안 받고 치료해 주신 이성종 박사 등 수많은 제주도 선배님을 평생 잊지 못할 것이다.

오랫동안 병상에 고생하고 있는 K2의 사나이 배종원을 생각한다. 그는 원래 경북 태생이지만 20대의 청년 시절에 홀로 제주도를 찾아 서귀포에 정착했다. 한라산에 다니면서 만난 서귀포산악인들의 눈에 들었다. 열심히 한라산에 다녔다. 그의 등산실력은 일취월장했고, 결국 제주도 대표로 K2 대원에 선발되어 원정을 다녀왔다. 이후 제주도 산악운동 발전에 혼신을 기울이며 앞장서다가 그만 몹쓸 중병에 걸렸다. 절망적일 때 하늘의 천사가 내려와 그와 결혼했고, 지금도 옆에서 잘 보살피고 있다. 그는 병상에서 한때 시문학에 심취해 시집과 수필집을 펴내기도 했다.

나이가 나보다는 젊지만 잊을 수 없는 제주도 산사나이가 참 많다. 굼부리의 안영백, 강경호, 조용한 제주신사 오문필, 장덕상 그 외에 전창호, 고성일, 진창기, 고성홍, 양봉훈, 부상혁, 강정효, 문용성, 임희재, 전양호, 오희삼오희준의 친형, 변태보, 권태수, 강성규, 오동진, 오경아 등등. 이들에게는 하나같이 산악인 특유의 신뢰와 우정이 넘치는 믿음직스러움이 촉촉이 배어 흐른다. 나이를 먹어감에 행복도 더 커질 것이 분명한 산사람들. 이들은 제주도의 산악운동 발전에 나름대로 지대한 기여를 했으리라고 믿고 있다. 또 이들 중 상당수는 제주산악안전대 출신이리라. 참 정이 가는 소중한 산山 친구들이다.

●●●

박훈규는 참 강한 사나이다. 불편한 장애인이 되었지만 그는 좌절하지 않고 전 세계의 산을 찾아 돌아다닌다. 에베레스트 BC도 찾았고, 아프리카 킬리만자로 정상에도 섰고, 대한산악연맹의 청소년오지탐사대 대장을 맡아 캄차카의 휴화산을 탐사했다. '고상돈 기념사업회' 이사장을 오랫동안 역임했었고, 2018년에는 71세 나이로 중앙아시아 파미르 고원의 레닌봉7,134m 원정대의 단장을 맡기도 했다. 한때 사진에 폭 빠져 백두산 등 국내외 산악지대를 카메라 메고 정신없이 돌아다니더니 결국 사진집 《하얀 사슴의 노래》

를 펴냈다.

박훈규는 나와 갑장甲長이지만 그가 1월생이고 내가 12월생이니 학년으로는 나보다 1년 선배다. 제주 명문 오현고등학교 출신이다. 1975년 처음 만난 이후 40여 년 동안 두터운 산사나이 정을 쌓아왔다. 끔찍하게 친한 사이지만 만나면 다툴 때도 많다. 아니 거의 만날 때마다 싸운다. 그러면서 즐겁게 술잔을 주고받는다. 대한산악연맹 이사를 함께 할 때도 그랬다. 평소에 늘 보고 싶어 하지만 만나면 또 한순간은 험악해진다. 그가 워낙 사나운 성품을 지녀 나도 닮아졌나 보다. 정의감이 투철하고 강직해 누군지 그에게 잘못 보이면 그 사람은 한참 동안 고생해야 한다. 반면에 늘 형처럼 포근하다. 표현은 잘 안하지만 참으로 정이 많은 고마운 친구다. 늘 내가 배운다. 이 친구가 앞으로 더욱 행복한 여생을 보내길 바랄 뿐이다.

## 《사람과 산》은 산악계에 무엇을 남겼나?

### 사람과 산 사이에

산山은 모든 것의 시작이다.

태초에 천지간 산에서 신神과 사람人의 첫 만남이 있었고, 산마루와 산등성, 산기슭과 산골짜기 그리고 숲과 초원에서 인간사 대부분이 이루어졌다. 사람은 산자락에 마을을 일구고, 산의 품안에서 의식주를 제공받는다. 산은 사람의 정신세계를 지배하고, 사람은 산을 통해 신화와 설화 나아가 종교와 철학을 깨닫는다. 산은 사람의 음악, 미술, 무용 등 각종 예술의 탄생지이며, 사람은 산의 변화무쌍함을 통해 용기와 지혜를 얻고 문명을 창조했다. 특히 우리나라 우리 민족이.

## 《사람과 산》의 탄생과 성장

《사람과 산》은 1989년 11월에 태어났다. 당시 〈조선일보사〉의 월간 《산》 민완기자로 주옥같은 수려한 필치로 만인의 사랑을 받던 박인식과 대한산악연맹 사무과장으로 계간지 《산악인》 편집을 맡은, 세상변화를 잘 읽는 남선우가 의기투합하고 여기에 산악인 이인정, 조대행, 손인익, 김윤만 등이 뜻을 모았다. 멋들어진 캐치프레이즈 '휴머니즘과 알피니즘의 조화'를 표방하며, 젊은 의지와 희망 그리고 순수열정으로 시작했다. 깊이와 개성의 흑백 겉표지, 사진 화보의 과감한 지면구성, 진보적 내용과 전국을 커버하는 뉴스제공 등 다채로운 콘텐츠Contents와 기획진의 신선한 판매아이디어, 여기에 시대적 요청과 산악인들의 호응, 이 3박자가 모두 맞아떨어져 삽시간에 20년 풍파를 버텨온 조선일보사의 《산》과 어깨를 나란히 하는 산악잡지로 자리 잡았다. 산악인 독자입장에서는 전문잡지가 하나 더 생겨나 정말이지 눈물 나게 고맙고 기뻤다.

《사람과 산》 창간호

그러나 패기가 너무 넘쳤나? 의욕이 현실을 앞질렀나? 아니면 공공선公共善에 의한 저널리즘 윤리가 소홀했나? 불과 일 년도 채 못돼 경영 위기에 몰려 결국 홍석하 사장이 취임하게 된다. 홍 사장은 록클라이머 출신으로 한국 최초의 남극탐험대 대장을 맡았었고, 산악계 선후배 사이에 마당발로 잘 알려진 인물이다. 이후 《사람과 산》은 홍석하 사장체제로 성장에 성장을 거듭해 왔다. 홍

사장도 중간에 그야말로 혹독한 시련을 치른 후 와신상담臥薪嘗膽 끝에 재기에 성공했다. 카리스마 넘치는 두둑한 배짱과 뚝심, 강한 승부 근성과 추진력으로 밀어붙이며 눈물겨운 인간승리를 일구어냈다. 《사람과 산》은 오늘도 산악문화 발전에 앞장서며 국제화를 향하는 전문잡지로 거듭나고 있다.

작금에 들어 안타깝게도 아웃도어 스포츠 업계에 과다경쟁으로 인한 불황이 몰려와 수년 전부터 등산전문잡지도 모두 경제적 어려움을 겪고 있다. 기대를 모았던 《Mountain》은 문을 닫았다. 산악인 입장에서는 《사람과 산》이 반백 년 전통의 《산》과 더불어 이 난세를 슬기롭게 극복하고 앞으로 지속적으로 발전하길 바랄뿐이다.

## 세상에 백두대간(白頭大幹)을 알리다

일찍이 18세기에 발간된 《산경표山經表》에 "산줄기는 물을 건너지 않고, 산이 곧 물을 가른다."는 산자분수령山自分水嶺의 원리에 입각한 한반도의 1대간大幹 1정간正幹 13정맥正脈이 자세히 명기되어 있다. 《사람과 산》이 이 파묻힌 민족의 보물을 직접 찾아 발굴하며 세상에 알리기 시작했다. 1990년부터 장장 7년에 걸쳐 남한에 위치한 백두대간과 8정맥을 밟았다. 5개 정맥은 종주를 완료했다. 그야말로 독보적인 대장정이었다. 여기에는 이우형 선생을 필두로 권경업, 남난희, 신영철, 조석필, 박용수, 박기성, 송용철, 김웅식 등을 비롯해 매년 수백 명의 산악인이 기꺼이 동참했다. 《사람과 산》 편집진은 모두 동원됐다.

해방 후 50년이 지난 1990년대 중반까지도 초, 중, 고등학교에서 배우는 우리나라 지도가 일제강점기에 자원수탈資源收奪을 목적으로 급히 만들어낸 엉터리 지도였다는 창피한 사실을 국민 대부분이 모르고 있었다. 참으로 한심했다. 이런 부끄러움이 비단 지리地理 분야뿐이겠는가! '백두대간'도 생소한 단어였다. 그러나 《사람과 산》이 신념과 확신 그리고 지칠 줄 모르는 열정으로 밀어붙여 다시 그려낸 지도는 점차적으로 산악인들 사이에 폭발적인 관심을 갖게 했으며, 전국적으로 백두대간 종주 붐Boom이 일어나는 데 크게 일조했다.

여기에 그치지 않고 《사람과 산》은 이우형 선생과 전국 순회 강연회를 연속 개최했고, 2002년에는 관련 학자들과 정부 부처 관계자들을 동참시켜 '백두대간 교과서 수록 제안' 심포지엄을 열기도 했다. 이후 점차 학자들 사이에 담론談論이 오가면서 사회적으로 회자膾炙되더니 드디어 우리 교과서에도 백두대간이 자리매김하기 시작한 것이다.

2003년부터 3년간 '백두대간 대청소운동'을 전개했던 《사람과 산》의 이 일련의 행적은 아무리 칭찬해도 모자랄 정도의 위업偉業이지만, 그러하기에 앞으로도 꾸준히 우리 산줄기 개념을 재 구명究明하고 바로잡는 데 '선도하는 대중매체'로서의 사명감을 갖고 더욱 매진해 나아가야 하리라. 국토사랑과 자연사랑은 애국애족의 지름길이다.

## Piolets D'or Asia Award

《사람과 산》은 국내 산악운동 발전에 기여하고자 새로운 기획 사업을 추진했다. 그 첫째가 창간 첫돌을 기념해 제정한 '산악문학상'으로 매년 '소설'과 '시' 부문을 시상하고 있다. 전국에서 응모를 받아 전문가들이 수상작을 선정한다. 한 분야의 전문잡지로서는 참 드물게 문학상을 제정했고, 이른바 장르소설이 새로운 양상으로 전개되는 오늘에 있어 새롭게 등산 분야의 문학적 접근은 높게 평가받기에 부족함이 없다.

시상施賞에 재미를 붙였는지 《사람과 산》은 21세기 들어 느닷없이 '산악지도자상' 등을 제정했다. "어찌 일개 잡지가 겁 없이 전국의 산악인을 대상으로 수상자를 선정하는가!" 하는 논박論駁이 있었지만 시쳇말로 "엿장수 맘대로" 아니면 언론의 특권의식인가? 그럼에도 불구하고 이 상賞이 우리 산악운동에 긍정적 기여를 했음은 부인할 수 없다. 여기에는 선정 과정의 엄격한 공정함과 산악인의 전반적인 동참의식이 있어 가능했다. '지도자상'은 2015년까지 시상했고, '알파인클라이머상'과 '스포츠클라이머상'은 꾸준히 시상하고 있다. 이후 '환경대상'과 '탐험대상' 그리고 '꿈나무 클라이머상'을 첨가 제정했다.

《사람과 산》은 여기에 그치지 않고 2006년에 과감히 '아시아 황금피켈상'을 유치, 제정했다. 알피니즘의 발상지 유럽을 중심으로 산악 선진국의 최고 영예로 뽑는 황금피켈상Piolets D'or을 아시아권으로 옮긴 것이다. 1991년 프랑스 고산등반협회GHM와 프랑스 산악전문지 《몽타뉴Montagnes》가 공동으로 제정한 이 상은 전 세계를 망라해 한 해의 최고 가치 등반업적을 평가해서 수상한다. 평가 기준은 '미래의 알피니즘을 향한 등반의 순수성'이다. 《사람과 산》은 2006년 《몽타뉴》와 협약해 '아시아 황금피켈상'을 제정했으며, 이 상의 유치야말로 통쾌한 일대 쾌거였다. 야구로 치면 '장외홈런' 감이다. 산악강국인 일본, 인도, 파키스탄, 네팔 그리고 중국을 앞질러 발 빠르게 움직인 결과로, 《사람과 산》이 아시아가 공인하는 등산전문지로 거듭 태어난 순간이기도 하다.

《사람과 산》은 앞으로 이 상의 아시안 최고의 독보적 권위를 위해 심사

대상을 현재의 일본, 중국, 카자흐스탄 등 가까운 나라에 머물지 말고 아시아 전역으로 넓히며, 세계적 권위로 공인받기 위한 홍보에 더욱 주력해야 하리라 본다. 《사람과 산》은 아시안 암벽, 빙벽등반 및 스포츠클라이머를 대상으로 2008년 골든 클라이밍슈상Golden Climbing Shoe Award을 추가 제정했다.

## 산악문화 진흥에 앞장서다

창립 당시부터 《사람과 산》은 의욕이 대단했다. '산악문화 창달'이란 명목 아래 부대적인 문화사업을 많이도 전개했다. 오늘날까지 30년 꾸준히 이어졌으니 일일이 찾아보지 않는 한 나열하기도 힘들다. 분야별로 봐도 문학, 사진, 미술, 음악, 연극, 영화 등 예술분야를 등산에 접목시킨 효과와 성과는 실로 대단했다. 그야말로 '산악문화의 재발견과 힘찬 도약'이다. '산그림 전시회'는 국내 유명화가전과 네팔 화가전 등을 수차례 개최했고, '산사진전시회'는 안승일의 '백두산사진전', 산영회의 '산악사진가협회전'을 비롯해 이훈태, 임채욱, 손재식 등의 개인전을 열었고, 2013년엔 예술의 전당에서 명작 '영靈과 기氣' 전시회를 개최했다.

산노래 공연은 수차례의 '산과 음악의 만남' 행사를 통해 중구난방衆口難防 떠돌던 우리의 산노래를 모아 집대성한 악보집으로 정리 발간했다. '어울림 남성중창단' 공연기획도 특이하다. 또한 국내 최초로 고산등반을 극화劇化한 연극 '마운틴원제 K2, 페트릭 마이어스 원작'을 무대에 올리기도 했다. 산악영화 상영은 캐나다 '밴프 산악영화제' 우수작 상영회를 몇 년 개최한 후 6년간 이태리 '트렌토 산악영화제' 우수작품을 국내 여러 도시를 순회하며 절찬리에 상영회를 가졌다.

심포지엄도 여러 차례 개최했는데 '우리 산줄기 되찾기', '국립공원 규제에 관한 대토론회', '백두대간의 현재 그리고 미래' 등 제법 많다. 유명 산악인 초청강연회도 빼놓을 수 없다. 생각나는 외국인으로는 크리스 보닝턴영국, 크리스티앙 트롬스도르프프랑스, 데니스 우릅코카자흐스탄, 야마노이 야스시일본 등이고, 한국인으로는 이우형, 엄홍길, 박정헌, 오은선, 이명희, 홍성택 등이다.

잡지사로선 의외로 등반경기대회도 과감히 주최했는데 우이동 O2 World 실내빙장에서 수년간 열린 '아이스클라이밍 최강자전'이 그것이다. 이 밖에 《사람과 산》은 히말라야등반 등 해외 원정팀에게 비록 많지 않아도 남모르게 꾸준히 후원해 왔고, 지방의 산악연맹 축제도 늘 후원, 참여해 왔다.

산서山書 단행본 발간이야말로 산악문화 진흥에 큰 힘이 되었다. 본전도 못 건지는 산서발간이지만 주저하지 않았다. 《모퉁이를 돌면 무엇이 나올까》, 《한국100명산》, 《백두산》, 《한라산의 꽃》, 《설악산》, 《태백산맥은 없다》, 《산경표를 위하여》, 《백두대간》, 《백두대간5계절》, 《백두대간의 자연과 인간》, 《누가 금수강산을 몽개라 했는가》, 《수려한 명산》, 《한국51명산록》, 《등반 반세기》, 《회상의 산들》, 《친구의 자일을 끊어라》, 《Rocky Mountains》, 《히말라야 이야기》, 《하늘과 땅 사이》, 《암벽등반의 세계》, 《울산바위 리지》,

《사람과 산》이 펴낸 등산관련 단행본들

《역동의 히말라야》, 《휴먼 알피니스트》, 《오르는 자의 꿈》, 《리지 등반》, 《김근원의 산악 포커스》, 《테마가 있는 산, 꽃산행》, 《10살짜리 아들을 히말라야에 데려가도 될까요?》, 《사이코 버티컬》 등과 서울, 강원, 충청, 영호남, 제주 등 지방의 명산안내서 등 무려 250여 권을 발간했다. 또한 30년간 지속적으로 펴낸 별책부록은 유익한 정보자료로 높이 평가받고 있다.

## 《사람과 산》이 나가야 할 길

《사람과 산》 사무실에 가면 우선 20명 가까운 직원 수에 놀란다. 아니, 이렇게나 직원이 많나? 그런데 모두 표정이 밝고, 바른 자세에 예의도 바르다. 뭔가 짜임새 있는 진지한 기운이 감돈다. '펜이 칼보다 강하다'는 진리를 잘 알지만 필봉이 강력한 만큼 기자들은 겸허해야 하고, 취재대상이 정치 경제 사회처럼 세속世俗이 아닌 산에 관한 것이기에 더욱 그러하리라 본다. 산을 사랑하고 산에 의존하고 싶은 마음에 등산의 본질이 있으므로 산에서의 아름다움과 정의와 진실을 다루는 기자들은 세간기자와 달리 맑은 눈동자를 지닐 수밖에 없으리라.

"저널리즘의 발전은 새롭고 참신한 기획보다 끊임없는 스스로의 비판과 반성에 있다."라고 어느 유명저널리스트가 말했다. 지속적인 자기성찰 과정은 필수적이다. 똑같은 산을 올라도 산악인의 자세에 따라 그 느낌의 깊이와 폭이 엄청 다르다. 대중매체로서 등산잡지가 올바른 산악문화 발전에 긍정적으로 기여하기 위해서는 양식 있는 산악인들의 적극적인 동참의식도 함께 요구된다. 산악인과 등산잡지는 서로를 함께 필요로 한다. 상부상조相扶相助만이 있을 뿐이다.

그런데 안타깝고 비통한 일이 최근에 벌어졌다. 홍석하 사장이 2018년 5월 29일 갑작스레 별세했다. 불과 열흘 전에도 100세까지 살겠다고 큰소리 쳤었는데 가슴이 막막하고 뭔가 억울한 심정이다. 산악인 홍석하가 우리 등산문화에 남긴 발자취는 참으로 지대하다. 그야말로 '한국등산세계'의 거목이 사라졌다. 그러나 다행히 부인 조만녀 여사가 오래전부터 《사람과 산》 발행인이었다. 이후 고인의 유지를 받들어 《사람과 산》 경영 일선에 나섰다. 더욱 무궁히 발전할 것을 기대해 마지않는다.

우리나라는 산악 선진국에 이미 들어섰다고 본다. 전국적으로 산악인의 질적 수준과 눈높이도 제법 높아졌다. 산악 관련 정보 수집도 국제화에 걸맞게 참 빨라졌다. 앞으로 급변하는 정보홍수시대에 월간지의 특성을 살려 우리의 제반 산악운동을 북돋아주고, 앞장서야 할 《사람과 산》의 깊고 높은 긍지와 사명감은 과연 무엇일까?

《사람과 산》 주최 '아시아 황금피켈상' 시상식

# 안나푸르나의 한국산악인들

## 아름다운 풍요의 여신 안나푸르나(8,091m)

안나푸르나Annapurna, 8,091m는 세계 10위의 고봉으로 산스크리트어語로 '풍요의 여신'이란 뜻이다. 그래서인지 비교적 부르기 쉽고 여성스럽다. "안나푸르나…!" 얼마나 정감 있게 부르기 편한가! 산山 사람들은 곧잘 "안나!"로 줄여서 부르며, 듣기에도 친근감 있는 마치 사랑스런 연인을 연상시킨다. 네팔 히말라야 고산들의 이름인 사가르마타에베레스트의 원래 이름, 칸첸중가, 마칼루, 로체, 초오유, 다울라기리, 마나슬루, 낭가파르바트, 시샤팡마보다 훨씬 부드럽고 낭만적이지 않은가!

그러나 안나푸르나는 포근한 여성적 이미지와 달리 사고가 많기로 악명惡名 높은 산이다. 8,000m 14개봉 중 등정자 수가 가장 적다. 2018년 현재 통계에 의하면 에베레스트5,656명, 초오유3,138명 순으로 등정자가 많고, K2306명,

안나푸르나 남쪽 전경

칸첸중가283명, 안나푸르나191명 순으로 등정자가 적다. 더욱이 등정자 대비 사망자 비율이 안나푸르나31.9%, K2 26.5%, 낭가파르바트20.3% 순으로 가장 높으며, 참가대원이 죽는 확률도 무려 4.05%로 압도적으로 가장 높다. 그만큼 등정이 어렵고 위험함을 나타낸다. 한마디로 안나푸르나가 가장 무시무시한 최악最惡의 산이다. 여신女神에게 잘못 보이면 더 매서운 벌을 받나보다.

안나푸르나는 제2차 세계대전이 끝나고 1949년 네팔 정부가 히말라야 등반을 개방함에 따라 가장 먼저 등정된 8,000m 고봉으로 유명하다. 1950년 봄, 프랑스 원정대가 이 산을 찾기까지는 누구도 탐사한 바 없는 지도상 공백지空白地나 다름없었다. 프랑스 팀도 처음에는 다울라기리8,167m를 안나푸르나로 착각하고 접근했다가 뒤늦게 안나푸르나 북쪽 베이스로 이동했다. 대원들은 매우 지쳤지만 빠른 속도로 정상에 도전하여 불과 10일 만에 모리스 엘조그 대장과 루이 라슈날이 정상에 올랐다. 리오넬 테레이, 가스통 레뷔파, 장 쿠지 등 당대 최고 수준 대원들의 생생한 등반기로 엘조그 대장이 훗날 펴낸 《안나푸르나》는 세계적인 산악명저名著가 됐다.

안나푸르나는 주봉主峰, 1봉을 중심으로 하나의 거대한 산군山群을 형성하고 있다. 이 안나푸르나 산군은 서쪽의 다울라기리 산군과 북동쪽의 마나슬루 산군 가운데에 위치하며, 그 빼어난 아름다움으로 에베레스트 산군과 더불어 히말라야 산맥을 대표하고 있다. 안나푸르나 산군에는 '풍요의 여신'이란 이름처럼 주봉 외에 안나푸르나 2봉7,937m, 3봉7,555m, 4봉7,525m, 남봉7,219m 그리고 강가푸르나7,455m, 팡7,647m, 글레이셔 돔7,193m, 캉세르캉7,485m, 틸리초7,134m, 닐기리 북봉7,061m과 닐기리 중앙봉6,940m, 람중히말6,986m, 캉그루6,981m 등 명산들이 마치 하늘 아래 신전의 장군들처럼 두렵고 거룩하게 버티고 있다.

재미있는 것은 1,2,3,4봉이 나란히 위치하고 있는 것이 아니라 높이 순으로 이름을 붙였다는 점이다. 다울라기리 산군과 같다. 안나푸르나 산군의 산들은 초입에 위치한, 네팔 정부가 입산 금지시킨 성봉聖峰 마차푸차레 6,993m만 제외하곤 모두 한국산악인들이 다투어 등정에 성공한 바 있다. 마차푸차레는 아마다블람6,812m과 더불어 세계5대 미봉美峰에 들어가는 아름다운 산으로 이름이 높다.

여기에선 안나푸르나 1봉에 얽힌 한국산악인들의 감동적이며 아름답고, 처절하고 슬픈 이야기를 전하고자 한다.

## 한국산악인과의 첫 만남과 첫 희생자

한국산악인의 안나푸르나 최초最初 접근은 1975년 봄, 한국산악회가 시도했다. 7명의 정찰대원은 현지사정으로 인해 당초 계획이던 북면을 가지 못하고 코스를 변경해 트레킹 거리가 짧은 남벽을 정찰했고, 손경석 대장은 다녀와서 《저! 히말라야》성문각, 1978년를 발간했다. 이듬해인 1976년에는 전병구전 한국산악회장 외 1명이 북면루트를 정찰했다. 물론 국내 최초다. 그러나 한국산악회는 우여곡절 끝에 안나푸르나 주봉을 4봉7,525m으로 변경하여 1978년 봄 전병구 대장 외 5명의 대원을 네팔에 파견했고, 대원 1명과 셰르파 2명이 정상에 서는 쾌거를 이루지만 아쉽게도 등정자登頂者 유동옥은 심한 동상으로 발가락 6개를 절단하는 불운을 당했다. 이 등정은 한국 최초의 7,000m급 고산등정이다.

안나푸르나 주봉의 첫 등반은 1983년 가을에 은벽산악회가 시도했다. 안창렬 대장은 전년도의 닐기리 중앙봉6,940m 등정 성공 경험을 살려 9명으로 원정대를 구성해 북면루트로 등반했으나, 정양근 대원과 셰르파 2명이 눈사태로 불귀의 객이 되고 말았다. 안나푸르나에서의 첫 한국인 희생자다. 또 1972년 마나슬루 대참사에 이어 두 번째 눈사태로 인한 사고다. 이듬해인 1984년 겨울, 은벽산악회는 5명의 소수정예로 다시 팀을 꾸렸다. 눈사태의 위험은 겨울철이 적다고 판단해 세계 동계冬季 초初등정의 대기록을 노렸고, 등정자는 홍일점이자 이미 두 차례 고산등반 경험이 있는 김영자로 정했다. 김영자는 셰르파 4명과 정상에 섰으나 하산 도중 셰르파 2명이 추락사하는 안타까운 사고가 발생했다.

안나푸르나 여성 동계 초初등정은 당시 국내에서는 엄청난 빅뉴스였지만, 불행하게도 이 등정은 세계적으로 인정받지 못했다. BC에 함께 있던 프랑스 팀이 정상보다 2시간 쯤 떨어진 8,050m 부근까지 진출했다며 등정 의혹을 제기했고, 원정대는 신속하고 명확한 해명을 제시하지 못했기 때문이다. 결국 안나푸르나 동계 초初등정의 영예는 2년 후 폴란드의 '예지 쿠쿠츠카'로 공식화되었고, 김영자는 한국여성 최초로 8,000m선을 넘은 기록만 지닌 채 이후 결혼과 함께 등산을 접었다.

## 안나푸르나 한국인 초(初)등

5년 후인 1989년 겨울에 대한산악연맹 팀이 이 산에 도전했으나 실패했고, 이듬해에는 어센트산악회가 거벽등반의 상징인 이 산의 남벽으로 등정을 노렸으나 실패했다. 이어 1991년 인천시산악연맹이 도전했으나 거대한 표층눈사태가 북면을 휩쓸어 대원 2명과 셰르파 4명 등 6명이나 희생되는 엄청난 비극悲劇을 당했다.

1994년 봄, 경남산악연맹이 마의 남벽에 과감히 도전장을 냈다. 영국의 크리스 보닝턴 팀이 1970년에 첫 등정한 이래 겨우 4개 팀만이 성공한 난공불락에 가까운 험한 거벽. 대원은 박주환 대장 외 11명으로 구성됐고, 이들은 악전고투하며 드디어 박정헌 대원과 셰르파 3명이 등정에 성공했다. 이로써 경남산악연맹 팀은 한국 최초로 8,000m급 거벽등반 성공의 기록을 남겼고, 안나푸르나 남벽 코스는 물론 안나푸르나 한국초등의 영광도 함께 갖게 되었다. 같은 해 겨울에 대구 지봉산악회가 도전했으나 한 대원이 실족사하는 사고를 당하고 패배의 쓴잔을 마셨다.

경남산악연맹은 이 여세를 몰아 다음해인 1995년에 과감히 에베레스트 남서벽에 도전해 세계에서 네 번째로 성공해내는 어마어마한 저력을 보였다. 또한 두 거벽을 모두 등정한 박정헌은 일약 산악계의 젊은 영웅으로 떠올랐다. 훗날 박정헌은 초오유, K2, 시샤팡마, 가셔브룸 2봉을 오른 후 2005년 촐라체6,440m 북벽을 등정했지만 하산 중 동상에 걸렸다. 손가락 여덟 마디를 잘라낸 이후 등반기 《끈》을 펴냈다. 이후 박정헌은 고산과 거벽을 떠나 카약과 패러글라이딩 전문가가 됐다.

1996년 봄, 한국히말라얀클럽이 다울라기리8,167m와 안나푸르나를 함께 등정하는 쾌거를 이룬다. 다울라기리는 엄홍길과 셰르파 2명이, 안나푸르나는 박영석, 김헌상이 셰르파 2명과 정상에 섰다. 고소 순응을 끝낸 후 BC 도착해 불과 5일만의 빠른 등정이다. 다울라기리에 이어 가을에 마나슬루8,163m를 등정한 엄홍길이 겨울에 곧바로 안나푸르나로 향했으나 또다시 분루를 삼켰다. 이듬해 대한산악연맹 팀도 셰르파 1명의 추락사로 등정에 실패했다. 한편, 박영석과 함께 등정한 김헌상은 이듬해 다울라기리도 등정했고, 훗날 산악소설 《빙하의 꿈》과 《황금피켈》을 펴내 일약 베스트셀러 작가가 됐다.

1998년 봄, 고인경 대장이 지휘하는 한국히말라얀클럽 원정대가 다시 안나푸르나로 향했다. 앞장선 엄홍길은 정상을 불과 500m 남겨둔 상황에서 불의의 사고로 발목골절상을 입었고, 다친 엄홍길을 무사히 BC로 후송한 후 2차 공격에 나선 한왕용이 정상을 밟았다.

1999년 봄, 엄홍길은 조심조심 안나푸르나를 다시 찾았다. 이번에는 고산등반의 여성 선두주자 지현옥과 함께 스페인의 바스크 팀과 합류했다. 엄홍길은 1989년부터 네 번 실패하여 이번이 4전5기인 셈이고, 지현옥은 에베레스트, 가셔브룸 1봉, 가셔브룸 2봉에 이어 네 번째 8,000m봉 등정 시도였다. 이 두 사람은 1989년 겨울, 대한산악연맹의 첫 안나푸르나 등반도 함께 참여했었다.

드디어 엄홍길은 MBC-TV 카메라맨 박창수와 한 셰르파와 정상에 섰고, 지현옥은 1시간 40분 후 정상에 올랐지만 함께 오른 셰르파와 하산 도중 실종됐다. 지현옥의 안타까운 죽음은 당시 우리나라 모든 산악인의 슬픔이었다. 당시까지 지현옥의 4개 8,000m 고봉 등정기록은 여성으로선 폴란드의 반다 루트키에비치8개봉, 프랑스의 샹탈 모뒤6개봉에 이은 세 번째 기록이었다. 훗날 지현옥의 후배들이 생전의 지현옥 선배의 등산일기를 모아 《안나푸르나의 꿈》이란 제목으로 책을 펴냈다.

### 안나푸르나의 한국영웅들 희비(喜悲)

2002년 봄에는 제주도산악연맹 팀이 조용히 안나푸르나로 떠나더니 빠른 시일에 값진 등정을 이룩하고 귀국하자마자 걸출한 보고서까지 발간했다. 풍운아 오희준 대장은 이로써 6번 히말라야 고산에 도전해 모두 등정하는 위업을 이루었다. 이후 6년간 안나푸르나로 가는 한국인은 없었다. 2009년이 되었다. 경기도산악연맹이 봄에 안나푸르나를 찾아 강정국 대원이 드디어 등정에 성공했다. 그러나 같은 해 가을 시즌에는 경험 많고 노련한 코오롱의 김재수 팀, 부산 희망 원정대 홍보성 팀, 전남의 김홍빈 팀 및 14개 8,000m봉 중 1개봉만 남은 오은선 팀 등 막강한 한국 원정대 네 팀이 BC에 모여 사기충천했으나 모두 악천후로 실패했다.

2010년은 안나푸르나 1봉이 초初등정 된 지 60주년을 맞는 해다. 봄 시즌에 북면버트레스를 통해 오은선, 나관주와 함께 KBS 생중계 팀의 정하영 기자가 등정에 성공했다. 오은선은 이로써 14개봉 여성 세계 최초 완등자로 전 세계 언론의 각광을 받았으나 그것도 잠시, 나중에는 칸첸중가 등정 의혹으로 '논쟁 중in disputed'이라는 불명예스런 혹을 달게 되었다. 같은 시즌에 남벽에는 박영석 대장이 이끄는 5명진재창, 신동민, 강기석, 송준교의 정예 팀이 두 개의 신新 루트를 개척하려고 했으나 연일 계속되는 악천후와 루트 파인딩Route Finding의 어려움으로 고난도 벽을 넘지 못하고 돌아섰다. 등반 도중에 박영석 대장은 급작스러운 부친상父親喪을 당하는 슬픔도 맞았다.

안나푸르나 북동 버트레스를 등반 중인 서성호

안나푸르나 북 사면을 등반중인 김재수 대장

2011년 봄에는 다이내믹 부산 희망 원정대대장 홍보성와 코오롱 챌린지 원정대대장 김재수가 함께 지혜를 모아 도전해 코오롱 팀의 김재수, 손병우와 부산 팀의 김창호, 서성호가 나란히 정상에 섰다. 이로써 김재수는 20년 만에 8,000m 14개봉 완등의 영광을 안았다. 엄홍길, 박영석, 한왕용에 이어 국내 네 번째오은선을 포함하면 다섯 번째 영웅의 탄생이다. 또한 김창호는 14개 고산에 단 한 산에베레스트만 남게 됐고, 서성호는 두 산K2, 브로드피크만 남게 됐다. 이후 김창호는 영예의 완등자 대열에 합류하게 됐고, 지속적으로 개척등반을 전개하며 후배들을 잘 이끌었지만, 슬프게도 2018년 구르자히말에서 사망했다. 서성호는 2013년 에베레스트를 무산소로 등정하고 하산 중 사우스콜에서 사망했다. 너무나도 안타까운 비극이다.

2011년 가을에는 박영석 원정대가 다시 안나푸르나로 향했다. 그러나 박 대장과 신동민, 강기석 세 산악인은 한창 등반 중이던 10월 18일 하산 도중에 실종됐다. 눈사태 아니면 갑작스레 무너지는 거대한 세락Serac, 경사진 빙하의 갈라진 틈에 의해 생긴 탑 모양의 얼음덩이에 매몰埋沒되었으리라 추정되지만 분명치는 않다.

세계를 품안에 안은 쾌남아 박영석. 2007년 에베레스트 남서벽에서 유명을 달리한 오희준과 이현조에 이어, 이번 안나푸르나 남벽에서는 2009년 에베레스트 남서벽 신新 루트 등정의 주인공이자 우리의 젊은 희망 신동민과 강기석 대원도 박영석 대장과 함께 실종됐다. 엄청난 쇼크였고 비통한 슬픔이다. 이럴 때 진정한 산 친구들은 눈물 흘리거나 화내기보다 이해부터 하라는데 이것이 어찌 쉽겠는가! 시신 발굴 작업을 돕다가 촐라체로 떠난 김형일, 장지명도 등반 도중 추락하여 이들을 따라갔다.

### 두려움의 대상 안나푸르나

이 사고 후 안나푸르나는 한국산악인에게 두려움의 대상이 됐다. 히말라야로 등반을 떠나는 원정대는 가능한 한 안나푸르나를 피했다. 이는 비단 한국 팀뿐만 아니라 유럽 등 서구산악인들도 안나푸르나에 도전하는 팀은 다른 고산보다 훨씬 적었다. 히말라야 역사를 보면 아무리 험한 산도 날씨가 좋을 때를 만나면 비교적 쉽게 정상을 오르는 경우가 왕왕 있다. 그러나 날씨가 나빠지면 인간은 너무나 나약한 존재에 불과하다. 이러한 2중성이 극명하게 나타나는 대표적인 고산이 바로 '안나푸르나'로 보면 되리라.

자고로 두려움은 희망 없이 있을 수 없고, 희망은 두려움 없이 있을 수 없다. 4년 후인 2015년 한국도로공사 팀이 이 산에 도전했다. BC에 집결해

2015년 대지진으로 김미곤이 안나푸르나 실패할 때 카트만두의 세계문화유산도 파괴됐다.

등반을 한창 전개하는데 그만 역사적인 네팔 대지진이 발생했다. 네팔 도처에서 9,000명 이상이 사망하는 최악의 대참사였다. 산사태로 계곡이 통째로 사라지기도 했고, 카트만두에선 옛 왕궁 등 소중한 문화유산 건축물들이 상당히 무너졌다. 유네스코 세계문화유산 4곳도 파괴됐다.

도로공사 팀은 이듬해 봄, 다시 안나푸르나 BC에 집결했다. 김미곤 대장은 빠르게 위험한 구간을 잘 돌파한 후 셰르파 2명과 함께 정상에 섰다. 이제 김미곤은 8,000m 거봉 완등에 낭가파르바트 8,126m 단 한 산만이 남게 됐고, 2018년 여름에 드디어 뜻을 이루어 영예의 완등자의 대열에 합류했다.

2018년이 되었다. 안나푸르나 북쪽 BC에는 단 다섯 산악인만이 모였다. 썰렁했다. 수백 명의 각국 등반대원과 셰르파, 포터들이 왁자지껄하던 지난날의 안나푸르나가 아니었다. 이 다섯 명은 한국의 김홍빈과 셰르파 4명뿐이다. 김홍빈의 등반을 응원하러 온 한국의 트레킹 팀이 다녀간 후 BC는 더욱 적막해졌다. 이들은 등반을 시작했다. 한 걸음 한 걸음 나아갔고, 결국엔 이 다섯 산악인 모두 정상에 섰다. 김홍빈은 청년 시절 국가대표 급 스키선수였고, 유명등반가였으나 이후 북미최고봉 매킨리현 드날리, 6,194m 등반 때 동상으로 열손가락을 모두 잃은 장애인이다. 그럼에도 불구하고 그는 고산등반을 멈추지 않았고 8,000m봉 12개를 등정했다. 이제 가셔브룸 1봉과 브로드피크 단 두 산만을 남겨놓고 있다.

안나푸르나는 무섭고, 두렵지만 이름처럼 처절하리만큼 아름다운 산이다. 현재까지 안나푸르나 주봉에 도전한 총 25개의 한국 원정대 중 모두 10개 팀이 등정에 성공했고성공률 40%, 대원 8명과 셰르파 10명 등 모두 18명이 유명幽明을 달리했다. 등정한 한국산악인은 시간 순서대로 박정헌, 박영석, 김헌상, 한왕용, 엄홍길, 박창수, 지현옥, 오희준, 강정국, 오은선, 나관주, 정하영, 김재수, 손병호, 김창호, 서성호, 김미곤, 김홍빈 등 모두 18명이다.

# 세상에서 가장 멋진 원정대

## 다이내믹 부산 희망 원정대

여기 한 편의 위대한 드라마가 있다. 인류역사상 일찍이 그 유래가 없던 대 서사시敍事詩! 감격과 감동으로 응집된 이 신선한 충격의 이야기는 바로 아시아 동쪽 '고요한 아침나라'의 한 항구도시에서 일어난 이야기며, 바로 산사나이들의 이야기이다. 조금도 꾸밈없이 전개된 논픽션Non-fiction 드라마로 불과 몇 년 사이에 벌어진 이야기지만 어느 대하大河드라마보다 더 대하드라마답다.

부산광역시산악연맹은 2006년 봄부터 2011년 가을까지 14개 8,000m 산을 모두 등정하는 쾌거快擧를 이룬다. 실로 대단한 업적이긴 하지만, 왜 어떤 찬사로도 모자라는 역사적인 대 서사시라 하는 것일까? 히말라야 등산역사를 보면 1980년대부터 유럽과 북미 등 등산 선진국의 어느 지역 또는 어느 대기업에서 8,000m 완등을 과감히 기획하고, 매년 원정대를 파견한 적은 여러 차례 있었다. 그러나 이를 성공리에 끝낸 단체는 한국의 부산광역시산악연맹 팀이 유일하다. 그것도 5년 4개월의 최단기간 성공이라는 경이적인 세계기록을 기록하면서.

'다이내믹 부산Dynamic Busan'이란 슬로건은 부산광역시가 채택했다. 2002년 아시안게임의 성공적 개최에 이어 보다 세계적인 항구도시로 도약하자는 부산시민의 소망이 함축된, 부산의 미래상이 담겨있다. 미항美港의 개방성과 역동성을 강조하고 싶었던 부산광역시는 산악인들의 불굴의 도전정신이 부산시민의 개척정신에 부합된다고 판단, 2006년 부산광역시산악연맹의 에베레스트8,850m 원정을 적극 지원했다. '다이내믹 부산 희망 원정대'의 탄생이다.

이듬해 원정대가 죽음을 부르는 산 K2 8,611m와 브로드피크8,047m를 무산소로 연속등정에 성공하자 부산산악연맹은 이때부터 14개봉 완등을 위한 추진위원회를 결성, 일명 '희망 8,000m' 이름의 프로젝트를 본격적으로 출범했다. 곧바로 2008년 마칼루8,463m와 로체8,516m, 2009년에 마나슬루8,163m, 다울라기리8,167m, 2010년에 칸첸중가8,586m, 낭가파르바트8,126m, 시샤팡마8,046m 그리고 2011년에 안나푸르나8,091m, 가셔브룸 1봉8,068m, 2봉8,035m 그리고 마지막 남은 초오유8,201m 등정을 마무리했다.

이들의 등반 일정을 살펴보면 결코 서두르거나 무리하지 않고 매년 지극히 신중했음을 느낄 수 있다. 하지만 산행에 임하면 과감한 속전속결 방식을 택했다. 특히 고소 적응이 끝난 다음의 등정은 무척 빨랐다. 경이롭기까지 하다. 브로드피크는 4일 만에, 로체는 3일 만에, 다울라기리는 6일 만에, 가셔브룸 1, 2봉은 9일 만에 연속등정에 성공했다. 실로 입이 벌어져 쉽게 다물기 어려운 놀라운 기록이다.

## 소수정예, 알파인스타일로

나는 지금까지 40여 년간 히말라야를 다니면서 '다이내믹 부산 희망 원정대'처럼 타의 귀감이 되는 모범적인 팀을 본 적이 없다. 들은 적도 없다. 선진국 원정대를 모두 찾아봐도, 아시아는 물론 유럽과 북미국가의 그 어떤 원정대도 이들과 비교할 수 없었다.

우선 이들은 무척 경제적인 원정대다. 14개봉 완등을 이뤄내는 데 겨우 10억 원 남짓 돈이 들었다. 그렇다고 가난한 원정대는 결코 아니다. 상상하기 어렵다. 부산시청에서 약 60%를 지원했고, 나머지는 대부분 부산광역시 산악연맹과 부산산악인들이 조금씩 힘을 보탰다. 장비지원은 2009년부터 몽벨이 도와줬다. 소위 가성비價性比가 이처럼 좋은 원정대는 세상에 없으리라.

이들이 진정 멋지고 아름다운 이유는 매스컴의 이기利器를 별로 의식하지 않았기 때문이다. 요즘은 'PR의 시대'라지만 이들은 정반대였다. 홍보를 위해 전국적인 언론매체를 이용하지도 않았고, 인터넷사이트도 의존하지 않았다. 다만 부산시민에게 조용히 희망을 전달하려 노력했고, 고맙게도 지역의 〈국제신문〉과 KNN TV가 성실히 이들의 행적을 보도했을 뿐이다. 고개가 절로 숙여진다.

이들은 철저히 소수정예의 알파인스타일로 등반에 임했다. 14개 고산 원정에 참여한 대원 모두를 합해도 겨우 17명에 불과하다니 놀라울 뿐이다. 또 무無산소 등반방식을 택했다. 산소를 사용한 적은 2006년 첫 출정인 에베레스트에서 단 한 번뿐, 이후 일절 산소를 사용하지 않았다. 나아가 8개의 산은 셰르파 없이 등반에 임했다. 장비와 식량도 최소화 했다. 그럼에도 불구하고 이들처럼 성공률이 높은 원정대는 역사에 없다. 오직 안나푸르나

단 한 번만 등정에 실패했을 뿐이다. 2009년 가을 안나푸르나는 이 팀뿐만 아니라 모든 팀이 악천후로 실패했다. 인명 피해도 극히 적어 단 한 명의 셰르파만 유명을 달리했다. 한마디로 경악驚愕을 금치 못할 따름이다.

## 홍보성, 김창호, 서성호

이들이 제반 열악한 여건 속에서 낯선 히말라야 고봉들을 찾아 하나하나 오를 때 어찌 힘들고 고통스런 순간이 없었겠으며, 절체절명絶體絶命 위기의 순간이 어찌 없었겠나! 또한 그때그때마다 어찌 대원간의 크고 작은 갈등이 없었겠으며, 인간적 고뇌가 어찌 없었겠는가! 이 모든 것을 극복하고 하나 둘 셋 알알이 결실을 맺게 되기까지는 3명의 일등공신이 있다.

처음부터 끝까지 대장을 맡아 탁월한 화합능력과 지휘능력을 발휘한 맹장猛將이자 지장智將이며 덕장德將인 홍보성1956년생 대장과 2007년부터 참여하여 13개 봉 모두 등정한, 문무에 있어 라인홀트 메스너를 훨씬 능가하는 김

홍보성 대장

김창호 대원

서성호 대원

2010년 타르푸출리(5,663m) 정상에서. 좌로부터 서성호, 김창호, 홍보성

창호1969년생 대원, 그리고 2007년도만 아쉽게도 참여하지 못했고 12개 봉 모두 등정한, 우리 미래의 희망 서성호1978년생 대원이 이들이다. 이들은 이 엄청난 프로젝트를 처음부터 끝까지 감성이 아닌 이성이 인도하는 대로 이루어냈다. 진정 아름다운 산사나이들이다.

홍보성 대장은 일찍이 1981년 부산 최초의 히말라야정찰대가네쉬 4봉, 7,102m에 참여했었으며, 부산 희망 원정대를 끝내고 난 후에 부산광역시산악연맹의 회장을 역임했고, 사)부산산악포럼 대표를 맡고 있다. 산악행정지도자로 거듭 난 것이다. 김창호 대원은 2005년 광주, 전남산악연맹 합동 팀에 참여해 낭가파르바트의 '지상 최대의 벽'이라는 마魔의 루팔 벽을 통해 등정에 성공했는데 이것이 그의 첫 번째 8,000m 등정으로, 이후 2013년 에베레스트까지 7년 10개월 만에 8,000m 14개봉을 무산소로 완등했다. 서성호는 2013년 김창호와 함께 'From 0 to 8,850' 프로젝트에 참여해 인도양에서 카약과 자전거와 도보로 에베레스트 BC에 도착한 후 무산소로 등정하고, 사우스콜로 내려와 자다가 숨을 멈췄다. 전도유망한 젊은 그의 짧은 생애와 애석한 죽음은 부산시민 뿐만 아니라 전국의 산악인들을 슬프게 했다.

한편 김창호는 8,000m 완등 이후에도 힘중7,140m 세계 초初등정에 이어, 강가푸르나7,455m, 다람수라6,446m, 팝수라6,451m 등에서 신 루트를 개척했고, 프랑스에서 수여하는 산악인의 최고영예인 '황금피켈상'의 심사위원 특별상을 받았다. 대한산악연맹 교육원 등산교수로 재직 중이던 2018년 10월, 다울라기리 산군의 구르자히말7,193m 남벽 BC에서 자다가 갑작스런 돌풍에 휘말려 산신山神이 되었고, 사랑하는 후배 서성호를 따라갔다.

## 완벽에 가까운 보고서

'다이내믹 부산 희망 원정대'가 무엇보다 타의 귀감이 되는 훌륭한 원정대인 것은 매년 성실하게 펴낸 두툼한 원정 보고서에 있다. 어느 영화제목에 〈이 이상 더 좋을 수 없다〉가 기억나는데 이들의 보고서가 바로 그러하다. 거의 완벽에 가까운 6권의 보고서를 보고 있자면 정말이지 감탄을 금할 길이 없다. 도대체 산山마다의 상세한 등반사와 각종 자료들을 어디서 찾아냈는지, 등반기는 어쩌면 이리도 솔직담백하고 섬세한지 한번 들여다보면 전혀 지루하지 않게 읽어나가게 된다. 명필문인들만 모아서 산에 보냈나?

이 희망 프로젝트에 참여한 대원들이 결코 등반기술과 체력만을 앞세우는 산악인이 아니라, 열심히 공부하고 연구하는 진짜 문무를 겸한 산악인들임을 진하게 느끼게 된다. 편집과 디자인도 수준급으로 참고서로도 이 이상 좋은 자료를 찾기 어려우니 금상첨화錦上添花가 바로 이들의 보고서가 아닐까.

한국인이 히말라야 자락에 첫발을 디딘 때가 1962년이니 어느덧 반백 년이 훌쩍 넘었다. 21세기 들어 한국산악인은 엄홍길, 박영석 등 여섯 명의 8,000m 14개봉 완등자를 배출해 세상을 놀라게 했지만, 무엇보다 '히말라야 진출 50년의 결산'으로 펴낸 〈다이내믹 부산 희망 원정대 보고서〉야말로 우리 산악인의 긍지와 자랑이 아닐 수 없다. '세계등반사'를 찾아보아도 이들에 버금가거나 비교될 수 있는 원정대가 없다.

• • •

1950년 인간이 8,000m 산을 최초로 등정한 이래 '세계 등반 역사'를 보면 그 얼마나 많은 원정대가 도전해 왔나! 그 수많은 나라에서 수많은 원정대가 히말라야를 찾아 무수히 등반했지만, 특히 우리 '다이내믹 부산 희망 원정대'가 돋보이는 것은 한 단체에서 역대 가장 짧은 기간에, 역대 가장 적은 비용으로, 역대 가장 적은 인원으로, 역대 가장 적은 사고를 내며, 역대 가장 빠른 등정을 숭고하리만치 과감하고 진지한 자세로 세상의 14개 고봉을 모두 등정해냈다는 엄연한 사실 때문이다. 여기에 깊이 있고 성실한 보고서 6권의 발간은 이들의 진솔한 진실성을 그대로 반영해 준다.

등반의 본질은 보다 어렵고, 높고, 험한 곳을 어떻게 오르느냐로 함축할 수 있다. 이는 등반가 개개인의 끊임없는 도전과 탐험정신에서 비롯된다. 여

2009년 등반 떠나기 전 정신무장을 위해 카트만두에서 전원 삭발했다. (좌로부터 서성호, 남정환, 김창호, 홍보성 대장)

기에 서로 희생하고 아끼고, 지원하며 굳게 뭉치는 힘이 있어야 빛을 발한다. 부산광역시산악연맹은 부산시청의 지원과 부산지역 기업의 후원, 그리고 부산산악인들의 뜨거운 성원 이 모두를 합하여 진정 위대한 승리를 일구어냈다. 아울러 하나같이 맑고 밝은 인상에 낙천적 성격의 소유자로 늠름한 대원들은 멸사봉공滅私奉公의 팀워크로 하늘 아래 최고로 아름다운 인간 승리의 꽃을 피웠다.

# 어느 피켈 이야기

때는 1986년 7월 중순, 카라코람 산맥 깊숙한 곳에 위치한 거봉 K2에서는, 한국 원정대를 비롯한 각국의 원정대가 계속되는 기상급변으로 악전고투하고 있을 때였다.

한국대의 팀 닥터인 정덕환 박사는 어느 날 ABC를 다녀 내려오다가, 모레인 지대의 산기슭에서 아주 오래된 피켈 한 자루를 우연히 발견했다. 나무로 된 샤프트는 부러져서 철 손잡이Finger 부위만 남아있었고, 피크는 휘어져 있었다. 피크의 아래쪽에 톱니도 없는 아주 오래된 피켈이었다. 심하게 녹슬어 있었다. 정 박사는 그 피켈을 집어 들고 BC로 내려왔다.

우리들은 이 오래된 피켈을 들여다보면서 과연 언제, 어느 팀의 것이었나를 감정하기로 했다. 피켈의 헤드 부위에는 희미하게 'Ashenbrenner Innsbruck'라고 새겨져 있었다. 한참을 이리저리 들여다본 후에 내린 결

1986년 K2를 찾은 최초의 한국산악인들
뒷줄 왼쪽부터 윤대표, 최덕신, 정덕환, 장병호, 장봉완, 필자, 정상모, 정부연락관, 하관용, 유재일
앞줄 왼쪽부터 김현수, 권순호, 송정두, 배종원, 임경수, 김창선, 홍옥선, 송영호, 민상기 (촬영 박승기)

론은, 아마도 이태리 팀이 K2를 초初등정하던 1954년도 당시의 피켈이거나, 그 전의 미국 팀, 또는 이태리 팀의 피켈일 것으로 약식 판정을 내렸다. 1950년대 후반 이후의 피켈이 아님은 확실했다. 어느 대원도 이 결론에 반론을 제기하지 않았다.

그런데 바로 다음 날부터 한국대의 BC 옆에, 우리보다 먼저 BC를 건설한 오스트리아대의 한 대원이 집요하게 우리 정 박사를 쫓아다니며, 그 피켈을 자기에게 달라고 졸라댔다. 그의 말에 의하면, 이름은 미하엘 메쓰너, 직업은 대장장이며, 그의 집안은 대대로 오스트리아 인스부르크 지방의 스투바이 계곡 마을에 자리 잡은 대장장이 집안이라는 것이었다. 뿐만 아니라 그 피켈은 아마도 그의 아버지나 할아버지가 만든 피켈일지도 모른다는 것이었다. 그러니 그 피켈은 그에게 아주 소중한 자료로 꼭 자기가 갖고 싶다고 간청했고, 만일 자기에게 준다면 그 은혜는 평생 잊지 못할 것이라고 말했다.

정 박사는 난감해 했다. 대장인 나에게 의사를 물어왔다. 나도 난감했다. 그 오스트리아 대원의 표정을 보면 정말로 그 피켈이 그에게 절실하고 소중한 것 같았다. 무슨 물건이든지 꼭 필요한 사람이 있기 마련이고, 꼭 필요한 사람에게 그 물건이 돌아감이 마땅한 귀결이라는 것이 나와 정 박사의 생각이었다. 또한 당시 나와 정 박사의 관심사는 당연히 그 볼품없고 못 쓰는 구닥다리 피켈에 있지 않았다. 정 박사는 쾌히 그 피켈을 그에게 선물로 주었다.

●●●

1986년도 K2에는 실로 많은 팀이 몰려들었다. 그 험준한 K2에 이렇듯 많은 팀이 몰려든 것은 역사상 처음 있는 일이었다. 베이스캠프의 전경은, 멀리서 보면 흡사 유명한 바닷가의 여름 천막촌 같았다.

전설적인 인물 칼 헤를리히코퍼독일 박사를 비롯하여, 쿠르트 디엠베르거오스트리아, 줄리 투리스영국, 마리 아브게고스페인, 게일런 로웰미국, 미셸 빠르망띠에프랑스, 모리스 와 릴리안 바라드 부부프랑스, 반더 루트키에비치폴란드, 요셉 라콘차이체코, 뵈느와 샤무프랑스, 빌리 바우어오스트리아, 레나또 까사로또이태리, 투리오 비도니이태리, 예지 쿠쿠츠카폴란드, 타데우스 표트로프스키폴란드, 엘런 라우즈영국, 닠 에스트코트영국, 야누스 마이어폴란드, 페테르 보직체코, 베다 후르스터미국, 미하엘 다하독일 등등 책에서만 보아왔던 기라성 같은 산악인들이 대거 K2에 몰려들었다. 동양인은 한국대가 유일했다.

이해, K2에서는 기상급변 등으로 인해 등반 중 사고가 많이 발생하였고, 이때마다 1~2명씩 산악인들이 죽어갔다. 결국 13명의 산악인과 5명의 로컬 포터, 총 18명이나 유명을 달리했다. 이는 지진, 눈사태 등 천재지변을 제외하곤 히말라야 등반 역사상 가장 많은 사상자를 기록한 것이다. 비극의 K2였다. 한편, 등정도 많이 이루어져 총 27명의 산악인이 K2 정상을 밟았다.

그래서인지 이 드라마틱한 '1986년도 K2 등반이야기'가 미국, 영국, 이태리, 체코, 폴란드, 오스트리아, 스위스, 프랑스, 스페인, 한국 등 세계 도처에서 등반기가 책으로 발간되었다. 이 중에는 영국 팀의 카메라 작가 짐 커렌이 펴낸 《K2, Triumph and Tragedy》K2, 그 승리와 비극이라는 책이 비교적 일찍 발간됐는데, 그 책을 보다 그만 깜짝 놀라고 말았다.

● ● ●

때는 반세기 전인 1953년 6월, 눈 덮인 발토로 빙하를 뚫고 미국 원정대가 K2의 베이스캠프에 조용히 나타났다. 그 유명한 찰스 휴스턴을 대장으로, 6명의 산악인이 똘똘 뭉쳐있었다. 이번에야말로 기필코 K2를 오르고 말리라…! 이들은 이듬해에 엄청난 규모의 이태리 팀이 K2로 온다는 것을 이미 잘 알고 있었다. 날씨가 좋다면, 이태리 팀은 성공할 가능성이 높았다. 리카르도 케신이 이끄는 이태리 팀 정찰대도 이미 K2에 와 있었다.

또 마침 라디오를 통해, 영국 원정대의 에드먼드 힐러리와 셰르파 텐징 노르가이가 세계 최고봉 에베레스트를 등정했다는 빅뉴스를 들었다. 당시는 엄청난 큰 뉴스였다. 한 달 후쯤 라디오에서 독일, 오스트리아 합동대의 헤르만 불이 낭가파르바트를 단독으로 등정했다는 뉴스도 흘러나왔다. 세계 제2위 고봉인 K2의 초初등정은 꼭 미국 팀이 이루어내고 싶었다.

당시로서는 대상 산의 규모에 비해 작은 팀이라 볼 수 있는 이 6인조 원정대는 K2를 찾은 세 번째의 미국 팀이었다. 이들은 고심 끝에 아브루찌 능선 루트를 택했다. 어렵게 전진을 계속하여 드디어 7,770미터 고지에 제8캠프를 설치했다. 그러나 여기서 안타깝게도 아트 길키Art Gilkey 대원이 쓰러지고 말았다. 대원들은 아트 길키를 우선 하산시키기로 결정했다.

제7캠프당시는 캠프구간이 짧았다로 내려오는 중간에는 경사가 급한 트레버스 구간이 있었다. 이 구간의 통과가 큰 과제였다. 난감했다. 생각 끝에 이들은 거동이 불편한 아트 길키의 안전한 하산을 위해 피켈 두 자루를 이용해 간이 들것을 만들었다. 그리고는 앞에서, 옆에서, 그리고 뒤에서 서로 로프로 조절하며 후송하기 시작했다. 그러나 순간적으로 누구의 실수인지는 모르나, 아트 길키는 조용히 아래로 미끄러지기 시작했다. 그리고는 흔적도 없이 그들의 시야에서 사라졌다. 실로 눈 깜짝할 사이였다. 미국 원정대는 이렇게 대원 한 명을 잃고, 등반은 결국 실패로 끝났다. 이 후 산악인들은 아트 길키가 사라진 이 지역을 '길키 꿀르와르Gilkey Couloir'로 불렀다.

• • •

짐 커렌의 1986년도 K2 등반기록인 《K2, 그 승리와 비극》에는 뜻밖에 전혀 의외의 사진이 실려 있었다. 그것도 칼라사진으로…. 바로 정 박사가 오스트리아 산악인에게 선물한 그 피켈이었다.

사진설명에는 다음과 같은 해설이 있다.

> 이 피켈은 십중팔구 1953년도에 아트 길키를 후송하던 간이 들것에 사용된 두 피켈 중 하나임이 거의 확실하다. 이 피켈은 눈사태에 휩쓸려 떨어져 길키 꿀르와르의 아래 데브리Debris 지역에 파묻힌 것을 오스트리아 원정대가 발견했다.

또한 본문에 그 오스트리아 대원은 미하엘 메쓰너임을 명기하고 있다.

미하엘 메쓰너는 이 피켈을 '가보'로 고이 보관하고 있으며, 가끔 주요 산악전시에 출품한다고 한다. 왜 이 친구는 피켈의 발견자가 한국 원정대의 팀 닥터 정덕환이라는 사실을 밝히지 않았을까?

거짓말을 한 미하엘 메쓰너를 이해하는 것은 어렵지 않다. 진실보다 앞서는 자기과시욕과 동양인은 무시해도 괜찮으리라는 얄팍한 유럽인들의 우월감에서 비롯되었을 게다. 문제는 우리에게도 있었다. 우리는 왜 당시 그 피켈을 대수롭지 않게 생각했을까? 왜 샤프트가 부러져 못 쓰는 구닥다리 옛 피켈일 뿐이라고 판단했을까?

● ● ●

새천년을 맞이하여, 오스트리아에서는 대규모의 산악박물관 "Der Berg ruft!"를 개관했다. 장소는 잘츠부르크 시市에서 자동차로 1시간 거리인 티롤지방의 작은 마을 '알텐마륵트'이고, 마을 옆의 아름다운 언덕에 한시적 간이 박물관이 건설되었다. 전시 기간은 2000년 4월 15일부터 2001년 11월 4일까지 장장 1년 반 동안이다.

한편, 국제산악연맹UIAA의 2001년도 총회가 이곳 박물관에서 가까운 산악 마을인 'St. Johann im Pongau'에서 10월 중순에 개최됐다. 한국에서는 한국산악회의 문희성 회장과 남정현 부회장, 그리고 대한산악연맹의 이인정 부회장과 내가 참석했다. 총회 전날의 환영만찬이 이곳 박물관에서 성대히 거행됐고, 총회 다음 날에는 2002년 UN이 정한 "산의 해"를 대비한 심포지엄이 이곳 박물관 내의 영화관에서 개최됐다.

●●●

점심 식사 시간에 '쿠르트 디엠베르거'가 나를 첫눈에 알아보더니, 내 이름을 크게 부르며 반가이 맞이한다. 1986년 K2 이후 처음 만난 것이다. 당시 그는 국제 팀의 고참 대원이었고, 나는 한국 팀의 대장이었다. 벌써 만 70세의 노인이 되었지만 건장한 모습에 아직 정정했다. 쿠르트 디엠베르거는 유럽의 현존하는 최고의 전설적인 산악인이다.

그는 8,000m 거봉 2개를 인류 최초로 초初등정한 3명 중 유일한 생존자다. 1957년 브로드피크8,047m와 1960년 다울라기리8,167m를 인류 최초로 올랐다. 브로드피크는 세계 최초의 알파인스타일로. 이후 54세인 1986년 무산소로 K2를 등정할 때까지 그의 등반 하나하나가 유럽 산악인에겐 한마디로 전설 그 자체였다. 브로드피크는 초初등 28년 후에 다시 오르기도 했다. 고산에서의 철인이 저술가로도 유명했다. 《Summits and Secrets》, 《The Endless Knot》, 《Spirits of the Air》 등의 책을 저술했고, 다큐멘터리 영화를 직접 제작해 산악영화제에서 영예의 에미Emmy상을 수상하기도 했다.

유럽의 산악인들은 남녀노소 모두가 그와 마주칠 때마다 정중히 예를 표했다. 아직도 정정한 그에 비하면 배가 나온 내 모습이 오히려 부끄러웠다. 우리는 총회 다음 날 헤어지면서 여러 번 포옹을 했다. 눈물이 글썽거렸

1986년 K2 정상을 향해
BC를 떠나는 전설적인 영웅
쿠르트 디엠베르거

K2 정상에서 하산할 때 한국팀이 구조,
정덕환 박사의 치료를 받았다.

다. 그리고 다시 만날 것을 굳게 약속했다. 과연 다시 만날 수 있을까?

●●●

이번 UIAA 총회 참석은 바로 희대稀代의 역사적인 산악영웅이자 철인鐵人인 쿠르트 디엠베르거를 다시 만났다는 기쁨과 이 멋진 산악박물관을 관람했다는 이유만으로도 너무 행복했다. 내 자신이 상상했던, 그리고 꿈속에서 그려보았던 산악박물관보다 훨씬 크고 웅대했다. 전시작품 내용의 풍부함과 건실함, 그리고 짜임새 있고 다양한 실내장식과 조지 말로리의 친필 일기 등 그 귀한 역사 속의 값진 전시품들…. 여기에는 세계 각 지역의 고산과 거벽에 관한 자료들이 그 지방 풍속과 함께 완벽에 가까운 모습으로 재연되어 있었다.

근대등산의 창시자 베네딕트 드 소쉬르 박사부터 미래의 등반활동에 이르기까지 그 규모와 다양한 전시형태에, 정말이지 입을 다물 수가 없었다. 오스트리아가 진정한 산악 선진국임을 여실히 보여주고 있었다. 나는 이 박물관 안을 돌아다니며 남몰래 감격의 눈물을 흘렸다.

너무 기뻤다. 그러던 중 어느 순간 갑자기 피가 멈추는 듯 짜릿한 느낌이 왔다. 가슴이 두근거렸다. 15년 전 K2의 그 피켈이 눈에 들어오는 것이 아닌가!

●●●

영국인 짐 커렌의 책을 보며 씁쓸했던 기억을 잊을 수가 없다. 돌이켜보면, 나의 학창 시절 어리석었던 모습이 떠오른다. 당시 새로운 등산장비가 생기면, 이전 장비는 바로 버리거나 누구를 주곤 했었다. 모아 놓았어도 이

2001년 오스트리아 세계산악박물관에서 바로 그 피켈을 찾았다.

사 갈 때 적당히 처분하곤 했었다. 도대체 옛것에 대한 애착과 그 소중함을 전혀 깨닫지 못하고 있었다. 오로지 새로운, 좋은, 값비싼, 외제 장비만 선망했었다. 참으로 부끄러운 노릇이다. 물질문명은 선호했으나 진정한 문화가 무엇인지를 모르고 있었다는 말이다. '진정한 선진국은 경제대국이나 군사대국이 아니라 문화대국이다'라는 말이 실감난다. 문화선진국!

지금 생각하니, 나의 어린 시절 우리 집 광에는 옛 서적들과 악기 등이 참 많았다. 산을 좋아하시는 아버지 덕분에 등산장비와 야영장비도 제법 많았다. 지금은 구해 볼 수도 없는 제2차 세계대전 당시의 나치스 군용자일을 비롯해 조선 말기의 무기, 왜정시대의 등산장비, 6·25 사변 때의 미군용 장비들이 제법 있었던 기억이 생생하다. 만일 지금도 그 옛 장비들을 보관하고 있었다면….

비단 등산장비 뿐이겠는가!

# 아! 벌써 40년이 지났나요?

## _ 1977년 에베레스트 원정대 이야기

2017년 9월 15일은 세계 최고봉을 등정한 지 40주년이 되는 날이다. 대한산악연맹은 강원도 하이원리조트에서 '산악인의 날' 행사를 제법 거창하게 거행했다. 이날 밤 대원들이 모여 조촐한 기념파티를 열었다. 옛 어른들의 말씀으로 40년이면 강산이 네 번이나 변한다는데. 그런데 요즘 1년이면 옛날의 10년? 참 무섭게 빨리 변한다. 새삼 에베레스트의 40년 전을 이야기해 보자.

### 무지, 무경험의 40년 전

우선 40년 전의 한국은 무척 가난했다. 국민 모두가 간난신고艱難辛苦에 허덕였지만 용케도 희망만은 넘쳤다. 해외로 나가는 것도 힘들었고, 단수여권 마련도 하늘의 별 따기였다. 사회의 제반 여건이 등산을 목적으로 외국에 나가기엔 여러 제약이 많이 따랐다. 고작 몇 산악단체의 이웃나라 일본과 대만 원정뿐이었다. 그러나 어느 분야건 앞서가는 개척자가 있기 마련이다. 한국의 첫 히말라야 진출은 1962년 가을, 경희대 팀박철암 외 3인의 다울라기리2봉7,751m 정찰이었다. 돈이 모자라 귀국길은 화물선을 타고 부산항으로 돌아왔다.

두 번째는 8년 후인 1970년 추렌히말7,371m 원정대로 등정했다고 국민을 속여 대대적인 환영을 받았으나, 나중에 거짓으로 판명됐다. 김정섭 대장은 이후 마나슬루8,163m 원정대를 꾸렸으나 1971년 1명 사망, 1972년 15명 사망에 이어 1976년 세 번째 도전도 등정에 실패했다.

대한산악연맹은 1971년에 로체샤르8,382m 원정대를 파견했다. 등정은 실패했지만 소중한 경험을 쌓았고, 최수남 대원이 한국인 최초로 8,000m 선을 넘었다. 이 원정대는 네팔 정부에 에베레스트 등반신청서를 제출했다. 국민소득이 겨우 250달러1970년 기준에 불과한 나라, 그것도 6,000m급 고산등정 경험도 전혀 없는 나라가 겁도 없이 세계 최고봉에 도전장을 낸 것이다.

네팔관광성의 회신은 한참 후인 1973년 12월에 외무부를 통해 전달됐다. 시기는 4년 후인 1977년 가을 시즌. 당시는 1년에 2팀봄에 1팀, 가을에 1팀만 등반할 수 있었고 접수는 선착순FCFS이었다. 신청하고 3년, 접수되고 4년, 모두 7년을 기다려야만 했다. 요즘은 팀과 개인 수에 제한이 없고, 네팔에 도착해서 신청하고 바로 산으로 향할 수 있다.

## 두 차례의 정찰대 파견

우리의 에베레스트 등정은 결코 하루아침에 이루어지지 않았다. 7년간에 걸친 준비와 훈련과정이 있었고, 설악산 훈련 중 눈사태로 3명의 대원을 잃는 안타까운 비극을 겪기도 했다. 대한산악연맹의 모든 행사가 에베레스트 준비일환으로 일관一貫되었다. 한편, 네팔 사전방문의 필요성이 강력히 제기됐다. 결국 2년에 걸친 두 차례의 정찰 활동은 본 원정대 성공에 큰 교두보橋頭堡 역할을 하게 된다.

1975년, 제1차 정찰대는 대원 7명이 근 4개월 가까이 정찰 활동을 했다. 우리나라 반만년 역사에서 세계 최고봉을 최초로 찾아가는 팀이다. 각종 자료와 정보수집 및 경험축적에 최선을 다했다. 7명 전원이 임자체6,189m, 일명 아일랜드피크를 올랐는데 이는 한국인 최초의 6,000m 산 등정이다. 에베레스트 제1캠프, 푸모리7,145m 6,200m까지 등반했다. 경비행기 타고 에베레스트 웨스턴 쿰Western Cum 상공에서 공중정찰을 하기도 했다.

2017년 '산악인의 날' 행사에서 40년 전 에베레스트 대원들 (뒷줄 좌로부터 곽수웅, 이태영, 이기용, 장문삼, 필자, 김명수, 앞줄 좌로부터 김영한, 이상윤, 박상열)

1976년의 제2차 정찰대는 대원 2명으로 트레킹 도중의 자료 수집은 물론, 사다Sirdar와 고소셰르파, 아이스폴셰르파 등 현지인 고용계약, 미국 원정대의 NASA제품 산소통 50개 구입 등 중요과제를 해결했다. 물론 1977년 본 원정대 출발 전에도 카트만두 사전준비를 위해 미리 선발대도 파견했었다.

한편, 당시 무척 흥미로운 기록이 있다. 원정자금 건인데 정부로부터 6천만 원, 대한산악연맹 자체 1천만 원 외에 12개 국내유수기업체가 지원을 했다. 이를 나열하면 대우실업, 대한전선, 대한항공, 동양나일론, 동양맥주, 미원, 종근당, 태평양화학, 한일합섬, 한국생사, 해태제과 및 한국일보다. 당시 각 분야별 최고 기업들이 다투어 동참했으니 범汎사회적인 원정대가 된 셈이다.

## 40년 전, 환상적 신비의 카트만두

우선 40년 전의 에베레스트로 가는 옛 추억을 더듬어보자. 40년 전엔 김포공항을 떠나 홍콩또는 타이페이 경유 방콕까지 13시간 걸렸다. 당시 자유진영 민항기는 중국과 인도차이나 반도 상공을 통과할 수 없었기 때문이다. 방콕에서 식품 구입 후 캘커타또는 다카를 경유해 카트만두로 날아갔다. 40년 전 카트만두 공항은 무더위 속, 어수선한 가운데 수백 명 짐꾼들의 혼잡한 분위기가 참 독특했다. 마치 타임머신을 타고 300년 전쯤으로 거슬러 올라간 느낌이랄까. 카트만두 공항은 한국의 고려개발주에서 확장건설 중이었다.

40년 전 카트만두 시내경찰은 특이한 유니폼에 대부분 콧수염을 멋지게 기르고 작은 칼을 차고 있었다. 시민의 주 교통수단은 버스와 마차가 고작이고, 대부분 걸어 다녔다. 시민의 70% 이상은 맨발로 걸으며, 남자는 누구나 모자 토피를 썼다. 자동차는 많지 않았고, 택시운전사는 최고의 직업이다. 카트만두는 환상적인 독특한 아름다움으로 가득한 전형적인 옛 왕국의 수도로 깨끗한 전원도시였다. 신비스런 고적古蹟과 세계문화유산 급 사원들이 도처에 즐비한, 꿈속같이 쾌적한 낭만의 도시였다.

그러나 지금은 불행하게도 그 반대다. 카트만두 인구는 엄청 늘어났으나 제반시설이 뒤따라 주지 못해 위생상태가 불결하고, 혼잡한 거리마다 먼지 투성이에 지저분하다. 안타까운 점은 곳곳에 산재한 인류유산인 국보급 탑과 사원들이 관리 소홀로 모두 지저분하게 방치되어 부서지거나 흉하게 변해버렸다는 현실이다. 기가 막혀 눈물 날 지경이다. 도로 상태는 엉망인데 우리나라에선 폐차시키고도 남을 낡은 버스와 고물차들이 내뿜는 저질 연료의 탁한 냄새는 곤욕스럽기 짝이 없다. 자동차와 오토바이는 엄청 늘어나 그 매연과 소음이 장난이 아니다. '멕시코시티'나 '카이로'보다 훨씬 더 심하다. 때문에 시내 길거리를 산소마스크 쓰고 다니는 외국인의 진풍경도 이따금 목격할 수 있다.

당시 국왕을 존경하는 백성들은 맑은 표정과 착한 성품을 지녀 가난했어도 늘 웃으며 명랑했다. 또 시민들은 하나같이 외국인에게 친절하고 온순했다. 그러나 지금은 부패한 정부에 대한 불신, 잦은 시위 등 사회적 불안으로 시민들의 표정은 어둡고, 민심은 사나워졌다. 그 착하던 사람들이 이렇게 변한 것이다. 중심가의 밤거리는 사기꾼, 도둑들이 득실해 자칫 방심하면 코 베어가기 십상이다. 외국 관광객에게는 바가지요금이 판을 치고 치안이 불안해 위험천만한 매력 잃은 도시로 변했다. 정말이지 옛날의 카트만두 정서가 그립다.

1975년, 띄엄띄엄 다니는 택시를 타고 "Korea Embassy"로 가자고 하면 꼭 북한대사관으로 안내해 줬다. 한국대사관은 지도에도 없었고, "Korea" 하면 당연히 북한이요, "South Korea"를 아는 시민은 거의 없었다. 대사관 직원도 북한은 수십 명이고 남한은 고작 3명뿐이었다. 당시 우리 교민은 기억에 아른거리지만, 공항 공사를 맡은 고려개발 직원 약간 명과 UNDP 소속 2명, 국가대표 축구감독 1명, 태권도 코치 1명 등이 전부였던 것 같다. 가족까지 몽땅 모여야 열댓 명 정도였다.

그러나 지금 북한과 남한의 이미지는 완전히 바뀌었다. 한국의 위상이 크게 높아졌다. 거리에선 한국관광객을 자주 만나볼 수 있다. 최근 통계에 의하면 매년 약 3만 명의 한국인이 네팔을 찾는단다. 한국인이 네팔에 뿌리는 돈도 어마어마하리라. 당연히 카트만두에 한국음식점이 30군데가 넘는다. 요즈음 네팔 사람에겐 한국이야말로 "Korean Dream"이다. 한국어 학원이 도처에 있고, 한국 요리학원도 있다. 한국말 하는 현지인도 꽤 많다. 반면에 북한대사관 직원은 현재도 집단으로 숙식하고 있다.

## 40년 전, 낭만의 에베레스트 트레킹

전세버스에 짐을 싣고 카트만두를 출발해 티베트와 국경인 장무로 연결된 도로를 3시간 반 정도 달리다가 '람상고'에서 하차한다. 이어 모든 짐을 계곡 옆 초원으로 옮겨 가지런히 부려놓고 첫 야영을 했다. 다음 날 아침 일자리 찾아 몰려든 현지인을 고용해 이때부터 약 한 달간 걸어야 하는 장장 380km의 대장정을 시작했다. 단 한 번도 자동차 구경을 할 수 없는 험준한 산길의 연속으로 거대한 산과 고개를 넘고, 계곡과 숲을 지나 오르락내리락 구절양장九折羊腸 이어지는 산길을 하루에 꼬박 7~8시간씩 걸어갔다.

이 여정은 꿈에 그리던 에베레스트로 가는 필수요건이기에 고달픔은 전혀 생각 안했다. 오히려 이 긴 트레킹이 등반 못지않게 그리운 추억으로 지금도 아련히 남아있다. 진정한 낭만이 여기에 있었다. 매일 산행을 끝내고 느긋이 야영하는 맛이 너무 멋졌다. 포터들이 원정대 짐을 짊어지고 가는 긴 대열도 장관이었다.

경사가 비교적 완만한 산이면 주민들은 어김없이 밭을 일구었다. 주변의 경치는 매일매일 신비롭고 환상적으로 변했다. 대원들은 저 멀리 하얀 고산이 나타나면 환호성을 지르곤 했다. 캠프를 칠 때는 노천창고를 만들어 포터들이 짊어지고 오는 각종 물건을 종류별로 쌓고, 쿡과 키친보이를 데리고 대원이 직접 요리를 했다. 저녁 식사를 마치고 간혹 비가 안 오면 모닥불을 피우며 조용히 캠프파이어Camp Fire를 즐겼다. 마을을 지날 때마다 척박한 생활에 찌든 주민들은 약을 달라고 찾아오고, 어린이들은 우리의 야영지에 구경삼아 모여들었다. 비교적 풍요로운 농가는 대개 1층에는 소, 염소 등 가축이 있고, 2층에 사람이 살았다. 방이 따로 없는 어두운 홀은 퀴퀴한 냄새와 함께 장작불 연기로 가득했다.

숲 속에선 모기와 거머리들이 떼를 지어 우리를 공격했다. 앞뒤 좌우상하로 공격하는 거머리 떼를 막기 위해 특히 용변을 보려면 꼭 우산을 펴들고 앉은 채로 자리를 몇 번씩 옮겨 다녀야 하는 진풍경을 연출해야 했다. 아무리 조심해도 하루에 수차례씩은 각자의 피를 거머리에게 헌납했다. 거머리는 해발 2,500m 위는 없었다. 또 어느 집이라도 들어가 차를 마시면 파리, 벼룩, 이 등이 우리를 반겼다. 우리는 점차 이곳 생활에 동화되어 갔다. 사람들은 소박하고 여인네들은 친절했다. 지저분한 손으로 따뜻한 차라도 대접하면 우린 고마워했다. 처음에는 보기도 꺼림칙했던 지저분한 음식들에 점차 익숙해졌다. 때로는 말린 소똥 위에 감자를 눌러놓고 구워 먹었다. 점점 네팔 시골의 정과 맛을 느낄 수 있었다.

그러나 지금은 모든 원정대가 경비행기 타고 루크라로 바로 날아가기에 이렇듯 오랜 트레킹을 통해 느끼는 낭만은 전혀 맛볼 수 없다. 감쪽같이 사라진 것이다. 40년 전에 걸어서 꼭 보름 걸리는 루크라 마을까지 불과 40분 만에 도착하기 때문이다.

루크라 위쪽 마을의 변화가 엄청나다. 40년 전에는 아랫마을일수록 풍요롭고, 고도가 높을수록 가난했다. 셰르파의 고향 솔로쿰부 지방은 가난 그 자체였다. 에드먼드 힐러리 경이 곳곳에 병원과 학교를 세우고 다리를 놓았으나 참 척박한 마을들이었다. 그러나 지금은 세계 최고봉을 보려고 전 세계에서 이곳을 찾아오고, 그 트레킹이 루크라부터 시작하기 때문에 그 윗

뒷줄 맨 왼쪽은 박훈규. (박훈규는 40년 전 대원으로 선발됐었으나 어머니가 반대해 원정대 참가를 포기했다.)

마을들은 자연히 돈을 많이 벌게 되었다. 로지마다 경쟁적으로 시설이 깨끗해지고 음식 등 모든 면에서 해마다 좋아지고 있다. 특히 루크라, 남체바잘에는 요즈음 PC방, 비디오방은 물론 사우나, 나이트클럽, 서양식 바, 제과점 등이 즐비하다. 음료, 식대, 숙박비 등 가격은 매년 무섭게 오른다. 반면에 루크라 아래쪽 마을들은 과거와 별 차이가 없다. 그래서 이들은 루크라 위쪽 마을로 올라가서 허드렛일을 하며 돈을 번다.

40년 전 남체바잘 위는 마을이래야 쿰중을 제외하곤 척박하기 그지없는 가난한 집 몇 채뿐, 감자 외에는 닭도 계란도 야채도 현지구입이 불가능했다. 고도가 높아질수록 춥고 을씨년스러웠다. 짐 운반하는 야크Yak들을 벗 삼아 천천히 눈길을 걸으며, 그날의 목적지에 도착하면 눈밭 위에 텐트치고 창고 정리를 마무리하면 요리하는 대원이 오히려 부러웠었다. 하지만 오늘날 에베레스트를 찾는 이들은 결코 그 옛날 긴 카라반을 통해서 느꼈던 자연과 동화된 진정한 멋과 낭만 그리고 트레킹의 참 행복과 즐거움을 도저히 맛볼 수 없을 것이다.

### 40년 전, 통신과 등반장비

40년 사이에는 무엇보다 큰 격세지감隔世之感으로 먼저 통신의 발달을 언급하지 않을 수 없다. 40년 전 까마득히 먼 네팔로 전화하려면 서울국제전신전화국현 광화문 교보빌딩 자리을 찾아가 서면으로 신청하고 기다리면 대략 1~2시간이 지나서야 실내 스피커를 통해 "네팔 신청하신 분은 몇 번 전화박스로 들어가세요!" 한다. 전화박스 안에는 달랑 전화기 한 대가 있다. 수화기를 들면 오퍼레이터Operator가 번호를 확인하고 "잠깐 기다리라" 말한 후 일본을 통해 네팔과 연결시킨다. 한참 기다리면 심한 잡음 속에 수화자 목소리가 가늘게 들린다. 아차! 실수로 전화가 끊기면 또 앞의 절차를 밟으며 부지하세월 기다려야 했기에 사전에 준비한 내용으로 빠르게 통화를 마쳐야 했다. 그러나 지금은 언제 어디서든지 핸드폰으로 네팔로 직접 통화한다.

당시 BC에서 등정소식이나 지원요청 등 화급을 요할 경우 남체바잘에 있는 간이전신소로 메일러너Mail Runner를 내려 보내 카트만두 전신국으로 무선통신을 취하면, 전신국에서 한국대사관으로 전달해 준다. 대사관에서는 텔렉스Telex로 본국에 보내는 것이 가장 빠른 방법이었다. 물론 그때는 팩스Fax, Facsimile도 없었다. 그러나 지금은 캠프에 누워서 한국뿐 아니라 세계 어느 곳으로든 위성전화를 통해 직접 통화한다. 당연히 메일러너가 없어졌다.

또 컴퓨터와 핸드폰이라는 귀신 도깨비방망이가 나타나 뚝딱 지구촌 어디든지 공간을 초월해 곧바로 서로 글을 주고받고, 심지어 사진, 동영상 등 영상물까지 바로 주고받는 세상이 됐다. 낮에 등반하는 자신의 모습을 저녁에 캠프에서 자신이 직접 감상하는 요즈음이다. 등반 보고서나 사진집이 원정대가 귀국하자마자 발간되는 현실을 40년 전 산악인들이 과연 상상이나 할 수 있었겠는가! 반대로 요즈음 사람이 당시를 생각해도 도무지 상상이 안 되리라.

등산장비들은 참 많이 변했다. 기본 장비인 신발의 경우를 보자. 40년 전에는, 오늘날 이미 구닥다리가 된 플라스틱 신발도 상상 못하던 시절이다. 오직 가죽제품만 있었다. 요즈음에 40년 전 신발을 신고 등산하라고 하면 너무 무겁고 불편하기 짝이 없어 다들 고개를 저을 게다. 또 40년 전 아이젠 착용은 요즘의 원터치식이 아니라, 일일이 끈으로 묶어야 했으며, 등반 도중 휴식할 때마다 끈이 느슨해져 있지 않나 점검해야만 했다.

헤드램프의 경우, 차이가 더욱 두드러진다. 40년 전 투박한 헤드램프는 머리에 쓰고, 연결된 건전지 통은 허리에 차거나 주머니에 넣었었다. 대형 1.5V 건전지 3개를 넣으면 잘해야 2시간 정도 사용이 가능했다. 그래서 그 무거운 건전지를 예비로 각자 6개씩은 갖고 다녔다. 그런데 지금은 겨우 라이터 크기의 가벼운 헤드램프에 건전지는 원정 기간 내내 교체할 필요가 없다. 밝기 성능은 최소 10배 이상 우수하다. 당시는 '솔라 시스템'도 물론 없었다.

무전기는 무척 크고 무거웠다. 성능은 천양지차天壤之差다. 무전기에 들어가는 건전지도 40년 전에는 리튬Lithium 배터리는 고사하고 알칼리Alkali 배터리도 상상 못했던 시절이다. 휴대용 무전기는 소형 1.5V 건전지 8개가 들어가는데 추운 고소에서 어찌나 소모가 심한지 불과 몇 십분 만에 건전지를 교체하곤 했다. 때문에 등반 중에도 새 건전지를 늘 애물단지처럼 잘 보온 포장해, 넉넉한 양을 갖고 다녔다. 건전지 소모를 줄이기 위해 캠프 간 통화는 하루에 서너 번 시간을 정해 통화했다. 등반 중엔 통화가 여의치 않아 중간캠프에서 중계하는 경우도 비일비재했다. 그러나 지금은 당시보다 무게 1/10, 부피 1/10의 휴대하기 간편한 무전기에, 건전지 교체 걱정은 전혀 없이, 언제라도 쉽게 통화가 가능하다. 조용히 말해도 아주 잘 들리는 우수한 성능에 다시금 놀라움을 느낀다.

고소의류도 요즘 그 흔한 고어텍스Gore-Tex, 플리스Fleece, 폴리에스터Polyester, 스판덱스Spandex, 윈드스토퍼Wind-stopper 등의 원단은 듣도 보도 못하던 시절이었다. GPS는 물론 없었다. 언제부터인가 탄생한 소위 "알파인 스타일"은 그만큼 각종 장비가 발달했기에 가능하리라. 요즈음 고산등반에 있어 장비의 무거움은 최대의 적이다. 배낭, 텐트, 빙벽등반장비 등 그 수많은 장비들의 40년 차이를 일일이 비교하는 것은 별 의미도 없어 이쯤에서 끝내자.

### 북새통인 요즈음의 에베레스트 BC

요즘 에베레스트 BC는 한창 때면 각국에서 몰려온 1,000여 명이 훨씬 넘는 산악인들로 붐빈다. 날씨가 계속 나쁘면 대부분 위 캠프에서 철수하기에 많은 인원이 동시에 BC에 거주한다. 여기에 매일 수백 명의 트레커와 그 몇 배의 로컬포터들이 야크 떼를 몰며 BC를 방문한다. 그러니 에베레스트 BC야말로 멀리서 보면 엄청 큰 마을을 연상시킨다. 수백 개의 크고 작은 울긋불긋한 텐트들은 그야말로 장관이다. 밤의 야경도 환상적. 여기저기서 파티를 하며 노래와 춤의 향연도 심심치 않게 벌어진다. 각국 산악인들과 스스럼없이 사귈 기회도 많아 남녀 간의 로맨스도 다반사란다. 다른 고산에서는 상상할 수도 없는 일이다.

연료로 포터블 석유발전기 외에 태양열발전기, 전기와 열을 동시에 공급하는 열 병합발전기 등을 설치해 밝은 전깃불 아래서 책을 읽으며, 전기담요, 전기난로를 즐겨 사용한다. 여기에 충분한 온수의 공급은 물론, 컴퓨터 등 각종 전자기기 사용이 가능해졌다. 술, 담배, 각종 식자재 등 무엇이든 모자란 듯하면 어김없이 아랫마을에서 비싼 값에 사서 운반해 온다.

반면에 팀 수가 많아 불편한 점도 적지 않다. 가장 큰 문제가 식수와 오물처리다. 각 팀마다 모레인Moraine, 빙하 위 퇴석지대에 수많은 텐트를 치고, 화장실도 마련하는데, 바로 밑의 얼음과 눈 사이로 오물이 퍼져나가 불결하기 짝이 없다. 인간의 배설물, 쓰레기, 생활폐수가 뒤덮여 온갖 악취를 풍긴다.

최근 에베레스트 BC 모습.
사진에는 안나왔지만 뒤쪽도 이처럼 BC 텐트촌이 넓게 퍼져있으며
날씨가 나빠면 3~4배 더 혼잡하다.

때문에 BC에서는 누구나 두세 번쯤 설사, 복통에 시달리기 마련이다. 제1, 2, 3캠프에도 오가는 사람은 많은데 별도의 화장실을 제대로 마련하지 않아 식수용 눈과 얼음을 구하는 데 큰 곤욕을 치른다. 이 틈새를 노려 BC에 간이병원이 생겼다. 한 번의 진찰료로만 현찰로 50달러씩 받는 폭리를 취하며 성황리에 개업하고 있다. 세탁소도 생기고, 쓰레기 청소회사도 생겼다. 또 각 팀끼리 크고 작은 다툼이 일어나면 그 중재를 위해 네팔경찰이 시즌 끝까지 BC에 상주한다.

티베트 쪽 에베레스트 BC의 경우, 네팔 쪽에 비해 훨씬 더 편안하고 안

최근 에베레스트 캠프3의 텐트들(식수, 화장실, 쓰레기 처리 등의 문제가 많다.)

락하다. BC까지 대형자동차가 바로 들어가기 때문이다. 주문하는 즉시 신선한 배추, 김치, 각종 반찬, 소고기, 계란, 술, 음료수 등은 물론 의약품, 생필품에 이르기까지 바로바로 BC로 배달된다. 가족, 친구 등이 BC까지 찾아오는데 자동차를 타고 오기 때문에 넥타이에 산사복 입은 남자, 하이힐 신고 양장한 여인도 BC 방문이 가능하다. 군에 가 있는 아들 부대에 면회하듯 생각하면 된다. BC 바로 아래에는 비록 천막촌이지만 레스토랑, 호텔, 찻집, 바 등이 양쪽에 늘어서 있어 원정대를 찾아오는 손님들과 하룻밤 머물기도 좋고, 대원들도 심심하면 삼삼오오 가볍게 내려와 한 잔씩 걸치고 게임하고 당구치는 등 실컷 놀다가 올라가곤 한다.

## 오늘날의 에베레스트 등반

에베레스트 등반의 경우, 40년 전과 크게 다른 점 몇 가지만 지적해 보자. 우선 입산료가 파격적으로 올랐다. 40년 전에는 인원 제한 없이 팀당 US$1,200을 네팔관광성에 냈지만 오늘날에는 팀7명 이내당 입산료가 US$70,000이다. 여기에 대원 1명 추가에 US$10,000씩 내야 한다. 만일 1977년 한국에베레스트 원정대와 같이 대원이 총 19명이라면 네팔 정부에 지불하는 입산료만 US$190,000 즉 2억 원이 넘는다는 계산이다. 놀라워 입이 안 다물어진다.

둘째, 40년 전에는 봄 가을 각 1팀씩 일 년에 두 팀만 입산을 허가했지만, 요즈음은 신청만 하면 돈 버는 맛에 무제한 모두 허가해 준다. 심지어 네팔에 도착해서 관광성에 신청하고 바로 산으로 떠나는 팀도 생겼다. 최근 네팔 쪽, 티베트 쪽 합해 1년에 보통 120~150개 팀이 에베레스트 입산을 신청하고 있다.

셋째, 아이스폴 루트작업은 셰르파조합에서 일괄적으로 개통해 놓고 각 원정팀들에겐 소정의 통과료를 받는다. 때문에 각국의 팀마다 규모는 달라도 아이스폴 통과에 들어가는 장비와 인력이 필요 없어졌다. 반면에 특이한 점은 돈만 내면 누구나 참가 가능한 상업등반대가 많아졌다는 점이다. 현재 전체의 규모로 볼 때 80% 이상이 상업등반대로 이루어졌고, 앞으론 상업등반대 일색으로 변하기 쉽다. 또 모두 기존루트를 통해 줄지어 오르기 때문에 소규모 원정대도 충분히 합류가 가능하다. 돈만 있으면 만사OK다.

또 셰르파의 파워가 막강해졌다. 아이스폴 지대를 벗어나 각 캠프구간도 셰르파들은 서로 단합해 길을 만들고 통과비를 요구한다. 고소캠프로 오를수록, 또 정상에 오르면 그때그때 셰르파에게 지불해야 할 비용을 미리 정해놓았다. 이렇게 첫 관문인 아이스폴 통과부터 정상까지 이들의 도움 없이는 등반이 불가능한 시스템으로 변해버렸다. 셰르파들은 모든 팀이 원활히 오르게끔 각 캠프구간을 비롯해 정상 바로 아래까지 고정로프를 견실히 설치해 놓는다. 물론 모든 게 다 돈으로 계산된다. 대원의 필요한 짐도 미리 옮겨준다. 돈벌이가 주목적인 셰르파 입장에서는 가급적 많은 대원이 정상에 올라야 더 돈을 받으므로 최선의 노력을 기울인다. 여기에 고소포터들이 대원을 도우며 함께 등정한다. 심지어 산소 사용하는 대원 바로 옆에서 산소통을 대신 메주기도 한다. 그들에겐 오직 돈이 목적이고, 에베레스트야말로 이른바 황금어장인 셈이다.

이렇듯 숙달된 고소포터들이 대원들의 앞뒤에서 등산과 하산을 도와주니, 대원들은 오로지 오르내리며 고소 순응만 하면 된다. 자신만의 하루 산행에 필요한 가벼운 배낭에 가벼운 옷차림이면 족하다. 각국에서 몰린 수많

최근에 줄지어서 에베레스트 캠프4로 향하는 산악인들

은 팀의 모든 대원이 다 똑같다. 다른 히말라야 고산처럼 대원들이 직접 루트를 찾아Route Finding 개척하고, 고정로프를 설치하며, 야영지를 정해 텐트치고, 짐을 서로 도와 직접 나르는 등 원정대의 자주적 팀워크등반은 에베레스트에서는 이제 옛 이야기가 됐다.

오직 정상이 목적이니만큼 머메리즘Mummerism-More difficult variation route이나 이른바 순수 알피니즘Alpinism은 이미 그 의미가 없어졌다. 진정한 히말라야 등반에서 에베레스트만은 예외다. 오직 세계 최고봉에 오르겠다는 일념뿐이므로 신新 루트 개척의 의미도 빛을 잃었다. 새로운 길을 개척하려면 히말라야 도처에 훌륭한 산이 많은데 굳이 그 비싼 입산료 내면서 에베레스트로 갈 이유가 없다. 21세기에 들어와 에베레스트를 찾은 그 수많은 원정대가 북쪽이건 남쪽이건 대부분약 98%이 일반루트를 택했다는 것이 이를 증명한다.

특히 봄Pre Monsoon에 성공률이 높아 최근엔 80% 이상 등정에 성공한다. 에베레스트 BC에는 각국에서 기상예보가 위성통신과 인터넷으로 매일 속속 도착된다. 주변 기상과 날씨가 나쁠 것이라는 예보가 있으면 이 산에서만은 움직이려는 팀이 하나도 없다. 변화무쌍한 자연과 과감히 맞부딪쳐 극복해 나가겠다는 투철한 도전의지가 없어진 것이다.

또 요즈음은 제3캠프까지 올라갔다오면 고소 순응이 되었다고 본다. 그 이후론 BC에서 느긋이 운기조식하며 대기하다가 날씨가 좋아진다는 예고가 있으면 각 캠프를 거쳐 정상까지 잘 닦여진 길을 따라 셰르파의 도움을 받아 오르면 된다. 대부분 제3캠프부터 산소를 사용한다. 하루에 100명 이상 정상에 서는 것은 이래서 가능한 것이다. '알파인스타일'은 물론 나라별로, 팀별로 움직인다는 것이 에베레스트에선 이제 불가능해졌다. 에베레스트는 지리학적으론 세계 최고봉임이 분명하지만, 이제는 8,000m 고산에 들어가는 관문으로 체험과 훈련의 대상으로 비하됐다. 전혀 등반경험이 없는 일반인도 전문등반의 기초기술을 어느 정도만 익히면 셰르파의 도움을 받아 충분히 세계 최고봉 등정이 가능해졌다. 고소 적응이 잘되고 정신력과 체력만 우수하다면…….

## 40년 전의 에베레스트 등반

다시 40년 전으로 돌아가 보자. 국내 기술진이 특수 제작한 알루미늄사다리 100개를 비롯해, 열처리한 알루미늄 스노하켄 500개, 텐트 30동, 카라반식食, 등반식, 고소식 등 30kg 단위로 포장해 총 18톤에 달했다. 대형 트럭 6대에 실은 화물은 부산항에서 인도 캘커타로 향했다. 고소텐트, 우모복Down Jacket, 등산화 등 상당수의 고소장비는 일본에서 구입, 항공편으로 카트만두로 보냈다. 원정대가 직접 방콕에서 추가식품을 구입했고, 네팔에서도 많이 구입했다. 카라반 중 현지의 식수와 음식이 비위생적이라 대원 모두 배탈, 설사, 피부염 등 절차를 거치면서 현지적응을 해냈다.

하늘이 도왔는지 행운도 많았다. 원정대가 주문한 프랑스 산소 50통이 뒤늦게 BC에 도착했으나 기존의 것과 조절장치Regulator가 맞지 않아 절망적이었다. 그런데 3년 전 서릉 등반 중인 프랑스 팀이 눈사태를 당했는데 이때 굴러 떨어진 산소통 13개를 아이스폴 공작 중에 발견했다. 하늘이 주신 선물로 등정 후에 딱 한 통만이 남았다. 알루미늄사다리 100개에서 루트공작에 66개, 보수작업에 32개를 추가 사용했으니 기막히게 딱 맞았고, 고정로프도 총 9,800m 준비했기에 모자라지 않았다. 아이스폴 루트공작 중에 간혹 세락이 별안간 무너지곤 했으나 대원과 셰르파들을 빗겨나갔고, 박상열 부대장이 살아온 것도 기적에 가까웠다. 등반 기간 동안 급작스런 날씨 변동의 불운도 없었다.

1977년 9월 15일. 세계 최고봉 정상에 태극기가 휘날렸다. 대원들은 모두 뜨거운 눈물을 흘렸다. 전국 방방곡곡에 대서특필되고, 가난에 허덕이던 국민들에게 "하면 된다!"는 자신감과 자긍심을 심어주었다. 원정대는 정부 요청으로 태국, 홍콩, 대만을 거치며 해외동포의 환영을 받았고, 김포공항에서 서울시청까지 카퍼레이드를 펼쳤다. 정상에 오른 고상돈 대원은 국민영웅이 됐고, 대원 모두는 박정희 대통령으로부터 영예의 '체육훈장 청룡장'과 '맹호장'을 수여受與했다. '사진 및 장비전시회'가 전국을 순회하며 개최됐고, 미국의 6개 도시에서도 개최됐다. '슬라이드 상영회'가 11개월간 총 94회에 걸쳐 전국을 순회했다. 대한산악연맹은 9월 15일을 '산악인의 날'로 정해 매년 기념식을 갖고 있다. 한편, 이 1977년에 우리나라는 처음으로 수출 100억불을 달성했다.

김광남의 《여기는 정상이다》, 이태영의 《정상에 서다》, 김운영의 사진집 《에베레스트》가 속속 발간됐으며, 김영도 대장의 《나의 에베레스트》는 문화공보부의 제2회 아동문학상을 수상했다. 20년 후 대원들의 기록을 모은 《77 우리가 오른 이야기》, 2001년에는 사진집 《100일간의 대장정》을 발간했다. KBS TV는 30분짜리 등반영화와 60분짜리 좌담회를 전국에 방영했고, 〈한국일보〉는 80분짜리 영화로 제작했으나 시중에 개봉되지는 않았다.

### 대원들은 지금 어디서…

어느덧 40년 세월이 흘렀다. 당시 그 늠름했던 대원들은 대부분 칠십대의 할아버지가 됐다. 이들은 지금 어디서 어떻게 살고 있을까? 새삼스레 이들의 근황을 소개하는 것도 괜찮겠다 싶다. 제1, 2차 정찰대원 포함해 모두 21명이다. 하나같이 밝고 맑은 긍정적 성격의 소유자들로 그 당시도 지금도 조금도 흐트러짐 없이 각자의 삶에 충실하며, 늘 산을 가까이 하며 진솔하게 살고 있다.

먼저 고인故人이 되신 분부터 적어본다. '정상의 사나이' 고상돈48년생은 2년 후인 1979년 북미 매킨리현 드날리 정상에서 하산 중 실족사失足死했다. 한라산 1,100고지에 무덤과 비석과 동상이 있고, 제주도에 '고상돈 도로'가 생겨나 제주도민과 늘 함께 있다. 쾌남아 한정수48년생와 낙천적 기질의 막내 대원 전명찬52년생은 각기 암으로 세상을 떠났다. 너무나 안타깝다. 제2차 정찰대원으로 활약했던 조원길44년생도 최근 지병으로 유명을 달리했다. 한편 제1차 정찰대장으로 1971년 로체샤르에서 한국인으로는 처음 8,000m 고지를 넘어섰던 최수남41년생은 1976년 2월 설악산 훈련 당시 눈사태로 사망했다. 이때 같은 훈련조의 송준송46년생과 전재운52년생도 함께 소중한 생명을 잃었다. 참으로 애석하기 짝이 없으며, 다시금 위 일곱 고인의 명복을 빈다.

외국으로 이민 가서 사는 분이 넷이다. 당시까지는 히말라야 경험이 가장 많았던 김운영33년생은 서울시산악연맹 부회장을 역임했고, 미국 LA로 이민가 현재 80대 중반의 고령이지만 재미산악연맹 고문으로 건강히 잘 살고 계신다. 강원도 대표 이윤선41년생도 일찍 미국으로 이민을 떠나 동부 메릴랜드주에 자리를 잡았다. 2015년에 스페인 산티아고 순례를 하고, 2016년에 에

1977년 당시의 에베레스트 대원들 모습.
뒷줄 좌로부터 조대행, 이태영, 이상윤, 전명찬, 곽수웅, 고상돈, 이기용, 필자, 도창호, 김명수, 김영한
앞줄 좌로부터 한정수, 이원영, 박상열, 김영도, 장문삼, 이윤선

베레스트 BC 트레킹을 다녀왔다. 에베레스트 다녀온 후 매킨리를 등정했던 소설가 이원영50년생은 오랫동안 인도네시아에서 근무하다가 그곳이 좋아 아예 주저앉았다. 토왕성 빙폭 하단을 초初등했던 도창호51년생는 세계 일주를 마치고 결국 캐나다에 보금자리를 마련했다.

최고참 스포츠기자 출신인 이태영41년생은 한때 서울시산악연맹 자문위원이었고, 대한체육회 고문으로 요즘도 체육발전을 위해 노익장老益壯, 왕성한 활약을 하고 있다. 원정 당시 KBS TV 촬영기자로 참여했던 김광남39년생은 KBS 은퇴 후 오랫동안 '아리랑TV'에 근무하며 지구촌을 누비다가 요즘 느긋이 말년을 즐기며 살고 있다.

1971년 로체샤르 원정 경험을 살려 제2차 정찰대장과 본 원정대 등반대장을 맡았던 장문삼42년생은 한동안 산악사진에 매료되어 사진집도 여러 권 발간했다. 아직도 애주, 애연가로 40년 전 아련한 추억을 더듬고자 2017년 가을, 에베레스트를 다시 찾았다. 역시 로체샤르 대원으로 에베레스트 '힐라리 스텝'을 올라섰고, 오랫동안 최고 높이 비박기록을 지녔던 곰 박상열43년생은 대한산악연맹 부회장, 대구시산악연맹 회장을 역임하는 등 활발히 산악지도자 활동을 했으나 요즘 건강을 위해 술과 담배를 끊었다.

왕성한 등산 활동을 하며, 오랫동안 부산시산악연맹 이사와 월간《사람과 산》부산지사장을 맡았던 곽수웅43년생은 최근 들어 무릎이 안 좋아 등산을 삼가고 있으며, 1991년 초오유와 시샤팡마 대장을 맡았었고, 서울시산악연맹 감사를 역임하고, 등산과 더불어 한동안 사진촬영과 사이클에 심취했던 테너가수 김명수44년생도 요즘 건강상의 이유로 산행을 멈췄다.

1978년 북극탐험 대원이었고, 1982년 고줌바캉을 초初등정한 김영한47년생은 잦은 외국출장을 끝내고 현재 고향 대전에서 살고 있다. 지금도 히말라야를 계속 공부하고 있으며, 2017년 가을 장문삼 대장과 에베레스트를 찾았다. 같은 북극탐험 대원으로 천직인 철강업에 아직 몸담고 있으며, 중년 이후 전국을 순회하며 캠핑을 즐기던 이상윤48년생은 남해의 섬에 그림같이 아담한 별장을 마련하고 틈만 나면 바다로 향한다.

1988년에도 에베레스트 팀 닥터를 맡았던 조대행46년생은 대한산악연맹 부회장을 역임했고, 가톨릭의대 교수를 정년퇴직한 후 아직도 겁 없이 암벽등반과 빙벽등반을 즐기고 있다. 20년 이상 대우건설 해외지사에 근무해 온 국제신사 이기용49년생은 귀국 후 국내 산은 물론, 무거운 카메라를 메고 매년 2~3회씩 꾸준히 해외의 산악을 돌아다닌다. 아직도 두주불사 애주가다.

제1차 정찰대 부대장을 맡았던 낭만파 김인섭44년생은 6년간 네팔에 이주해 살았었고, 이후 여행사를 운영하며 30년 이상 지구촌의 오지를 돌아다닌다. 영어와 인도어와 네팔어에 능통하며, 매년 수차례씩 인도와 네팔을 찾아 트레킹을 즐기고 있다.

마지막으로 한 분이 남았는데, 새삼 존경과 경애敬愛의 마음을 가득 담아 소개하고자 한다. 당시 대한산악연맹 회장으로 원정대장을 맡았던 김영도24년생 옹翁께서는 현재 95세의 노령이지만 흰머리도 별로 없이 정정하시며, 커피와 독서와 젊은이와의 담소를 즐기며, 아직도 왕성히 외국 산악서적을 번역하고 계시는 학구파 노신사로, 우리 산악계의 대부大父이시다. 부디 늘 건강하시고 즐거우시길 두 손 모아 바랄 뿐이다.

# 김창호와 임일진의 우정

## 두 대학생의 만남

김창호金昌浩와 임일진林一鎭은 둘 다 1969년생이다. 김창호는 경북 예천 출신이고, 임일진은 서울 태생이다. 둘 다 어릴 때부터 산을 좋아했고, 중고생 때 무작정 산에 돌아다니기 좋아했다. 김창호는 쌀과 냄비를 챙겨 시골동네 가까운 산으로 가서 밥 지어먹기 좋아했고, 임일진은 아버지가 산악인동국대 59학번이라 그 영향을 받아 자전거 하이킹도 즐기고 국토대장정 등에 참여하기도 했다. 김창호는 상경해 서울시립대학 무역학과 88학번, 임일진은 한국외국어대학 독일어과 88학번으로 둘 다 대학 1학년 때 학교 산악부에 가입했다. 이들은 '한국대학산악연맹' 행사에서 처음 만났다. 지금으로부터 꼭 30년 전이다. 두 대학 위치가 가까워 이들은 자주 만났고 바로 친해졌다.

둘 다 타고난 기초체력이 워낙 튼튼했다. 또 술을 무척 좋아했고 대학생 때 이들은 술 마시면 끝이 없었다. 용돈이 한정되어 있기에 별별 묘안을 다

발휘했고, 여기에 관련된 에피소드는 무진장 많다. 이중 임일진과 관련된 에피소드 하나를 소개한다. 임일진의 외대산악부 동기 정영훈이 《외대산악회 50년사》에 기고한 글이다.

〈임일진, 남(?)의 집 강탈 사건〉

88년 우리 동기들은 별난 놈들이 많았다. 이중에 설명이 필요 없는 "레디 고!" 스타일 임일진이 있었다.

해가 지면 술 마시고 쓰러지고 하던 그 많은 날 중 어느 날 밤 이야기다. 우리는 중간에 예기치 않게 흩어졌고 각자 잠자리를 찾아 헤맸다. 나는 그 당시 유행하던 심야 만화방에서 하룻밤을 잤고, 어떤 놈은 남의 집 담벼락에서, 어떤 놈은 빌딩 현관에서, 어떤 놈은 교회에서 밤이슬을 피했다. 그리고 다음 날 만나 지난밤의 안부를 물었다.

당시 임일진은 무척이나 따뜻해서 어디인지 모르나 참 좋은 잠자리를 골랐다고 생각했다. 무릎 밑으로는 좀 서늘했지만 모든 것이 안락했다고 했다. 그러나 문제는 그 다음 날이었다. 소음에 눈을 뜨고 보니 천정이 매우 낮은 구조물에 상체 반쪽만 들어와 있는 자신을 발견한 것이다. 아침 출근길에 인파들이 하나같이 떠드는 "어머, 저 속에 사람이 있다."라는 소리에 창피해 바로 나올 수도 없었다.

"과연 내가 있는 곳이 어디일까?"

임일진은 기억을 더듬었고 상황을 파악하고 나니 더더욱 나올 수 없었다고 한다. 아침에 개집에서 당당히 나올 만큼 내공이 쌓이지 않은 산악부 1학년이었기에. 임일진은 개가 살지 않는 개집이었다고 우기지만, 자고 있던 개를 쫓아냈을 거라고 생각하는 이들도 꽤 있다. 임일진은 이미 이때부터 다큐멘터리 영화 감독으로 대성할 자질이 보였다.

김창호

임일진

### 탐험가 & 고산과 거벽등반의 귀재 김창호

김창호는 해병대 특수수색대 출신이고, 임일진은 방위 출신이다. 이때부터 두 기인奇人은 각자 다른 길을 간다. 김창호는 고산으로 갔다. 첫 해외원정 기회는 일찍 왔다. 1학년 말에 산악부에서 동계 일본 북알프스 종주대를 꾸렸는데 그는 막내로 참여했다. 서울시립대산악회는 1993년도에 처음으로 파키스탄 카라코람으로 진출한다. 대상 산은 트랑고 그레이트 타워6,283m 북동필라로 벽 등반을 끝냈지만, 그는 두 피치 남은 완만한 능선이 별 의미 없다고 판단해 정상에 가지 않았다. 이때를 계기로 그의 마음 깊숙이 카라코람에 매료되기 시작한다.

3년 후 산악회는 다시 카라코람으로 향해 가셔브룸 4봉7,925m의 동벽에 도전했다. 그가 선봉에 나서 신新 루트를 개척하며 7,450m까지 올랐지만 다른 여건이 따라주지 못해 기권했다. 이후 그는 펀자브 히말라야와 카라코람, 힌두쿠시 산맥 등의 오지奧地 산악지대를 연구하기 시작했다. 돈이 생기는 대로 원서를 구해 사전을 옆에 끼고 공부했지만, 자료가 너무 부족함을 느끼면서 뭔가 허전한 공간처럼 만족스럽지 못했다. 결론은 직접 나서서 발로 뛰며, 눈으로 보고, 마음으로 읽는 수밖에 없었다.

2000년, 뉴밀레니엄New Millennium이 밝아오자 그는 끝없는 대장정大長征을 시작한다. 카라코람의 오지를 찾아 그야말로 정처 없는 나그네 길을 떠난 것이다. 자금은 스스로 준비해야 했다. 처음엔 이것저것 준비한 음식과 옷가지 등으로 카메라 백을 제외하고도 배낭 무게가 30kg이 넘었다. 결국 한 달 만에 쓰러지고 말았다. 몸무게도 15kg 이상 빠졌다. 해결책은 이들의 생활방식과 식성에 자신이 맞추는 것임을 깨달았다. 원주민의 더러운 생활과 맛없는 음식에 적응하기가 참 고역이었지만 그렇다고 다른 방법이 없지 않은가!

그는 큰 마을에서 실컷 먹으며 체력을 비축한 후, 배낭을 최대한 가볍게 하고 오지로 떠나곤 했다. 카메라와 필기구, 지도는 꼭 챙겼다. 식량은 오직 소금과 약간의 누런 밀가루뿐이었다. 간혹 나타나는 집에 들러 보릿가루나 감자 등을 얻고, 양치기를 만나면 양젖을 얻어마셨다. 이렇게 현지적응하며 그가 답사한 오지는 장장 1,700여 일4년 8개월 동안 펀자브 히말라야, 카라코람, 힌두쿠시를 지나 멀리 파미르 고원까지 이어졌다. 도대체 한 사람이 이 삭막하고 황량한 오지에서 근 5년간을 어찌 버텨낸단 말인가!

그에게 오지와 험산은 넘어야 할 목적지가 아니라 그냥 그의 동반자이자 친구였다. 서로 사귀며 서로를 알아가는 연인과도 같았다. 오지를 탐사하며 아직 미등으로 남아있는 처녀봉이 수없이 많이 산재해 있음을 알게 됐다. 단독 등반이 가능한 봉우리는 과감히 도전하기로 마음먹었다. 그렇게 해서 그가 세계 초初등을 단독으로 이룬 대표적 봉우리를 보면 파미르의 딜리상사르6,225m, 힌두쿠시의 아타르코르6,189m, 하이즈코르6,105m, 카라코람의 박마브락6,150m 등으로 모두 6,000m급 처녀봉이다. 또 5,000m급으로 카라코람의 카체브랑사5,560m 세계 초初등 및 혼보로피크5,500m와 힌두쿠시의 시카리5,928m 등은 신新 루트를 초등하는 기록을 세웠다.

이 긴 세월의 오지탐사와 등반에서 홀로, 처절하고 애달프던 스토리는 무수히 많다. 절체절명絶體絶命의 위기에서 기적처럼 살아난 이야기도……. 내가 직접 들은 이야기도 참 많다. 그는 수년 후 파키스탄에 지진이 일어나자 조용히 그가 다녔던 지역을 찾아가 구호활동에 전념하기도 했다.

김창호는 2004년 한국도로공사 팀의 대원이 되어 네팔 로체8,516m 남벽의 신 루트에 도전했으나 7,550m까지 올랐고, 이듬해 광주시산악연맹의 '지상 최대의 벽' 낭가파르바트 루팔 원정대의 등반대장을 맡아 중앙립으로 등정에 성공한다. 이는 1970년 메스너 형제 이래 35년 만의 쾌거로 유럽의 산악 선진국에 신선한 감동을 주었다. 하산은 다아미르 쪽으로 성공했다. 이 등반은 김창호의 첫 번째 8,000m봉 등정이다. 이듬해 김홍빈, 오희준, 김미곤, 동아대 팀과 어울려 가셔브룸 1, 2봉을 모두 등정하면서 부산시산악연맹의 '다이내믹 부산 희망 원정' 프로젝트에 참여하게 된다. 야성의 독수리가 날개를 활짝 펴게 된 셈이다.

## 산악 영화감독으로 거듭난 임일진

임일진은 20대의 젊은 시절, 국내의 산악을 정처 없이 떠돌아다녔다. 방랑 산악인이랄까? 그러다가 일본 친척집에 놀러가서도 틈만 나면 주로 산간지대로 떠돌아다니다가 어느 날 TV에서 록클라이밍과 스포츠클라이밍 장면을 보게 됐는데 여기에서 바로 영상을 전문적으로 배우겠다는 마음을 먹는다. 특이하게도 그를 '영상세계'로 안내한 동기가 클라이밍인 셈이다. 1년간 영상수업을 받은 후 귀국해 SBS TV의 비정규 촬영기사 생활을 2년간 하다가 그만두고 재차 일본에 가서 촬영연수를 받았다.

21세기가 왔다. 새천년을 맞이하며 그는 '산악 다큐멘터리 영화'에 매진하겠다는 결심을 한다. 우선 대한산악연맹의 각종 클라이밍 대회를 찍기 시작했다. 나는 어느 겨울 아이스클라이밍 대회를 위 빙벽에 매달려서 찍고 있는 그를 보았다. 그날 밤 술자리에서 그는 예의 성격대로 말은 잘 안 했지만 "한국에 암·빙벽 및 거벽과 고산등반의 다큐를 전문으로 찍는 이가 없어 자신이 이 분야의 전문가로 나서겠다."는 뜻을 슬쩍 밝혔다.

벽에 매달려 촬영하면서 등반자의 숨결과 눈초리, 몸짓을 필름에 담을 때는 모든 고통을 감내하는 묘한 매력을 느낀다고도 했다. 또 "이젠 무거운 카메라를 목에 걸고 무거운 배낭을 메고 쥬마로 오르는 전문가가 됐어요." 하며 멋쩍게 웃기도 했다.

"춥고 배고픈 직업일 텐데……."

걱정스레 말하는 나에게 그냥 싱겁게 웃기만 했었다.

그의 고산과 거벽촬영에 대한 순수한 열정과 실력과 도전정신은 곧 전문등반가에게 퍼져나갔고, 함께 가자는 제의가 들어오기 시작했다. 이렇게 해서 캐나다의 부가부 산군, 인도의 마힌드라 아소카의 석주, 알프스와 알라스카의 거벽들을 위시해 카라코람과 히말라야의 무수히 많은 벽 등반의 세계로 이어졌다.

그는 김형일의 도전 자세에 매료되어 2009년 김형일이 파키스탄 스팬틱 7,027m 골든필라를 알파인스타일로 신 루트를 개척할 때 참여했고, 2011년 김형일의 마지막 산행인 촐라체 등반에도 참여했다. 그는 히말라야 등반의 미래를 영상에 담으려 노력했다. 외대산악회 임일진의 1년 선배 정승구가 쓴 임일진에 대한 글이 있어 옮겨본다.

> 대학 때 임일진은 산과 술을 사랑하는 순수함과 무모함 속에 영혼마저 자유로운 청년이었다. 산에서나 속세에서나 술 마시기를 좋아하고 술 한 잔이 들어가면 청산유수 좌중을 웃기는 그는 타고난 자유인이자 자연인이다. 그를 구속할 수 있는 것은 아무것도 없어 보인다. 심지어 결혼과 가정조차도.
>
> 졸업 후 한동안 홀로 전국 산하를 떠돌았고, 그러다가 행방불명이 됐다. 몇 년 후에 불현듯 나타났는데, 알고 보니 일본으로 유학, 영화학을 전공하고 귀국한 것이다. 어느 날 그는 돈 안 되는 산악영화를 찍겠다며 나섰다. 이전에 보지 못한 음악과 영상으로 또 다른 그 안에 내재되어 있는 자유를 표현하고 있음을 보았다.
>
> 그는 기인이다. 그는 외대산악회의 조르바다. 순수한 그의 눈빛이 소주 한 잔에 빛을 발하며 좌중을 웃겨도, 술 깨면 다시 조용하게 그만의 세계에 침잠하는 듯하다. 시네마천국에서 알프레드가 토토를 향해 '우리 모두 각자 따라가야 할 별이 있기 마련이지'라고 독백한 것처럼, 그만의 별을 찾는 여정 속 그의 모습이 너무나 순수하고 아름답다. 다만 과도한 술과 담배에 자신의 여정이 짧아지는 우를 범하지 않기를 바랄 뿐이다.

## 김, 임 둘의 영원한 우정

김창호는 2013년 자신의 마지막 남은 8,000m봉인 에베레스트를 인도양에서부터 무동력으로 'From 0 to 8850' 계획을 실행에 옮겼다. 카약과 자전거가 끝난 후 임일진이 합류했다. 이때 임일진은 8,000m선까지 올랐는데 뒤따라 오른 안치영은 "어떻게 주독에 빠진 분이 저렇게 잘 오를 수 있을까!" 감탄했다고 한다.

김창호는 '세계에서 가장 많은 산악정보를 보유한 산악인'으로 꼽힐 만큼 산악연구에 매진했다. 특히 2000년대 이후의 히말라야의 모든 정보는 그의 머릿속에 있었다. 임일진이 한국외대산악회 창립 50주년 기념으로 세계 초初등 원정대의 대장을 맡을 때 대상 산을 루굴라6,899m로 지정해 준 사람도 김창호다.

김창호는 초初등정도 많고, 개척등반도 많지만 그만큼 상복도 많은 산악인이다. 최고의 영예는 프랑스의 '황금피켈상' 수상이다. 이외 '아시아 황금피켈상'을 2회 수상했고, '대한민국산악대상'도 받았다. 임일진은 작품 〈벽〉으로 세계적 권위의 트렌토국제영화제 심사위원특별상을 받았다. 아시아에서 처음이다. 이 외 그가 남긴 작품은 〈Breathe 2 Climb〉, 〈Another way〉, 〈세 남자 이야기〉, 〈몬순〉과 그가 대장을 맡아 세계 최초 등정을 이룬 〈지도 밖 히말라야〉 및 〈알피니스트〉 등이 있다. 다 훌륭한 작품들이다.

김창호와 임일진은 서로의 스타일이 다르지만, 서로 추구하는 목적은 같았다. 처음에 김창호는 기록보다는 연구에 더 매진하고 싶어 했다. 산에 관한 욕심이 많았다. 그러나 서성호가 죽고 나선 생각이 바뀌었다. 영상기록이 얼마나 중요한지 깨달은 것이다. 미지의 세계에서 그들만의 길을 개척하

어느 겨울 우이동에서 임일진과 김창호

며 이러한 히말라야의 선물?을 반드시 영상기록으로 남겨 후세에 전해야 하고, 이것이 바로 미래를 향한 산악문화의 창달이라고 생각했다. 새로운 가치를 창조해 훌륭한 영상작품으로 승화시키자는 데 둘의 뜻이 맞았다.

김창호와 임일진은 참 자주 만났다. '경희궁의 아침' 빌딩의 유라시아 트랙 사무실이 이들의 아지트였다. 한국대학산악연맹 88학번 동기들은 참 극성맞았다. 매사에 적극적이고 똘똘 잘 뭉쳤다. 여기에 1969년생 산악인의 모임도 있다. 이름이 '닭's Club. 학번과 상관없이 1969년생이 가입 대상이다. 이 모임에는 김창호와 임일진 외에 김세준, 전양준, 박명원, 박태윤, 조경아, 정대진, 강용선, 김재문, 김성수, 류광열, 엄정배 등 기라성 같은 산악인들이 있고, 여성 산악인으로 김지영, 권아영임일진의 아내, 정은영, 이승혜, 황미현, 오경아 등이 멤버다. 또 '고산거벽' 모임도 있다. 이들의 환송을 받으며 둘은 함께 구르자히말로 떠났다.

김창호가 항시 신 루트를 개척하기에 무모한 도전자로 알기 쉬우나 정반대로 완벽한 안전주의자다. "어떤 극한 상황이 닥치더라도 이를 극복하고 잘 돌아올 수 있다는 확신이 들 때 출발하고, 안 되겠다 싶으면 미련 없이 돌아선다."고 말해 왔기에 우리 모두는 조금도 이들의 등반을 걱정하지 않았다. 그만큼 철저했고, 믿음이 강했다. 그런데 이들이 사라졌다. 3,500m의 BC에서 잠자던 9명 전원이 강풍에 휩쓸리며 급경사면 아래로 추락해 숨을 거뒀다.

히말라야 등반기록을 아무리 찾아봐도 이런 경우는 없다. 초超베테랑인 김창호도, 고산족 셰르파도, 현지 주민도 모두 몰랐다. 100년에 한번쯤 생길까? 할 예측 불가능의 히말라야 돌풍. 이들 9명의 죽음이야말로 히말라야 역사의 최초 기록이다. 어찌 이런 일이…! 가슴이 막막하고 속이 쓰리다. 너무 억울하다. 우리 산악계는 너무나 소중한 산사나이들을 잃었다. 이 걸출한 사나이들을 다시금 길러내려면 또 얼마만큼의 긴 시간이 필요하겠는가!

특히 김창호를 생각한다. 나는 오랫동안 산악운동의 일선에 서서 해외를 다니며 수많은 유명 산악인을 만나볼 기회가 많았다. 에드먼드 힐러리, 칼 헤를리히코퍼, 쿠르트 디엠베르거, 크리스 보닝턴, 라인홀트 메스너, 안드레이 자바다, 예지 쿠쿠츠카, 훠니또 오와르자발, 에라르 로레땅, 데니스 우릅코 등등 전설 속의 역사적인 산악인들을. 그래서 주위의 많은 사람들이 나에게 묻곤 했다. "과연 누가 가장 훌륭한 산악인이더냐?"라고. 그러면 나는 서슴없이 답했었다. "여러 훌륭하신 산악인들을 직접 또는 책에서 많이 봐왔지만, 세계 역사상 최고의 산악인을 단 한 분 꼽으라면 나는 대한민국의 김창호를 꼽겠다."라고.

김창호와 임일진. 각기 자기 분야에서 최고의 첨단을 걸었던 위대한 두

사나이. 30년간 두터운 우정으로 끔찍이 서로를 믿고 의지했던 두 산사나이는 한날한시에 나란히 히말라야 산신山神이 되어 훨훨 날아갔다.

김창호는 예쁜 딸 김단아3세를 세상에 남겼고, 3대독자 임일진은 다행히 대를 이을 아들 임현담9세을 남겼다.

2

# 내 생애의 산행

(60세 이후)

# 세계의 성산(聖山) 아라라트

## 4인조 원정대

2009년 7월 초, 북한산에서 서울시산악연맹 창립기념 산행을 할 때였다. 앞서 오르던 조규배 회장이 뒤돌아보며 말했다.

"김 감사, 아라라트 갈 희망자 없을까? 네 명은 갈 수 있는데……."

당시 나는 대한산악연맹 감사였다.

이렇게 시작한 성스러운 산 아라라트Mt. Ararat, 5,165m와의 뜻밖의 만남은 행운이었다. 한국외대 터키어과 서재만 교수가 터키산악연맹TMF을 직접 방문해 물꼬를 텄고, 먼저 기회가 주어진 서울대학교 문리대OB산악회가 포기하는 바람에 우리에게 기회가 온 것이다. 그러나 쉽지는 않았다. 터키산악연맹과 서면을 주고받는 등 우여곡절 끝에 터키의 한 여행사를 통해 입산 신청을 하고, 허가받는 데 한 달 이상 걸렸다. 9월 2일 4인조 원정대가 서울을 출발했다. 아라라트 정상을 향해선 불과 40일 전에 다녀온 KBS TV 팀에 이어 한국에선 두 번째 원정이다.

아르메니아 고원지대는 쿠르드족族이 지배하는 땅으로 입산 신청도 이들이 운영하는 여행사를 통해서만 가능했다. 다행히 올해부터 외국인에게 적극적으로 개방키로 했단다. 아라라트는 구소련은 물론이고 얼마 전만 해도 터키, 아르메니아, 아제르바이잔, 그루지아일명 조지아, 이란 등 다섯 나라의 국경과 가까운 군사요충지로 입산이 불가능했던 산이었다. 불과 3년 전인 2006년부터 터키 정부가 외국인의 입산을 허용했지만, 이 황량한 고원을 장악한 쿠르드반군 때문에 작년만 해도 독일 팀이 볼모로 잡히고 한 명이 죽는 불상사가 생겼었다.

성산 아라라트는 실로 오랫동안 갈망했던 꿈속의 산이었다. 내 버킷리스트의 첫 다섯 손가락 안에 들었던 곳이다. 대원은 바로 결성됐다. 모두 국내 산악운동에 앞장서 왔고, 해외 원정 경험도 풍부한 걸출한 중견 산악인들이다. 대한산악연맹 자문위원이며 서울시연맹 고문인 김인식 회장75세, 1960년대 초에 인수봉 취나드 A, B코스를 개척한 원로산악인 이강오 선배68세, 고대산악회 회장을 역임하고 한국산악회 부회장인 이강수 선배65세를 모시고 환갑이 넘은 내가 막내다. 나이 든 네 명의 산사나이가 설렘을 가득 안고 새롭게 도전하는 것이다.

첫 번째 난관은 이스탄불 공항에서였다. 터키항공TK 편 이스탄불 국제공항 도착이 아침 5시 55분, 반Van으로 가는 국내선 출발이 7시 05분으로 갈아타기엔 시간이 촉박했다. 아니면 12시 10분 출발인데 6시간을 공항에서 할 일 없이 체류하느니 서두르는 편을 택했다. 아침에 자국自國으로 귀환하는 비행기는 대체로 연착되지 않는다는 통계를 믿으며 인천공항에서부터 계획을 세웠다. 이른바 "007작전!"

우선 인천공항에서 좌석권Boarding Pass을 받을 때 국내 편까지 받는다. (이 표를 보여줘야 이스탄불공항에서 빨리 통과가 가능). 좌석은 가장 앞쪽 좌석으로 배정받고 내릴 때 빨리 내릴 수 있다, 이때 직원에게 부탁해 부치는 짐을 일등석 급으로 표기토록 한다 일등석 화물부터 먼저 나온다. 이스탄불 공항에선 빠른 걸음으로 나와 입국수속 Immigration Check 시 공항 직원에게 국내선 좌석권을 보여주며 우선적으로 빠른 수속을 부탁한다. 주머니엔 1불짜리 몇 장을 미리 넣어둔다. 입국수속 후 수화물 찾는 곳Baggage Claim에서 곧바로 짐 운반카트Baggage Cart를 빼내는 데 필요한 동전으로 바꾸기 위해서다.

여행에 이골이 난 노익장들이 계획대로 착착 진행해 가장 먼저 국제공항 청사 밖으로 나올 수 있었고, 곧바로 국내선 청사로 이동해 탑승수속을 끝내니 불과 20분이 소요됐을 뿐이다. 우리 스스로도 놀랐다. 우체국에서 환전하고, 느긋이 커피를 마시며 자축할 시간이 충분했다.

이스탄불에서 (좌로부터 필자, 이강오, 김인식, 이강수)

## 세상에서 가장 성스러운 산

드넓은 터키 땅의 동북쪽 동東 아나톨리아주州의 소도시 반Van은 터키에서 가장 큰 호수를 끼고 있는 아름다운 호반 도시로 생각보다 깨끗하고 평화스러웠다. 놀랍게도 이곳에도 현대, 삼성, 기아, LG 등의 대리점이 있고, 국립대학이 있는 교육도시다. 자동차로 2시간 반을 달려 인구 2만의 작은 도시 도우베야즛Dogubayazit에 도착했다. 우리나라 시골 읍내와 흡사하다. 호텔에 여장을 풀고 점심 식사 겸 시내로 나왔다. 이란 국경까지 차로 불과 30분 거리에 위치하기에 수많은 상인과 여행자가 반드시 통과하는 교통도시로 의외로 번잡하고, 제법 큰 호텔이 많다.

시내 중심가는 도보로 20분이면 끝나는, 작지만 운치 있는 아름다운 거리다. 인터넷카페, 은행, 술 파는 편의점, 레스토랑, 전자제품 등 다양한 상점들과 즐비한 옷가게, 과일가게 등 제법 화려하고 혼잡하다. 해가 저물고 가로등이 켜지면 중심가는 도로에 테이블을 갖다놓고 온통 노천카페로 변한다. 의외로 서구적이고 낭만적이며, 사람 사는 냄새가 물씬 풍긴다. 여인들도 자유스럽게 나들이하는 모습이 전혀 이슬람의 나라 같지가 않다. 외국인들도 제법 많다. 그러나 군인, 경찰 등 공무원 외 주민들은 모두 터키어語를 사용하지 않고 쿠르드어를 사용한다.

도우베야즛 마을에서 바라보는 아라라트는 산 위에 만년설을 인 웅장한 모습이 왠지 모르게 비밀스럽고 신비스러웠다. 선택받은 자만이 오를 수 있는 듯 보였다. 눈으로 보이는 것이 아니라 마음으로 보였다. 같은 5,000m대 높이의 아프리카 최고봉 킬리만자로, 유럽 최고봉 엘부르스 및 이란의 다마반드 등에 비해 더 장엄하며, 한편으론 감히 근접할 수 없는 경외감마저 감도는 두렵고 무서운 분위기다. 산의 정상에서는 천상天上의 음악이 은은히 감도는 듯하다. 세계에서 가장 높은 산이 에베레스트, 가장 오르기 힘든 산이 K2라면, 세계에서 가장 성스러운 산은 《구약성서》 창세기에 나오는 '노아의 방주' 전설로 유명한 터키 최고봉 아라라트가 아닐까!

이 산의 북쪽 아라스 골짜기 어딘가에 아담과 이브의 "에덴동산"이 있다는 전설이 깃든 성산 아라라트! 13세기 말 이태리의 마르코 폴로가 24년 만에 돌아올 때 이곳을 지나면서 인간의 힘으론 등정이 불가능하다고 말했다는 신성한 산이다. 초初등정은 1829년, 독일인 탐험가 J. 파로트가 해냈다.

## 뿌듯하고 즐거운 산행

날이 밝았다. 산행에 불필요한 짐을 호텔에 맡기고, 우선 빵공장에 들렀다. 터키빵은 고소하고 맛있기로 정평이 나 있다. 이곳 쿠르드 마을 곳곳에 밀밭이 많은데, 달걀과 버터가 전혀 가미되지 않은 갓 구워낸 터키빵Ekmek은 유럽의 베글Bagel이나 바게뜨Baguette보다 더 바삭바삭하고 안은 더 촉촉하여 빵 그대로의 맛이 배어 있어 일품이다.

15분 정도 이란으로 통하는 국도로 달리다가 왼쪽 아라라트 쪽으로 방향을 틀었다. 이제부터 비포장도로다. 도우베야즛을 출발해 꼭 1시간 만에 산행기점인 해발 2,200m 고지에 도착했다. 우리 등반가이드 에르칸Erkan Sedef은 27살로 아라라트 정상을 7번 올랐다고 한다. 진솔한 얼굴에 수염이 수북해 졸지에 별명이 '예수'가 되었다. 쿡이 한 명 따라왔는데 어눌한 인상이 참 순진해 보였다. 주방기기를 포함, 우리의 짐을 운반할 말은 모두 세 마리다.

터키 최고봉 아라라트를 향해. (우리가 갔을 때는 9월로 눈이 가장 적은 시기다.)

느긋한 산행이다. 하지만 매일 1,000m씩 고도를 높여야 한다. 드넓은 초원이지만 야생풀이 꽤 억세다. 이따금씩 등정을 마치고 내려오는 유럽인들을 만난다. 한국에서 왔다고 하니 "오! 축구 박지성!" 하고 외친다. 이야기꽃을 피우며 천천히 오르는데 저 멀리 쿠르드 유목민 캠프가 나타났다. 여러 가족이 더운 여름 서너 달을 아라라트 넓은 초원에서 양을 치며 유목생활을 한단다. 시간이 허락한다면 이들과 하루 낮밤을 보내며 함께 있고 싶다. 남자들은 양을 치는 외에 말로 짐을 나르며 모두 말을 잘 탄다. 친절하게도 따뜻한 차를 대접해 준다.

캠프1 사이트는 뒤에는 바위들의 낮은 언덕이고, 앞과 옆으로는 전망이 확 트인 멋들어진 초원이다. 그린캠프3,200m로 불린다. 오늘 산행 시간 4시간

아라라트 정상에서. (좌로부터 필자, 이강수, 이강오, 김인식)

40분으로 아주 뿌듯하고 즐거운 산행이었다. 생수를 별도로 충분히 가져왔는데 이곳의 물도 깨끗한 편이다.

아라라트를 등반하려면 입산 허가를 받아야 한다. 도우베야즛에 아라라트 전문여행사가 몇 있는데 하나를 선택, 신청서 작성해 여권복사와 함께 이메일로 보낸다. 신청비 1인당 50불도 물론 보내야 하며, 이스탄불의 믿을 만한 여행사를 통해 대행시켜도 된다. 입산 허가서는 약 한 달쯤 지나야 발급되는데, 통보받은 지 15일 내에 입산해야 한다. 인원 제한은 없다. 7월이 등산 최적기라지만 1년 내내 등산이 가능하며, 겨울에 입산 신청하는 산악인도 있단다.

도우베야즛의 어느 호텔에 언제 도착한다고 통보하면 그 호텔로 가이드가 찾아와 간단한 브리핑을 한다. 물론 쿠르드족이다. "From Dogubayazit To Dogubayazit" 방식으로 계약하는데 산행일정과 관계없이 산행에 필요한 텐트, 취사구, 식사, 음료, 가이드, 차편 등 일체를 여행사가 준비한다. 침낭과 아이젠도 준비한다는데 우리는 사전에 이를 사양했다. 독점이기 때문인지 산행비용은 1인당 400유로로 꽤 비싼 편이다.

이들이 제공하는 식사는 먹을 만했다. 아침은 빵, 치즈, 잼, 버터, 소시지, 올리브, 꿀, 오이, 토마토, 커피 등 여느 나라랑 같고, 점심은 도시락으로 샌드위치, 과자, 초콜릿, 주스, 사과로 아침에 나눠준다. 저녁은 차파디또는 빵, 녹두 수프, 닭또는 양, 스파게티맛이 덤덤함, 올리브, 말린 과일, 샐러드, 홍차 등으로 역한 냄새가 없어 괜찮다. 여기에 준비해 간 고추장, 김치 등을 곁들이면 금상첨화다.

### 신비의 성산 아라라트를 오르다니…

야영생활은 늘 새롭고 상큼한 맛이 있어 좋다. 싸늘한 아침공기가 상쾌하기 그지없고, 간밤에 소주 몇 잔 했더니 온몸이 가뿐하다. 오늘은 느긋하게 출발키로 했다. 터키빵에 버터와 치즈, 잼을 발라 훈제연어 또는 소시지 한두 장 깔고, 양파와 토마토를 엷게 썰어 후추 살짝 뿌려 커피와 곁들이면 그럴듯한 아침 식사가 된다.

오늘도 고도 1,000m를 올라간다. 코스가 짧으니 반면에 경사가 급할 것이다. 기분 좋은 초원과 산길을 지나자 이윽고 지그재그 급경사 길이 이어진다. 이럴 때는 천천히 보행하고, 자주 물을 마시며, 즐거운 마음으로 올라야 한다는 것을 대원 모두가 오랜 경험으로 잘 알고 있다. 캠프2인 하이캠프

4,150m까지 3시간 40분 걸렸다. 너무 빠른 듯하다. 캠프사이트는 비교적 평편한 바위지대로 잘하면 텐트 십여 동은 칠 수 있으리라. 그러나 물이 없고 바람이 심한 게 흠이다.

따뜻한 차와 간식을 즐기는데 저 위에서 하산하는 일행이 뭔가 심상치 않다. 일부는 이미 도착했는데 후미는 꽤 천천히 내려온다. 누가 다친 줄 알았다. 그러나 알고 보니 그 유명한 맹인등반가 에릭 웨이언메이어Erik Weihenmayer가 내려오는 것이 아닌가! 이렇게 가까이서 그를 보게 되다니 또 하나의 행운이다. 오늘 캠프1까지 내려간단다. 앞에 일행이 앞장서고, 스스로 두 스틱에 의지해서 모든 걸 감지하며 천천히 잘도 하산하고 있다.

우리는 이른 저녁을 먹고 일찍 취침에 들어갔다. 그리곤 밤 12시에 기상해 등반 준비를 서둘렀다. 바로 오늘 하루를 위해 준비한 동계등반 장비들을 꺼냈다. 헤드램프를 켜고 1시 20분에 출발했다. 등산을 시작하자마자 어둠속에서 제일 궁금한 것은 그 옛날 노아의 방주가 떠다니다가 어디쯤 닿았을까? 경사가 급하고 뾰족한 돌길이 엉망이라 여간 힘들지가 않다.

이 험악한 돌길을 족히 4시간은 걸었을까. 4,700m 고지를 넘어서야 만년설지대에 들어섰다. 가이드 왈 "9월에는 정상부의 눈이 가장 적고 설선雪線, Snow Line도 높아 등반이 힘들다."고 한다. 눈길이 돌길보다 오르기 쉽기 때문이다. 올해 7월, 한국인 최초로 등정한 KBS TV 〈다큐 산〉 팀은 4,400 고지에서 만년설을 만났다니 행운이다. 최고령인 김인식 회장은 가이드 뒤에 바짝 붙어 가볍게 올라간다.

"아니, 저 연세에 저렇게 정정하시다니…!"

누군가 한마디 한다.

"아니, 우리가 비정상이야? 저 영감이 비정상이야?"

매서운 강풍과 추위를 뚫고 한 걸음씩 나아간다. 힘들지만 상큼하다. 기분이 이렇게 좋을 수가 없다. 저 멀리 지평선을 뚫고 붉은 태양이 떠오른다. 신선한 감동이 온몸에 파고드는 듯하다. 우리는 정녕 천상의 신비한 나라를 찾아가는 방랑자인가? 크게 지그재그를 그리며 올라가니 넓은 플라토 Plateau, 능선 위의 넓은 고원지대가 나타나는데, 눈보라 날리는 장관이 환상적이다. 참으로 신비스러운, 진정 성스러운 곳이다.

아이젠을 힘차게 밟으며 다시 오른다. 드디어 정상. 캠프2에서 6시간 걸렸다. 광활하고 하얀 설원 위에 우뚝 솟은 정상과 주위 풍경은 멀리 푸른 하늘과 지평선, 태고의 황량하고 드넓은 대지와 어우러져 진정 거룩하고 위대해 보인다. 정상 표시가 있는 곳에서 모두 어깨동무하고 이강수 선배가 대표로 무릎 꿇고 기도했다. 정말이지 여기서는 천상의 하느님 말씀도 들릴 것만 같고, 천사들의 합창도 들릴 것만 같은 신성한 분위기다. 신이 내려주신 이 축복의 순간을 영원히 잊지 못하리라.

내려오는 길도 설선을 벗어나니 만만치가 않다. 눈과 얼음이 녹으며 돌출된 너덜지대가 자꾸 미끄러진다. 정신을 집중해야 했다. 돌길이 하도 험악해 내 스틱 하나가 끝이 부러졌다. 하이캠프에 도착해 우선 죽으로 허기를 달래고 한잠 잔 후 다시 강한 먼지바람을 뚫고 그린캠프로 하산했다. 소요 시간은 각각 2시간 반과 2시간. 그린캠프에는 독일, 프랑스, 러시아, 슬로베니아, 남아프리카 등 남녀 40여 명이 야영하고 있다. 이 많은 이들이 내일 하이캠프에서 어찌 텐트를 다 칠 수 있겠는가를 생각하니 오늘의 우리는 참 운이 좋았구나 싶다.

그린캠프에는 맥주 캔을 몰래 파는 현지인이 있어 느긋하게 시원한 맥주와 양주로 자축키로 했다. 힘들었던 산행에 콧등은 벗겨지고, 온몸이 녹작

지근하고, 녹신녹신 피곤하지만, 선후배간 서로 쳐다보며 환히 웃는 모습은 언제나 정겹다.

### 노아의 방주(Noah's Ark)

노아의 방주는 정말일까? 정말 있었을까? 천주교와 기독교뿐만 아니라 이슬람세계에서도 성스러움의 상징으로 굳게 믿고 있는 노아의 방주!

놀랍게도 노아의 방주는 진짜 있었다. 우리 눈으로 똑똑히 보았다. 성스러운 산 아라라트에서 약 20여km 떨어진 건너편 야산 중턱에 분명히 그 모습 그대로 돌이 되어 있었다. 성경에 나오는 배 모습에서 높이 9.09m에 길이 90.9m, 너비 15.15m와 비슷한 크기와 형태의 화석이 분명히 눈앞에 보였다. 그 앞 언덕에 '노아의 방주 박물관'이 있어, 노아의 나무배에서 가져온, 이미 돌로 변한 몇 개의 화석과 흔적들을 진열해 놓았다. 또 19세기 말경 노아의 방주를 발견한 독일인과 현지 쿠르드인, 그리고 그들의 발굴 작업과 당시의 신문, 잡지 등도 비치되어 있다. 노아라는 말은 헤브라이어로 '휴식'이라는데, 노아는 신앙의 모범, 방주는 신자의 단체인 교회, 대홍수는 하느님의 심판을 상징하며, 원시교회 이래 그리스도교 예술의 소재로 많이 다루어지고 있다.

기실 노아의 방주는 역사적, 지리적 또는 과학적으로 보면 허구일 가능성이 높다. 또 내 자신 기독교도가 아니다. 그러나 인간사 대부분이 그러하듯 그냥 전설로, 신화로, 옛이야기로 믿고 싶다. 모세 이야기, 심청전 이야기, 수호지 이야기, 로빈후드 이야기, 삼총사 이야기를 사실로 믿듯이…!

노아의 방주의 흔적. 나무가 돌이 된 채 성경에 기록된 배의 원래 모습 윤곽이 보인다.

## 맹인등반가, 에릭 웨이언메이어(Mr. Erik Weihenmayer)

미국인 에릭 웨이언메이어1968년 9월 13일생는 13세에 망막박리증이라는 희귀병에 걸려 시력을 완전히 잃었다. 여기에 좌절하지 않고 고교 시절에는 학교 레슬링 팀 주장으로 활약했고, 16세에 등산을 시작했다. 이후 세계 7대륙의 최고봉을 오르는 목표를 세우고 매킨리와 킬리만자로, 아콩카구아의 정상을 밟았고, 2001년에는 에베레스트 등정에 성공했다. 시각장애인으론 처음이다.

"기적은 없습니다. 단지 노력만이 존재하지요. 일반인들은 시각을 이용하지만, 저는 그저 손을 이용했을 뿐입니다."

이듬해인 2002년 가을에 드디어 7대륙 최고봉을 모두 등정하는 쾌거를 이룬다. 2003년에는 9일간 쉬지 않고 시에라네바다 사막 457마일을 달리는 "Primal Quest 대회"에 참여했다. 지금도 마라톤과 스키, 사이클링, 스카이다이빙, 암벽등반 등 정상인들에게도 위험한 스포츠를 즐기고 있다. 훤칠한 키에 귀족풍의 미남형으로 영화배우라고 해도 손색없을 정도로 잘생긴 그는 현재 미국 전역에서 명강사로 이름을 떨치고 있다. 이번에 성산 아라라트를 최초로 등정한 맹인이 되었다.

그의 저서 《마음의 눈으로 오르는 나만의 정상》에 남긴 그의 글 일부를 소개한다.

"산에서 느껴지는 기氣가 좋습니다. 그 공간, 소리, 광활함이 좋습니다. 저는 정상의 풍경을 볼 수도 없는데 왜 산을 오르느냐는 질문을 받을 때 제일 화가 납니다. 산악인들은 풍경 감상하려고 산을 오르는 게 아닙니다. 아름다운 경치를 보겠다고 그 고생을 하는 사람이 어디 있겠어요?"

맹인 산악인 에릭 웨이언메이어(미국)가 하산하고 있다. (가운데)

"인생의 진정한 아름다움은 정상이 아니라 산을 오르는 과정에 있지요. 그리고 산은 정복하는 게 아닙니다. 함께 가는 것이지요. 산이 낮잠을 자고 있는 사이에 살금살금 올라가야지, 이 법칙을 무시했다가는 큰코다치기 십상이에요. 전 이렇게 자연과 하나가 되는 느낌을 사랑합니다."

# 뉴질랜드 북섬의 최고봉 루아페후

## 뉴질랜드의 첫날

지구 남단에 있는 최고의 파라다이스Paradise라면 단연 뉴질랜드가 몇 손가락 안에 꼽힐 것이다. 여행을 즐기는 자에게는 대자연속에 자연스럽게 동화될 수 있는 아름다운 휴양지! 오염되지 않은 태고의 대자연과 사계절이 뚜렷한 지상 최후의 낙원 뉴질랜드에 우리 일행 8명이 도착했을 때는 2010년 3월의 봄날 아침 나절이었다. 오클랜드 공항의 이국적인 분위기에 벌써부터 답답했던 일상의 얽매임에서 탈출한 느낌이다. 드넓게 파란 하늘과 맑은 공기에 가슴이 시려온다.

뉴질랜드는 대자연 속에서 인간이 즐길 수 있는 온갖 모험이 가득한 나라라고 한다. 처녀들이 많이 산다고 뉴질랜드라고 하는 익살꾼도 있지만, 네덜란드의 '질렌드'라는 섬을 닮았다고 뉴질랜드New Zealand라고 부른단다. 찾아보니 1642년 네덜란드의 탐험가 '아벨 타스만'이 유럽인 최초로 이 섬을 발견했다. 그 당시는 원주민인 마오리족族이 평화롭게 살고 있었다. 두 개의 주요 섬과 수많은 부속 도서島嶼로 이루어진 뉴질랜드는 면적이 한반도의 1.4배, 남한의 약 3배 크기로 영국 본토와 미국 캘리포니아 주와 거의 비슷한 면적이다. 그러나 인구는 최근에 이민자를 많이 받아들였는데도 겨우 약 450만 명으로 이 중 2/3가 북北섬에 살고 1/3은 남南섬에 산다. 또 북섬 인구의 반은 항구도시인 오클랜드에 살고 있으니 인구밀도는 가히 환상적이다. 얼추 계산해 보면 마치 부산시민이 우리 한반도 전역에 흩어져 살고 있는 격이다. 부럽다.

우리는 자연 그대로의 아름다운 황금빛 해변과 짙푸른 바다 그리고 요트Yacht의 도시 오클랜드의 관광은 뒤로 미루고, 곧바로 북섬의 최고봉 루아페후Mt. Ruapehu, 2,797m로 향했다. 뉴질랜드 북섬의 최고봉 등반이 우리의 첫 목표다. 남섬의 최고봉인 마운틴 쿡Mt. Cook, 3,754m에 대해서는 국내에서 자료를 구하기 쉬우나, 북섬의 최고봉은 아는 사람이 전혀 없었다. 정보 없이 낯선 이국땅을 찾아가는 설렘은 도전을 좋아하는 여행자에겐 또 하나의 즐거움이다. 산악인으로서는 올바른 자세가 아니지만.

우리의 대절 미니버스는 곧이어 광활하게 펼쳐지는 푸르른 목초지대를 지나, 넉넉한 강우량과 기름진 땅으로 세계에서 가장 비옥한 축산단지라는 해밀턴을 경유하여, 어느 한적한 푸른 언덕 위의 한국인이 경영하는 운치 있는 바비큐 레스토랑에서 점심을 즐겼다. 드넓은 초원을 바라보며 소주를 곁들여 먹는 양고기 맛이 가히 일품이다. 이 바비큐 레스토랑에서 고기를 즐기는 이곳 사람들 대부분이 소고기보다 양고기를 더 좋아한단다. 신선한 충격이다.

가랑비가 촉촉이 대지를 적시는 전원풍경을 바라보며 가다가 도중에 와 이토모 동굴을 관람키로 했다. UN이 정한 '세계자연유산'인 이 동굴은 수억 년 동안 수력에 의해 자연적으로 생성된 석회 종유굴이란다. 지하 강물을 따라 조용히 배를 타고 가며, 머리 위에 반짝이는 수많은 반딧불들의 파노라마를, 그 신비로움에 넋을 잃고 바라보았다. 또한 거대한 성당의 모습 같은 천장과 벽의 다양한 아름다움과 웅장함은 가히 장관이었다.

뉴질랜드의 첫날밤은 북섬의 정 가운데에 위치한 뉴질랜드 최대의 호수인 타우포호수를 끼고, 아름다운 타우포 마을의 분위기 있는 산장스타일 호텔로 정했다. 식사 전에 슈퍼마켓에서 산행 중에 필요한 식량 등을 구입했다. 자그마한 외진 마을에 이렇게 큰 슈퍼마켓이 있다니 과연 자연 속에서의 갖가지 모험을 즐길 수 있는 대단한 관광지임을 실감케 한다.

아리랑식당의 버섯찌개 맛은 전형적인 한국 어머니 같은 주인아줌마의 친절과 정성이 가득 담겨있어 우리를 매우 흐뭇하게 한다. 뉴질랜드에 사는 한국인은 약 3만 명으로 이중에 70%가 오클랜드에 살고, 나머지는 크라이스트처치 등 도시에 살며, 시골에서 목장을 경영하는 한국인은 극소수라고 한다.

## 통가리로 국립공원과 루아페후

타우포에서 통가리로 국립공원의 센터인 와카파파까지는 약 1시간 반이 소요됐다. 태고의 신비를 그대로 간직한 울창한 원시림과 그 사이에 흐르는 야생 그대로의 수정같이 맑은 강물을 지나, 때로는 광활한 황야를 가로질러, 드디어 통가리로의 세 개의 화산이 시야에 나타나자 우리들은 그 장관에 탄성을 질렀다. 정말 신비스러웠다. 겨울철6월~9월에는 온 시야가 눈 덮인 백색이라 더욱 장관이라고 한다.

통가리로는 마오리족의 언어로 '남쪽바람이 지나가는 곳'이라는 뜻으로 1887년에 뉴질랜드 최초의 국립공원으로 지정되었으며, 이는 세계에서도 네 번째로 지정된 국립공원이기도 하다. 이 국립공원 안에는 3개의 주봉이 나란히 위치해 있는데, 모두가 휴화산으로 아름답기 그지없다. 중심 마을 와카파파를 사이에 두고 우측에 루아페후, 좌측에 가우루호에2,291m와 통가리로1,967m가 위풍 당당히 솟아있으며, 이 통가리로 화산지역은 환태평양 화산대의 남서쪽 끝으로, 현재에도 활동 중인 화이트 섬 등이 포함되어 있어 지구상에서 가장 강렬히 활동적인 '요주의 화산지대'로 지명되었다.

루아페후 등반은 와카파파의 도로 마지막에 있는 이위카우 스키리조트에서 리프트를 타고 시작한다. 리프트를 두 번 갈아탄 후 복장을 정비하고 본격적인 산행에 들어갔다. 제법 고지대 냄새가 난다. 나무는 물론 풀 한 포기조차 없는 돌산을 발 딛기 좋은 곳을 골라가며 조심스럽게 걸어 올라간다. 외국인 트레커들도 간간히 나타나지만 자연발생적으로 모두들 그룹을 지어 올라간다. 길을 아차 실수로 잘못 택하면 굉장한 고생을 감수해야만 하기에 걷다가 수시로 주위를 살펴보아야만 했다. 우리도 초장에 길을 잘못 선택해 헤매던 도중, 멀리서 줄지어 올라가고 있는 한 그룹을 발견하고 그쪽으로 옮겨 가기 위해 가파르고 위험스런 돌밭을 가로지르느라 상당히 고생했다.

중간부터는 산악인들이 올라 다니는 길이 곳곳에 희미하게 나타나기에 제 길을 찾기가 그리 힘들지 않았다. 때로는 완만하고, 때로는 가파른 길을 우리는 즐거운 마음으로 대화를 나누며 서두르지 않으며 꾸준히 오르기를 계속했다. 우리 팀의 모토는 '즐거운 산행, 유쾌한 여행'으로 미리 정했다.

생각보다는 엄청나게 거대한 산이다. 만약 겨울철에 눈 덮인 루아페후를 등반한다면 더욱 멋지겠구나 생각하며 오르는 중 이따금 뒤돌아볼 때 주위의 탁 트인 장엄한 경치는 너무나 환상적이었다. 남쪽으로는 구름 위로 저 멀리 하얀 산정山頂들이 보이는데 모두들 마운트 쿡이라고 외쳐댄다. 나중에 알고 보니 마운트 쿡은 아니었다. 걷기 시작해 정상 부위의 능선 시작 지점까지 보통 3시간이면 넉넉하다.

루아페후 화산의 1953년 대폭발은 화산구 내부에서 역류하여 측면에서 터졌는데, 사면을 타고 뜨거운 가스와 마그마가 순식간에 산 밑의 철도다리를 덮쳐서 정상적으로 터진 것보다 더 많은 피해를 가져왔단다. 정상적인 폭발은 하늘로 뻗쳤다가 내려앉으므로 땅 위에서는 화산재로 인한 피해가 더 적다고 한다. 이는 금세기 뉴질랜드 최악의 재난으로 이때 153명이 사망했다. 일단 정상 능선에 오르면 바로 전방에 지금도 그때 용암이 흘러내렸던 거대한 자국의 완연함을 볼 수 있다. 여기서부터도 정상 쪽을 향해 제법 가야 하는데 중간 지점부터 유황냄새가 코를 찌르기 시작한다.

국립공원에서 지은 자그마한 무인 대피소2,670m가 대부분의 등산객의 종점이었다. 싸늘한 강풍이 진눈깨비와 함께 매섭게 몰려왔다. 모든 외국인 산악인이 이곳에서 휴식 후 뒤돌아섰지만 우리는 정상을 향했다. 바로 코앞에 모락모락 뜨거운 김을 품어내고 있는 분화구가 무시무시한 분위기를 자아내고 있다. 지구의 탄생과 천지창조의 신화를 그대로 간직한 곳.

역사적인 1953년 대폭발 이후에도, 1969년에서 1975년까지 수시로 울컥울컥하더니 1988년에 뜨거운 돌덩어리 화산암들을 뿌리듯 토해내었다. 그러다가 1995년 9월에는 엄청난 진동과 굉음을 내며 화산재를 하늘 높이 뿜어내 얇은 구름층을 형성하는 장관을 이루기도 했단다.

루아페후 정상 바로 아래의 휴화산 분화구에서 필자. 주위에 더운 연기가 가득하고, 가끔 울컥울컥해 언제 터질지 모른다.

언제 깨어날지 모르는, 잠시 낮잠을 자고 있는 거대한 괴물의 출입구라고 해야 할까. 분화구 주변에는 마치 거칠고 사납게 인상 쓰는 듯 산괴들이 만년설을 뒤집어쓰고 짙은 안개 속에 그 자태를 뽐내고 있어 육안으로는 어느 봉이 정상인지 구별이 어려우나, 지도를 보니 분화구 건너편 타후랑기 봉이 주봉으로 여기서 약 1시간 반이 소요되었다. 숙달된 등반가가 아니면 오르기 쉽지 않으며, 정상 부위에는 급경사를 이루어 확보장비와 로프가 필요했다.

### '통가리로 크로싱' 트레킹

다음 날 우리는 두 번째 목표인 루아페후 맞은편에 위치한 나머지 두 봉

가우루호에와 통가리로를 두루 둘러볼 수 있는 '통가리로 크로싱' 코스를 택해 트레킹에 나섰다. 이 코스는 뉴질랜드에서 하루 산행 중 가장 멋진 구간으로 알려져 있다. 유럽에서도 인기가 높아 많은 유럽인들이 이곳을 찾는단다. 통가리로 트레킹 코스는 세 개의 화산을 도는 2일, 4일, 6일 코스 등이 있으나, 우리는 핵심적인 부분만을 택한 셈이다.

와카파파에서 차로 15분 거리의 망가테뽀뽀 입구에서부터 산행을 시작했다. 입구에는 코스 설명판이 있고 트레커를 위한 자연보호 수칙이 붙어 있다. 낯선 외국에서뿐 아니라 어디에서건 안내판은 꼭 자세히 읽어봐야 한다. 우리 팀 외에도 제법 많은 뉴질랜드인과 외국인 트레커들이 함께 따라나섰다. 서양인 중에서도 뉴질랜드 사람들은 한눈에 알아볼 수 있다. 대자연의 거칠지만 부드러운 숨결을 닮아서일까 매우 소박하고 친절하다.

특히 이곳 여인들은 초원을 뛰노는 사슴처럼 선머슴 같은 모습에 다정다감한 표정이 매사에 자신감이 넘쳐 보인다. 그래서일까? 이 나라는 여인천국이란다. 엘리자베스 여왕 아래 총독이 여자, 이 나라 최고의 자리인 국무총리도 여자, 국회의원 중 상당수가 여자라고 한다. 여자가 과부가 되면 과부수당을 주는 나라! 남자는 애완동물 다음이라고 하니, 만일 부인들만 이곳으로 관광을 보낸다면 나중에 결코 득이 될 리가 없으리라.

약 25분 걷다보면 망가테뽀뽀 산장에 다다르게 된다. 산장에서부터 길은 용암이 흐르다가 굳은 너럭바위가 깔린 개천을 따라 나 있는데, 이어 덩굴숲의 완만한 언덕을 오르면 저 아래 신비로운 폭포가 한눈에 들어온다. 조금 더 가면 깨끗한 물이 흐르는 샘을 만나는데 오래된 용암암반을 뚫고 나오는 찬물 샘으로 이곳에서 수통에 물을 가득 담았다. 길은 드넓고 평탄한 계곡을 따라 이어진다. 히말라야나 카라코람, 안데스 등의 어느 곳에서도

통가리로 크로싱 중에 바라보는 가우루호에 산

볼 수 없는 전혀 색다른 분위기다.

이어 가파른 오르막길을 한참 오르면 완만한 구릉丘陵지대에 닿게 되는데 여기에서 바라보는 전망이 일품이다. 한참 땀 흘려 올라가면 이윽고 1,680m의 안부에 도달한다. 이 안부에서 가우루호에 정상을 오르는데 약 2시간이 소요된단다. 어느 방향에서 바라보아도 일본의 후지산마냥 원추형으로 생겼다. 풀 한 포기 없이 검은 황갈색의 화산재로 덮여 있는, 매우 가파르고 지그재그 희미하게 나 있는 길이 결코 쉽지 않아 보이지만, 반면에 내려올 때는 시간이 크게 단축될 것 같다. 만약 눈 덮인 겨울이라면 정상부위에서 아차 실수로 발을 헛딛을 경우, 저 밑의 골짜기까지 쏜살같이 미끄러지는 동안 결코 멈출 곳이 없으리라.

안부에서 약 10분 정도 걸으면 영락없이 외계의 어느 혹성에 온 것 같은 드넓은 분화구의 광활함과 고요함이 전개된다. 엄청난 넓이에 엄청난 고요함이다. 이 남 분화구South Crater를 횡단해 이윽고 오늘 코스의 최고점인 1,850m 안부에 오르면 좌측에 바로 통가리로 정상으로 올라가는 이정표가 있다. 우측으로 약 5분 아래에서 모락모락 열기를 뿜어내는 Red Crater를 옆으로 끼고 발목까지 푹 빠지는 용암 진흙 밭을 한참 내려간다. 주위는 온통 짙은 색의 더운 김으로 감싸여 역한 유황냄새가 코를 찌른다.

이 지역을 빠져나오니 바로 아래, 크고 작은 영롱한 파란 녹색 빛의 에메랄드 호수가 신비스러움을 가득 품고 나타난다. 지구촌에도 이런 특이한 분위기가 있다니…. 마치 별유천지別有天地요 이 세상 풍경이 아닌 듯 광활한 분화구의 장엄함과 이처럼 환상적인 호수의 맑고 신비로운 분위기를 어찌 글로써 다 표현할 수 있단 말인가!

에메랄드 호수를 지나면 트레커에게 인기 높은 순환 코스로 오투래래 산장으로 가는 갈림길이 나온다. 곧이어 Central Crater를 가로질러 나가다가, 하도 파랗기 때문에 이름도 Blue Lake인 크고 깨끗한 호수를 끼고, 왼쪽의 North Crater와의 중간 지점을 통과해 산모퉁이를 돌아서면 아득히 멀리 바다처럼 넓은 타우포 호수가 눈에 들어온다. 어느 혹성에서 순간적인 공간이동을 통해 바로 지구로 귀환한 것 같은 경이로운 심정이다.

통나무로 잘 지어진 케테타히 산장이 가까이 보였다. 등산로의 붕괴를 막고 주위의 식물들을 보호하기 위해 지그재그로 완만하게 만들어 놓은 트레킹 코스를 따라 즐거운 마음으로 내려가니 바로 산장이다. 무인산장이지만 수세식 화장실에는 휴지는 물론 비누와 수건들까지 말끔히 걸려있고, 산장 내부에는 그릇들과 부엌 가구들의 가지런함, 깔끔한 침구정돈 등 관리 유지 상태가 너무나 청결해, 이곳 사람들의 공공시설물 사용의식에 정말 고개가 숙여진다.

케테타히 산장을 지나 10분정도 내려오면 마오리족이 신성시 여기는 유서 깊은 케테타히 간헐온천을 지나게 되는데, 짙은 유황냄새와 계곡 전체에서 피어오르는 가스와 뜨거운 물기둥은 가히 장관이다. 이어서 장장 약 1시간 반 화산지역 특유의 색다르고 신비로운 울창한 원시림 사이로 잘 다듬어 놓은 숲속 길을 따라 걸으며 환상적인 그리고 영원히 잊지 못할 꿈같은 삼림욕을 즐겼다. 천국이 바로 여기 아닐까? 새들이 지저귀는 이 숲속을 빠져나오면 '통가리로 크로싱'의 종착점이다.

통가리로를 넘어서 오투래래 산장으로 가는 길. 유황냄새가 코를 찌른다.

# 산티아고 순례길

'산티아고 순례El Camino de Santiago'를 위해 2013년 봄, 40일간 스페인에 다녀왔다. 일행은 3명으로 늘 함께 산에 다니는 이강오70세 선배와 뉴요커 이세권73세 선배, 그리고 나65세. 이세권 형님은 전 대한산악연맹 회장 이인정 님의 친형으로 파리 드골공항에서 합류했다. 스페인 국경에 가까운 산골 마을 생장Saint Jean에서 출발해 피레네 산맥을 넘어 이베리아 반도로 이어지는 길을 따라 목적지 산티아고Santiago de Compostela까지 약 800km이고 걸어간 여정은 29일간.

돌이켜보면 우리는 너무 급히 걸었다. 오로지 걷는 것이 목적이라면 매일 새벽부터 저녁까지 걸어 20일 이내에 충분히 가능한 철각鐵脚들도 있겠지만, 오히려 40일쯤 여유롭게 순례를 마치는 것이 여러모로 보나 알찬 순례길이며, 현명한 순례자의 자세라고 생각된다.

천 년의 세월 동안 얼마나 많은 순례자들이 지팡이를 짚고 이 길을 걸어갔을까? 세계적인 가톨릭 성지순례길로 지금도 전 세계에서 도보여행을 즐기는 사람들이 줄지어 찾아오는, 일생에 한 번은 꼭 걸어야 할 산티아고 순례길. 아름다운 추억을 가득 담아왔지만 되새겨 보면 아쉬웠던, 또 후회되는 점도 많아 앞으로 이 멋진 순례를 떠날 분들을 위한 도움 글을 요약해볼까 한다.

## 산티아고 순례(巡禮)란?

가히 1,000년이 넘는 역사를 자랑하는 산티아고 순례는 예수님의 12제자 중 '야고보'의 무덤이 있는 '산티아고 데 콤포스텔라'로 걸어가는 길을 뜻하며, 여기에는 무수한 종교적 역사적 전설이 짙게 배어 있다. 일찍이 기독교 왕국은 이슬람의 위협에 대항해 위대한 성 야고보St. James 사도를 수호성인으로 떠받들었고, 9세기 초에는 그의 무덤이 발견됐다. 사도 야고보의 무덤이 존재한다는 사실은 유럽 전체로 빠르게 퍼져갔으며, 무덤이 발견된 이후 이곳은 당시 예루살렘과 로마를 잇는 순례길과 비교될 만한 순례지로 자리잡기 시작했다.

산티아고 대성당이 완공된 12세기부터는 유럽 전역에서 해마다 수천 명의 순례자들이 찾아왔다. 실로 대단하다. 유럽 전역의 모든 사회 계층을 아우르며 유럽인들에게 지대한 영향을 준 기독교 신앙의 힘을 여실히 보여준다. 산티아고 순례 코스는 최근 들어 1987년 유럽회의에서 처음으로 '유럽의 문화여행로路'로 선포했는데, 현존하는 이 정도 규모와 지속성을 갖고 있는 기독교 순례길은 세계 어디에도 없다고 한다.

산티아고 순례길을 걸어가는 이세권

산티아고 순례길

스페인 내에서는 수많은 코스가 있지만 프랑스 국경 마을에서 시작하는 두 길이 가장 유명하다. 일명 은하수Milky Way 길로 이름난 858km의 하카Jaca 코스와 이보다 이틀이 짧은 생장St. Jean 길을 말함인데, 특별히 생장 코스가 유일하게 '유네스코 세계문화유산'에 등록돼 있다. 이 순례길 곳곳에는 천 년을 이어오며 많은 문화유산들이 풍부하게 흩어져 있는데 거의 완벽하게 보존되어 있으며, 위대한 역사적 정신적 가치 외에도 유럽의 예술과 건축이 수세기에 걸쳐 발전한 단면을 상징적으로 뚜렷하게 나타낸다고 한다.

소박한 예배당의 숙박시설부터 웅장한 대성당까지 이곳의 유적들은 로마네스크 예술의 탄생을 대표하며, 바로크 시대 이후까지의 고딕양식의 예술과 건축의 발전상을 반영하고 있다. 또 중세 시대의 신앙과 문화 사이의 밀접한 연결고리를 설명해 준다. 현재 5개의 자치주와 166개의 도시와 마을을 지나가는 이 순례길을 따라 역사적으로 중요한 건물이 1,800개 정도가 자리 잡고 있으며, 길은 현대적인 길과 고대의 길이 병행을 이루고 있다. 이 두 프랑스 길French Way 만큼은 아니지만 포르투갈 코스에도 순례자가 많이 몰린다. 또 일부러 한적한 다른 코스로 순례를 떠나는 유럽인도 제법 많다고 한다.

산티아고는 예루살렘, 바티칸과 함께 세계 3대 가톨릭 성지聖地로서 순례자들은 모두 걸어가지만 최근 들어 자전거 순례자도 부쩍 늘었다. 모든 갈림길마다 노란 화살표와 조개껍질 마크로 방향을 표시해 준다. 간혹 짙은 안개 등으로 길을 잘못 들면 만나는 주민에게 "돈 데 에스따 까미노?" 또는 바로 "까미노 데 산티아고?"라고 물으면 친절히 바른 길을 가리킨다. 유럽의 기독교도나 가톨릭교도는 평생 이 순례에 참여해야 진정한 교도敎徒라고 말하기도 한다. 실제로 우리가 만난 외국 노인 남녀 중에 어릴 때부터 꿈꿔왔던 이 순례에 다 늙어서 이제야 참여하게 됐다고 기쁘게 말하는 분이 참 많았다.

스페인은 태양의 나라로 유명하지만 우리가 걸을 때는 10여 일이나 비를 맞았다. 아랫도리는 몽땅 젖었고 어찌나 춥던지, 또 그놈의 싸늘한 바람은 왜 그렇게 모질게 불어대는지. 4월이면 태양의 나라 스페인에선 5월이겠거니 준비했는데 반대로 우리의 3월 초 날씨였다. 정말이지 스페인 북부 이베리아 반도는 쌀쌀하고 매몰찬 바람의 지대였다. 그래도 남들이 꺼리는 가파른 산길이 시작되면 즐거워 콧노래가 절로 나오니 난 어쩔 수 없는 산악인인가 보다.

순례 중에 저녁에는 으레 포도주파티 (좌로부터 필자, 이강오, 이세권)

## 당신을 도울 수 있어 참 행복해요

까미노 데 산티아고가 주는 최고의 선물은 어쩌면 이 길을 걷는 순례자들 자신이다. 순례자들은 남녀노소 모두 착하고 예의바르고 성실했다. 누구든지 지나가거나 만나면 서로 꼭 인사를 나눈다. 서로 나눠먹고 서로 양보한다. 나눔의 미학이랄까. 베푸는 행복이랄까. 아프다면 다투어 약을 꺼낸다. 누가 무엇을 흘리고 가면 뛰어와서 전달해 준다.

"당신을 도울 수 있어 참 행복해요."

세상에서 가장 마음이 따듯한 사람들로 가득하다. 순례자 중에는 간혹 인상이 험해 보이는 사람도 있고, 어두운 과거가 있는 사람 또 고독을 즐기는 사람도 있겠지만 이 길을 걸을 때만은 평소 꼭 닫은 마음의 빗장이 스스럼없이 열리나보다. 경이롭기까지 하다.

순례자들은 함께 이야기를 나누며 걷기도 하고 또 함께 차와 식사를 즐기기도 한다. 우리가 만난 외국인 중에는 스페인이 아무래도 가장 많고, 독일, 프랑스, 이태리, 영국 등 유럽인들이 대부분이었다. 캐나다, 남미, 미국인도 점차 늘어나는 추세라지만 놀라운 사실은 한국인이 무척 많다는 점이다. 아시아 사람을 만나면 대략 70~80%가 한국인이다. 특히 한국의 여성들이 많았다. 새삼 느끼는 바, 한국여성은 세상에서 가장 우수하고 지혜롭고 어질고 훌륭한 여성이다. 물론 한국남성보다 우수하다는 뜻은 아니다.

브엔 카미노. 나타나는 풍경은 모두 영화의 한 장면이다. 눈 덮인 피레네 산맥의 나폴레옹 길을 넘어 바람 잘 날 없는 언덕과 안개 자욱한 작은 마을과 시냇가를 지나면 어니스트 헤밍웨이가 살고, 시드니 셸던이 쓴 소 축제의 도시 팜플로나가 나타난다. 이어 유채꽃 만발한 대평원, 스페인 최고

양질의 드넓은 포도밭, 비옥한 대지의 황금빛 지평선, 멀리 가까이 이어지는 하얀 산정들, 나무 하나 없이 삭막한 평원도 나타나고, 고풍의 돌다리를 건너 무수한 세월의 역사를 말해 주는 돌길이 깔린 옛 마을과 고색창연한 교회들, 소와 말과 양들이 뛰노는 푸른 초지와 구릉이 이어진다.

이따금씩 나타나는 큰 마을과 작은 도시들은 주위 풍경과 어우러져 은은히 풍기는 역사의 향기가 때로는 낯설게 때로는 친숙하게 다가오고, 도시 공원과 대학캠퍼스를 지나기도 하고 겁이 날 정도로 울창하고 광대한 숲속의 작은 오솔길을 하염없이 걷기도 한다. 큰 도시마다 나타나는 대성당과 수도원 주위의 종교적 분위기는 프랑스와 이태리와는 또 다르며, 지역 특유의 역사성과 예술성은 실로 감탄의 연속이라 고개가 절로 숙여진다.

새벽에 동이 틀 때 드넓은 대지와 숲속의 오솔길과 한적한 시골길을 걸어가는 그 상큼함은 뭐라 표현할 수 없이 즐거웠다. 주위 경관은 언제 어디서나 아름다웠고, 대장정을 마치고 산티아고로 들어갈 때의 흐뭇함 또한 컸으며, 만났다가 헤어지고 또 만나고 했던 동행자들은 국가, 나이, 남녀 구별없이 모두 반가웠다.

## 출국 전에

현지에서 걸을 때는 물론 귀국한 후에도 가장 후회됐던 점은 출국 전에 마음의 준비를 소홀히 한 점이었다. 히말라야 원정과 트레킹을 몇 십 번 다녀왔는데 이런 평지길 걷는 것이 뭐 그리 대수냐 생각했었다. 따라서 순례 준비도 간단히 했고, 스페인에 관한 제반 공부도 게을리했다. 돌이켜보면 참으로 무식하고 오만방자했다. 나 자신이 진정 부끄러울 뿐이다. 그래서 참

회하는 심정으로 이 글을 쓴다.

**1. 꼭 필요한 스페인어는 미리 배워 익힌다.**

나는 스페인 여행이 이번에 네 번째였으나 이번처럼 영어의 무능함을 뼈저리게 느낀 여행은 없었다. 영어는 전혀 안 통한다. 하다못해 원, 투, 쓰리, 샌드위치, 커피, 와인, 밀크, 슈거, 바나나, 오렌지주스, 하우 머치? 등을 전혀 모른다. 러시아만큼은 아니지만, 프랑스보다 더하다. 추측컨대 아마도 초등학교 때부터 이렇게 가르치지 않나 싶다.

"스페인어를 사용하는 나라가 세계에서 제일 많단다."

"이 세상에서 스페인어가 으뜸이고, 가장 높은 수준의 언어란다."

"미개국 사람들이 영어를 쓰는데 이 땅에선 사용 못하게 아주 무시해라."

"외국에선 영어를 사용할 때도 있으니 영어는 꼭 필요한 사람만 배워라."

예를 들어보자. 산티아고 서점에서 필요한 책을 찾아 들고 "How much?" 하고 물으니 예쁜 아가씨가 스페인말로 뭐라 뭐라… 18유로예요. 몸짓으로 스페인말 모른다며, 글로 써달라고 하니 그때서야 "Eighteen Euro"라고 말한 뒤 또 뭐라 뭐라… 스페인에 왔으면 스페인말로 해야지요. 내가 20유로 지폐를 내니 2유로 거슬러 주며 뭐라 뭐라… 2유로 줬다. 바보야. 책을 싸 주면서 또 뭐라 뭐라… 앞으로는 꼭 스페인말로 말해요. 이 바보야. 밖으로 나갈 때 또 뭐라 뭐라… 다음부턴 꼭 스페인말로 해라! 잘 가, 바보야.

순례가 거의 끝나갈 무렵에야 비로소 깨달은바 유럽인은 물론 영국인이나 미국인들조차 현지 주민과의 대화 때는 영어 사용을 전혀 하지 않았다. 스페인말을 했다. 여행자에게 진리는 바로 '로마에 가면 로마법을 따르라.'

이번에 느낀 재미있는 점은 스웨덴, 노르웨이, 덴마크 사람들이 함께 대화할 때와 마찬가지로 프랑스, 이태리 순례자들은 스페인 사람과 서로 자기 나라말로 해도 대충 알아들으며 재미있게 이야기를 나누곤 했다.

**2. 스페인 역사, 지리, 인물 등은 물론 현지의 필요한 정보를 사전에 익혀둔다.**

순례길은 걷는 게 전부가 아니다. 또 아는 것만큼 보이는 것이 여행이라지만, 무수한 마을, 도시, 성당을 지날 때마다 역사의 변천에 관한 진가를 새삼 깨닫게 된다. 유럽에서도 스페인만큼 다양한 역사를 지닌 나라가 드물다. 약 800년간 이베리아 반도의 반 이상이 이슬람교도들의 지배를 받았었고, 이후 200년 가까이 세계 최강의 부와 영화도 누렸었다. 한때 주체 못하리만큼 부가 넘쳐 흥청망청 시대에서 종교와 예술과 문화의 역사도 그러했었다. 때문에 사전공부가 약하면 현지에서 한 달 이상 걸으며 엄청 후회하게 된다.

정말이지 소중한 보물처럼 보배로운 역사현장을 우리는 숱하게 그냥 지나쳤다. 스페인 공부를 게을리했음을 참 많이 후회했다. 스페인 사람은 보통 하루에 5끼일어나서, 11시경, 2시경, 6시경, 9시경 먹고, 낮잠Siesta 시간이 오후 2시~4시라는 기본상식도 잊고 있었다. 무식함은 부끄러운 것이다. 특히 외국에 나가서는.

'까미노 데 산티아고'의 자료와 현지정보에 관한 책은 구하기 쉽다. 시중에 무려 50여 종류의 책이 나와 있다. 이중 엄선해서 읽고 또 좋은 정보는 배낭에 넣어 갖고 떠나라.

**3. 많이 걷기 훈련을 해서 발바닥을 강하게 단련시켜 놓는다.**

하루 20~30km씩 자주 걸어 발에 물집이 미리 생겨야 한다. 현지에서 물집이 생기면 매일 걷기에 참 고통스럽다. 걷는 훈련의 강도에 따라 현지에서 차이는 엄청나다. 실지로 훈련을 열심히 한 이강오 선배가 가볍게 걷고 느긋이 쉴 때 게을렀던 나는 뒤따라가며 숱한 고통을 감내해야만 했다.

신발 선택도 매우 중요하다. 나의 경우, 평지를 걷는다고 대수롭지 않게 신고 간 엉성한 신발로 현지에서 엄청 힘들었다. 발바닥에 물집이 생겨 신발을 벗으면 진물이 뚝뚝 떨어질 때도 있었다. 나중엔 단련이 됐지만. 순례길에 알맞은 신발은 바닥이 두텁거나 딱딱하고, 가볍고, 어느 정도 여유가 있어야 하며, 국내에서 미리 신어 잘 길들여 놓은 신발이 좋다. 양말은 얇은 것 두 개 또는 얇은 것과 두터운 것으로 충분히 신어본다.

### 4. 무게 10Kg 이상의 배낭을 메고 훈련에 임한다.

충분히 훈련해야 한다. 평소 산에 다니는 산악인들은 아무래도 이 점에 있어 유리하겠다. 배낭 그 자체의 무게는 가벼울수록 좋다. 배낭이야말로 신발과 마찬가지로 구입할 때 돈을 아끼지 마라. 짐은 최소한으로 줄여야 한다. 배낭이 무겁지 않음은 즐거운 도보여행의 필요조건이다. 결코 가벼울 수는 없으므로 그만큼 단련을 해야 한다. 출국 전에 넣을까말까 망설여지는 것은 무조건 빼라.

필히 준비해 갈 장비들은 계절에 따라 조금씩 다르겠지만 챙 모자, 선글라스, 비옷, 윈드 재킷, 다운조끼, 선크림, 장갑, 스톡, 속옷, 양말, 게이터, 실내화, 잠옷, 얇은 침낭, 플래시, 세면구, 필기구, 의약품, 돈 1일 30Euro가 기본, 스마트폰 등은 꼭 지참해야 한다. 속옷과 양말도 두 벌씩이면 된다. 갈아입고 빨래하고. 또 스마트폰이 필수인 것은 사진도 잘 찍히고, 보내기도 편하고, 와이 파이wi-fi 지역에서의 인터넷, 채팅, 카카오톡이 무료이기 때문이다.

5. 여행사를 이용하지 말고, 혼자 떠날 준비를 하라.

배낭 무게, 낯선 외국, 스페인어, 정보 미숙, 사고 예방 등을 이유로 여행사를 이용하는 순례자가 많아지는 듯한데, 별로 권하고 싶지 않다. 여행사를 이용하면 위 걱정들은 당연히 해결되겠지만, 순례 중에 느끼는 모든 희로애락이 반감되기 때문이다. 망설임과 설렘도, 호기심과 도전심도 반감된다. 스스로 고민하고, 판단하고, 결정하고, 반성하는 즐거움이 없으면 무슨 맛이 있겠는가! 쉬고 싶을 때 푹 쉬는 유유자적한 즐거움도.

또 충분한 시간적 여유를 가진 후에 떠나야 한다. 순례는 트레킹처럼 훌쩍 떠나는 것이 아니다. 치밀한 사전 공부가 필요하다. 때문에 최소한 1~2년 전부터 준비하는 것이 타당하다. 아는 것만큼 느낀다지만, 실지로는 아는 자에게만 행운과 혜택도 온다. 다른 순례자를 만나 어울리고, 대화 나누는 진솔한 기쁨은 의외로 크다.

요즘엔 약 200km 정도 걷는 진액津液만 즐기려는 순례자도 많고, 자전거 순례자도 많은데, 사람 나름이겠지만 결코 권하고 싶지 않다. 순례는 순례다워야 한다.

## 현지에서

대부분의 마을에는 '알베르게Albergue'라 불리는 순례자 전용숙소가 있다. 출발지에서 구입한 '순례자여권'이 반드시 필요하며, 잠자리와 취사를 쉽게 해결할 수 있어 참 편리하다. 공립과 사설 알베르게가 있으며 성당이 직접 운영하는 알베르게 중에는 기부금으로 운영하면서도 저녁과 아침 식사를 제공하는 곳도 있다. 겨울에는 문을 닫는 알베르게가 있어 사전정보가 필요하단다.

비용은 보통 하룻밤에 5~10Euro였다. 지금은 더 올랐겠지만. 환율은 변동하기 마련으로 당시 1유로=1,500원이었는데 지금은 1,250원이다. 사설 알베르게는 더 비싸다. 한 방에 보통 10여 명씩 잠자게끔 도미토리 룸으로 2층 침대들이 있는데 물론 남녀 구별이 없다. 별도로 샤워장, 화장실, 세탁실, 부엌, 식당 등이 구비되어 있다.

알베르게는 아침 6시에 불을 켜고 8시면 문을 닫는다. 그 전에 모두 길을 떠나니까. 오후가 되면 1시에 문을 열고 10시쯤 소등한다. 보통 오후 2~4시경이면 도착해 잠자리 배정받아 배낭 풀고, 샤워하고, 빨래해서 널어놓고, 조용히 쉬면서 자신만의 시간을 갖는다. 이 시간이 너무 좋다. 두려움과 설렘, 외로움과 즐거움, 고뇌와 희열이 교차되는 순간순간을 조용히 음미해 본다. 과감히 앞으로 나가는 용기와 함께 자신의 정체성을 과감히 깨버리고 새롭게 다른 사람이 되어 보는 기분은 참으로 상큼하고 뿌듯하다.

성당을 찾아 기도하거나, 마을 곳곳의 성곽을 찾아다니며 카르타고, 로마, 사라센, 성당기사단 등 그 옛날 상상력을 자극하는 자취를 찾아 진한 역사의 향기를 찾으려 노력하거나, 책을 읽거나, 타 순례자들과 대화를 나누거나 글을 쓰는 등 나름대로 소중한 시간을 가져야 마땅했지만 우리는 매일 와인공부를 열심히 했다. 그것도 속을 버릴 정도로. 엄청 후회한다.

### 1. 순례는 성스럽고, 순례의 길은 신선의 길이며, 순례자는 행복하다.

순례자들은 누구나 표정이 맑고 밝다. 한결같다. 만날 때마다 서로 진심어린 인사를 나눈다. 대화는 진지하며, 누구나 먼저 상대방을 배려한다. 성당에서 운영하는 비교적 큰 알베르게는 어김없이 유럽 여러 나라에서 찾아

온 자원봉사자들의 친절한 행동으로 분위기를 부드럽게 한다. 마드리드는 세계 최악의 도둑놈소굴로 유명하지만, 스페인 북부의 땅은 비옥하고 드넓어선지 주민들도 모두 친절하고, 마을과 도시들은 질서와 보안상태가 잘 되어 있다.

스페인 북부의 산길, 들길, 시냇가, 숲속, 마을과 도시의 모든 전경이 아름답고, 대기는 맑고 상쾌하다. 오랜 익숙한 환경에서 벗어나 새로운 세계를 향해 나 자신을 연다는 해방감이 걷는 순간마다 가득함을 느낀다. 포도주가 싸고 맛있다는 점도 순례자를 행복하게 한다. 단 2~3잔을 넘기지 말 것.

2. 초반에 고통을 이겨내야 한다.

사실 무거운 배낭을 메고 매일 20~30km씩 걷기가 쉽지 않다. 발에 물집이 생기고 진물이 터져도 이겨내야지 별 도리가 없지 않겠는가. 고통은 빨리 이겨낼수록 점차 편해짐을 느낀다. 육체의 건강도 중요하지만 강한 정신력과 의지가 요구된다. 또 초반에 너무 무리하게 뽑을 필요가 없다. 힘들 때 다른 순례자가 이틀에 간다면 나는 사흘에 가겠다고 여유롭게 생각함이 더 현명하다. 첫날 알프스를 2일로 나눠 여유 있게 넘는 것이 현명하다. 우리는 하루에 바로 넘었는데 나는 두고두고 이를 후회했다.

걷다가 바르Bar, '바'라고 말하면 못 알아듣는다.가 나타나면 무조건 쉰다. 쉴 때 충분히 쉬면서 절대 초조하거나 무리하지 않으면 곧 마음의 여유가 생겨 새로운 힘이 솟아난다. 또 끊임없이 솟아나는 호기심은 몸과 마음의 고통을 반감시킨다.

현지에서의 정보가 어두우면 엄청 고생한다. 머리가 나쁘면 몸이 고생함을 처절히 실감한다. 난감할 때 다른 순례자가 의외로 큰 도움을 주기도 한다. 또 일상이 워낙 피곤하다 보니 밤만 되면 남녀 구별 없이 무섭게 코고는 경쟁에 들어간다. 그래도 새벽에 일어나면 언제나 새롭게 반갑고, 기쁜 마음으로 아침인사를 나눈다. 개개인이 모였지만 단체생활의 즐거움이 의외로 크고 재미있다.

3. 순례는 혼자 떠나라.

순례는 홀로 떠나는 것이 제일 좋다. 혼자 공부하고 혼자 준비해서 혼자 조용히 떠나라. 정 혼자 떠나기 어려우면 2~3명 또는 2~3쌍. 그 이상은 곤란하다. 여행사를 통해 단체로 순례에 참여함도 현명하지 못하다. 진정한 의미의 순례를 생각해 보자. 또 순례는 산행과 트레킹과는 모든 면에서 엄연히 다르다. 그럼에도 불구하고 꼭 누군가 함께 떠나야 한다면 서로 장단점을 잘 알고 이해하며, 깊이 신뢰하는 관계여야 한다.

또 순례 도중에 언제든지 자유롭게 헤어질 수 있어야 한다. 컨디션에 따라 1~2일 먼저 가거나 뒤로 처지거나 할 수도 있어야 한다. 간혹 부부 또는 애인끼리 단 둘이 순례를 떠나는 경우도 있는데, 서로 사랑과 이해의 폭이 크면 더욱더 정이 들고, 반면에 적으면 오히려 사이가 더 나빠질 수 있다고 한다.

4. 가끔씩 저녁과 아침을 직접 요리해 먹는다.

부지런하고 알뜰한 순례자는 아침과 저녁을 직접 해먹는다. 매일 요리할 수는 없지만, 장을 볼 수 있는 마을이면 밥도 해먹고 스프도 만들어 먹는다. 우리는 단 한 끼도 해먹지 않고 식당에서 사먹었는데 가끔씩자주 직접 해먹는 것이 여러 면에서 훨씬 좋다. 혼자서도 좋고, 순례자 몇 명이 의기투합

해도 좋고….

스페인 북부 시골음식은 메뉴가 의외로 단출하다. 아마도 이곳 사람들처럼 야채를 잘 안 먹는 지역도 드물 것이다. 아침 메뉴엔 야채가 전혀 없다. 점심은 엄청 딱딱한 스페니쉬 바게트 샌드위치인 보카디요Bocadillo가 주종이다. 야채를 먹으려면 저녁 메뉴에 애피타이저로 주문하는 샐러드와 메인의 육류에 곁들인 후렌치 후라이드가 전부다. 때문에 한 열흘 이상 지나면 매식買食에 의존하는 사람은 화장실에서 대변보기가 힘들고 늘 몸이 가볍지 못하다.

현명한 식사법은 저녁에 샐러드를 주문해 올리브오일과 발사믹 식초를 듬뿍 뿌리고, 이따금씩 슈퍼에서 재료를 사서 미리 준비해 간 된장, 라면스프 등으로 입맛에 맞게 직접 요리해 먹는 것이다. 아침은 오이, 토마토, 바나나, 요구르트 등을 넉넉히 사서 아침, 점심 나눠 먹으면 배변도 잘 되고, 저녁엔 다른 순례자들과 함께 요리하고 다양한 음식 서로 나눠먹는 즐거움이 있어 지루한 시간도 잘 가고 정신 건강에도 좋다.

### 5. 순례길은 믿음과 사랑과 신뢰가 충만한 길이다.

순례길에 무수히 만나는 성당과 곳곳에 산재한 옛 역사의 자취를 충분히 음미하고 빠져들어라. 지나는 도시마다 역사와 예술과 문화의 향기가 그윽하고 그 자취가 곳곳에 배어 있다. 특히 가톨릭교도와 기독교도들은 시공時空을 넘나드는 참으로 고귀한 순간순간이다.

믿음은 예의와 질서를 전제로 한다. 순례자로서의 예의를 꼭 지켜야 한다. 특히 알베르게 안에서는 실내화, 복장, 시간 등 준수사항을 반드시 지켜야 한다. 목소리, 행동 등에 있어 타인에 대한 배려가 중요하다. 또 자신의 편의便宜를 위해 타인의 순례를 방해하거나 사소한 부탁 등 타인에게 의존하면 안 된다. 성당이 직접 운영하는 돈 안 받는 알베르게는 대신 기부금을 내는 것이 좋다.

순례길은 빨리 도착할 필요도 없으며 마음에 드는 곳이면 하루 이틀 머물러도 좋겠다. 충분히 사색하고, 충분히 걷고, 충분히 쉬고, 충분히 대화를 즐겨야 한다. 워낙 많은 외국 순례자들과 함께 걸으며, 함께 생활해야 하기 때문에 비록 영어실력이 약해도 진솔한 자세로 대하면 최소한의 의사소통은 충분히 할 수 있다. 순례길을 걷다보면 순례자 자신도 모르게 모두가 서로 믿음과 사랑과 신뢰의 교감이 이루어진다.

### 산티아고 도착

드디어 순례의 종착지 산티아고로 들어선다. 참 아름다운 도시다. 도시 전체가 '유네스코 세계문화유산'으로 지정됐다. 고색창연한 거리와 다닥다닥 붙은 건물들, 좁은 거리마다 곳곳에서 연주하는 악사들, 넓지는 않아도 멋이 넘치는 광장과 너무 많다고 느낄 정도로 곳곳에 즐비한 성당과 수도원, 여러 분야의 박물관, 특히 과거와 현재를 오가는 듯 특이한 전경의 대학이 마음에 든다.

이윽고 산티아고 데 콤포스텔라 대성당 앞에 우뚝 섰다. 무릎을 꿇고 머리를 조각기둥에 대고 감격의 눈물을 흘리는 순례자들, 오른손을 짚고 기도하는 순례자들, 감동과 격려로 서로 포옹하는 순례자들, 오브라도이로 광장에 드러누워 일어날 줄 모르는 순례자들. 그 무리 속에 서 있는 나 자신은 의외로 덤덤했다. 가톨릭교도가 아니기 때문일까? 하지만 뭔가 누구에겐가 그저 고마운 마음이 가득 찼다. 그동안 나만의 세상이 얼마나 작은 것이었는지 새삼 느껴진다. 내가 변하리라는 느낌도 갖는다. 무언가 인간답고 성숙한 나 자신으로.

산티아고 대성당은 천 년 전에 지은 건축미의 극치. 종교와 예술이 조화롭게 어우러진 아름다움의 최고 걸작이지만, 건물 외벽에 이끼가 끼어 있어 인류의 소중한 유산으로 신속한 보수가 요구된다. 최근에 들어 스페인 정부는 이 대성당의 외벽 보수를 시작했다.

순례자들은 대성당 내부를 감명 깊게 보고나와 '증명서'를 받으면 끝이지만 여기에 멈추지 말고 바로 이베리아 반도의 끝자락 휘스테라Fisterra, 일명 휘니스테레까지 가기를 추천한다. 휘스테라는 유럽대륙의 최 서쪽땅 끝을 말하며 그 옛날 유럽에선 세상의 끝The End of the world으로 유명했다. 일부 순례자들이 4~5일간 계속 걸어가기도 하지만 버스로는 두 시간 거리로 하루에도 몇 편이 왕복한다.

묵시아Muxia의 신선한 문어와 스페인 스타일 산해진미를 먹으며 바다공기 상큼한 휘스테라에서 하루 휴식을 취하면 저절로 몸과 마음에 쌓인 스트레스가 확 풀림을 느낀다. 다음 날, 갈리시아 지방의 수도로 생각보다 큰 소비도시 산티아고로 되돌아와 하루 쉬면서 대단원의 여정을 마무리하는 시간을 갖는다. 어느 지점에서인지 잘 생각이 안 나지만 한때 정들었던 순례자들과 거리에서 마주치면 정말이지 그렇게 반가울 수가 없다.

다행히 시간의 여유가 있다면 스페인보다 더 낭만이 있고, 물가도 싸고, 먹거리도 풍부하고, 영어가 잘 통하고, 풍광이 아름답기 그지없는, 또한 인파가 많아 어딘지 모르게 동양적 냄새도 풍기는 포르투갈 제2의 도시 포르토Porto로 떠나감이 어떻겠는가. 어느 지역보다 더 강력히 추천하고 싶다.

순례길의 종착지 산티아고 시내전경

# 일본의 3대 영산(靈山) 중 2개 봉(峰)을 오르다

## 60대 중반의 열여섯 남녀 동기

일본은 우리에게 가깝고도 먼 이웃나라며, 섬나라다. 그러면서도 산악국가다. 도처에 2,000m가 넘는 산이 즐비하고 3,000m가 넘는 산도 많다. 산이 높으니 골이 깊어 대자연생태계의 보고寶庫이며, 겨울엔 히말라야보다 더 눈이 많이 오는 지역도 있다. 이러한 천혜天惠의 자연조건 때문에 각종 산악스포츠가 발달할 수밖에 없으리라. 일본인의 삶도 내륙지방은 산과 밀접한 관계를 갖고 있으며, 일본인처럼 산과 바다를 동시에 사랑하는 민족도 드물 것이다.

이런 일본인이 일본열도列島의 3대 영산靈山으로 혼슈의 후지산富士山, 3,776m, 다테야마立山, 3,015m, 하쿠산白山, 2,702m을 꼽는다. 후지산은 일본 최고봉이자 일본의 상징이며, 다테야마는 그 장엄함으로 만인의 경탄을 자아내는 명산이며, 높지는 않지만 일본신사神社의 총본산으로 성산聖山인 하쿠산을 일본인들은 예나 지금이나 정신적 지주로 숭상하고 있다. 세 영산 모두 성층화산으로 다테야마와 하쿠산도 1년의 절반은 정상 부위가 눈에 덮여 있다. 예로부터 순백의 산정은 신神들이 머무는 성역으로 인간이 쉽게 발 들여놓을 수 없는 성지聖地로 믿어왔다.

일본 혼슈 중앙부의 북서쪽, 다테야마가 있는 도야마 현과 하쿠산이 있는 이시카와 현이 나란히 붙어 있어 3대 영산 중 두 산이 가까이에 위치하고 있다. 2013년, 모두 60대 중반인 우리 일행서울사대부고 19회 산악회 남녀 16명은 이 두 영산을 야생화가 만개하는 6월 말에 찾았다. 6, 7월은 장마 시즌이라 기상조건이 큰 걱정인데 하늘에 맡길 수밖에.

## 장엄한 다테야마(3,015m)

도야마 국제공항에 도착하니 날이 흐리다. 긴장된다. 먼저 찾아간 곳은 다테야마 자락의 깊숙이 자리 잡은 쇼묘 폭포. 우리 토왕성 폭포에 비하면 높이나 분위기가 초라하지만, 350m의 낙차를 자랑하는 일본 최대의 폭포로 굉장한 폭음을 내며 물보라 시원하게 떨어진다. 신비롭고 무시무시할 정도로 웅장한 토왕성 폭포에 굳이 비하지 않더라도 첫눈에 참 여성스럽게 떨어지는 아름다운 폭포다.

이어 전세버스로 무로도室堂로 향했다. 무로도로 가는 드넓은 산등성이 위의 아스팔트 도로 중 '눈의 대계곡'이라 불리는 지역의 도로는 매년 5월 초에 개통되면 양 옆에 7~8미터 두께의 높이로 눈이 쌓인 광경의 사진으로 유명한 곳이다. 아직도 거대한 잔설로 인해 올라갈수록 점입가경漸入佳境이다.

무로도는 유명한 '알펜루트'의 거점으로 표고 2,450m의 드넓은 용암대지의 중심지 터미널로 제법 큼직한 호텔도 있다. 날이 맑으면 다테야마 정상과 이어지는 능선이 손에 잡힐 듯 자세히 보이는데 오늘은 구름에 쌓여 정상이 보였다 안 보였다 한다. 우리 숙소는 여기서 20분쯤 떨어진 강한 유황냄새와 자욱한 김으로 뒤덮인 지옥계곡 옆의 라이초雷鳥 산장. 아늑한 다다미방과 맑고 정갈한 온천이 마음에 든다. 라이초는 이 지역 천연기념물 새 이름으로 평시 갈색이지만 겨울에는 하얀 색으로 변하는 제법 큼직한 새다.

다테야마 "눈의 대계곡"의 5월 초에 개통된 도로

다음 날 아침 6시 산장을 출발했다. 화창한 날씨에 싸늘한 공기가 폐부를 뚫는 듯 상쾌하다. 아름다운 옥색 연못을 지나 눈 덮인 산자락과 고원이 시원하게 펼쳐진 길을 걷는다. 이름 모를 가녀린 야생화들이 발길을 잡으며, 셔터를 누르게 한다. 주위 풍경은 흰 눈과 청아한 연두와 초록의 숲으로 이어진 넓은 고원으로 시야가 탁 트여 아름답기 그지없다. 절경이다. 마치 천당의 입구를 걷는 기분이랄까.

눈밭 산행은 색다른 경험으로 뜻밖의 행운이었다. 아이젠과 스패츠를 차고 정녕 지금이 여름인가 싶다. 반사되는 눈이 눈부시고 새로운 세계로 진입하는 기분 만점의 산행이 이어진다. 깊게 다져진 눈길의 표면은 어느 곳은 발을 내딛기가 힘들게 미끄럽다. 주변을 보면 첩첩이 둘러쳐진 산자락의 골짜기마다 쌓인 거대한 눈이 장관을 이룬다.

2,700m 고지의 이치고노시 산장에 도착했다. 무로도에서 바라보면 스카이라인Skyline 상에 보였던 산장이다. 이제부터는 가파른 오르막길 너덜지대로 오늘의 하이라이트. 숨 가쁘게 올라간다. 이럴 때 인생을 배운다. 참고 견디고 서로 도와주면서. 여자동기들 몇이 힘들어했지만 16명 전원이 오야마雄山, 3,003m 정상에 섰다. 모두의 흡족한 표정에 잔잔한 감동이 인다. 정상에는 일본인의 정자가 있고 다테야마 정상표시가 있다. 그런데 실제 정상은 약 15분쯤 떨어진 오닌지야마3,015m로 바로 눈앞에 보이고, 정상 부위는 뜻밖에 초라하다. 아마도 일본인들 마음의 정상은 바로 오야마雄山인 듯했다. 탁 트인 다테야마의 광활한 전경과 가까이 쓰루기다케劒岳, 2,999m가 보이는데

다테야마 정상에 선 16명의 고교동기들

6월 말이지만 다테야마 산의 전경이 온통 하얗다.

멀리 북 알프스 능선은 구름 때문에 보이지 않는다.

가파른 하산 길은 위험했다. 이치고노시 산장에서 시원한 맥주 캔을 곁들여 도시락을 맛있게 먹었다. 몇 친구들은 바로 아래에서 이어지는 경사진 눈밭 길을 넓은 비닐을 엉덩이에 깔고 신나게 썰매를 탄다. 라이초 산장에 도착해 짐을 다시 꾸렸다. 이제부턴 유명한 관광 코스 '구로베 알펜루트'를 즐기는 거다.

지옥계곡을 지나 무로도 터미널로 가서 지하터널을 트롤리버스로, 다이칸보 2,116m에선 곤돌라를 타고, 다시 로프웨이 Ropeway 산악철도를 타고 구로베 댐으로 내려갔다. 노동인력 연 1천만 명 동원의 인류사상 보기 드문 대공사로 유명한 구로베 黑部 댐 주위 풍경은 장관이다. 파란 구로베 호수와 초록빛 산록 위에 하얀 봉우리들. 구로베 댐을 지나 터널지대를 다시 트롤리버스로, 오기사와에선 우리 대절버스를 바꿔 타고 오마치 온천으로 향했다.

### 하쿠산(2,702m)을 오르며

어느 나라든지 최고의 영산을 '白山 White Mountain' 또는 '雪山 Snow Mountain'이라 칭한다. 유럽 알프스의 몽블랑이 그렇고 우리의 백두산도 그렇다. 일본의 白山은? 수많은 산중에 "3대 영산"에 꼽힌다는 것은 실로 엄청난 일인데 도대체 산세가 어떤 분위기일까? 어떤 신화적, 역사적 배경이 있을까? 3,000m 이상의 산이 즐비한 일본에서 높이도 2,702m에 불과한데. 몇 년 전에 이 산을 찾았을 땐 하루 종일 장대비가 쏟아져 산행도 당일로 끝내느라 정신없었던 기억만 있는지라 이번엔 꼭 하쿠산을 제대로 느끼고 싶었다.

새벽 창가를 보니 그야말로 'Good Morning'이다. 새삼스레 새로운 새벽.

서울사대부고 19회 산악회 16명이 하쿠산(白山)국립공원 입구에서

이시카와 현의 고도古都 가나자와시市로 향했다. 오전에 일본 3대 정원庭園의 하나라는 겐로쿠엔兼六園을 관광했다. 원래 가나자와 성주城主의 개인 정원으로 정자, 폭포, 굽이쳐 흐르는 물길, 연못 등을 조성, 회유回遊식 정원으로 보존이 잘 되었으며 1874년부터 일반에게 공개됐다. 전형적인 일본풍日本風으로 정갈하게 가꾸어 놓은 참 아름다운 정원이다.

시내 음식점에서 맛있게 점심을 먹고 하쿠산白山 2,702m 초입인 벳토데아이로 향했다. 1시간 반을 달려 약 1,100m 지점에서 하차, 꼭 필요한 짐만 배낭에 넣고 나머지는 버스에 보관시켰다. 버스는 내일 낮에 우리가 하산할 때까지 주차장에서 대기한다. 사방신도~무로도 까지 약 4시간을 예상, 6시까지 산장에 가려면 좀 서둘러야 했다.

하쿠산국립공원白山國立公園 출렁다리를 건너 본격적인 산행이 시작됐다. 계속 오르막길이 이어진다. 웅장한 다테야마와는 많이 달라, 그곳이 태양을 마음껏 담은 험하고 남성적이라면 이곳은 다소 그늘진 산길로 여성스럽다. 계속된 숲길을 지나니 아기자기한 야생화가 다양하게 많이 눈에 띈다. 연초록과 흰색의 주변 산세를 감상하며 줄곧 오르막길을 걸었다. 신기하게도 청아하고 상큼하게 짙은 연두색의 숲과 어우러져 흰 눈이 덮인 계곡과 저 멀리 하얀 구름이 푸른 하늘 아래 장관을 이룬다. 지금껏 이런 짙은 연두색 나뭇잎을 본 적이 없다. 어쩜 이렇게 아름다운 색깔이. 한창 오르는 길에 '延命水'라는 샘이 있어 우선 마셨다. 연명이란 뜻이 우리로선 좀 구차한 느낌이라 대원 각자의 해석이 분분하다. 어찌됐던 목숨命은 이어가야 하니까.

관광신도와의 갈림길로 해발 2,350m 지점의 바위벽에 유명화가 동판이 있다. 여기부턴 시야가 탁 트인 눈 쌓인 평원이 이어지고 멀리 산정이 보인다. 주위엔 온통 야생화들의 향연이다. 같은 노란색도 여러 종류의 꽃이다. 짙은 보라색 꽃도 여기저기. 산장 가까이 오니 카메라 들고 조용히 바위 위에 앉아 있는 사람들이 많다. 일몰을 감상하기 위함이란다. 날씨가 화창함에 감사드린다. 스틱을 잡은 손이 점점 시려오지만 우리는 복 받은 사람들이다.

하쿠산의 산장은 참 마음에 든다. 다테야마의 산장들이 일반인의 산장이라면 하쿠산 산장이야말로 일본산 대부분의 산장이 그러하듯 산악인의 산장이다. 750명 정원에 5월 1일 개관하여 10월 15일 문을 닫는단다. 5시~6시에 저녁 식사 이후 식당과 매점도 닫는다. 소등은 8시. 우리와는 다르게 무척 엄격한 규율에 산악인 모두가 이를 준수한다. 개인보다 단체가 우선인 이들의 자세에 일본의 산이 이토록 아름다운가 보다.

### 은은한 매력의 하쿠산 정상

새벽 3시에 기상해 3시 반부터 산행 시작이다. 일본은 우리보다 동쪽에 위치해 아침 해가 일찍 뜨고 저녁에 일찍 진다. 밖으로 나오니 벌써 올라가는 사람들이 있어 정상 쪽으로 불빛이 이어진다. 우리도 대열에 합류했다. 초입엔 눈길이다. 그 이후로는 어둠속에 긴장했지만 길은 좋았다. 정상까지 가는 길은 곳곳이 모두 동화 속에 나오는 숲길이었다. 정상까지는 40분 거리로 정상에 가까워지자 점점 여명이 밝아오며 이젠 주변이 웬만큼 보이기 시작한다.

이때 일본 전통의복 차림의 한 남자가 무언가 잔뜩 지고 올라온다. 정상인 고젠가미네2,702m에는 하쿠산오궁白山奧宮이 있는데 무슨 특별한 제祭가 있나 보다. 옛날에는 여기에 십일면관음보살을 모셨다고 한다. 그러나 메이지 시대에 불상들을 파괴하고 이후 신사神社를 이곳에 세웠으며, 전 일본에 산재해 있는 약 3,000개의 신사 중 이 하쿠산 신사를 총본산으로 삼고 있단다. 일본인에게는 뭔가 거역할 수 없는 신성한 분위기의 산임엔 틀림없으리라. 정상에서 일출을 기다리던 약 300명 남짓 일본인들은 이들만의 만세삼창에 이어 오궁에 모여 제祭를 시작한다. 일본인의 응집력에 가히 섬뜩한 두려움마저 든다.

정상에서 내려오면서 보니 산세가 참 아름답다. 일본 산은 기氣가 적다고 한다. 때문에 기가 센 한국의 산을 찾아 기를 받아가는 일본인이 제법 많단다. 산장에 내려와 하산 준비를 끝내고 식당에서 아침을 먹었다. 도시락을 받아 하산 시작. 드넓은 눈밭평원에서 느긋하게 사진도 찍고 아무래도 오를 때보다 여유가 있다. 야생화들 사이사이엔 털이 부숭부숭 달린 야생초들도 있고, 향초같이 생긴 독초들도 보인다. 갑자기 주변의 야생화도 모두 영혼이 깃들어 있다는 느낌이 강하게 든다. 풀 한 포기도 위대해 보였다.

문헌에 의하면 약 1억 년 전에 지하에 있던 하쿠산이 여러 번 분화활동을 반복한 화산으로 솟아올라 오늘에 이르렀단다. 고산식물의 보고寶庫로서 광대한 원생림, 수많은 야생동식물이 즐비하고, 깊은 골짜기에서 산록으로 걸쳐 분출하는 온천들은 '유네스코 생물권 보존지역'으로 지정된 국제적으로도 높은 평가를 받고 있는 매력덩어리 산이란다.

언제나 하산은 조심스럽기 마련이다. 더욱 눈이 녹고 있는 오목지형을 지나올 때는 발아래 큰 눈덩이가 무너지는 등 몇몇 친구들은 조마조마 아슬아슬하게 통과해야 했다. 미끄러운 눈길도 조심조심 땀나게 한다. 안정된 중턱부터는 오를 때 제대로 보지 못했던 거대한 폭포, 갖가지 들꽃들 만발한 주변의 산자락들과 경관을 느긋이 감상하며 여유롭게 내려왔다. 이 나라 사람들의 사방沙防공사는 압권인 듯하다. 부서져 나가는 산자락을 잘도 아물려 놓았다.

날은 계속 화창하다. 피톤치드 잔뜩 마시면서 내려와 드디어 흔들리는 출렁다리를 건너니 어제의 출발지점에 도착했다. 맛있는 점심 도시락파티를 차렸다. 이때 몇 명이 꼬불쳐두었던 김치 등 밑반찬을 내놨다. 역시 우리 음식이 최고야. 서로 마주보며 웃는 16명 대원들의 맑은 미소가 곱다.

# 중남미 8개국 여행

2013년 가을에 궁금증이 가장 많은 신비로운 보고寶庫 땅 중남미 8개국을 돌아봤다. 멕시코, 쿠바, 파나마, 페루, 칠레, 아르헨티나, 브라질, 파라과이 등 8개국을 여행했는데 우리는 여행사에서 정한 28일 코스를 따라갔다. 대한항공편으로 먼저 시카고 경유해 멕시코로 갔고, 돌아올 때는 LA로 돌아와 2일 머물다 귀국했다. 미국을 넣으면 9개국 여행인 셈으로 이번 여행은 산행과 트레킹과는 거리가 멀었다. 여행은 여행으로의 장점을 최대한 즐겨야 하겠지. 바다 건너 다른 세상에 무관심해지는 반복적인 삶을 벗어나, 나이 들어도 여행은 미지의 세계를 향한 새로운 도전이니까. 여행자는 방랑자의 눈으로 전혀 낯선 세상을 볼 수 있는 감각을 키울 수 있어 좋다. 비록 수박 겉핥기 식 패키지여행이라도 어떤 의미는 분명 있으리라. 생각나는 대로 나열식으로 소감을 적어본다.

1. 세계에서 가장 사랑스런? 항공사는 대한항공KE과 아시아나OZ 둘이다. 승무원들의 부드러운 친절함, 부지런함, 총명함과 기내봉사Service 등은 단연 으뜸이다. 한국인에겐 이 두 항공사보다 좋은 국제항공사는 세상에 없다. 남미에서 비행기 탈 때 이를 더욱 절감했다.

2. 세계에서 일본과 한국만큼 깨끗하고 편리한 시설의 국제공항은 없다. 그러나 최근에 인천공항은 매우 번잡해졌다. 또한 서유럽 국가를 제외하곤 인천공항만큼 출입국과 세관통관이 편한 국제공항은 없다. 최근 들어 상당수의 국가에서 출입국 심사를 완화하고 있다.

3. LG 또는 삼성의 TV모니터가 남미 전역의 국제선, 국내선의 모든 공항을 접수?했다. 또 대부분의 도시 거리에는 현대자동차, 삼성핸드폰의 위력도 대단했다. 조국의 성장한 경제력을 낯선 외국에서 느낀다는 것은 뿌듯한 자긍심으로 여행 중에 또 하나의 즐거움이다.

4. 공산국가, 사회주의국가를 제외하고 입국이 가장 까다로운 나라는 미국이다. 미국은 점점 까다로워지는 듯. 이해하도록 노력해야지 별 도리가 없다. 최근에는 미국공항을 경유하는 외국인 승객도 미국비자 없으면 안 된다.

5. 핸드폰 와이 파이wi-fi를 어디에서도 쉽고 편하게 사용할 수 있는 최고의 멋진 나라는 한국이다. 또한 한국은 낮과 밤의 치안治安에 있어 세계에서 가장 안전한 국가 중 하나다. 우리나라 도시는 세계에서 가장 범죄율이 적은 도시에 들어간다. 중남미 여러 나라를 여행하다 보면 한국인의 이 행복감

을 여실히 느끼게 된다.

6. 멕시코 인구의 65%가 혼혈이라니 옛 스페인 남자들이 존경스럽다. 타고난 에너지가 넘치는 젊은이들만 골라 보냈나? 필경 산악인들도 아닐 텐데 어찌 정력이 이리 좋은가! 아마도 스페인 남자 일인당 수십 수백 명의 현지 여인을 취했으리라…! 이는 다분히 정책적이고 의도적이었을 게다.

7. 중국, 인도 빼고 인구 수 세계 최대 도시 멕시코시티약 2,700만 명의 첫인상은 혼란과 무질서의 조화라고 할까? '범죄의 도시'로도 손색이 없었다. 우리의 대절한 관광버스 안에 잠시 놔두는 가방에서도 귀중품이 없어졌다. 몇 달 전엔 잠시 멕시코시티 근교 테오티우아칸 고대도시 관광하는 사이에 관광버스가 통째로 사라지고, 운전사는 이틀 후 기절한 채 발견되는 사고가 발생해, 한국인 관광객 20여 명이 짐을 몽땅 잃고 그만큼 여행일정도 엉망이 됐단다.

8. 옛 멕시코 원주민들은 선인장과 용설란에서 실을 뽑아 옷을 만들고, 공책도 만들고, 술과 차茶도 생산했으니 참으로 놀라운 삶의 지혜다. 테킬라의 맛도 매우 다양하고 환상적이었다.

9. 쿠바는 한심의 극치다. 우리 친북 세력들을 모아 쿠바 구경시키면 제격이리라. 옛 로맨틱한 영화榮華의 도시 아바나의 거리는 찌든 가난과 오물로 가득한 추잡한 거리로 변했고, 우리의 현지인 가이드김일성대학 졸업는 엉성한 한국말로 의료비, 교육비가 공짜라는 자랑만 했다. 대부분의 도로는 한산하

고, 해변은 폐쇄됐으며, 수도 아바나의 밤은 전기가 없고, 시골로 가는 교통편이 불편하기 짝이 없고, 생필품은 조잡하고, 심지어 국제공항 화장실에는 휴지와 물이 없었다. 한마디로 공산주의 국가의 말로末路를 보았다.

10. 아바나 공항에서 짐을 찾을 때 놀란 것이 하나 있다. 컨베이어Conveyor 벨트로 나오는 짐 대부분이 비닐로 감겨있었다. 유경험자의 짐이다. 우리처럼 쿠바를 처음 방문하는 승객들의 짐은 열쇠 등이 아예 망가져 있었다. 그 짧은 사이에 열어서 죄다 뒤져보았나 보다. 이후 중남미 어느 공항에서건 누군가 트렁크를 비닐로 둘둘 감고 있으면 "아! 저 친구 쿠바로 가는 승객이로구나." 하며 웃곤 했다.

11. 멕시코의 세계적인 휴양지 칸쿤Cancun은 아득하게 이어지는 환상적인 해변과 마을 곳곳의 낭만적 분위기 흐르는 무드음악과 댄스파티 등으로 휴양도시로서 손색없이 아름다웠다. 그러나 최근 안타깝게도 도박과 마약이 판을 치는 범죄도시화化 되어 간단다.

12. 페루의 심산유곡에 위치한 '마추픽추' 유적과 해발 3,900m 고도에 위치한 '티티카카 호수'와 그 물 위에 떠있는 원주민 마을 방문은 이번 여행 중에서 가장 깊은 감명을 받았다.

13. 옛날 멕시코, 과테말라 등 중미의 '마야'와 페루, 칠레 등 남미의 '잉카'는 과학적, 수학적, 정밀성 등을 볼 때 외계인이 침략해 수백 년 통솔해 왔음을 믿을 수밖에 없다. 특히 7대 불가사의에 들어가는 치첸이트사와 테오

티우아칸의 마야 피라미드, 경비행기를 타고 내려다 본 나스카 평원의 거대한 그림, 보트 타고 바라본 파라카스 해안가 언덕의 황량하고 입체적인 그림, 쿠스코의 정교한 돌담, 돌집 등은 그 옛날의 글자도 없던 석기시대 원주민들의 작품이라고는 결코 생각할 수 없다. 이 외계인의 거대하고 입체적인 모형조각?들은 영원히 잊지 못할 감동이었다.

마추픽추 유적지에서 필자

14. 20세기 초, 중반에도 세계적인 부국으로 많은 유럽이민자를 받아들였던 아르헨티나. 인구 4천만에 사람보다 몇 배 많은 소 떼들. 세계에서 8번째 큰 나라스페인어 사용하는 가장 큰 나라로 엄청 거대한 기름진 땅을 보유한, 풍요롭고 아름다운 대자연의 파라다이스인 이 나라가 현재 왜 이렇게 빚에 쪼들리고 있을까?

15. 아름다운 항구도시로, 유럽풍 특히 독일의 냄새가 물씬 나는 부에노스아이레스는 시민의 약 90%가 유럽에서 넘어간 백인의 후예라는데 문화의 거리 곳곳마다 탱고현지에선 땅고의 본고장으로, 낭만의 도시로 손색이 없었다.

다만, 뒷골목의 지저분한 쓰레기가 옥에 티.

16. 이구아수 폭포는 과연 세계 최대답게 웅장했다. 감탄 그 자체. 나이아가라 폭포는 여기에 비하면 오히려 초라한 듯했다. 이구아수 폭포의 80%는 아르헨티나 쪽인데 브라질에서의 경관이 훨씬 좋으니 아르헨티나 입장에선 억울할 수밖에. 그러나 브라질이 강국인데 어쩌리오.

* 수영복 입고 보트 타고 폭포 밑으로 접근하는 맛! 스릴 만점이었다.

17. 리우 데 자네이루는 과연 세계 3대 미항美港으로 손색없이 아름다웠다. 만灣으로 이루어진 멋진 지형의 도시로 도처에 코파카바나 등 아름다운 해변이 있고, 천연의 요새로서 어디를 보아도 경관이 상상했던 것만큼 일품이었다. 도시 곳곳의 산마루에 다닥다닥 붙은 빈민촌조차 낭만적으로 보일 정도로.

18. 리우 데 자네이루는 브라질 제2의 큰 도시로 철저한 소비도시지만, 우리 교민은 겨우 100명 남짓 하단다. 한국음식점이 하나도 없다는 것도 참 슬펐다. 빨리 우리 교민들이 자리 잡았으면 좋겠다. 브라질 제1의 도시 상파울루에는 우리 교민이 5만 명 이상이라는데.

19. 브라질 독립 100주년 기념으로 제작된 유명한 언덕 위의 예수상은 7대 불가사의 중 하나라는데, 참 거대하고 멋지기는 하지만, 내가 보기엔 7대 불가사의에 낀 것 자체가 불가사의다.

해발 3,900m에 위치한 티티카카 호수의 수초를 건조시켜 만든 배

페루 안데스의 3대 동물 알파카, 라마, 비꾸냐 중 비꾸냐

**20.** 2014년에 축구월드컵, 2016년에 하계올림픽을 개최한 브라질은 남미대륙의 43%의 땅을 차지하는 대국으로 천연자원이 넘쳐나고, 2억 인구에 미래가 보장된 나라다. 과거에 어떻게 포르투갈이 브라질을 차지하고 어떻게 그 영토를 넓혀나갔을까 무척 궁금하다. 또한 현실로 돌아와선 부정부패와 데모가 만연하고, 비싼 물가에 한국의 2~3배 빈부 차가 극심하니 이 또한 연구대상이다. 도둑이 많기로도 유명하단다. Why?

**21.** 세계 최대의 커피 생산지로 또 환상적인 밤의 문화로도 유명한, 브라질뿐 아니라 남아메리카의 최대 도시 상파울루의 국제공항은 너무 비좁고 혼

잡해 안개라도 끼면 공항 안의 택시웨이Taxiway에서도 교통사고가 빈번할 것이 뻔했다. 공항의 확장공사가 시급하다.

22. 아마존 열대우림은 콜롬비아, 페루 등 안데스 산맥의 지류에서 흘러나와 대서양으로 흐르는 풍부한 담수로 인해 남미 8개국에 걸쳐 울창한 정글을 탄생시켰고, 이중 60%가 브라질에 속한다. 지구 총 열대우림의 40%가 아마존이란다. 거대한 아마존 정글은 지구촌 산소량의 30%를 생산한다는 '지구의 허파'다. 때문에 아마존 밀림지대는 브라질이 아닌 UN에서 관리해야 할 필요성을 절실히 느꼈다. 미래 지구를 위해 자금력과 무력으로라도 아마존은 보호, 관리되어야 한다고 본다. 참고로 2018년 한 해에 아마존 내 7,900㎢의 정글이 불법 벌목으로 인해 파괴됐다. 서울 면적의 13배가 넘는 귀중한 열대우림이 단 1년 만에 사라진 것이다.

23. 남미 어디에서건 원주민 인디오의 술과 안주는 그런대로 참 맛있었다. 특히, 칠레에선 와인의 자존심이 지역마다 극심해 아무리 세계적으로 유명한 와인칠레 와인이라도 타 지역에선 결코 판매하지 않았다. 여인네도 칠레 여인이 가장 내 가슴을 흔들었던 듯하다.

24. 무릇 여행의 즐거움에는 음식문화의 비중이 크다. 진정한 여행자는 처음 보는 이국음식일수록 다투어 맛을 보며 음미해야 하리라. 중남미의 음식은 간혹 독특한 맛이 있어도 모두 먹을 만했다. 불행하게도 우리 일행 중 한 쌍의 부부는 전혀 현지음식을 먹지 못했다. 왜 여행을 왔을까? 가지고 온 컵라면에 하루 두 끼를 의존했다. 보기에 안쓰러웠다. 그렇다고 굶어 죽

지야 않겠지. 점차 현지음식에 적응해가는 놀라운 자생력을 지켜보았다.

여기서 한 마디. 여행을 즐기는 폭과 깊이가 사람마다 차이가 나겠지만, 가능한 한 현지인의 진솔한 삶을 찾아 의, 식, 주 모두 그들 생활에 스며들어가는 나를 느껴야 여행의 참 진미가 있다. 언어와 문화가 달라도 함께 공유하는 꿈을 찾아야 한다. 진정한 여행자가 되려면 자기중심의 세계에서 나 자신을 빼내어 버려야 한다. 자기세계를 끌고 다니면 여행의 참맛을 느끼는 폭이 좁아진다. 낯선 곳에서 새롭게 적응하는 믿음직스러운 나 자신을 발견해 보자.

**25.** 여행 내내 가이드가 강조하는 것은 여권과 현금은 꼭 몸에 지니고 있으라는 것이다. 호텔방에 금고가 없을 경우는 아침 식사 때도 몸에 지녀야 했다. 중남미 전역은 아마도 보안문제가 매우 심각한 모양이다. 패키지 여행자는 단체에서 멀리 이탈함도 피해야 하리라. 또 이제 나이 들어가니 사회가 불안하거나 위험한 곳은 절대 가지 말고, 용돈도 여유롭게 지녀야 하겠다.

**26.** 여행은 미지의 행복을 찾아 떠나는 새로운 행복이다. 젊었을 때는 무작정 떠나는 것이 훨씬 좋았다. 두려움이 없으면 설렘과 희열도 없기에 혼자 떠나도 좋았다. 그러나 나이가 드니 패키지여행도 나쁘지 않을 듯싶다. 단 마음에 맞는 친구와

페루 와이와시 산군의 위용과 호수

함께 떠나야 하리라. 남녀노소 구별 없이 서로의 마음이 통하는. 그럼에도 불구하고 내 나이 70이 넘었지만 패키지보다는 배낭여행처럼 여유로운 여행이 더 좋다. 요즘 정보의 홍수시대라 작은 배낭 하나라도 충분하다.

27. 이번 중남미 여행에는 박물관 관람이 전혀 없었다. 말도 안 되는 몰상식한 처사다. 이것이 우리나라 여행사 수준인가? 국민 수준인가? 또한 우리 일행의 반 이상은 은퇴한 공무원으로 넉넉한 연금을 자랑하곤 했다. 나는 이번 여행에서 왠지 우리나라가 아르헨티나의 전철을 밟고 있지는 않나? 하는 불안한 느낌을 줄곧 받았다. 또 공무원 출신은 은퇴해서도 받을 줄만 알지, 베풀 줄은 잘 모르는 것 같았다. 여행 중에도 어쩜 끝까지 한결같은지. 나중엔 참 불쌍해 보였다. 물론 사람 나름이겠지만.

잉카의 '돌 하루방'

28. 중남미 8개국 중 가장 기억에 남는 나라를 꼽으라면 나는 단연 페루를 꼽겠다. 페루는 아마존의 상류 강들이 있고, 안데스 산맥의 아름답고 험준한 봉우리는 페루에 가장 많이 있다. 또 마추픽추와 티티카카, 나스카, 쿠스코 외에도 4,000m 고지대의 온천, 5,000m대의 무지개산 비니쿤카, 울창한 숲, 아름다운 해안, 역사가 깃든 신비한 사막 등 트레킹을 즐기며 볼 곳이 참 많다. 척박한 땅에서 문화의 꽃을 피운 인디

오들의 독특한 의식주 문화에 안데스 음악도 가장 촉촉이 배어 있는 나라가 페루인 듯하다.

일본인 후지모리 대통령으로 유명했던 페루에 현재 한국인이 약 1만5천 명이 살고, 일본인이 10여만 명 이상 사는데, 최근에는 중국인이 100만 명 이상 산다고 한다. 전 세계로 뻗어나가 자리 잡는 중국인의 저력이 무섭다.

29. 중남미는 지구 반대쪽이라 가기 어려우니만큼 한번 갈 때 두루두루 감상하고 즐기는 것이 바람직하다. 나는 산악인에게는 최소 60일의 여행을 추천하고 싶다. 꼭 보름 정도는 등산이나 트레킹을 즐기고. 아니면 나눠 가든가. 곳곳에 볼 것도 엄청 많겠지만 특히 라틴아메리카 댄스인 룸바, 차차차, 살사, 삼바, 탱고 등과 신비스러운 라틴음악을 충분히 즐기길 권한다.

30. 외국에 나가면 누구나 애국자가 된다고 했던가. 섬뜩섬뜩 스쳐가는 기우는 바로 우리나라 젊은이들이 많아야 되겠다는 소망이었다. 국가의 자생력이 있으려면 어린이와 젊은이들이 많아야 하고, 자라나는 청소년이야말로 바로 내일의 희망인 것을.

페루의 무지개산 비니쿤카

## 루굴라(6,899m) 세계 초(初)등정

한국외국어대학교산악회는 2014년에 창립 50주년을 맞이했다. 어느 산악회이던 창립 50주년Golden Jubilee의 분위기가 주는 감회가 얼마나 크고 설레며 기념비적이겠는가! 기념사업으로 몇 행사를 마련했는데 그중 하나가 바로 아직 지구위에 남아있는 6,000m급 미답봉未踏峯을 찾아 세계 초初등정을 이루어내자는 것이었다.

### 똘똘 뭉친 팀워크

한국외대산악회 집행부는 이 초初등정 원정대 파견을 위해 우선 대장을 선정했다. 최근에 가장 히말라야 경험이 많은 임일진88학번 회원은 그야말로 0순위. 2007년 캐나다 부가부 산군부터 시작해 매년 인도, 파키스탄, 네팔의 고봉과 거벽에 도전해 왔다. 산악영화에도 심취해 2008년 이태리 트렌토 국제산악영화제에서 영예의 '심사위원 특별상'을 수상하기도 한 재원이다. 아시아에선 첫 수상자다. 국내산악인들 사이엔 산악영화감독으로 유명하지만 그 이전에 외대산악부에서 기초를 탄탄히 쌓은 등반능력이 탁월한 산악인이다.

임일진 대장은 그의 막역한 산山 친구 김창호8,000m급 14개봉 완등자로부터 루굴라Lugula, 6,899m 봉을 추천받았다. 김창호가 2012년 가을, 가까운 위치의 역시 미답봉 힘중Himjung, 7,092m을 초初등정하며 눈여겨봤던 산이란다. 안나푸르나 산군의 위쪽 티베트와의 국경지역의 첩첩산중이라 접근이 어려운 지역이다. 망설임 없이 대상 산을 정한 임 대장은 대원선정에 들어갔다. 대원선정이 거의 끝났을 무렵 산악회집행부는 나를 불러 단장을 맡아 원정대와 함께 장도에 오르길 권했다. 임 대장이 원정대장과 사진촬영 둘 모두에 충실하기 어렵지 않겠냐는 이유다. 아무래도 경험 많은 선배가 함께 있으면 보다 안전에 유의하리란 생각도 있었으리라.

비록 지공도사지하철 공짜, 만 65세 이상 나이지만 대원들에게 누累를 안 끼칠 자신만 있다면 Why not? 생각키에 따라 히말라야 산신이 베푸시는 일종의 상여賞與, Bonus일지도 모른다. 좋다. 어쩌면 시종始終 원정대와 함께 하는 단장으론 최고령일지도 모르지만, 산악인 만년에 큰 영예로 받아들이자. 고생은 좀 되겠지.

대원은 총 8명으로 구성됐다. 범원택93학번이 부대장을 맡아 여간 든든하지가 않다. 일찍이 1996년 동계 아마다블람Ama Dablam, 6,812m을 등정했고, 최근엔 요세미티 엘 케피탄El Capitan 노즈를 등반했다. 이번 원정 기간에도 대원들을 꼼꼼히 잘 챙겨 주리라는 믿음이 간다. 등반대장은 막내지만 경험

많은 홍승기10학번가 맡았다. 고교 시절에 이미 백두대간 전 구간을 종주했으며, 대학산악부 입회 후 아이거북벽, 요세미티 엘 케피탄 등을 성공리에 등반했다. 파키스탄 카라코람의 거벽 라톡과 타후라툼2회을 등반했으나 모두 중도에서 실패해 이번에도 실패하면 젊은 나이에 징크스Jinx가 될까봐 부담을 갖겠지만 오히려 이번 기회에 이를 말끔히 씻어주고 싶었다.

그 밖에 모두 재학생으로 구성했다. 재학생 고참 김기범기록, 06학번, 현 재학생 리더 이창희식량, 08학번, 경북대산악회 장성호식량, 08학번 그리고 홍일점이자 막내 송민수의료, 회계, 10학번 등이다. 네 명은 모두 히말라야 초행이다. 그러나 다들 해외경험이 있어서인지 놀라울 정도의 빠른 속도로 현지에 적응돼갔다.

우리 대원들에겐 몇 가지 공통점이 있다. 우선 하나같이 잘 생겼다. 또 명랑하며 잘 웃는다. 모두가 낙천적이며 매사에 긍정적이다. 밝은 표정만큼 하체가 잘 발달돼 모두 허벅지가 우람하고 힘차게 잘 걷는다. 또 하나같이 식성 등이 좋아 언제 어디서건 무엇이든 잘 먹고, 잘 마시고, 잘 잔다. 여기에 생각까지 올바르고, 늘 예의바르다. 매사에 부지런하고 똘똘 뭉쳐 맡은 일 잘하니 팀워크 하나는 끝내줄 수밖에 없으리라.

## 지금 생각해도 아찔한 지프차 도로

4월 4일 출국해 한낮에 카트만두 공항에 도착, 바로 관광성으로 직행해 서둘러 원정대브리핑 등 관광성 일을 마쳤다. 서울에서 떠날 때 미리 준비시켜 놓았었다. 다음 날은 토요일네팔은 토요일이 공휴일이다이라 우리 일을 맡긴 '쎄븐 써미트Seven Summits Treks'에 방문해 계약과 지불을 끝내고, 장비, 식량점검

카트만두에서 출발 직전

과 시장구입, 환전 등을 마치고 바로 6일 아침에 전세버스로 카트만두를 떠났다. 옛날 같으면 상상도 못할 그야말로 번갯불에 콩 볶듯 일사불란 초특급행이다.

참 많이 달라졌다. 요즘은 어느 산, 어느 루트, 고소포터 수만 정하면 여기에 맞춰 모든 것이 돈으로 환산되어 계약한다. 'From 카트만두 To 카트만두' 방식으로 경비행기, 차량운송, 로컬포터, 호텔, 식사 등 일괄 도급하는 이른바 원정대 지원 하청업체가 알아서 모든 것을 해결하니 원정대는 돈만 내면 만사오케이다. 현지인 지급장비, 본부 및 대원텐트, 주방기기, 음식자재, 무전기, 발전기, 솔라 시스템, 테이블, 의자 등 심지어는 등반장비도 모두 대여가 가능하다. 앞으로는 소수 원정대일 경우 대원 각자 집에서 개인장비와 기호식품만 챙겨 공항으로 나오면 되겠다.

엉망으로 망가진 아스팔트 도로사정은 카트만두 교외로 나가서도 마찬가지다. 포카라Pokhara로 가는 서쪽 도로와는 많이 다르다. 불블레 마을까지 7시간 걸렸다. 형편없지만 그래도 이날은 양반인 셈. 다음 날 6대의 지프차로 이동할 땐 도로사정이 상상을 초월했다. 도중에 지프차가 망가지지 않는 것이 신기할 정도다. 한국이라면 공병대가 투입돼 한 달도 못가 잘 다듬어 놓겠지만 이곳은 정말이지 해도 너무하다. 막내 송민수는 지프차가 천야만야千耶萬耶 절벽 밑으로 떨어지거나 자신이 튕겨 나와 떨어지는 상상을 수십 번 했다고 한다. 운전수 옆에서 지켜본 나는 계속 긴장해야 했기에 나중엔 안면근육과 온몸의 근육이 뻑뻑하다.

목적지 고토Goto, 2,600m 마을까지 꼬박 8시간 걸렸다. 중간에 몇 차례 차에서 내려 걸어야 했다. 간혹 트레킹하는 외국인들을 지나치는데 죄 없이 먼지를 뒤집어쓰는 그들에게 괜히 미안한 마음이 들곤 했다. 그럴 때마다 '우리에겐 뚜렷한 목표가 있단다.' 하고 나지막하게 읊조리곤 했다. 이 겁주는 엉망 돌길도로는 등반이 끝나 하산할 때 죽을 각오로 목숨 내놓고 타야만할 테니 모두 끔찍스러울 게다. 앞으론 더 다듬어지겠고, 지금은 차매Chame에서 끝나지만 머지않아 마낭Manang까지 이어진다니 이제 '안나푸르나라운드트레킹'은 코스가 짧아져 재미가 반감될 듯하다.

### 신비의 왕국으로 들어서다

고토는 높은 산악지대의 깊은 산중 마을로 생각보단 크다. 주변 경관과 어우러진 전경이 기막히게 멋지다. 더 위쪽의 산간 마을 주민들에겐 반가운 병참 마을인 셈인데 돈이 도는 냄새가 난다. 우리가 원정을 끝내고 돌아왔을 땐 한결 그 운치가 더하겠지.

고토의 경찰검문소에서 왼쪽으론 안나푸르나 라운딩Rounding이며 우리는 오른쪽으로 꺾었다. 웅장한 계곡을 끼고 걷노라면 필경 이 깊은 계곡을 뚫고나가기 쉽지 않으며, 저 위에는 신비로운 낙원이 전개될 것만 같다. 걷다 보니 계곡이 깊다. 깊어도 너무 깊다. 문득 이렇게 깊은 협곡은 설악산에서도, 안데스에서도, 알프스에서도 본 적이 없음을 깨닫는다. 지난 40년 동안 히말라야를 30회 이상 찾아왔어도 이런 신비스런 깊은 협곡은 처음이다.

그 옛날 이 지방 사람들은 어떻게 이렇듯 깊은 계곡에 길을 냈을까? 때로는 바위벽 중턱을 깎아, 때로는 계곡을 가로지르며, 때로는 폭포 속으로 산길은 교묘히 이어진다. 때로는 '아바타'의 숲길 같고, 때로는 '녹색의 장원'의 신비스런 숲속 같다. '피터 팬'과 요정들이 사는 아름다운 숲이 이어지다가 '반 헬싱'의 드라큐라와 요괴들이 사는 무시무시한 숲길도 나온다. 걷다가 뜨거운 온천수도 맛보고, 하늘을 찌를 듯 울창한 숲의 멋진 야영지도 있다. 원정이 아닌 트레킹하기에도 이처럼 멋진 계곡 길은 히말라야 전체에서도 아마 몇 없으리라.

계곡을 몇 시간 만에 빠져나와 힘껏 올려치면 메탕Methang, 3,600m이란 언덕 마을이 나타난다. 사방을 둘러봐도 온통 하얀 고산들과 아래 깊은 계곡 사이에 운치 있는 마을 분위기가 뭔가 심상치 않다. 영화에서 많이 본 듯하다. 큼직한 로지가 있다. 대자연의 상큼한 공기와 장작 타는 냄새가 교묘히 어우러져, 탁 트인 시야를 바라보며 느긋이 마시는 럭씨네팔 소주 맛이 가히 일품이다.

히말라야의 산속 아침은 어디에서도 상큼하다. 메탕을 지나 이어진 길을 따라 곳곳이 나타나는 작은 마을들은, 지금은 주민이 없는 마을도 꽤 많지만, 색다르게 환상적인 그림처럼 묘한 분위기가 이어진다. 아바타의 비밀 숲을 벗어나 저 앞에는 또 어떤 경관들이 전개될까? 걸으면서도 기대감이 사뭇 크다. 큰 나무 숲들이 어느덧 작은 고사목으로 바뀌고, 야생 고산지대 꽃밭이 이어진다. 주위 풍광도 점차 바뀌어갔다. 시시각각 경치는 끝내준다.

고즈넉한 언덕을 넘을 때마다 전혀 느낌이 다른 새로운 신비의 세계로 들어서는 느낌. 주위 풍경을 둘러보면서 걷는 느긋한 꿈속의 산책길이다. 걍Kyang, 3,800m 마을 터에서 텐트를 쳤다. 이제부턴 야영이다. 눈이 내린다. 주위에 온통 고급스런 향나무 군락이 널리 퍼졌는데 이는 히말라야 최고 품질의 향나무로 함부로 꺾었다간 엄청 벌금을 물어야 한단다.

언덕을 하나하나 넘을 때마다 새로운 신비의 세계가 전개되니 마치 알리바바와 40인의 도적들이 푸른 장미를 찾아 신비스런 곳을 지나는 것 같다. 어느 숲을 빠져나와 한참을 계곡 따라서 걷다가 마지막 부분 기암절벽 사이로 경사 급한 깔딱고개를 한참 올려치니 저 멀리 푸Phu, 4,080m 마을 입구가 보인다. 휘몰아치는 바람 속 주위 경관에 신비로운 기운이 감돈다. 푸 가온. '가장 높고 먼 마을'이란 뜻이란다. 제임스 램지 울만이 쓴 《시타델의 소녀Banner in the sky》의 마을이 생각나는 곳이다. 티베트의 구게 왕국王國 터보다 훨씬 멋지고 환상적이다.

마을 입구로 가는 길에는 라마의 관문을 여러 곳 통과하며, 어귀에는 수

천 년 전에 건설한 듯 높은 망루가 있는 작은 요새가 나타난다. 일부가 부서진 채 그대로 보존되어 있다. 여기서부터도 마을까지 평평한 들판과 강가를 제법 가야 한다. 점점 마을 자체가 크게 느껴졌다. 학교, 로지, 식당, 통신시설이 있으며, 언덕 위의 거대한 라마사원이 주위를 압도하듯 위용을 자랑한다. 마을 주민은 많을 땐 200명 정도로 현재는 80명가량이란다.

비록 지금은 폐허가 된 언덕 위 왕궁 터와 그 아래 낡은 돌집들이 보잘 것 없이 밀집돼 있지만, 왕국이 번창할 당시의 영화스런 모습과 풍경을 상상해 본다. 그 옛날에는 향긋한 향나무 군락을 비롯해 온통 숲이 울창하고 푸른 초원에 화려하고 아름다운 낙원으로 감히 범접할 수 없는 고귀한 왕국이었으리라. 이 신비의 왕궁이 이미 4,000년 전에 건설됐다 하니 놀라울 뿐이다. 거짓말 같다. 어떻게 그 옛날에 이 고도, 이 은밀한 깊은 땅에 이런 멋진 왕국이 생겼을까?

### 루굴라(Lugula, 6,899m) 등반

유서 깊은 마을 푸 가온에서 작은 마을 나고루로 향했다. 고도 약 500m 정도 위에 있는 나고루 마을은 이미 폐허가 된 듯 아무도 살고 있지 않았고, 건물들이 대부분 조금씩 부서져 있다. 푸 가온 사람들이 야크 방목을 위해 임시 거주지로 쓴단다. 나고루를 지나 한 언덕을 넘자 비로소 우리가 오를 처녀봉 루굴라가 자세히 보인다. 생각보다 높고 험해 보여 긴장된다. 도전의 열망이 얼음처럼 차가운 흥분으로 이어져 가슴이 쿵쾅 뛴다.

루굴라는 푸 마을 사람들 말로 산양Mountain Sheep을 뜻하며, 정확히 '루ㅋ라'로 발음한단다. 실제로 여기서부터 산양 떼가 보이기 시작했다. 보통

루굴라 베이스캠프에서

20~30마리씩 떼 지어 가파른 산길을 잘도 다닌다. 제법 많다. 모두 누런 갈색으로 생각보다 덩치도 크고 눈망울이 청초하다. 산양이 많아서인지 이 지역은 히말라얀 눈표범雪豹, Snow Leopard이 출몰하는 지역으로도 유명하단다.

4월 13일, 푸 마을을 떠난 지 3일 만에 루굴라 산 아래 눈 덮인 모레인Moraine 지대에 베이스캠프BC, 5,050m를 건설했다. 주위를 돌아봐도 온통 하얀 아름다운 산뿐이다. 세상에 이렇게 아름다운 BC가 또 어디에 있겠는가. 오지 중 오지인지라 찾아오는 사람은 한 명도 없다. 원래 전날 BC 도착 예정이었는데 폭설에 전진이 불가능해 중간에 텐트 치고 잤었다.

BC 도착 2일 후에 약 5,500m 고지의 본격적인 등반이 시작되는 벽 아

루굴라 정상에서 범원택(오른쪽)과 홍승기

래에 ABC전진기지, Advanced Base Camp를 구축했다. BC와 3시간 차이다. 다음 날 두 조로 나눠 1조가 등반에 들어갔으나 날씨가 흐려져 심한 화이트아웃 상태에 더 이상 전진을 못하고 5,700m 지점에 임시로 텐트 2동을 쳤는데 이곳이 그냥 캠프1이 됐다. 다음 날 캠프2로 등반을 계속했다. 급경사의 직벽을 오르는데 때로는 빙벽, 때로는 부서지는 암벽, 때로는 믹스클라이밍으로 나아갔다. 이들은 한참을 나아가다 중간데포 후 바로 ABC로 철수했고, 2조가 다음 날 바통을 이어받아 더 전진했다.

나는 BC를 향해 카라반 할 때, BC에 도착해서, 또 대원들이 등반하고 BC로 내려올 때 등 시간 여유가 있을 때는 대원들과 많은 이야기를 나눴다. 젊은 대원이 물어오면 답해 주기 바빴다. 궁금한 게 참 많나 보다. 나는 주로 히말라야의 지나간 영웅들 이야기를 많이 해 줬다. 내가 겪은 체험담도. 순수 알피니즘 정신도…. 대원들은 대선배의 이야기를 진지하게 듣는다. 눈이 초롱초롱한 것이 재미있나 보다. 현장에서 바로 이런 것이 살아있는 교육이리라.

21일 다시 등반을 시작했다. 점심을 느긋이 먹고 천천히 ABC로 향한다. 대원 모두 이번에 정상까지 오를 심산이다. BC에서 이들의 등반을 지켜보고 있자니 특히 임일진 대장과 범원택 부대장은 마치 찰떡궁합처럼 서로 호흡을 맞추며 리딩을 잘해 믿음직스럽다. 특히 대학산악회 선후배들이라 후배들을 이 어려운 기회에 조금이라도 더 높이 올리려고 노력한다. 참 아름다운 모습이다. 등반에 임해선 홍승기 등반대장이 결코 선두를 내놓지 않는다. 등반에 대한 애착과 집념 그리고 실력이 대단하다. 앞으로 훌륭한 산악인이 되어 그 역시 후배들을 잘 이끌어 나가겠지.

ABC까지 지원은 이창희, 송민수 대원이 맡고, 나머지 대원 5명과 셰르파 2명은 22일 모두 주능선까지의 직벽을 올라 안부를 넘어 캠프2 예정 지점에 텐트 3동을 쳤다. 다음 날 새벽 1시 기상, 2시 반에 캠프2를 출발한 대원들은 오직 헤드랜턴에 의지한 채 캄캄한 설원을 나아가기 시작했다. 추위와 무섭게 몰아치는 바람이 가장 큰 시련이었다. 우리는 이 설원지대를 훗날 '미네르바 아이스필드'로 명명했다. 서울 이문동 외대 캠퍼스 안의 조그만 언덕 이름이 미네르바 언덕이기 때문이다. 추운 새벽까진 크러스트가 잘 되어 기술적으론 쉽게 전진했지만, 내려올 때는 발이 눈에 푹푹 박히고 밑에는 크고 작은 크레바스와 히든 크레바스가 많아 무척 긴장했다고 한다.

드디어 7명 전원이 설원지대에 올라섰다. 여기에서 정상능선으로 향하는

데 매서운 바람과 추위가 더욱더 심해졌다. 몸을 제대로 움직일 수 없을 정도였다고 한다. 정상부의 마지막 능선은 수직의 고도처럼 매우 가파른 능선으로 이어진다. BC에서 망원경으로 보기에도 실지로 빙벽같이 겉이 얼은 설벽雪壁이 만만치 않게 보인다. 이 세상에서 가장 아름다운 행위가 있다면 바로 정상을 향해 암벽과 설·빙벽을 오르는 저 클라이머들의 상큼하고 진득한 몸짓이 아닐까!

앞장 선 범 부대장, 홍 등반대장, 셰르파 2명은 9시 15분 정상에 섰다. 지구가 생긴 이래 태고부터 순결을 지켜온 루굴라 정상이 결국 인간의 발아래 밟힌 역사적 순간이다. 서둘러 의식을 갖춰 태극기와 산악회기를 들고 사진을 찍었다. 그러나 임 대장과 김기범, 장성호 대원은 등정을 아쉽게 포기해야만 했다. 정상이 얼마 남지 않았는데, 바로 눈앞인데 강한 바람 때문에 아차 실수의 사고를 감지한 임 대장은 과감히 하산을 결정했다. 이렇게 외대산악회는 창립 50주년의 기념비적인 세계 초初등정 원정등반을 성공리에 마쳤다.

### 단장(團長)의 단견(短見)

등정에 성공했다. 처녀봉을 올랐으니 세계 초初등정이다. 작게나마 '히말라야 등반사'에 기록되겠지, 우리는 목표를 달성했다. 그러나 대장 이하 대원들이 열심히 등반에 임할 때 BC에 남은 단장으로서는 마음고생이 심했다. 내 목표는 당연히 등정이지만 이보다 안전이 우선해야 했다. 사랑하는 후배 누구도 사고를 당해선 안 된다. 만일 사고가 난다면 단장의 덕량이 모자라서라고 생각했다. 그저 마음속으로 기도하고 기도할 수밖에.

돌이켜보면 우리 팀 성공의 원동력은 팀워크였다. 어려운 일을 당해도 대

하산 후 포카라 국제산악박물관(IMM)에서

원 모두 조금의 흐트러짐도 없었다. '산에선 귀찮으면 죽는다'는 말이 있는데 우린 모두 부지런하고 명랑했다. 그럼에도 불구하고 나는 이들이 BC로 완전히 귀환하는 순간까지 결코 마음을 놓을 수 없었다. BC를 철수해 속세를 향해 하산할 때는 언제나 대장 이하 대원들이 참 대견스럽고 고마웠다. 나는 이렇게 멋진 후배들과 히말라야 원정을 함께 할 수 있었음에 깊이 감사드린다.

우리 성공의 원동력은 또 하나 있다. 날씨 운이 좋았다. 날씨 운이 좋았음은 물심양면으로 지원하신 외대산악회 선후배들, 대원 가족들, 주위 분들의 한결같은 소망이 히말라야의 산신에게 전해졌기 때문이라 믿는다. 모두에게 고마움을 전하고 싶다.

# 태고의 오지, 캄차카 반도

오지奧地의 뜻을 찾아보면 '해안이나 도시에서 멀리 떨어진 내륙 깊숙한 땅'으로 순우리말로 '두메', 한자로 '산간벽지山間僻地'라고도 한다. 영어로는 wilds야생의, 황폐한, back woods미개척, 궁벽한 땅, back country변경, 변방, remote멀리 외진, 척박한 area를 말한다. 세계 속의 오지는 아직도 7대륙 곳곳에 있다.

험한 오지를 찾아가는 것은 결코 쉽지 않다. 무엇보다 접근 자체가 힘들다. 제대로 길이 나 있을 리가 없다. 온갖 야생 동식물에 곤충이 우글거리며 이중엔 인명을 해치는 동식물, 독충도 많다. 땅이 거칠어 텐트 치기도 어렵다. 밥 해 먹기도 힘들고 야영생활 자체가 고행의 연속이다. 자연의 변화무쌍함은 매몰차며, 지도 등 제반 정보가 대부분 맞지 않는다. 때문에 오지를 탐사하러 떠나는 한국인은 대부분 산악인이다. 특히 모험과 탐험을 좋아하는 산악인들. 이들 중에는 곳곳의 산악지대는 물론 역사, 문화유적지 등도 두루 섭렵하는 산악인도 있고, 안락하고 화려한 관광지는 별 관심 없이 천혜의 자연경관만을 찾는 이들도 있다. 아무튼 보헤미안Bohemian 기질이 다분한 분들이다.

### 캄차카 반도(Kamchatka Peninsula) 환경

2016년 여름, 우리는 캄차카로 향했다. 캄차카 반도는 도대체 어디에 있나. 지도를 펴니 아시아대륙의 북동쪽 끝 북위 60도 선을 지나고 있다. 여느 열매의 씨앗처럼 생긴 캄차카 반도는 길이 1,200km, 최대 너비 480km, 대륙과 연결되는 지협부地峽部의 너비는 좁아 100km 정도다. 반도의 서쪽은 우리 동해東海보다 훨씬 큰 오호츠크 해海, 동쪽은 세계에서 가장 험한 바다라는 차디찬 베링 해海다. 캄차카 반도에는 산이 많다. 해발고도 2,000~4,000m의 스레딘니중앙 산맥과 보스로츠니동부 산맥이 나란히 뻗어, 그 사이는 캄차카 강江 유역 넓은 숲의 평야가 펼쳐진다. 화산이 많아 모두 160여 개나 되는데, 동해안과 보스로츠니 산맥에 집중해 있고, 22개 화산지대는 현재도 활동 중이다. 세계에서 활화산이 가장 밀집되어 있는, 태고의 신비를 간직한 원시자연이 잘 보존된 지역으로 '유네스코 세계자연유산'에 등록되었다.

그러면 그 넓은 땅에 사람이 얼마나 살고 있나. 2007년 러시아정부가 캄차카 주州와 코랴크Koryak 자치구를 합병한 '캄차카크라이'는 면적이 47만 $km^2$에 달한다. 이중 순수 반도만의 면적은 37만$km^2$로 한반도22만$km^2$의 1.7배, 남한10만$km^2$의 3.7배다. 엄청 큰 반도다. 그런데 인구는 캄차카크라이 전체에 겨우 39만 명이다. 반도의 아래쪽 1/3 면적인 캄차카주에 37만 명, 2/3

의 드넓은 면적인 코랴크자치구는 고작 2만 명에 불과하다. 또 캄차카 인구의 1/2이 주도州都 페트로파블로프스크-캄차스키Petropavlovsk-Kamchatski에 몰려있다. 알기 쉽게 비유한다면 우리 남한 땅 전체에 겨우 8만여 명이 살고 있는 셈이다. 겨우 8만 명. 그것도 부산에 4만 명 살고, 나머지 4만 명은 대부분 바다연안에 흩어져 살고 있는 형태다. 서울을 비롯한 내륙지방에는 극히 소수의 사람이 드문드문 살고 있다니 천혜의 오지가 분명하다. 기가 막힌다. 소름끼칠 정도로 무시무시하다.

소비에트 연방의 붕괴 전에는 이곳에 핵잠수함 기지가 있어 접근이 엄격히 금지된 은둔의 땅이었다. 곰과 순록의 영토이며 태평양 연어의 20% 이상이 이곳에 와서 알을 낳기에 5~6월에는 강이 온통 연어의 검붉은 색깔로 가득하고, 하도 많아 포클레인으로 퍼 담는단다. 연평균 강수량은 600~1,000mm이며, 반도의 중간 위쪽 산맥은 무서울 정도로 신비로운 타이가Taiga로 덮여 있다. 천연자원은 미개발 상태로 석유 석탄 금 등이 매장된 것으로 알려져 있고 온천은 각지에서 솟아나온다. 바다 고기잡이가 풍성해 러시아 총 어획량의 13% 안팎을 차지한다.

시간차는 우리나라보다 3시간 빠르다. '국제날짜변경선'이 바로 앞바다를 지나니 캄차카야말로 지구촌에서 가장 빨리 새벽을 맞이하는 지역이다. 러시아의 서쪽지역보다 9시간이나 앞선다. 모스크바에서 오전 9시 근무 시작할 때 캄차카는 오후 6시 퇴근 시간이다. 놀랍다. 나라가 조각날까봐 두려워 전역全域의 시간대조차 베이징北京에 맞춘 중국도 만일 나라가 러시아만큼 동서로 길게 펴졌다면 그래도… 시간대를 통일했을까?

캄차카 반도의 남부산악지대 카랏스키(3,456m) 전경

## 블라디보스토크를 경유해

캄차카로 가려면 '하바롭스크' 또는 '블라디보스토크' 국제공항에서 국내선으로 갈아타야 한다. 우리는 블라디보스토크 쪽을 택했다. 일행은 김인섭71세 대장 외 최고령 조한남72세 님과 염재현62세, 오정석65세, 이순재59세, 홍성혁60세, 이영생59세, 이상일59세 님과 여성으로 최순옥58세, 허옥희56세, 최경희57세, 이은숙55세 님 그리고 나67세 총 13명이다. 모두 험한 오지탐사를 즐길 줄 아는 경험 많고 노련한 베테랑 산악인이며 낭만파들이다.

블라디보스토크는 '동방을 지배하라'라는 뜻이란다. 러시아 극동함대사령부가 있는 해군기지로, 북극해와 태평양을 잇는 북빙양北氷洋 항로의 종점이며, 모스크바에서 출발하는 '시베리아 횡단철도'의 종점이다. 1860년까지는 청나라 영토였으나 어찌어찌 러시아 땅이 됐다. 러시아 태평양 연안의 최대 무역항이며 어업기지로 겨울철에도 쇄빙선을 사용해 활동이 중단되지 않는다. 2012년에는 APEC 정상회담이 열렸었다.

러시아 입국수속을 간단히 받고 바로 통과했다.

"아니! 서유럽 나라의 국제공항과 같잖아!"

옛날 공산국가 입국이 그토록 까다로웠던 시절을 생각하니 격세지감을 느낀다. 그러나 이런 국제도시?임에도 불구하고 공항에 영어를 하는 직원이 없다. 시내호텔도 마찬가지. 국제항구가 이 지경이니 캄차카는 오죽하겠는가. 앞으로 러시아를 여행하려면 이 나라 글과 말을 배워갈 수밖에 다른 도리가 없음을 새삼 절감한다.

내가 알기로 세계에서 가장 긴 이름의 도시 페트로파블로프스크-캄차스키 공항에 도착하니 공기가 상큼하다. 환영 나온 여행사 직원이 가이드 발레리55세와 영어통역 야나23세, 여, 쿡 올라39세, 여 및 운전수 스라바45세를 소개한다. 이들은 앞으로 2주간 우리와 함께 생활할 것이다. 젊은 여성 야나 외엔 모두 강하고 거친 러시안 특유의 인상이다.

우리를 옮겨줄 우람한 '우랄 승합차'에 탔다. 실내는 버스?인데 트럭보다 더 육중하고 승차감이 좋지 않다. 길이 워낙 험하니까 그럴 것이라고 억지로 이해했다. 우랄 승합차의 운전석은 분리됐고, 앞의 2/3는 사람이, 뒤쪽 1/3은 짐칸으로 완전 분리되어 있다. 바퀴가 크고, 차체가 엄청 높아 사다리를 설치해야 타고 내릴 수 있다. 우리가 탐사할 길이 얼마나 험한지 이 차가 말해 주고 있다. 캄차카 산 5년생 개를 데리고 탔다. 산행 중 곰을 만나면 개가 짖으며 오가면서 시간을 끌면 발레리가 지니고 있는 '마취 총'으로 사격하기 위함이란다.

## 캄차카 내륙 탐사 트레킹

우리는 공항에서 곧바로 북동아시아 최고봉인 원추화산圓錐火山 클류체프스카야4,750m를 가까이 보기 위해 내륙 쪽으로 향했다. 기록을 보면 우리나라의 트레킹 팀들은 페트로파블로프스크-캄차스키 주변의 화산군과 강과 해안을 탐사했던 것이 전부였다. 학술적인 팀 외에 내륙지방 트레킹이 목적인 팀은 기록상 어쩌면 우리가 처음 아닐까 싶다.

다만 1994년 4월에 경기도 부천산악회 팀이 캄차카의 최고봉 클류체프스카야 봉을 등정한 바가 있다. 경험 많고 노련한 전재영 대장이 이끄는 8명의 대원은 트럭을 타고 눈길을 17시간 달려 BC와 30km 떨어진 한적한 클루티 마을에 도착했다. 클루티 마을은 도로가 나 있는 내륙지방 끝 마을로 여기서 캄차카 강江을 건너면 태고의 원시림 상태로 순록이 떼를 지어 다니는 거친 툰드라Tundra 지역으로 이어진다. 원정대는 클루티에서 스노모빌을 빌려 설원을 7시간이나 달려가 도착한 BC에서 3일 만에 다섯 대원이 정상에 섰다. 대원 중엔 훗날 등산영웅이 된 엄홍길도 있었다.

재미있는 것은 1994년 당시 기록에는 산 높이가 5,020m로 표기되어 있다는 점이다. 2000년의 큰 화산폭발로 정상이 사라지며 현재 270m가량이나 낮아졌다. 쉽게 믿어지지 않는다. 우리 백두산을 생각하지 않을 수 없다. 정상의 천지天池가 그토록 드넓은 백두산은 태고에 도대체 얼마나 높았을까?

첫날 야영은 말키. 캠프장 시설을 갖춘 강가의 숲속 터다. 모기가 엄청 많다. 상상 이상으로 많아 삽시간에 40군데 이상 물렸다. 야영준비를 서둘러야 했다. 캄차카 강 지류의 작은 강가 곳곳에 연기가 나면서 뜨거운 온천수가 여기저기 고여 흐른다. 신비롭다. 몸을 담그면 따뜻해 좋은데 보글보글 분출되는 곳은 매우 뜨겁다. 누군가 캄차카 반도를 "화산지옥"이라 했다는데 그래도 강가의 분출은 애교 넘치는 여인처럼 조심조심 낭만이 있어 즐겁다.

다음 날도 계속 고Go! 울퉁불퉁 험한 길가 숲속은 아직도 사람의 발길이 닿지 않은 미지의 영역으로 어마어마한 원시림의 보고寶庫가 양쪽에 펼쳐진다. 비교적 큰 마을 코지렙스크에서 차 수리를 하느라 1시간 반을 허비한 후 산으로 방향을 돌렸다. 덜컹거리는 에어컨 없는 찜통 차 속에서 모두들 먼지와 땀이 뒤범벅된 채 엉덩이와 허리 고생이 장난이 아니다. 또 잠시 쉴 때마다 삽시간에 차안으로 들어오는 모기떼는 수백 마리씩이다. 누군가가 한 마디 한다.

"이건 트레킹이 아니라 고행의 트럭킹이로군."

차 속에서의 고생고생 끝에 드디어 숲속을 벗어나 시야가 탁 트인 고원지

캄차카 내륙지방에는 길이 워낙 험해 '탱크버스'를 탄다.

대에 올라섰다. 오늘 야영지다. 저만큼 떨어진 곳엔 서양 트레킹 팀이 여럿 있다.

"서양엔 우리처럼 미친놈들이 더 많은 것 같아."

거친 고원지대인데도 모기떼는 아래 숲속보다 더 강력했다. 모자를 잠시 벗으면 머리카락은 아랑곳없이 머리도 온통 모기에 물린다. 놀랍다. 9월 중순부터 눈이 오기 시작하면 5월 말에야 푸른 야생초들이 보이기 시작한다는데, 그래서 이곳 모기들도 길어야 넉 달 생명인데 그러하기에 더욱 생활력이 왕성한가 보다. 더운 지방의 모기는 상대가 안 된다.

아무리 거친 들판이라도 텐트치고 자는 잠은 꿀맛이다. 북녘의 아침공기에 심신이 상쾌해진다. 도시락서양은 어디나 도시락 내용이 다 비슷비슷하다을 넣은 작은 냅색을 메고 가볍게 고원을 걸었다. 클류체프스카야 주위에 카멘4,579m, 크레톱스키4,057m 우슈콥스키3,903m 등 하얀 산들이 전개되고, 기생분화구들이 도처에 보인다. 주위는 온통 야생화 천국이다. 티베트, 몽골, 페루 등의 고원에서도 여기만큼 다양한 고산야생초와 야생화를 본 적이 없다. 에델바이스도 눈에 띈다.

우리는 캠프로 돌아오다가 큼직한 곰 발자국을 보았다. 가로, 세로 모두 30cm가 넘는다. 겁나게 엄청 크다. 이 높은 고원에 야생 곰이 있다는 사실도 놀랍지만, 한편 이곳이야말로 사람이 주인 아닌 손님이란 생각이 번쩍 든다. '초대받지 않은 손님!'

분출된 용암이 식어 굳어진 거대한 용암들판. 멀리 캄차카 반도의 최고봉 '클류체프스카야'가 보인다.

## 플로스키 톨바칙

코지렙스크 마을에 돌아와 몇 가정집에 삼삼오오 흩어져 잠자리를 정하고, 저녁을 먹을 때는 밤 12시가 넘어서였다. 호텔보다 가정집이 더 현지인의 생활을 접할 수 있어 좋다. 다음 날은 또 다른 고원지대인 플로스키 톨바칙3,682m BC로 향했다. 몇 시간 동안 우랄 승합차 안에서 머리, 허리, 엉덩이가 빠근할 정도로 흔들거림 세례를 받아야만 했음은 물론이다.

"진짜 아름다운 곳은 고행 끝에 나타나는 법이야."

BC에는 더 많은 서양 트레킹 팀이 모여 있다. 야영 준비를 끝내고 주위 고산평원을 천천히 돌아본다. 붉은 노을이 멋지다. 다음 날은 본격적인 트레킹. 2년 전에 폭발했다는데 산등성이 안부 양쪽으로 용암이 흘러간 자국이 어마어마하다. 땅속 마그마Magma가 지상으로 분출되면서 지열地熱에 녹아 액체가 됐다가 식으면 엄청 부피가 커지나 보다. 한쪽은 23km, 다른 한쪽은 7km가량 흘러내렸다는데 눈·비와 바람에 서서히 식어가며 가지각색 괴기한 모습으로 변한 거대한 용암의 강이 되었다.

폭이 넓어 대자연의 신비를 느끼기에 부족함이 없다. 장엄하다. 하와이, 필리핀, 뉴질랜드에서 봤던 용암의 강은 비교조차 할 수 없이 거대하다. 주변은 온통 화산재가 변한 작은 돌밭 천지다. 밟을 때마다 20~30cm정도 푹푹 빠진다. 그런데도 간간히 단단한 틈새로 솟아나는 작은 풀들을 보며 식물의 놀라운 자생력에 감탄! 또 감탄!

다음 날 우리는 울창한 숲이 화산폭발로 불바다가 된 후 앙상하게 죽은 나무줄기가 띄엄띄엄 남아 드넓게 전개되는 황폐한 데드우드Dead wood 지대를 찾아갔다. 마치 외계에 온 듯 비정하고 황량하고 씁쓸한 풍경이 잊히지 않는다. 지구에 이런 곳이 있다니…! 창세기 또는 멸망?의 영화촬영지로 끝내주겠다 싶다. 그런데 왠지 이 기가 막힐 정도로 처절한, 환상적인 적막한 전경 속에 살아 움직이는 내 자신 스스로의 행복함을 강하게 느낀다. 헤드 램프를 켜고 용암의 강 깊은 터널도 찾아 들어갔다.

## 숲속의 낙원, 에쏘 마을

에쏘ЭССО 마을은 코지렙스크에서 2시간 더 서쪽이다. 숲속의 전원 마을로 그림같이 아름답다. 주민이 2천 명에 고등학교까지 있는 꽤 큰 마을로 아스팔트 깔린 길도 있고 택시도 한 대 있단다. 아늑한 마을 전경에 어울리게 호텔도 통나무로 지은 2층 전원주택 형태다. 웬만한 집은 집안에 사우나 시설을 갖췄다. 또 마을 몇 곳에 공공수영장이 있는데 적당히 뜨거운 온천수 수영장이다. 호텔마다 넓은 마당 한쪽에 따뜻한 온천수 수영장이 있어 쌀쌀한 날씨에 여럿이 느긋하게 몸을 담그고 훈제연어에 맥주 들이키며 담소하는 맛이 일품이다.

저녁에 보드카와 바비큐 파티를 즐기고 방으로 들어가는데 대원 한 명이 없어졌다고 난리다. 아무리 찾아도 호텔 안에는 없다. 밖으로 나가려니 호텔 주인이 막는다.

"나가면 십중팔구 곰의 밥이 되니 절대로 못나간다."

이미 한 사람의 피해자가 생겼으니 더 이상 피해를 막는 방법이 최선이란다. 그것 참! 호텔 주인의 말을 듣고 방에 들어가면 잠이 올까? 용기를 내어 몇 명이 공공수영장에 찾아가니 얼큰히 취한 대원이 거기에 있어 함께 돌아왔다. 다음 날 마을을 걷는데 공공쓰레기장 앞에 "작년 한 해에 마을 밤거리에서 주민이 잡은 곰이 51마리"라고 게시되어 있다. 왜 호텔 주인이 우리를 막았는지 이해가 됐다. 그러나 세상엔 운이 좋은 사람도 있는 법 아닌가.

에쏘 마을엔 소박하고 예쁜 민속박물관이 있다. 폭설이 집을 덮어도 거뜬히 생활해 나가는 옛 원주민의 지혜, 각종 동식물 모형에 독특한 사냥도구와 척박한 환경에서 살아가는 가족의 삶을 잘 묘사하고 있다. 그런데 특이한 점은 원주민들 얼굴이 남녀 모두 늑대처럼 생겼다는 점이다. 야생에서 살아와서 그런가 보다.

다음 날은 민속무용 공연장을 찾았다. 지구촌 어디든지 민속무용과 민속음악은 빼놓을 수 없는 관광 필수 코스. 기실 나는 "세상에 다시 태어난다면 꼭 지구촌 곳곳의 민속무용과 민속음악을 연구하겠다."라고 늘 주위에 말하곤 했었다. 이곳은 하도 외진 곳이라 그저 그렇겠지 했는데 정말이지 깜짝 놀라지 않을 수 없었다. 남녀 무용수 10명이 온몸으로 표출해내는 이들 원주민의 춤은 한마디로 놀라움의 극치였다. 단순하게 늑대, 순록, 물

우랄 승합차에서 내려 온천지대의 캠핑. 모기 공격이 극심하다.

고기, 새, 곰, 사냥, 남녀 사랑 등이 제목으로 이들 모습과 동작을 몸으로 표현하는데 템포가 무척 빠르고 상상을 넘어서는 다양한 율동에 넋이 빠질 지경이었다. 현대무용 안무가들은 필히 이곳을 다녀와야 멋진 영감을 얻으리라. 캄차카 깊숙한 작은 마을에서 이런 진수의 공연을 본 것은 뜻밖의 기쁨이요 행복이었다.

### 무트노프스키, 아바친스키, 까략스키

파라퉁가 리조트에서 출발해 점차 뜨거워지는 수증기를 뿜어내며 조만간 큰 폭발 가능성을 내장하고 있다는 무트노프스키2,322m 화산의 BC로 향했다. 이젠 덜컹거리는 우랄 승합차에 정이 들었나 보다. 모기의 공격에도 느낌이 둔해졌다. 처음엔 이들 캄차카 사람의 느긋함이 큰 문제라고 생각했는데 이 넓은 땅에서 매사에 서두르고 조급했던 우리 마음이 더 큰 문제라는 것도 깨달았다. 하늘은 우리의 화산 접근을 거부하듯 지천에 가득 안개비를 뿌린다. 몇 시간 가다가 결국 무트노프스키가 가까이 보이는 능선 야영장으로 차를 돌렸다. 차디찬 비바람이 몰아치고 시야는 제로에 가깝지만 우리는 텐트치고 미리 준비해 온 장작으로 캠프파이어까지 즐겼다. 추위를 느껴 우모복을 꺼내야 했다. 비바람이 점점 거세진다.

짙은 안개비 속에 텐트를 걷어 날리체보 국립공원으로 향했다. 아바친스키 BC에 찾아오는 트레킹 팀이 많아지자 수년 전에 여러 개 박스형 산장을 멋지게 지어놓았다. 그동안 우리는 쿡을 잘 만나 식사에 전혀 지장 없었는데 이곳 산장의 음식도 먹을 만했다. 첫날은 눈앞에 보이는 나지막한 낙타봉峰 등정, 내일은 아바친스키2,741m 화산을 시간 닿는 한 올라가려고 한다.

화산폭발로 드넓고 황량하게 전개되는 고사목지대(Dead Wood Area).

산장에서 등정 후 하산까지 7~9시간 소요된단다. 문제는 고도 2,300m 지점부터 거무스름하던 화산 돌의 색깔이 주황색으로 바뀌며 달걀 썩은? 듯 냄새가 고약스럽고, 하루에 서너 차례 연기를 내뿜는 정상에 다가갈수록 공포와 두려움 그리고 환희가 교차한다고 한다.

하산 길은 가볍게 그러나 조심조심 내려오다가 아래쪽 경사가 완만한 설사면雪斜面에선 스틱을 사용해 썰매 타듯 내려왔다. 재미있는 것은 아바친스키 화산이 바로 옆의 까략스키 3,456m보다 훨씬 더 높은 산이었다는데 최근의 잦은 화산폭발로 인해 지금은 까략스키보다 715m나 더 낮아졌다. 한 폭의 유화같이 아름다운 까략스키도 울렁울렁하며 간혹 연기를 품어내고 있기에 또 언제 어떻게 높이가 변할지 아무도 모른다.

까략스키도 하루에 정상을 다녀올 수 있다. 15~17시간 소요되기에 새벽 2시경 출발한다. 이 산의 한국인 초初등은 2003년 대한산악연맹의 청소년오지탐사대 팀이 이루어냈다. 박훈규 대장이 이끄는 청소년오지탐사대 13명 중 11명이 아바친스키 정상을 다녀왔으며9시간 소요 이어 하루 쉬고 다음 날 바로 등반을 시작해 5명이 등정에 성공했다17시간 소요. 화산 잔해의 돌밭과 눈밭 경사가 심해 자주 발이 미끄러져 아이젠과 피켈 없이는 등반 불가능이며, 낙석이 많아 쉴 때에도 위쪽을 바라보며 쉬어야 했다한다. 활락정지 기술을 몸에 익숙하게 익히고 있어야함은 물론이다.

우리는 3시간가량 오르다가 만족할만한 곳에 도착 후 천천히 하산을 시작했다. 화산재 무더기 산비탈을 내려와 해발 1,200m 고도에 내려오니 놀랍도록 경이로운 생명의 태동을 강하게 느낀다. 납작 엎드린 가녀린 야생화와 이끼류가 나타나고, 아래로 내려갈수록 야생풀에 이어 억센 나무들 키가 점점 커진다. 대원들 얼굴처럼 멋지고 환상적인 트레킹 코스였다.

●●●

러시아는 소련 붕괴 이후 급속한 개방화의 길을 걷고 있으며, 캄차카 반도 역시 연어잡이, 온천욕, 뗏목타기 등으로 열심히 관광객을 불러들이고 있다. 바다와 하늘 외에 육로로는 대륙과 연결이 안 되는 오지 중의 오지다. 캐내지 않은 자원이 무궁무진한 미지의 땅. 물가는 의외로 비싼 편이다. 주민 대부분이 영어를 모른다. 과거의 암울한 시절에서 벗어나 이제 자유를 만끽하며 자본주의의 달콤함에 물들어가는 이곳 젊은이의 모습에서 더없는 친근감을 느낀다. 문득 이런 생각이 떠올랐다. 한국인이 이 광활하고 거친 캄차카 반도로 뛰어들어 개발도 함께 하고, 많은 한국인이 이곳으로 이주해 정착한다면…! 처음에는 많이 힘들겠지만 결국 새로운 낙원이 생길 것만 같은.

# 네팔 트레킹의 진수, 타시랍차 패스

네팔 히말라야에는 수많은 트레킹 코스가 있다. 각 산군마다 멋진 트레킹 코스가 산악인들을 유혹하는데 지역특색에 따라 각기 느끼는 감흥이 사뭇 다르다. 지형과 산세에 따라 멀리 가까이 경관이 다르고, 지나가는 주변의 원주민 마을 분위기가 다르다. 이번에는 네팔 히말라야의 진수를 맛볼 수 있는 보다 뜻 깊은 트레킹을 하고 싶었다.

## 세 늙은 청년의 모험

우리는 과감히 네팔 히말라야의 최상급 트레킹 코스로 분류되는 타시랍차 패스5,755m를 넘기로 했다. 타시랍차 패스는 '사가르마타 국립공원'과 '로왈링 산군'을 잇는 고개다. '사가르마타'는 세계 최고봉 에베레스트8,850m의 본래 이름이다. 어디서 시작하든 상관없지만 우리는 사가르마타가 있는 쿰부지방에서 로왈링 쪽으로 넘기로 했다.

인원은 단출하게 3명이다. 김인섭72세 대장과 최대식72세 대원과 막내인 나68세 뿐. 평균 연령이 70세가 넘는다. 김 대장은 서울사대부고 4년 선배, 최 대원은 한국외국어대학 4년 선배로 스페인어과 63학번이다. 김 대장은 보이스카우트 선배로 중1 까까머리일 때 야외생활을, 또 고1 때부터 록클라이밍을 가르쳐준, 말하자면 나의 등산사부님으로 56년간을 잘 알고 지내지만, 최 선배는 이번에 처음 만났다. 그런데 알고 보니 등산경력이 만만치 않은 고수급이다. 젊어서 혼자 산에 다녔지만 주로 험산을 찾았고, 중년이 되어 고故 김형주, 이근택, 김종곤 등에게 암벽과 빙벽등반을 배웠다. 토왕성 빙폭도 올랐고, 히말라야 트레킹도 홀로 주로 험한 코스만을 택해 도전했으며, 카라코람의 비아포빙하지대도 단독으로 뚫고 나왔다. 참 독특한 산악인이다. 체력도 고소 적응력도 뛰어나다.

그래서 우리 셋은 더 늙기 전에 타시랍차 패스 옆에 위치한 '파르차모 봉6,273m'도 등정키로 하고 '등반허가서'까지 받아냈다. 졸지에 헬멧과 안전벨트, 데이지체인, 피켈, 아이스스크루, 아이스해머, 자일, 카라비너 등 설벽·빙벽 등반장비를 모두 준비했다. 파르차모 봉은 우리 나이든 셋 모두의 설렘이었다. 늙어도 늙지 않는 참신한 설렘이랄까, 이 나이에도 등반을 생각하면 콧노래가 절로 나다니. 우리는 2016년 10월 19일 홍콩, 다카를 거쳐 늦은 밤에 카트만두에 도착했다.

남체바잘3,440m까지는 밤마다 술을 마셨다. 매일 수백 팀의 트레커를 만난다. 전 세계에서 몰려오는 트레킹 팀도 점차 변화되어 과거엔 10명~30명 단체 팀이 많았는데 요즘은 2명~6명 등 소규모 팀이 부쩍 늘었다. 걸으면서 바라보는 주변 경치는 언제나 감탄의 연속! 최근 히말라야는 가을 시즌이 늦어지며 10월 중순부터 한 달 이상 맑은 날씨가 계속 된단다. 그래도 낮 12시가 넘으면 구름이 낮게 드리우며 빠르게 추워진다. 쿰중3,780m에 들러 77년 에베레스트 원정대 셰르파였던 앙 푸르바를 만났다. 당시 박상열 부대장과 생사고락을 같이 했던 오랜 벗이다. 칸첸중가의 네팔인 초등자로 현지에선 영웅으로 추앙推仰받지만 그도 이젠 많이 늙었다.

작년2015년 대지진으로 무너진 쿰중 힐라리 학교 담은 아직도 복구 중이다. 우리는 타메3,680m로 향했다. 이 쿰부지역에서 쿰중이 셰르파 족族의 심장이라면 타메는 비록 서쪽 끝자락에 있지만 셰르파 마음의 고향 같은 아늑한 마을이다. 가는 길이 마치 영원히 늙지 않는다는 지상낙원 샹그릴라로 향하는 길목처럼 신비스럽고 환상적이다.

### 타시랍차로 오르는 길

타메에서 보무당당하게 탱보4,230m로 출발했다. 이제부턴 나도 처음 걸어가는 미지의 세계다. 역시 주변 경치는 일품이고 걷는 길도 참 좋다. 캐나다 트레킹 팀이 반대편에서 내려온다. 환자가 생겨 타메에서 헬기로 후송한단다. 바람이 무척 세고 경사가 급해 매우 어렵다며 은근히 겁을 준다. 가봐야 알지. 탱보에는 집이 몇 채 있는데 로지Lodge는 하나다. 우리 쿡이 만든 김치에 후식 요구르트까지 맛있게 먹고, 무스탕 커피를 마시며 밖으로 나왔다.

밤하늘의 별은 여기서도 반짝이고 있다. 별이 참 많다. 많아도 엄청 많다. 은하수도 선명하고 유성이 심심치 않게 지나간다. 히말라야 트레킹이 우리에게 주는 또 하나의 선물이 바로 밤하늘에 쏟아지는 반짝반짝 무수한

쿰부지방 서쪽 끝의 넓은 마을 '타메'의 전경

별들이리라. 환한 달빛에 주위의 모든 것이 두렵고 낯설어도, 밤하늘 별들을 하염없이 바라보자면 마음이 차분해진다. 어느덧 나쁜 생각들이 자취를 감춘 내 텅 빈 가슴에 새롭고 신비스런 아름다움만이 가득 차지는 듯하다. 이내 평온해진다.

"나는 지금 어디로 가고 있을까?"

한 나그네의 새로운 호기심이 슬그머니 일어난다. 차가운 흥분이 온몸에 감돈다. 한참을 올려다보다가 스르르 잠이 들었다.

히말라야와 태양은 불가분의 관계다. 해가 뜨면 꽁꽁 얼었던 온 천지에 따사함이 번지고, 대낮에도 해가 잠시라도 구름에 가리면 무섭게 추워진다. 다음 날 점심 때가 되어 골레4,780m에 도착하니 뜻밖에 돌로 튼튼하게 만든 대피소와 화장실이 있다. 작년에 네팔등산협회NMA에서 비상사태에 대비해 건축했다고 한다. 참 고마운 일이다. 우리는 대피소 옆에 텐트를 치고 편안한 첫 야영에 들어갔다. 밤이 몹시 추워지는데 이제 내일이면 5,000m에 들어선다.

골레에서 타시랍차 패스 직전의 거대한 바위벽 밑의 야영지5,665m까지 올라가는데 이날은 무척 힘들었다. 일전엔 눈이 있었으나 지금은 전혀 없으니 길 찾기 훨씬 힘들다고 대장님이 말씀하신다. 경사진 모레인 지대를 올라가는데 돌이 자꾸 무너져 내려 무척 긴장해야 했다.

밟으면 돌들이 흘러 상태가 심각했다. 어찌어찌 구사일생 힘겹게 돌파하니 그 위에는 급경사지만 뜻밖에 눈이 남아있어 비교적 쉽게 올라갔다.

하루를 쉬는 게 정석이지만 최 선배와 나는 바로 다음 날 파르차모6,273m 등반길에 나섰다. 대장님은 감기기운이 있어 빠지기로 했다. 새벽 3시에 일어나 5시에 출발했다. 헤드램프를 켜고 눈 위를 걷는데 바람이 무척 세다. 워낙 강한 바람이라 겁이 난다. 이 상태로 저 위에 올라가면 사고 위험이 매우 높을 듯하다. 좌우지간 우리는 무리하지 않고 6,000m 고지 위로 올라섰다. 파르차모는 처녀 유방같이 볼록하고 예쁘게 생겼는데 멀리서 보기엔 설산인데 오르면서 보니 겉은 대체로 얼음산이다.

아이젠으로 힘주어 오르는데 어느 곳은 두터운 얼음판이고 또 어느 곳은 발목까지 푹 꺼진다. 표면상태가 고르지 못해 신경 쓰이는데 군데군데 크레바스 구간도 보인다. 경사가 점차 급해져 스키스톡을 피켈로 교체했다. 조심조심 오르는데 쳐 올라오는 세찬 바람은 조금도 부드러워질 줄 모른다. 어디쯤 한 번이라도 실수하면 끝없이 추락하리라. 나는 그만 포기하자고 최 선배에게 제안했다. 그는 아쉬운 표정이다. 우리는 한 100m정도 더 오르고 결정하기로 했다. 그리곤 등반을 과감히 포기했다. 6,000m 이상 오른 것으로 만족하고 이날은 캠프로 돌아와 긴 휴식을 취했다.

쿰부와 로왈링 계곡으로 갈라지는 5,755m 높이의 타시랍차 고개

## 75세 일본 노인의 파르차모 등반

아침 일찍 텐트를 걷어 서둘러 패스를 넘기로 했다. 패스 넘어 빙하로 하강할 때 낮에는 낙석이 심할 것 같아 이를 피하기 위함이다. 그런데 바로 그 날씨가 우리를 놀라게 한다. 어제와는 딴판으로 바람이 전혀 없이 고요하고 따사로운 게 아닌가. 참 기가 찰 노릇이다. 따듯한 햇살을 받으며 타시랍차 패스에서 바라보는 로왈링 산군은 낯설고 새로운 별세계였다. 마치 천국과 사바세계의 중간이라 할까? 패스 양쪽의 전경과 분위기가 이렇게 다르다니.

"역시 히말라야는 곳곳이 신비스럽고 경이롭구나!"

파르차모(6,273m)를 등반중인 필자(왼쪽)와 최대식 선배

감탄을 거듭한다. 저 너머 세상에 누가 있고 무엇이 있는지 알고 싶은 욕망이 가득 인다. 누군가 어디에선가 나를 부르는 소리 없는 메아리가 위아래 사방에서 들리는 듯하다.

패스를 넘으니 바로 아래 텐트가 있고, 파르차모에는 두 명이 등반중이다. 참! 하루 사이에 날씨가 이렇게 변하다니…. 일본 원로산악인 곤도 카주요시75세가 가이드와 등반중이란다. 우리는 그들의 성공과 무사 하산을 기원하고 설벽과 암벽을 천천히 내려갔다. 로왈링 산군의 북동쪽 끝에 위치한 드로람바우 빙하를 옆으로 끼고 하산이다. 이어 이

빙하와 아래 빙하가 이어지는 거대한 바위벽 중간 캠프사이트에서 야영했다. 야영지로는 참 절묘한 곳이로다.

다음 날 아침 하산하는 곤도 카주요시 상을 만났다. 파르차모 정상 수십 미터를 남기고 크레바스 때문에 등정을 포기했다고 한다. 그는 일본근로자산악연맹JWAF 명예회원이다. 일본은 물론 유럽에서도 산악단체의 명예회원Honorary Member은 산악인으로 최고 영예로운 직함이다. 우리와 많이 차이가 난다. 1932년 창설한 국제산악연맹UIAA의 경우 2018년까지 겨우 24명에 불과하다. JWAF가 설립되기 전에는 일본등산협회JMA 국제교류위원이었으며, 8,000m 고산을 10번 등정했고 이후 6,000m급 미답봉을 많이 등정했단다. 늙은 나이에 아직까지도 '피크헌터Peak Hunter or Peak Bagger'로 불리길 좋아하는 괴짜 영감으로 인상도 좋다. 이번 산행에서 그를 만난 것은 또 하나의 선물인 셈이다.

## 고행의 빙하와 천당 같은 매력의 마을

아래 빙하인 트락카딩 빙하는 길 찾기가 너무나 힘들고 고약했다. 눈이 있어야 앞 팀의 발자국을 찾기 쉬운데 뿌연 먼지만 날리는 빙하 위에선 한참을 고생해야 했다. 나는 몇 번을 크게 넘어지며 옷이 찢기며 몇 군데 다쳤다. 보통 네팔의 빙하는 파키스탄 카라코람의 빙하와 달리 그다지 험하지 않은 편인데 여기는 전혀 그렇지 않았다. 아마 사람이 그만큼 많이 다니지 않아서 그럴 것이다.

찹쌀떡과 육포 등은 간식으로 일품이었고 식수도 충분히 준비했으나 빙하 길을 헤매다가 서서히 녹초가 됐고, 캄캄한 밤에야 비로소 빙하를 완전

로왈링 계곡 곳곳에 있는 오색 룽다

히 빠져나와 초롤파 호수4,540m 끝머리 야영지에 도착할 수 있었다. 아래 마을엔 로지가 있기에 야영은 오늘로 끝이란다. 다음 날 아침, 키친보이가 주는 밀크티를 마시고 텐트에서 나왔다. 제법 운치 있고 멋진 야영지 분위기다. 마치 어느 별나라에 온 듯했다. 물가를 따라 걷기 좋은 길을 내려가니 이따금 빈 돌집도 보이고 온 천지가 야영하기 더없이 좋은 환장적인 장소다.

더 내려가니 놀랍게도 작은 수력발전소가 보인다. 우리는 여기서 느긋이

로왈링 산군을 감상키로 했다. 눈부신 비경秘境 로왈링 산군에는 최고봉 멜룽체7,181m 보다 가우리상카르7,134m가 더 널리 알려졌다. 6,000m~7,000m 산이 100여 개가 넘으며 이중엔 아직도 처녀봉미답봉이 많기 때문에 초初등정을 노리는 산악인들이 많이 온단다. 여기서부터 계곡 끝 마을인 나가온4,100m 까지는 그야말로 환상적인 낙원 속의 꿈길 같았다.

흐르는 물은 맑고, 그윽한 향기 품어내는 고산초草 잎새들. 마을도 생각보다 드넓고, 세상에 이렇게 그림처럼 아름다운 곳이 있구나싶다. 바로 이런 곳에 오고 싶어 험한 타시랍차를 넘었지. 주위엔 람둥5,930m 등 5,000m~6,000m대 산이 즐비해 등반 또는 고도순응 훈련 차 미국, 영국, 폴란드 등 많은 유럽 산악인들이 진을 치고 있다. 이 마을은 겨울철엔 추워서 아무도 살지 않는단다. 이날 보관해 왔던 양주 1병이 바닥이 났다.

## 꿈의 고향 찾아가는 로왈링 계곡

새벽공기가 싱그럽다. 나가온에서 계곡을 따라 내려가는데 길이 그야말로 아늑한 꿈길 같다. 2년 전 루굴라6,899m를 초初등정하고 푸Phu, 4,080m에서 메타를 거쳐 고토2,600m로 내려가던 산길처럼 신비하고 아름답다. 당시는 원정 단장을 맡았었지. 아바타의 왕국처럼 기암절벽 사이에 길이 있고, 빼어난 주위 풍경이 환상적이며, 울창하고 우람한 숲속과 신비스런 깊은 계곡 사이사이를 지난다. 도저히 현실 같지가 않다.

베딩3,690m 부근은 41년 전 네팔을 처음 찾았을 때의 여느 마을들과 어쩜 이리 똑 같은지. 아직도 전혀 안 변한 마을이 이렇게 있다니. 그런데 여기에도 작년 봄 대지진의 피해 잔해가 간혹 보인다. 동강2,850m에서의 하룻밤은 도저히 잊을 수 없으리라. 이날 밤 한국의 중년신사 셋은 네팔의 젊은 동행인 8명과 어우러져 통바네팔 전통의 즉석막걸리를 마시며 춤도 추면서 조촐하게 파티를 즐겼다. 지구촌 대부분의 민속춤은 남자가 추는 것이 더 멋진데 셰르파의 춤도 마찬가지다. 산악인들은 인종과 민족을 초월해 모두가 낭만적인 로맨티스트며, 자유로운 영원의 소유자가 분명하리라.

동강에서 시미가온2,100m까지는 오르락내리락 빡센 숲길인데 전혀 지루하지 않고, 숲속도 즐겁고 능선 위에서의 전망도 기막히게 좋다. 시미가온에서는 계곡으로 급히 내려가는데 마치 두어 시간을 내리꽂는 기분이다. 이어 출렁다리를 지나 시원한 계곡 물소리를 벗 삼아 조금 걷다가 미리 예약한 대절버스를 탈 수 있었다.

카트만두에서 지리까지 1980년대에 도로를 개통했고, 그 중간 도시 차리코트에서 수년 전에 중국 정부가 티베트 국경까지 길을 만들어 주어 우리는 그 이전에 로왈링 산군을 방문한 트레킹 팀보다 불행?하게도 3~4일 앞당겨 카트만두에 갈 수 있었다. 트레킹은 산속 마을과 마을을 걷는 그 자체가 큰 즐거움인데. 우리의 버스는 자욱한 먼지를 뚫고 10시간을 달렸다. 차리코트의 찻집과 람상고의 민물고기튀김 점심 그리고 뿌연 먼지 가득한 카트만두로.

# 42년 전부터 다니는 에베레스트 트레킹

히말라야 산맥과 카라코람 산맥이 좋아 찾기 시작한 지 올해2017년로 42년째다. 1975년 대한산악연맹의 에베레스트 정찰대에 선발되어 한국인으로는 처음 에베레스트에 갔었다. 이후 지금까지 등반, 트레킹 등을 위해 히말라야와 카라코람을 30회 이상을 찾았으니 어지간히 많이 갔다. 에베레스트 산군 쪽으로는 1977년 외에 1984년 바룬체7,220m 등반, 1996년 아마다블람6,812m 등반을 했고, 트레킹으로도 가까이는 재작년에 칼라파타르5,550m에 올랐고, 작년 가을엔 타시랍차5,755m를 넘어 신비로운 천혜의 비경秘境 로왈링으로 가기 위해 아름다운 타메 마을을 지났었다. 올봄에는 외대산악회 60대 OB들과 에베레스트로 향했다.

### 에베레스트에 왜 인파가 몰리는가?

에베레스트는 원정대와 트레킹 모두 빠른 변화가 눈에 보이고 피부로 느껴진다. 왜 에베레스트 쪽으로는 갈 때마다 깜짝깜짝 놀라게 될까? 왜? 두말할 나위 없이 '세계 최고봉'이 으뜸요인이다. 지구상에서 가장 높은 산! 산악인은 세계 최고봉에 오르고 싶어서, 자연을 좋아하는 일반인은 세계 최고봉을 직접 눈으로 보고 싶어서. 유럽인들에겐 남녀 누구나 에베레스트가 자신의 버킷리스트Bucket list 상위에 랭크되어 있다고 한다. 어찌 유럽인들뿐이겠는가.

히말라야 산맥의 수많은 산군과는 달리, 갈 때마다 느끼는 에베레스트 트레킹의 특별한 몇 가지를 적어보자. 우선 인파가 많다. 많아도 엄청 많다. 카트만두~루크라2,850m 간의 국내항공은 보통 8개 항공사에서 수십 차례 이착륙한다. 10년 전만 해도 아침에 몇 편 정도였으나 요즘엔 날씨 좋으면 저녁 5시까지 계속 이어진다. 매일 수백 명이 루크라를 찾아오고 또 수백 명이 루크라를 떠난다. 화물은 배낭을 합해 1인당 15kg까지만 인정하고 추가분은 돈1kg당 100루피을 지불해야 한다. 헬기를 이용하는 트레커Trekker와 지리1,905m에서부터 걸어오는 트레커도 제법 많다. 예전에는 주로 10여 명 이상 단체들이 주류였는데 지금은 10명 이하의 소그룹이 대부분이다. 또 이 많은 트레커 숫자 이상의 현지인이 가이드와 포터의 명목으로 루크라에서 합류한다.

그러니 루크라는 점점 번창해진다. 트레킹 떠나는 길도 갈 때마다 더 넓어지고 있다. 트레커와 현지인은 물론 말과 당나귀, 야크, 좁꾜소와 야크 사이에 태어난 잡종 등이 온갖 짐을 나르니 길은 온통 말똥, 쇠똥에 흙 먼지투성이다. 카

루크라 공항 활주로. 안개가 끼면 비행기가 착륙을 못한다.

트만두처럼 마스크가 필요하다. 하루에 보통 100여 개 이상의 트레킹 팀과 마주친다. 히말라야의 다른 지역에선 상상도 할 수 없는 일이다. 이중에는 가이드와 포터 없이 배낭 메고 혼자 트레킹을 즐기는 괴짜도 간혹 있다. 이 또한 에베레스트에서만 가능한 일이다.

우리는 카트만두 도착 다음 날 새벽, 호텔을 나섰다. 그러나 루크라 쪽 날씨가 좋지 않다며 무려 5시간을 공항에서 대기하다가 간신히? 비행기를 탔다. 경비행기로 탑승객이 18명뿐. 루크라에서 점심 먹고 느긋이 첫 목적지 박딩2,610m으로 향했다. 우리 팀은 다섯 명으로 현지 동행인도 다섯으로 사다 텐징과 포터 4명이 전부다.

### 쿡과 키친보이 고용할 필요 없다

에베레스트로 가는 길 곳곳마다 로지Lodge, 산장여관와 레스토랑이 이어지고 지금도 한창 건축 중이다. 찻집과 빵집Bakery도 많이 생겼다. 트레커를 많이 유치하기 위해 서로 경쟁이 심하다보니 각종 서비스 시설이 점점 좋아지고 깨끗해진다. 로지마다 화장실 딸린 방이 점차 많아지고 있다. 침대가 깨끗해 매트리스도 갖고 갈 필요가 없다. 이불도 깨끗해졌다. 전기가 들어오니 랜턴도 필요 없다. 성수기 때는 트레커가 방 잡기가 어려울 정도로 로지마다 만원이다. 에베레스트 길목에선 당연히 야영금지다. 텐트 칠 수 없다.

에베레스트 트레킹에서만은 쿡Cook과 키친보이를 고용할 필요도 없어졌다. 대부분의 로지에서 트레킹 팀의 자체요리를 허용하지 않는다. 2년 전만 해도 로지들의 약 40~50%는 자체요리를 허용했었다. 그러나 올 봄에는 거의 20% 이하로 줄었다. 그것도 부엌 사용료를 비싸게 받는다. 앞으로 점점 더 자체요리가 어려워지리라. 방에서도 요리는 금물. 투숙하는 로지의 음식을 주문해야만 한다. 때문에 버너, 코펠, 컵, 식기 등 주방기기도 일체 준비할 필요 없다.

그런데 놀라운 것은 어느 로지마다 메뉴가 다양한데 다 먹을만하다는 것이다. 제법 맛있다. 그 수많은 레스토랑마다 다양한 메뉴를 소화해 낼 주방장을 도대체 어디서 다 구했을까? 하는 의문이 갈 때마다 생긴다. 한국팀의 지혜로운 식사는 저녁 한 끼 정도 밥을 주문해 각자 준비해 간 반찬을 조금씩 꺼내 먹으면 그런대로 일미一味다. 뜨거운 물에 즉석Instant 된장국을 타서 함께 먹으면 금상첨화.

우리 팀의 모토는 '매사에 서두르지 않고, 느긋하게!'다. 트레킹도 하루에 표고 500m 이상 올라가지 않기로 했다. 고로 다음 날은 조살레2,748m까지다. 매번 느끼지만 주위의 경치는 참 기막히게 좋다. 현지인들도 가난할 때와 부유할 때가 다르듯 갈 때마다 인상과 풍기는 분위기가 점차 여유로워 보인다. 화창한 아침햇살을 받으며 상큼한 마음으로 둑코시 강가를 따라 가볍게 걷다가 출렁다리를 건너면 바로 급경사의 고바우길이고, 온몸에 땀이 날 정도로 걸으면 남체바잘3,440m이 나타난다.

남체바잘은 마을의 위치, 생김새, 분위기, 주위 경관이 참 매력 덩어리다. 외국인뿐 아니라 산골 마을 현지인들을 위한 모든 것이 잘 갖춰진 마을이다. '엄홍길 휴먼재단'에서 최근에 건립한 'Mountain Medical Institute' 건물이 남체에 있다. 누군가가 한마디 한다.

"엄홍길재단이 학교만 짓는 줄 알았는데 좋은 일 많이 하는군."

## 에베레스트 트레킹의 이모저모

올해부터 새로운 시스템이 또 하나 생겼다. 그것도 오직 에베레스트 지역에서만. 이른바 '선불한 wi-fi 카드system?'이다. 하나 구입하는 데 600루피6,600원인데 몇 시간 사용하면 없어진다. 기발한 사업으로 완전 대박이다. 또 핸드폰 충전하는 데 300루피로 핸드폰 즐겨 사용하는 트레커는 하루에 900루피씩 지출해야 된다. 20일이면 20만 원을 핸드폰 보는 데 지출하는 셈이다. 로지마다 전기가 들어오니 세계 각국의 트레커 대부분 컴퓨터를 즐기거나 책이나 핸드폰 보며 시간을 때운다. 마치 우리나라 지하철처럼. 컴퓨터의 정보도 꽤 정확하다.

루크라 위의 지역에 로지 하나 갖고 있는 셰르파는 엄청 부자다. 카트만두에서 대학 졸업한 젊은이 한 달 월급이 8,000루피88,000원라는데 이들은 하루에 100,000루피 가까이 번다. 길목 좋고 제법 큰 로지는 몇 십만 루피를 하루에 거둬들인다. 우리 돈으로 한 달에 1억 원 이상 버는 것이다. 자녀들은 대부분 미국 등 외국유학을 보내고, 이들끼리 풍요롭게 사는 여유 있는 삶이 눈에 훤히 보인다. 로지에서 일하는 근로자는 루크라 아랫마을에 사는 셰르파 족族이거나 다른 민족들이다. 40년 전만 해도 위로 올라갈수록 척박하고 째지게 가난한 마을이었는데 지금은 정반대가 됐다.

에베레스트는 다른 지역과 달리 여름 장마 기간 외엔 1년 내내 트레커가 끊이지 않고 찾아온다. 지구촌 곳곳에서 이곳을 찾는다. 페리체4,300m의 한 로지 주인에게 물어보니, 대략 60여 개국에서 찾아오고 있다고 말한다. 20년 전만 해도 대략 30개국 안팎이었는데 근래에 부쩍 늘었고, 머지않아 100개국 이상에서 이곳을 찾을 것이라고 자신 있게 말한다. 맞는 말일 것이다.

세계 각국 산악인을 총망라한 자연스런 집결지. UN 총회처럼 큰 행사가 아닌 이상 에베레스트 외에 과연 어디에 이처럼 다양한 지구촌 가족이 자진해서 한 데 모일 수 있을까!

그런데 놀라운 것은 만나는 트레커 모두가 서로 인사를 나누며 친절한 매너에 다정한 미소를 주고받는다는 점이다. 카페에서 쉴 때도 서로 늘 덕담을 주고받는다. 어느 누구하나 눈살을 찌푸리는 사람 없고, 예의를 지키지 않는 팀도 없다. 트레커 사이에는 이념도 종교도 전혀 상관없고, 원주민의 종교인 라마교를 존중하며 라마교리教理에 따르지 않는 트레커도 없다. 이는 어쩌면 세계 최고봉의 '보이지 않는 위대한 힘'일지도 모른다.

워낙 포터들도 많아지다 보니 남체바잘 등 곳곳에서 포터들의 돈을 뜯어먹는 현지 도박꾼들도 많다. 포터의 하루 임금은 현재 1,500루피16,500원이다. 트레킹 팀에 20일 참여하면 30,000루피를 벌고, 숙식비를 제외한 현금을 들고 가족이 기다리는 집으로 달려간다. 이들에겐 제법 큰돈이다. 그러나 젊은 포터 중에는 트레킹이 끝났을 때 빚만 잔뜩 생겨난 거지?들도 있다.

음식 값이 무척 비싸졌다. 아침 식사로 토스토와 계란이면 보통 800루피8,800원, 점심은 스프 500루피, 피자 500루피, 만두 600루피 등으로 올라갈수록 비싸진다. 음료는 물론 별도다. 큰 보온병에 담은 더운물이 1,000루피11,000원, 생수 1L 1병에 300루피3,300원 받으니 엄청 비싸다. 너무 심한 폭리暴利로 거의 날강도 수준이다. 때문에 서양 트레킹 팀은 로지의 일반 물을 정수 처리해서 마신다. 숙식에만 1인당 하루 최소 3,000루피33,000원 이상 잡아야 한다.

우리 일행은 느긋이 고소 적응하면서 나아갔다. 솔로쿰부의 심장인 드넓은 마을 쿰중3,780m을 지나, 아마다블람이 바로 보이는 캉주마3,550m, 풍기탕가3,250m 다리를 지나 한참 올려치면 나타나는 큰 라마사원의 탕보체3,860m, 숲길을 내려가다가 숨겨진 듯 숲속 마을 디부제3,820m, 엄청 커진 분위기 있는 마을 팡보체3,930m를 지났다. 팡보체에선 로체8,516m 정상으로 향하는 김홍빈 원정대를 만났다. 우선 고소 적응하기 위해 임자체6,189m 등반을 하러간다고 한다. 이 젊은 대원들은 눈앞에서 인사를 나누는 나이든 사람이 임자체를 42년 전에 한국인 최초로 올랐다는 사실을 전혀 모르리라.

드넓은 강가 초원의 어느 서부영화의 삭막함이 느껴지는 페리체4,300m를 지나 촐라체가 바로 앞에 보이는 두크라4,620m, 추모탑이 모여 있는 두크라 언덕을 지나 한참 걸어야 나타나는 로부제4,910m, 먼지 날리는 모레인 길을 오르락내리락 걸어 드디어 고락셉5,140m에 도착했다. 다음 날 아침을 든든히 먹고 칼라파타르5,550m로 향했다. 칼라파타르로 오르는 옛길은 현재와 코스가 전혀 달랐었다. 에베레스트 BC가 한눈에 들어온다. 아직 원정대가 한 팀도 오지 않았다는데도 텐트가 이미 수백 개 쳐 있다. 한눈에 봐도 상업등반대가 점점 장사가 잘 되는 걸 알 수 있다. 우리는 BC 방문을 생략키로 했다. 별 의미가 없었다.

### 에베레스트 등반의 변화

"이상하게 에베레스트만은 입산료를 올리면 올릴수록 신청자가 더 많아진다."

네팔관광성 직원의 말이다. 세계 최고봉이라는 이유 하나로 해마다 등반 신청자가 엄청 많다. 당연히 에베레스트 입산료가 가장 비싸다. 1인당 US$10,000를 네팔 정부에 지불해야만 그 기간 내에 BC 이상의 땅을 밟을 수 있는 자격이 있다. 히말라야의 수많은 고산등반 중 에베레스트 등반만이 어떻게 달라졌을까? 이해를 돕기 위해 올해2017년 봄 시즌의 등반 형태를 순서대로 나열한다.

1. 네팔관광성에선 에베레스트의 등반 신청을 언제든지 받는다. 심지어 등반이 시작된 지금4월 말도 입산 신청을 하면 받아준다.

2. 2월 말부터 헬기와 야크를 이용해 에베레스트 등반과 BC 건설, 아이스폴 통과에 필요한 장비, 식량 등을 대거 BC로 옮긴다.

칼라파타르(5,550m)에서. 뒤 가운데가 세계 최고봉 에베레스트.

칼라파타르에서 내려가며 본 눈 덮인 마지막 마을 '고락 셉'

**3.** 3월에는 아이스폴 루트공작 전문 셰르파영어로 'Icefall Doctor'라고 부른다들이 투입되어 루트 건설작업에 들어간다. 당연히 이들을 위한 BC를 먼저 건설한다.

**4.** 4월 초에는 아이스폴 지대의 루트 건설이 마무리되고, 4월 중순에 캠프2, 캠프3 건설 및 사우스콜South col까지 고정로프Fixed Rope를 설치한다. 4월 25일 현재 약 8,000m의 고정로프가 사우스콜까지 설치 완료됐다. 사우스콜 상의 캠프4도 이미 건설됐다.

**5.** 4월 중순부터 BC에 간이 병원, 간이 세탁소, 쓰레기 하치장 등이 들어서고, 각국 원정대의 BC 자리를 마련하고, 연료, 취사장, 식당, 태양열발전기, 병합발전기, 전기시설, 개인텐트, 화장실 등 상업등반대 대원들이 대거 BC 입성할 준비를 충분히 해 놓는다.

**6.** 한편, 각국의 원정대와 상업등반대 대원들은 그 사이에 주위의 6,000m 대의 동東로부제피크, 서西로부제피크, 임자체 등에서 고소 순응 훈련을 마치고, 4월 중순부터 BC에 입성하기 시작한다. 이때부터 BC의 모든 것을 통제하고 중재할 간이 경찰서도 문을 연다.

**7.** BC에 들어간 대원들은 BC 정리 후 '아이스폴 닥터'가 이끄는 대로 캠프1을 왕복하며, 고소 순응이 되면 캠프3까지 올라 취침하고 BC로 하산한다. 당연히 대원들은 정해진 시설 사용료를 지불해야만 등반이 가능하다.

**8.** 5월이 되면, 고소 적응이 되고, 등정 준비가 된 대원들부터 한데 모아 상

업등반대가 고용한 클라이밍 셰르파와 외국인 가이드가 앞뒤에서 이끌며 하루에 한 캠프씩 진출하며 정상을 다녀온다.

9. 등정 시도는 5월 한 달간 계속되며, 날씨 변화 추위를 보아 5월 말, 6월 초경에 철수할 예정이다.

### 날로 번창하는 상업등반대

네팔관광성이 발표4월 25일한 내용을 보면 올봄에 네팔 쪽으로 현재 28개국의 385명에게 입산 허가서가 발급되었단다. 이 밖에 2015년 대지진으로 중단한 원정대에서도 한국의 구미시산악연맹 팀을 포함해 70명가량이 이번에 재도전한다고 한다. 티베트 쪽도 비슷하겠지. 한편, 상업등반대 참가비 가격대가 천차만별이다. 'Adventure Consultants', 'International Mountain Guides', 'Mountain Madness' 등 외국 회사들은 참가비가 각종 옵션Option을 포함에 가장 비싼 경우 US$85,000에 이른다. 현재 총 26명의 외국인 전문가이드가 고용됐고, 이들이 직접 대원을 이끌 예정이다. 클라이밍 셰르파도 대원수만큼 고용되어 있다.

네팔인이 운영하는 상업등반 회사는 4군데로 가장 싼 참가비가 옵션 없이 US$25,000이다. 평균해서 대략 'From Kathmandu To Kathmandu' 개인 참가비 US$45,000~50,000로 보면 된다. 꼭 세계 최고봉 등정만이 목표라면 개인적으로 참가비를 마련해 신청해 볼만도 하다. 상업등반대 참여자는 매년 늘어나는 추세이다.

아이스폴 지역 루트개척과 보수는 지금까지 줄곧 'Asian Trekking'에서 도망아 왔으며, 8,000m 14개봉 완등한 밍마 형제가 운영하는 'Seven Summit Trek'에서는 이번에 참가자가 무려 100명이라고 하니, 참 괜찮은 비즈니스다. 돈을 그저 주워 담는 격이고, 이러한 상업등반대는 아이러니컬하게도 에베레스트 아닌 다른 산에서는 불가능한 이야기다.

금년 봄에는 85세 최고령 등정시도, 13세 최연소 등정시도, 최다 등정시도 등 기록갱신이 예상된다고 한다. 업고 올라간들 무엇이 다르랴! 여기에서 진정한 산악인이라면 의문점 하나가 강하게 제시될 것이다. 에베레스트는 이미 산악인의 도전대상에서 제외됐다는 사실이다. 어느 팀이든 BC로 오면, 이때부터 셰르파들의 지시에 따라 움직인다. 그들이 해 주는 음식을 먹으며, 그들이 개척한 루트를 그들의 안내를 받아 오르고, 각 캠프에서도 마찬가지이다. 그들의 안내를 받아 미리 깔아놓은 고정로프를 연결해 캠프 3부터는 산소를 마시며, 그들이 앞뒤에서 인솔해 줄을 지어 정상까지 올랐다가 또 그들의 안내에 따라 하산한다. 이렇게 정상에 오른들 세계 최고봉 정상에 섰다고 큰소리칠 수 있겠는가. 이렇게 이룬 등반기록이 도대체 무슨 의미가 있는가?

진정한 에베레스트 등반은 이제 사라진 옛이야기일 뿐이다. 오늘날은 가장 안전하게 가장 오르기 쉬운 8,000m 봉이 됐다. 여기에는 도전정신도 없고 알피니즘Alpinism도 없다. 뜨거운 동료애愛도, 희생정신도 없다. 오직 자신의 체력과 고소 순응만이 관건인, 누구나 건강한 사람이라면 특별한 등반 실력 없어도 이들을 따라 정상에 오를 수 있는 산이 된 것이다.

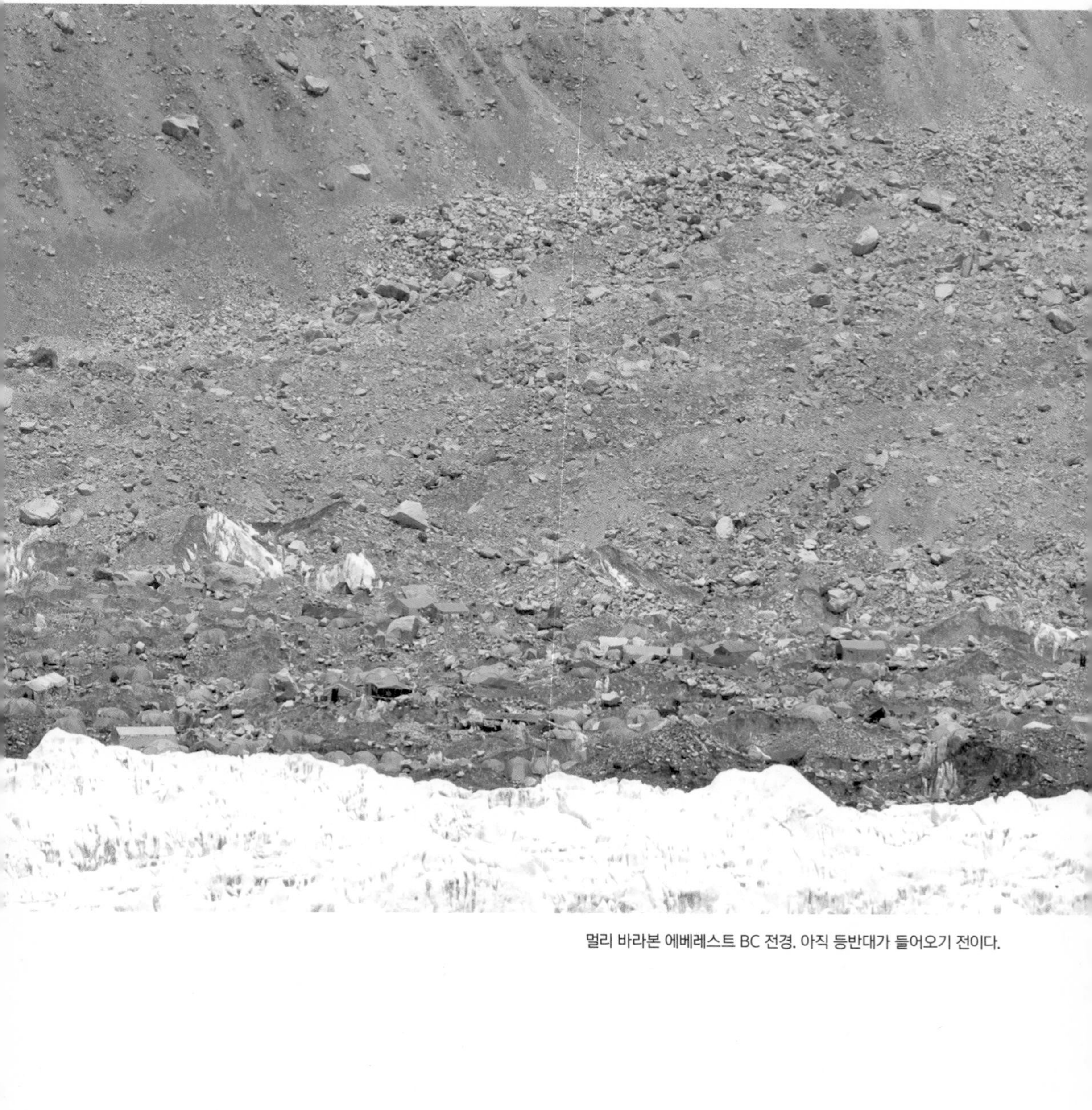

멀리 바라본 에베레스트 BC 전경. 아직 등반대가 들어오기 전이다.

## 산악인은 다른 산군으로 향하자

내려올 때 우리는 촐라패스5,420m를 넘기로 했다. 첩첩산중 깊은 맛이 듬뿍 온몸에 묻어나는 길. 거대한 절벽들의 가파른 틈새로 한참 올라 드디어 능선에 다다르면 드넓은 설빙 눈밭을 지나게 된다. 촐라패스 넘어 바로 눈앞에는 새로운 신천지가 전개되는 듯 가슴이 설레고 기분이 상쾌하다. 패스 양쪽의 풍광과 분위기가 사뭇 달랐다. 우리는 서로 기뻐하며 사진을 찍었다. 이제부터는 내리막 돌밭 길이다. 신경을 곤두세워 조심조심 내려와 한참을 걸어가니 탕낙4,705m이고, 쿰부지방에서 가장 큰 고줌바 빙하를 가로질러 이윽고 꿈길처럼 환상적인 마을 고쿄4,750m로 향했다.

고쿄는 참 매력덩어리다. 영락없이 제임스 힐튼 소설《잃어버린 지평선Lost Horizon》의 영원히 늙지 않는 신비의 마을 '샹그릴라'가 이곳을 닮았으리라. 반쯤 얼어 있는 호수가 이토록 맑을 수가 있다니. 마을을 벗어나 호수 따라 걷다가 능선으로 또 산길로 즐거운 마음으로 천천히 내려가니 주변 경관이 기막히게 환상적인 마르체모4,410m 마을이 있고, 장엄한 히말라야 풍광을 즐기며 내려와 돌레 마을과 포르체탕가와 몽라3,975m 언덕을 지나 남체로 내려왔다.

에베레스트 트레킹은 산악인이라면 누구나 한 번 다녀올 만하다. 지구촌 곳곳에서 찾아온 수많은 트레커가 에베레스트 BC나 칼라파타르에 올라가서 세계 최고봉을 감상하고 되돌아온다. 오고가며 주위의 경치도 멋지다. 집으로 돌아오면 가슴 뿌듯함이 오래 남을 것이다. 그러나 마음 한구석엔 다른 무언가 아쉬움도 분명 있으리라. 가끔 히말라야가 그리울 것이다. 왜? 너무 편했던 에베레스트 트레킹만으로는 뭔가 성이 안 차고 부족함을 느낄 테니까.

등반의 경우, 대원들이 직접 루트를 찾아 개척하고, 서로 의논하며, 직접 캠프를 치고 등정하는 자주적 팀워크 등반이 진짜 산악인의 등반 아닌가! 창의적이며 도전적이며, 서로 하나가 되어 이뤄내는 진정한 등반을 원한다면 그 멋진 산은 히말라야 도처에 너무나 많다.

에베레스트는 히말라야 산맥의 극히 일부분이다. 다른 산군의 경치도 좋은 곳이 엄청 많다. 자연과 동화된 진솔한 낭만, 모험의 참 행복을 체험하는 트레킹 코스는 히말라야 안에 너무나 많이 있다. 다시금 새롭게 또 다른 산군을 찾아 트레킹을 떠나길 바란다.

촐라패스를 넘으면서 (좌로부터 조규인, 우용택, 필자, 오영환)

## 일본의 옛 문화유산 기소지(木曾路)를 걷다

일본에는 갈 때마다 묘한 느낌이 인다. 아버님과 가까운 친구분 말씀 때문이다. 어린 나이에 부모님 품에 안겨 일본에 갔으나 7살 때 관동대지진이 일어나 부모님은 죄 없이 일본 폭도들에게 죽창에 찔려 비명에 돌아가시고, 구사일생으로 누나와 현해탄을 건넌 이야기. 그분은 내가 고등학교 때 한잔하시면서 말씀하시길 "너는 참 좋은 세상에 사는 거야. 내가 너만 할 때 내 꿈은 일본놈들 한 500명 정도 내손으로 때려죽이는 게 꿈이었어." 섬뜩했었다. 그분 눈가에 서린 이슬을 보고 진실임을 느꼈고, 이후 일본에 갈 때마다 왠지 그분의 그때 표정이 떠올랐다. 그래서인지 일본에 갈 때는 묘한 긴장이 온몸에 감돈다.

비즈니스 외에도 일본에는 갈 기회가 참 많았다. 일본은 명산도 많고 스키장도 많아 수십 년 동안 많은 산행 등을 해 왔지만, 2018년 봄 트레킹은 참 색다른 경험이었다. 일본의 옛 역사문화유산 탐방과 더불어 숲길과 산길을 걷는 즐겁고 유쾌한 낭만의 트레킹이랄까?

### 에나(惠那) 계곡에서 1박

흔히 일본의 역사는 배신의 역사라고 말한다. 센고쿠戰國 시대를 거치며 16세기 후반에 일본을 통일하고 임진왜란을 일으킨 도요토미 히데요시가 죽고 나서 재차 전국통일을 이룬 도쿠가와 이에야스가 쇼군이 된 1603년부터 1868년 메이지유신까지 장장 265년간을 에도江戶, 지금의 도쿄 시대라 한다. 우리는 에도시대의 남아있는 옛 문화를 탐방하기로 했다.

오랜 수도였던 교토京都에서 에도로 천도한 후 전국에서 에도로 통하는 잘 정비된 다섯 길 중에서 나카센도中山道가 가장 아름다운 길로 정평이 나 있단다. 나카센도는 교토에서 에도로 이어지는 길고 험한 산간지역의 옛길을 말하며, 나카센도 중에서도 옛 모습이 가장 많이 보존되어 있는 길이 바로 기소지木曾路다. 기소지는 나가노長野 현의 아래쪽 기소 계곡을 거쳐 기후 현의 나카츠가와中津川 시市로 이어지는 가도街道를 말한다. 일본의 옛 정취가 아직도 물씬 남아있다는 기소지 여행이 이번 트레킹의 핵심이다.

우리 일행은 오전 10시 반에 일본중부국제공항에서 만나기로 했다. 새벽에 집을 나올 수밖에. 나고야名古屋 시 남쪽 해상에 인공 섬을 조성해 2005년에 오픈한 깨끗한 국제공항이다. 티앤씨 여행사가 국내 처음으로 본격적인 트레킹 상품으로 개발코자 모인 소위 정찰대인 셈인데 모두 9명이 모였다. 우리는 나고야 직전 카나야마金山에서 점심 먹고 에나惠那로 향했다.

일본 최초의 수력발전소가 있으며 아름다운 협곡에 기암절벽이 많아 겨울을 제외하곤 관광객이 끊이지 않고, 특히 유람선이 인기 있단다. 강을 낀 경관은 그림같이 아름다운데 왠지 마스크를 착용한 현지인이 많이 눈에 띈다. 봄바람에 날리는 꽃가루가 폐에 안 좋은가 보다. 우리가 머문 호텔은 자연공원 내에 있으며, 에나 강이 굽어보이는 주변 경관이 일품으로 산책하기 좋고, 음식도 좋고, 매일 남녀가 바뀌는 온천탕도 마음에 든다.

### 기소지로 들어가며

아침은 언제나 새롭다. 일본 올 때마다 느끼는 것이지만 나이든 노년 부부가 다정히 여행하기엔 일본만큼 좋은 곳도 없으리라 싶다. 기차로 기소지의 시작인 나카츠가와 역까지, 여기서 택시를 이용해 마고메 주쿠馬籠宿 입구에 도착했다. 마을가도로 들어가는 분위기가 벌써부터 범상치 않다. 마을 전체 분위기가 정말 옛 모습 그대로다. 일본 사람들도 "오래된 일본역사 여행은 기소지로부터 시작한다."고 한단다. 400년 전 가도에는 곳곳에 역참 마을이 이루어졌으며, 오랜 건물과 거리풍경은 소중히 보존되어 옛 정취에 폭 빠지게 한다.

옛날 냄새가 물씬 나는 상점과 음식점, 찻집, 여관 등이 이어지는 마고메 향토거리에는 예상 외로 외국 관광객이 많다. 서양인에게도 널리 알려졌나 보다. 선물상점 사이사이에 조그만 박물관, 향토미술관, 민속자료관 등이 족히 열 곳은 되는 듯하고 다 입장료를 받는다. 이중엔 기소 출신의 문호 '시마자키 도손'의 기념관도

마고메 마을

있다. 식사는 이곳 기소의 모리소바메밀국수가 유명해 대부분 소바 전문식당이다.

마을을 벗어나 이제부터 산길이다. 산길이래야 아늑한 낭만적인 숲길이다. 츠마고 주쿠妻籠宿까지 7.8km 트레킹이 오늘의 하이라이트. 조금 오르니 전망대가 나온다. 멀리 에나 산2,191m이 보이고 마고메 마을이 옹기종기 펴져 있다. 강가를 벗어나 한적한 숲길로 들어섰다. 오름을 느끼지 못할 정도로 완만한 숲길을 걸으니 마고메 고개가 나오고 내리막길도 마찬가지. 놀라운 것은 이 숲에 곰들이 살고 있단다. 성질이 포악하다고 겁을 준다. 걷다보면 간혹 종鐘이 매달려 있는 곳을 지나가는데 꼭 타종을 하라고 한다. 그래야 곰이 피한다고.

인적 드믄 고즈넉한 숲길 속에 옛 주막인 듯 오래된 집이 한 채 나타난다. 주인이 차茶를 친절히 서비스한다. 내려오면서 남녀폭포도 보고 유유히 담소를 즐기며 자연스럽게 자연과 동화한다. 우리는 츠마고 2km쯤 전에 있는 어느 한적한 옛 전통가옥에서 하룻밤을 보내기로 했다. 노부부가 사는데 할아버지는 요리사, 할머니는 접대를 맡았다. 실례를 무릅쓰고 나이를 물으니 손자가 20대 중반이란다. 내부 시설이 산장에 가깝고 오늘 우리 일행 외에 아무도 없다. 일본의 엄격한 산장문화는 유명하다. 예약제로 일찍 자고 일찍 기상에 식사 시간 엄수도 철저하고 절대 떠들지 못한다. 오늘 우리의 산장?은 깨끗하고 호젓한 주위 분위기가 참 좋다. 새벽에 제법 추웠던 것을 빼고는.

## 카이다 고원 트레킹

맑은 하늘은 오늘도 상쾌한 트레킹을 보장하는 듯, 축복이다. 츠마고를 지나 나기소南木曾 역까지 6km의 거리를 걷는다. 넓지 않은 마을길과 짧은 숲길이 이어지고, 길 곳곳에 크고 작은 옛 문화유산들이 도처에 남아있다. 여기엔 꼭 안내판이 있다. 우리 일행 중 교수가 둘 있는데 울산의대의 이재담 박사의학역사와 이상일 박사예방의학 두 교수다. 그런데 이 두 분의 여행 자세가 참 진지하기 그지없다. 꼭 안내판 전문을 읽으며 옛 역사를 음미한다. 길을 걸으며 이들의 대화를 들으면 '문화역사 탐방은 이렇게 해야 한다'의 전형을 보는 것 같다. 의사이기에 희생정신도 남다르고 애주가들이기에 특히 멋지게 보인다.

눈 덮인 온타케산(3,067m)의 위용

일본은 참 마을이 깨끗하다. 시골 버스정류장 공용화장실도 마찬가지. 그런데 여기서 너무나 놀란 사실을 보았다. 기가 찰 노릇이다. 나기소 역 주변의 남자화장실에서다. 소변기 앞에 한글과 중국한자로 "이 소변기에 대변을 누지 마세요."라고 쓴 아크릴팻말을 보았다. 아마 누군가 대변을 소변기에다 보았던 모양이다. 그렇다면 이는 두말할 필요 없이 중국인 짓이리라. 그런 실례를 범할 몰상식한 한국인은 없다. 더더구나 남의 나라에서. 그런데 한국인을 중국인과 이런 식의 동급으로 생각했다는 것이 너무 기분 나쁘고 불쾌했다. 이래서 한국인에게 '쪽발이 놈들'이라고 업신여김 받는가 보다. 아버님 친구분이 떠오른다.

일본인들의 속마음과 관계없이 이들의 공공질서 의식은 대단하다. 여기에 남녀노소 인사성 밝고 참 친절하다. 우리가 아직 일본에 못 미친다는 느낌은 이들의 공공질서 문화와 깨끗한 화장실에서부터 받는다. 또한 어디에서고 타인에게 피해를 주지 않으려는 이들의 배려가 참 보기 좋다. 그러나 남에게 실례 안하려는 이면엔 '남에게서 절대 실례받기 싫다'와 통하기에 그 개인주의적 철저함이 어쩌면 우리의 좀 허술하고 뭉클한 정이 메마른 듯해 나에겐 별로다.

가지런한 나기소 역 주변 상가를 맴돌다가 기소후쿠시마木曾福島까지는 기차를 타고 여기서부터 마을버스를 이용해 카이다開田 고원으로 향했다. 이제 본격적인 산행이다. 고원관광안내소 앞에서 내려 도로를 걷기 시작했다. 온타케산御嶽山, 3,067m이 가까이 보이고, 4월 초인데 산의 위쪽은 아직 하얗다. 이윽고 산길로 접어들었는데 길이 참 운치 있다. 인적 드문 산길에 낙엽이 수북이 쌓여 밟으면 포근함을 느낀다. 산길을 걷는 게 이리 좋을 수가 없다. 우리는 전망대가 있는 시로야마城山, 1,429m 정상으로 향했다.

전망이 좋은 아늑한 시로야마 정상에서

츠마고 주쿠로 가는 숲속 길

정상 길목엔 아직 눈이 남아있고, 꽃망울도 맺지 않았다. 정상에 있는 전망대가 참 마음에 든다. 영봉 온타케산의 위용은 실로 대단했다. 언뜻 보기에도 명산 중에 명산으로 2014년에 화산이 터져 사상자가 많았단다. 7부 능선쯤에는 스키장이 보이는데 문을 닫기에는 아직 멀었다싶다. 동북쪽으로 북알프스 정상인 오쿠호다카다케3,190m가 지척에 보이고, 서남쪽으로 중앙알프스 연봉이, 그 너머 남쪽으로 남알프스 최고봉 기다다케3,192m 정상이 멀리 보인다. 모두 하얀 눈을 뒤집어썼다. 전망대에서 내려오다가 호주 팀과 미국 팀을 만났다. 이들은 어제부터 우리와 함께 걷고 있는 듯.

오늘밤은 료칸여관에서 잠을 잔단다. 일본에 오면 하룻밤이라도 료칸에서 자야 제격이다. 허술해 보이는 료칸이 호텔보다 훨씬 비싸다. 시즌 때는 1인 예약이 쉽지 않다. 일본은 온천이 많아 독특한 여관문화가 정착되지 않았나싶다. 목욕하고 유카다 입고 정원을 걷고 저녁과 아침 식사를 한다. 일본의 음식은 먼저 눈으로 먹는다. 접시 하나하나에 담긴 음식이 모두 아름답고 섬세하다. 남자들끼리 오면 약간의 안주를 더 주문해 방에 돌아와 밤새도록 술 마시기도 한다. 단 떠드는 것은 금물이다. 서양인들이 일본 료칸의 멋과 맛을 느끼면 평생 잊지 못하리라.

## 토리패스를 넘어 나라이 주쿠(奈良井宿)로

일본 혼슈의 내륙지방은 산이 높고 삼림지대가 많아 목재가 풍부하다. 맑은 물의 기소 강江을 끼고 숲과 고원과 계곡의 미美가 함께 어우러져 마을조차 풍요로워 보인다. 또 곳곳에 온천이 용출하고 있다. 계절마다 다양한 야생화가 많고 겨울엔 설경이 아름다우니 계절 따라 형형색색 변하는 자연의 표정, 섬세한 전경을 마음에 그려본다.

야부하라藪原宿 역에서 내렸다. 일본의 전형적인 조그만 시골역이다. 역전에서 나라이까지 걷는 약 10km의 트레킹도 잘 정비된 하이킹 코스다. 여기에도 중간 산속에는 곰 공격에 대비한 종이 곳곳에 매달려 있다. 안내서를 보면 이곳의 토리고개가 옛 나카센도 중 가장 험한 고개였다고 하니 그 옛날 사무라이들이 지나가다가 꽤나 칼싸움을 했겠구나싶다.

앞장서는 티앤씨 여행사의 정영호 과장은 그 역시 초행길인데도 매사에 자신감과 기운이 넘친다. 또 겸손 진솔하다. 그를 보면 우리나라의 밝은 미래가 보이는 듯하다. 우리 일행에는 중년의 여자 셋, 남자 둘의 한 팀이 있는데 참 재미있다. 나의 룸메이트 멋쟁이신사 백의호 씨와 항상 부지런하며 맑은 미소를 잃지 않는 두 여자짝꿍 추영옥, 신명순 씨 그리고 한 쌍의 부부 한국희+박선희다. 이들은 모두 세계를 여행하다가 만난 사이란다. 세상을 품에 안은 듯 시간만 나면 지구촌 곳곳을 누비고 있다. 경험도 풍부하고 화젯거리도 다양하고 다 좋은데 남자 둘이 술을 잘 못하는 결점을 지녔다.

나라이 마을도 에도시대의 역참 마을로 역사적인 볼거리가 많다. 옛날 여관, 관문의 흔적, 신사와 절, 향토자료관, 토산품 가게, 식당 등이 많고, 보존 복원된 건조물에서 느끼는 독특한 분위기가 인상적이다. 이곳도 마고메 마을과 마찬가지로 일본 문부과학성이 선정한 '중요전통건조물보존지구'

나라이 주쿠를 걷는 필자

로 지정돼 있다. 외국 관광객도 많고. 전통적인 제사나 행사가 자주 개최된다고 하는데 이번엔 그 환상적 광경을 못 봐 아쉬울 뿐이다. 문득 겨울눈이 펑펑 오는 이 옛길을 걷고 싶은 충동이 인다.

우리 일행은 나라이에서 기차로 마츠모토松本로 향했다. 북알프스로 통하는 관문인 제법 큰 산악도시로 나에겐 정이 많이 든 도시다. 국보인 마츠모토 성城 등 볼 것도 많아 이번 여행의 종착지로는 마츠모토가 적격이다 싶다. 마고메 향토거리와 나라이 향토거리는 일본에서 옛 문화유산 탐방으로 오래전부터 정평이 나있다. 또 마고메에서 나기소까지, 야부하라에서 나라이까지의 트레킹 코스도 역사 가치가 진하게 배어 있고, 온타케 산 아래 카이다 고원 또한 아름답기로 소문나서 자료를 쉽게 구할 수 있다. 이번 4박 5일 일정은 일본의 자연과 옛 역사문화를 두루 즐기는 훌륭한 코스로 나이든 분들에게 적격이고, 젊은이들에겐 온타케 산 등정을 하루 더 넣어서 5박 6일 일정으로 권하고 싶다.

# 3

# 우리나라 등산의 어제와 오늘

우리 민족은 이 땅에 뿌리를 내릴 때부터
산과 더불어 살아온 불가분의 관계였다.
산은 태초부터 우리네 삶의 일부였고,
단군할아버지 이후 반만년 역사도 산을 통해 이루어졌다.
산자락에 나라를 세우고 산의 품안에서 성장했고,
산을 통해 흥망성쇠가 이루어졌다.
백성들에겐 수렵, 경작, 벌목 등
생활 자재와 양식을 구하며 풍요를 안겨다주었다.
또한 숭배와 민속신앙의 대상이고,
심신단련의 수련장이었으며, 유람 및 은둔의 장소였다.
철따라 모습이 바뀌는 우리나라 산에는
항상 살아 숨 쉬는 생명체들이 가득했다.
오랜 세월 우리 민족의 삶이 물씬 녹아 있는,
친밀하고 정겨운 모든 것이 존재하는 우리 산.
우리 겨레에게 산은 생명의 근원이요 영원한 어머니의 품안이다.
이처럼 친숙한 우리나라 산이 서구적 개념의 '등산Mountaineering'이란
새로운 도전적 순수행위의 대상으로 다가온 시기는
극히 최근인 20세기에 들어서다.

# 1
# 등산의 탄생과 우리나라에 자리 잡기까지

## 유럽 알프스에서 태어난 등산

'등산'이란 개념은 단순히 산을 오른다는 뜻 외에 모험과 도전의 의미가 있다. 탐구, 탐험, 성취 욕구의 소산이며, 대가를 요구하지 않는 순수한 의식과 행동으로서, 자연에 대한 의식적인 가혹하며 진지한 도전이 바로 등산이다. 이러한 행위 자체가 목적인 등산이 이 세상에 태어난 것은 18세기 말경인 1786년 유럽 알프스의 최고봉 몽블랑Mont Blanc, 4,807m이 처음 등정登頂되면서부터라고 유럽인들은 주장한다.

등산이란 행위가 어찌 이때부터 처음 시작되었겠냐만 이는 관점의 차이고, 우리가 굳이 따질 일은 아니다. 유럽인들이 이 몽블랑 등정의 동기부여자인 제네바의 자연과학자 오라스 베네딕트 드 소쉬르Horace Benedict de Saussure를 '근대 등산의 아버지'라 부르는 것도 마찬가지다. 1786년은 지금부터 겨우

230여 년 전이다. 당시 문명이 가장 앞서나갔던 유럽인들 사이에서도 산은 악마나 유령의 주거지로 경원敬遠시 되어 왔었다.

알프스의 최고봉이 인간에 의해 처음 등정되자 이후 수많은 유럽의 고봉들이 도전정신이 강한 선각자들에 의해 등정되어 갔다. 알피니즘Alpinism이란 말도 이때 생겨났다. '눈과 얼음에 덮인 알프스와 같은 고산에서 행하는 등반'이란 뜻으로 프랑스어 'Alpinisme'에서 시작해 독일어 'Alpinismus' 이태리어 'Alpinismo' 등으로 불리며 국제공통어가 됐다. 등산가는 알피니스트Alpinist라 불렀다. 원래 뜻이 유럽인의 사고방식과 행동양식에서 나온 서구적 개념이지만 오늘날 영어권에서는 'Mountaineering'이란 말을 더 애용하고 있다.

• 몽블랑 초등정자인 자끄 발마가 드 소쉬르에게 정상을 가리키고 있다. (샤모니 시내의 동상)
•• 발마의 손가락이 몽블랑 정상을 향하고 있다.
••• 초기(18세기 말) 알프스의 등산 모습 삽화

## 우리나라의 산세

한반도의 면적은 섬을 포함하여 222,482$km^2$이다. 이중 북한이 122,762$km^2$로 세계 99위, 남한은 10만$km^2$가 조금 못되는 99,720$km^2$로 세계 109위다. 한반도는 아시아 동북쪽에 위치하며 남북으로 대략 북위 33°~43°, 동서로는 124°~132°에 자리잡고 있어 대체적으로 경도의 폭은 약 7°~8°이며, 위도는 약 10°의 영역 안에 있다. 한반도의 땅 모양은 마치 호랑이가 앞발을 들고 대륙을 향해 포효하는 모습이다.

국토의 약 70%가 산악지대로 제일 높은 산은 백두산2,750m이며, 특히 북한에 높은 산이 많아 해발 2,000m가 넘는 산이 60여 개에 이른다. 남한에는 최고봉이 한라산1,950m이다. 예로부터 '산이 높아야 골이 깊다山高谷深'는 말이 있듯이 산은 인간이 뿌리내리고 사는 평지와 달리 접근하기엔 위험하고 험준하지만, 초목이 무성하고 길짐승 날짐승이 자유로이 둥지를 틀고 또 그 젖줄이 마침내 인간의 속세에까지 풍요를 안겨다준다. 때문에 옛날부터 산자락에 마을을 일구고 산에 들어 양식을 구하며, 땀 흘려 산정에 올라 젊은 기상과 호연지기浩然之氣를 길러왔다. 우리 민족에 있어 산은 잉태의 근원이요 회귀라는 의식이 자연스레 민족의 신앙심과 이성과 감성을 지배해 왔다.

사람에게 인격이 있듯이 산에도 산격山格이 있다. 사람이 수양을 쌓아 인격을 닦아나가듯이 산은 더위와 추위, 눈과 비, 모진 바람을 맞으며 철따라

옷을 갈아입으며 자신을 아름답게 가꾸어나간다. 우리 겨레가 산의 품안에서 평생 누려왔던 삶의 포근한 정취가 가득한 우리네 산. 우리 한반도는 비록 좁은 땅이지만 품새가 넉넉하여 높고 낮은 산등성이가 사방팔방으로 이어지고, 아무리 작은 산이라도 인간적인 정감을 불러일으키지 않는 산이 없다. 동식물들의 생명이 발붙일 수 없는 황량한 둔덕, 비정한 산지도 거의 찾기 어렵다.

'강산이 수려하여 산이 푸르고 물이 맑다山紫水明'는 금수강산錦繡江山이 전국 방방곡곡 도처에 널려있다. 이 아름다운 한반도의 산에는 온갖 동식물 생명체들이 자유롭게 활동하며, 우리 민족이 어려울 때 한껏 보듬어 주고, 새로운 힘과 보금자리를 제공해 주며 여유로운 삶을 향유케 해 주는 우리 마음의 고향이며 영원한 스승이다.

그러나 최근 들어 인공위성에서 찍은 사진을 보면 안타깝게도 북한의 산들은 심히 피폐해졌음을 쉽게 알 수 있다. 무차별한 벌목으로 아름다운 산하山河가 몸살을 앓는 듯하다.

## 우리나라에 들어온 등산

20세기 들어 등산이 어떻게 이 땅에 들어오고 또 어떻게 자리를 잡았는가에 대해서 지금부터 알기 쉽고 간단명료하게 살펴보기로 한다.

1. 19세기에 들어가면서 세계를 지배하던 유럽에서 서서히 등산이 자리 잡아 나갔다. 특히 귀족사회에서 등산 붐이 일기 시작했고, 처음에는 영국의 활약상이 가장 왕성했다. 국력을 바탕으로 알프스의 처녀봉峰들을 섭렵하

던 영국은 1857년 세계 최초의 산악회인 '알파인 클럽The Alpine Club'을 창립한다. 알파인 클럽은 세계에서 가장 오래된 산악연감 《알파인 저널The Alpine Journal》을 1863년 창간해 오늘날까지 이어지고 있다.

2. 수년 후 영국의 뒤를 이어, 오스트리아 산악회OAC를 시작으로 유럽의 열강들이 다투어 산악회를 창립하기 시작했다. 당시 산악회 창립은 개인이 아닌 국가적인 개념이었다. 이어 이들 유럽의 선구자들을 통해 '등산'은 점차 유럽 밖의 넓은 세계로, 세계 각국으로 확산됐다. 영국 알파인클럽의 영 허즈번드 일행이 1886년에 중국 만주 코스로 백두산에 오른 기록도 있다. 북아메리카 대륙의 미국은 유럽보다 한참 늦은 1902년에 미국산악회AAC를 창립했다. 아시아에선 일본의 산악회JAC가 가장 빠르다. 1905년에 창립했다.

3. 일본은 섬나라지만 높은 산악지대가 많고, 폭설 등 험악한 자연조건으로 인해 1868년 메이지유신明治維新 이후 유럽에서 전래된 등산Alpinism이 곳곳에서 뿌리내리게 됐다. 일본산악회JAC는 전국 도처에 지부를 설립하면서 등산이 빠르게 보급되며 발전에 발전을 거듭한다. 대학산악부 등 지역산악회 창립도 전국적으로 확산됐다.

1925년 일본산악회는 창립 20주년을 맞아 최초의 해외 원정대대장 마키유코 외 대원 5명과 스위스 등반가 3명를 북아메리카 캐나다로 파견한다. 로키 산맥Canadian Rocky의 미답봉未踏峰 알베르타Mt. Alberta, 3,619m로 초初등정에 성공했다. 일본 최초의 히말라야 원정은 1936년 당시 최강의 대학산악부인 릿교立敎대학산악부로 인도 가르왈 히말라야 지역의 난다코트6,861m를 초初등정했다.

마키유코1894~1989년는 1921년 유럽 알프스의 아이거3,970m를 북동릉인 미텔레기 능선으로 초初등정해 일본의 위상을 유럽사회에 크게 떨쳤으며, 1956년 제3차 원정대를 이끌고 히말라야 마나슬루8,163m 초初등정을 이루어 내 패전국 일본의 자존심을 살린 국민영웅이다.

4. 우리나라는 갑오개혁1894년 이후 일본인과 외국선교사, 외교관 그리고 일본유학생 등을 통해 등산이 국내로 서서히 들어오기 시작해 20세기 초반부터 정착했다고 볼 수 있다. 1903년 중앙기독교청년회YMCA에서 서구문물 유입에 영향을 받아 체육서클을 만들었으며, 을사늑약乙巳勒約이 강제 체결된 1905년부터 등산이 포함되어 서울 인근 산에서 일반인을 대상으로 집단 등산을 시작해 지속적으로 행해졌다. 그러나 가벼운 하이킹Hiking 수준이었고, 1910년 경술국치庚戌國恥 이후 약 20년간 이 땅의 등산은 일제의 독무대였다. 수많은 일본인이 토지 수탈을 위한 지형도 작성, 측량, 대량 사냥, 대량 벌목, 지하자원 개발 등 다양한 착취 목적을 갖고 한국의 산을 올랐다.

5. 조선총독부는 1914년 경원선서울~원산 개통에 이어, '조선의 아름다운 자연이 곧 일본의 것'이라는 홍보를 위해 1919년 금강산철도주식회사를 창업해 안변~장전항港 전기철도를 개통1923년했다. 경원선 복계~고산의 53.9km 구간은 1932년 개통됐다. 금강산1,638m으로 교통편이 좋아지자 YMCA와 신문사, 철도국에서 금강산 탐승探勝 행사를 연례적으로 개최하면서 탐방객이 증가, 일반 등산이 대중화되기 시작했다. 오늘날의 가벼운 안내 등산 유형이다. 여기에 편승해 최남선, 이광수, 이은상 등 문인과 신문사의 안재홍, 민태원 등 언론인의 명산답사기가 그 촉매觸媒 역할을 했다.

조선총독부는 일본인과 외국인으로부터 거둬들이는 금강산 관광수입이

막대했다. 1937년 한 해에만 금강산 관광으로 번 외화가 1억엔이 넘었다는 기록이 있음

1927년 삼각산 백운대에 돌계단과 쇠줄난간이 설치되자 〈경성일보〉는 준공기념 백운대 탐승 등산을 개최했다. 이후 여러 명산으로 접근, 편의성이 좋아지면서 일반 등산, 하이킹 동호인이 점차 많아졌다.

**6.** 조선총독부 철도국은 서울에서 가기 편하고 강설량이 많은 원산 부근의 마상산 1,126m 일대에 몇 스키장을 만들었다. 이어 우리나라 스키의 발상지 함경도의 남부 항구도시 원산에 1923년 '원산스키클럽'이 설립됐다. 1928년 3월, 원산스키클럽 주관으로 제1회 스키대회가 삼방스키장에서 열렸다. 이후 개마고원, 부전고원, 외금강 등에 스키장이 개발되고 특히 부전고원, 개마고원, 무산고원 등 함경도의 2,000미터 급 산악을 중심으로 산악스키 Mountain Ski 와 등산을 병행했다.

**7.** 영국인과 일본인을 통해 모험과 도전의 순수 등산으로 록클라이밍 Rock Climbing 이 도입되어 1920년대 중, 후반에 삼각산 인수봉과 도봉산 만장봉 등에서 암벽등반이 이루어진다. 록클라이밍은 당시 새로운 장르였다. 영국인 아처 Clement Hugh Archer, 1897~1966년 와 일본인 이이야마 다츠오 飯山達雄, 1904~1993년 등이 등반기록을 남겼다. 아처의 인수봉 등반기록은 그가 펴낸 《Climbs in Japan and Korea》 1936년 에, 만장봉 기록은 영국의 산악연감 《The Alpine Journal》 1931년 에 있다. 아처는 그가 오르기 전에 "누군가 정상에 사람이 있는 것을 보았다."고 했다.

"정상에 사람의 흔적이 있었다."는 이들의 언급으로 이미 오래전부터 우리 선구자들이 접근이 용이한 루트를 통해 정상에 올랐으리라 추측된다.

이는 우리 조상의 위대한 모험심과 탐험정신의 소산이며 발자취다. 아무튼 이 1920~1930년대를 '한국 알피니즘의 발아기發芽期'라고 볼 수 있다. 서구 등산개념에 바탕을 둔 모험적 행동양식으로서의 등산이 서서히 싹을 틔우기 시작했던 시기다.

**8.** 이 시기에 중요한 인물이 임무林茂, 1902년~? 라는 전설적인 산악인이다. 임무는 당시 선구적인 등반가였다. 이이야마와 아처의 기록에 그의 이름이 자주 등장한다. 그는 삼각산, 도봉산 일대와 금강산을 무대로 활동했던 탁월한 암벽등반가였다. 1929년 도봉산 만장봉 남면을 초등했고, 1930년 금강산 비로봉을 스키로 등정하기도 했다. 뿐만 아니라 1931년 '조선산악회' 창립총회 발기인 명단에도 들어 있다. 일본인 사이에서 정상급 클라이머로 인정받은 조선인임이 분명하다.

그가 남긴 유일한 기록은 월간 《조선급만주朝鮮及滿洲》조선총독부, 1931년 8월호에 기고한 "록클라이밍경성 부근"이란 제호의 글에 서울 근교의 암벽등반 대상지를 소개한 것이 유일하다. 이후 산악사고로 심한 부상을 당했다고 하나, 그의 등산 행적에 대해 좀 더 자세한 자료발굴과 연구가 필요하다고 본다.

**9.** 1931년 10월, 조선총독부는 이 땅에 거주하는 일본인들을 중심으로 '조선산악회'를 창립했다. 다방면으로 보다 효율적인 식민통치 강화를 위한 수단의 일환이었다. 때문에 조선인들은 임무, 박래현, 고흥신 등 극소수만 회원으로 받아들였다. 조선산악회는 이듬해 회지 《조선산악朝鮮山岳》을 창간했다. 조선산악회는 서울 근교 암벽은 물론, '조선알프스'라고 그들이 부르는 한반도의 두 번째로 높은 산인 관모산2,541m 연봉, 북수백산2,522m, 차일

봉2,508m 일대 및 화강암 바위벽이 많은 금강산 등에서 새로운 처녀봉을 찾는 경향이 뚜렷했다. 일본산악회JAC 내의 젊은 클라이머 모임 'RCC'의 영향을 받아 현해탄 건너 이 땅에 록클라이밍을 전파했으나 엄밀히 말하면 우리 산악운동의 뿌리는 아니다.

**10.** 한편, 재미있는 기록이 있다. 한국인 최초의 몽블랑4,807m 등정자가 나타났다. 한국인 첫 알프스 등반기록이다. 조선총독부 국비장학생으로 영국 캠브리지대학에서 수학했으며, 일제의 만주국, 폴란드 총영사를 지낸 박석윤朴錫胤이 그 주인공이다. 1924년부터 알프스 지역을 여행하며 스위스 체르마트와 그린델발트에 세 차례 다녀왔으며, 아름다운 만년설에 매료됐고 등산의 매력에 흠뻑 빠진 그는 1927년 7월, 몽블랑에 올랐다. 매일신보 부사장도 역임한 그는 해방 후 친일행적으로 북한에서 처형됐다.

**11.** 일본문부성은 1926년부터 이 땅의 조선학생들에게 체육활동의 중요성을 강조해 왔다. 체력 단련 강화는 물론 식민정책의 일환이다. 야외활동으로 자연스럽게 먼저 하이킹부가 생겼다. 그러나 산악부를 창립하고 육성한 학교는 대부분 배일排日 정서를 지닌 선견지명先見之明이 있는 조선인 선생의 지도를 통해서다. 1928년에 배재고보, 경신학교, 세브란스의전연세대 의대의 전신. 1957년 연희대와 통합 등산부가 창립됐다. 이들 학교 산악부는 우리 학생산악운동의 효시 격이다.

이어 1930년에 연희전문학교연세대 전신 산악단창립 5년 후 산악부로 개칭 창립, 1933년 경성제대 예과 스키산악부 창설, 1937년 양정고보 산악부 창립, 1938년 보성전문학교고려대 전신, 동래고보, 경성제2고보경복고의 전신 산악부 등이 태어났다. 이화여전이화여대의 전신은 하이킹부를 창설1931년했다. 1939년 보성전문 산악부의 묘향산1,909m 등반 등 1940년 전후에는 학생산악운동이 활발해졌다.

12. 특히 양정고보 산악부는 1933년 무레사네물에산에 활동으로 시작해 창립기념으로 1937년 국내 최초로 동계 지리산을 종주했다. 산악부 지도교사 황욱1895년생, 1927년부터 영어교사 선생은 일본 유학 시절부터 등산을 배운 상당한 수준의 알피니스트였다. 황욱 선생은 서울 근교 산들은 물론 방학 때마다 백두산, 금강산, 묘향산 등 장거리 산행을 이끌었으며, 등산에 관한 많은 글을 남겼는데 특히 1935년 《월간 중앙》 7월호에 〈록크 크라이밍과 그 지식〉의 제목으로 게재한 글은 암벽등반에 관한 우리나라 최초의 글이다. 그의 알피니즘에 관한 해박한 지식과 안목에 또 그의 방대한 독서량에 놀라지 않을 수 없다. 그는 해방 후 고향 평양에서 박물관장으로 생을 마감했다.

1927년 양정학교에 부임하여
산악부를 창설시킨 황욱 선생

13. 1934~1935년경 금요회로 시작해 1937년 설립한 백령회白嶺會는 조선인들만으로 결성한 최초의 등산단체다. 정식으로 결성되기 전인 1934년에 이미 김정태, 엄흥섭 등이 백운대 정면 벽과 만장봉 동면 벽을 초등했고, 1935년에 김정태, 김금봉, 엄흥섭 등이 인수봉에 첫길B코스을 냈으며, 이듬해 박순만, 오오우치 등에 의해 두 번째의 길인수 A코스을 초등했다. 또 1935년에는 금강산의 비봉폭飛鳳瀑을 초등했다. 45~65도의 경사를 이룬 60미터등반거리 약 100

1941년 하계등반을 위해 금강산 장안사에 모인 백령회원들

미터의 빙폭氷瀑을 오른 일은 우리 빙벽등반의 효시라 할 수 있다.

이어 1939년 1월, 설악산을 스키로 등정했다. 백령회는 국내의 수많은 산에서 일본인들과 경쟁적으로 등반을 하며 우리 산악운동의 뿌리를 내린다. 이 시기 서구西歐 알프스에서는 이른바 '철鐵의 시대'가 정점을 이루던 때였다.

**14.** 백령회는 실로 많은 초등업적을 이룩했다. 1937년 삼각산의 노적봉 T침니와 정면 슬랩 코스를 초등했고, 도봉산 선인봉 A코스, 1938년 도봉산 만장봉 동북면벽, 선인봉 측면 코스, 오봉의 다섯 봉과 삼각산 비봉 애기바위, 1940년 주봉당시 柱岩 K크랙 등을 초初등했고, 멀리 1938년 금강산 집선봉 중앙피크의 1~7봉까지 연장등반에 성공했고, 1940년엔 7봉에서 1봉으로 역등 초등도 성공했다.

1941년 금강산 집선봉 북동릉 정면 벽을 초등하고, 1942년엔 집선봉 C2Center peak 2봉, 982m의 정면 북벽을 초등했다. 같은 해, 김정태는 단독으로 두운봉에서 부전고원을 거쳐 묘향산까지 종주했다. 이어 겨울철 영하 20~30도의 혹한 속에서 일본산악인과 함께 허항령1,403m~삼지연~소백산2,174m~간백산2,164m~와사봉2,145m~대연지봉2,360m~백두산 주봉~혜산진으로 마천령산맥을 총31일간 종주하는 동계 대장정 종주등반을 성공시킨다. 1943년엔 도봉산 만장봉 서북면벽을 개척했다.

당시의 열악한 장비 등을 감안할 때 실로 대단한 도전이며 쾌거다. 백령회는 우리 등산운동의 유년기에 서구적인 개념의 등산을 토착화하는 데 선구적인 역할을 했다. 일제치하에서 활동한 이들의 등반활동은 재조선 일본 산악인 이이야마 다츠오가 펴낸 《북조선의 산》에도 자세히 언급되어 있다.

백령회 회원들의 집선봉 등정

백령회 회원 양두철, 이재수의 집선봉 등반 모습

15. 일제강점기 당시 조선청년들은 제반 스포츠 활동을 통해 민족의식 함양은 물론 자주독립운동의 수단으로까지 발전시켰지만, 특히 등산의 경우는 더욱 그러했음이 분명하다. 전국산야를 찾아다니며 아름다운 조국강산을 바라보며 민족정기를 가득 품에 안았고, 모험심과 도전정신으로 시작된 등반행위로 일본산악인에 대해 자연스럽게 경쟁의식을 갖게 되었다. 이들 청년들은 제반 열악한 악조건을 이겨내며 일본인들에게 조금도 뒤지지 않는 대등한 실력을 보였다.

당시 일제 치하에서 대부분의 국민들이 '등산'에 대해 아직 잘 몰랐을 때였지만, 백령회, 일부 학교 산악부 등 미래를 향하는 선구자들의 불사조 같은 기개氣槪는 높이 평가되어야 마땅하다.

# 2
# 대한민국 등산의 발전사(1960년대까지)

## 해방 직후에 태어난 한국산악회

1945년 8월 15일 우리나라는 해방됐다. 한 달 후인 9월 15일, 사회단체로는 '진단학회震檀學會'에 뒤이어 두 번째로 '조선산악회'초대회장 송석하, 1948년 정부수립 후 '한국산악회'로 개칭가 발족했다. 일제 통치시대의 조선산악회는 전혀 별개다. 발기인 19명 중 11명이 백령회 회원이고, 산을 통해 인연을 맺은 학자와 사회 인사들이 여기에 합류했다.

"세계의 자유평화와 함께 조선에도 해방의 날이 오고 건국의 여명을 맞이하였습니다. 삼천리강산에 모든……"으로 이어지는 창립취지문은 대단한 명문장이다. 이 창립취지문을 보면 '산악운동이 사회운동'임을 천명하며, '민족정신 고양과 국가지상의 이상을 조성하고 문화 발전에 공헌할 것을 목표'로 삼았다. 때문에 초기의 활동은 초初등정과 탐험 같은 순수 알피니즘 실현이 아니라 우리 산과 국토 전반에 대한 학술적 구명究明과 조사, 환경보존

한국산악회 초창기 회원들 (중간 줄 오른쪽에서 4번째가 송석하 초대회장)

활동, 젊은 산악인 육성을 통한 산악운동의 보급에 주력했다.

창립 초기 한국산악회는 최우선 사업으로 국토구명학술조사를 진행키로 하고, 1946년 2월 한라산을 시작으로 오대산과 태백산맥, 울릉도와 독도, 차령산맥 그리고 서해 고도와 다도해 등 1955년까지 총 11차례에 걸쳐 국토학술조사를 실시했다. 이어 성실한 보고회와 보고서를 남겼다. 특히 1947년 8월에 실시한 울릉도와 독도에서의 제4차 국토구명학술조사는 광복 후 최초로 독도를 조사하고 측량해 독도가 우리 국토임을 명확히 했다.

해방 이후 나라 안의 사회가 극도로 혼탁하고 어지러웠지만, 이런 와중에도 자신들의 영혼을 기꺼이 담을 수 있는 마음의 고향으로 산을 찾는 이들이 제법 있었다. 한국산악회는 1946년 9월에 인왕산에서 '제1회 암벽등반

강습회'를 열어 우리나라 최초의 등산교육 토대를 마련한다. 한편 같은 해 4월에 한국산악회 경남지부, 10월에 경북지부가 발족했다. 이어 1948년 6월에 경기도지부가 발족했다.

한국산악회는 1947년 4월 '제1회 식목등산회'를 인왕산에서 개최한 후 한국전쟁 전까지 매년 정기행사로 이어졌다. 또한 1949년 5월에 '제1회 학생단체 등행대회'를 삼각산에서 개최했다. 광복 후 개최된 첫 등산대회인 이 행사에 고등부 7개교, 대학부 6개교가 참가했다.

이처럼 해방 이후 한국전쟁 전까지 이 땅의 산악운동은 한국산악회가 주도했고, 국내 유일한 대표 산악단체였다. 당시 회원 수는 342명에 달했다. 그러나 안타깝게도 전쟁 때 많은 회원들이 희생되고 휴전 후 재등록 회원은 겨우 151명이다.

### 1950년대의 등산

1950년 6월 25일 북한의 남침이 시작됐다. 북한군의 파죽지세破竹之勢에 밀려 큰 위기에 몰렸던 한국군은 UN군의 참전에 힘입어 반전, 북진을 계속했고, 12월 중공군의 참전으로 다시 후퇴가 시작됐다. 한국산악회 회원 23명이 육군스키산악부대 창설을 위해 자진 입대했다. 또한 전쟁 중인 1951년 8월, 한국산악회 홍종인 부회장을 대장으로 한국산악회 회원과 관계자 총 57명이 해군경비정으로 '파랑도'를 찾아 나섰다. 제주도 서남 180km로 북위 33도10분, 동경 120도에 있는 바다 밑에 암초를 발견해 한국 영토 표지 동판을 그 위로 가라앉혔다. 오늘날 '이어도'로 불리며, 미래 어느 날 융기隆起되어 바다 위로 돌출된다면 우리의 영토가 될 것을 믿어 의심치 않는다.

1953년 7월 27일, 전쟁을 잠시 중단하자는 휴전협정이 조인됐다. 천만다행으로 38선 위에 위치한 설악산 일대가 남한에 속하게 됐다. 같은 해인 1953년 10월, 한국산악회는 제10차 국토구명사업으로 울릉도, 독도 종합학술조사대를 파견해 대한민국 영토임을 표시하는 동판과 철제표석을 설치했다. 이 영토 표시 표석은 알 수 없는 원인으로 언젠가 사라졌다. 이후 2005년에 복원했지만 외교적 논란으로 인해 철거됐다가 2015년 광복 70주년을 맞아 재 복원했다.

정부가 서울로 환도하고, 피비린내로 얼룩진 처참한 전쟁 잔해가 점차 정리되어 갔다. 폐허가 된 조국강산에 나무를 심고 길을 닦고, 사회가 어느 정도 안정을 되찾게 되자 등산을 향한 꿈이 전국적으로 새롭게 움트기 시작했다. 산을 때로는 두렵지만 친밀하고, 험하지만 포근한 마음의 안식처로 생각해 온 자아가 강한 젊은이들이 산을 찾기 시작한 것이다.

지역에 따라 다소 차이가 있지만 상당수의 대학에 산악부가 생기기 시작했다. 일제 때부터 있던 연세대와 고려대 외에 전쟁 전인 1947년 창립한 한양대에 이어 신흥초급대학 경희대의 전신, 1949년과 서울공대 1950년는 물론 전쟁 이후 이화여대 사범대 1954년, 서울문리대 1954년, 서울사대 1955년, 서울치대 1956년, 동국대 1957년, 중앙대 1958년, 성균관대 1959년 등이 연이어 1950년대에 태어났다. 지방에서는 경북대 사대 1956년, 경북대 1956년, 경북학생산악연맹 1957년, 전남대 1958년, 춘천농대 지금의 강원대, 1958년 등

최초의 등산전문지 《山岳》 창간호(경북학생산악연맹, 1961년). 268쪽에 달한다.

1950년대 등산 모습

이 1950년대에 대학산악부를 발족했다.

또한 전국적으로 수많은 고등학교들이 산악반, 보이스카우트, 하이킹반 등 등산을 주목적으로 즐기는 동아리를 두기 시작했고, 그 활동이 매년 왕성해졌다. 또 이들 고등학교 등산동아리 출신들은 OB라는 이름으로 계속 YB와 연결되었다.

당시는 정부와 여당의 부정부패와 언론탄압으로 민심이 정부를 떠나고 있을 때였고, 질서가 어지러운 사회였다. 아직은 무법천지의 치안불안으로 입산이 어려웠던 혼탁한 시절에 대학산악부들이 여름방학과 겨울방학에 지리산, 설악산, 속리산 등 장기산행을 떠나곤 했는데 이를 당시 주요일간지에서 뉴스로 보도하고, 또 일부 지방신문에서는 특파원을 파견할 정도로 사회적 관심의 대상이 되기도 했다. 지금 생각하면 '호랑이 담배피던 시절'이다. 전쟁으로 폐허가 된 처참하고 험준한 산을 오르는 학생들의 용감한 행위는 젊은이의 호연지기와 넘치는 기상氣像으로 국민들에게 새로운 용기와 자신감을 불어넣는 데 가장 적합한 본보기였다.

기성세대가 창립한 일반 산악회들도 전국 도처에서 도시 중심으로 왕성한 활동을 보이기 시작했다. 서울에선 청운클럽1956년, 한국하켄클럽1957년, 에코클럽1957년, 서울산악회1958년, 산울림산악회1958년, 에델바이스산악회1958년, 한국피톤산악회1958년, 한국계곡산악회1958년, 거리회1959년 등이 창립했다.

지방에선 전남산악회1954년, 구례연하반후에 지리산악회로 개칭, 1955년, 부산청년등산구락부후에 부산산악회로 개칭, 1958년, 부산대륙산악회1958년, 무등산악회1958년, 강원산악회1958년, 전주산악회후에 전북산악회로 개칭, 1958년 등이 전쟁 이후 지역의 산악활동에 앞장섰던 대표적 산악회들이다.

각 지역마다 일반 산악회는 학생 산악부 등 젊은 산악인을 이끌면서 국토에 대한 재발견과 함께 용기와 자신감을 회복하는 결정적 역할을 했다. 젊은 청년들에게 패기 넘치는 새로운 세계를 열어주었으며, 록클라이밍 세계에서도 앞장서 두각을 나타냈다. 성격이 다양한 산악회들의 증가로 등산 인구의 전국적인 저변확대가 서서히 이루어지면서 점차 급격한 변화의 조짐이 나타나기 시작했다.

## 전국적인 연맹체의 결성 움직임

1950년대 후반과 1960년대 초반의 산악활동을 지역적으로 크게 셋으로 분류할 수 있는데, 그 첫째가 등산운동이 활발히 전개되는 서울과 수도권의 경우다. 취미등산을 넘어 록클라이밍이 본격화하기 시작했으며, 이른바 '순수 알피니즘'을 추구하는 산악인과 산악회가 많이 나타났다. 서울이 선진국 클라이밍의 정보, 기술, 장비가 가장 먼저 도입되고 또 가까운 외곽에 인수봉, 선인봉, 만경대, 노적봉 등 도전 대상인 바위벽이 많기 때문이다. 수도권에서는 암벽에 새로운 코스를 내기 위해 앞서가는 산악회끼리 경쟁이 치열할 정도였다. 특히 삼각산의 인수봉과 도봉산의 선인봉은 우리나라 등반사에 있어 암벽등반의 요람으로 자리 잡아 나갔다.

둘째는 대구 경북지역, 부산 경남지역, 전주 및 광주처럼 전문적인 클라이밍의 세계가 열리기 시작하면서 더불어 등산 붐이 강하게 불기 시작한 지역이고, 마지막으로 제주도, 충청도처럼 적은 인원이 산발적으로 등산을 즐기며 아직 정식으로 산악회들이 창립되기 전의 지역이다. 이렇듯 1950년대 말부터는 등산을 대중스포츠화 하자는 움직임이 전국적으로 서서히 나타났다. 특히 서울, 대구 등 앞서가는 지역에서는 전국 규모의 연맹체 결성의 필요성을 점차 느끼기 시작했다. 전통의 한국산악회에 대해서도 생각들이 달랐다. 언젠가 한국산악회 회원이 되겠다는 꿈을 간직한 산악인과 한국산악회에 불만이 있거나, 전혀 관심이 없는 산악인의 둘로 나눌 수 있는데 후자가 훨씬 더 많았다.

한국산악회 내부에서조차 당시의 한국산악회 체제와 스타일로는 결코 전국의 산악운동을 이끌지 못하리라는 것을 간파한 산악인들이 생겨났다. 전통의 기성 단체로 안주하는 고자세의 산행보다는 일반 시민을 위한 등산 보급이 선행돼야 한다는 취지하에 새롭게 탄생한 산악회가 바로 1958년 11월에 창립한 서울산악회다. 한국산악회 회원 일부가 중심이 되어 일반 산악인 및 사회지도층 인사들을 많이 영입했고, 1959년 봄에 '제1회 전국크로스컨트리대회1박2일'를 삼각산에서 개최했다. 한 단위산악회가 창립 몇 달 만에 전국대회를 개최했다는 사실은 지금 생각해도 놀랍다. 서울산악회는 암벽등반 강습회를 열고 지방의 산악회들을 방문하며 록클라이밍 보급에도 최선을 기했다.

지방에선 지역마다 차이는 있지만 등산 인구의 저변확대로 산악운동의 대중화와 전문화를 갈망하는 젊은 산악인이 많아지고 있었다. 특히 그 야망과 열정이 절정을 이룬 곳이 대구 경북지방이고, 이곳의 젊은 산악인들이었다. 1957년 6월, 과감하게 '경북학생산악연맹'을 결성했다. 연맹체부터 조직해서 하부조직을 꾸며 나가자는 억지춘향 격이었다. 젊은 기백이 용솟음치는 20대 청년학생들의 이런 순수열정을 기성세대와 군대軍隊, 언론도 지원했다. 대학과 고교가 합동으로 장기산행을 했고, 틈틈이 '암벽등반강습회'를 열었다. 학교마다 우후죽순처럼 등산부가 조직됐다. 경북학생산악연맹의 이러한 열정과 조직력은 수년 후 전북과 전남 그리고 부산에서 '학생산악연맹'이 창립하는 계기가 되었다.

1960년 4월, 학생과 시민이 중심 세력이 되어 일어난 반독재혁명인 4·19 의거가 일어났다. 전국적으로 구국이념이 하늘을 찌를 당시, 서울의 여러 산악회들과 경북학생산악연맹을 비롯한 지방의 산악회들 사이에서는 한국산악회가 결코 한국의 산악운동 발전에 중심이 될 수 없다고 판단했고, 명실상부한 전국적 규모의 산악단체를 결성해야겠다는 싹이 움텄다.

권위주의적인 한국산악회의 운영방식과 조직력으로는 급격히 증가하는 산악 인구와 대중화되는 산악운동을 이끌어나갈 수 없다는 결론이 새로운 연맹체 창설의 근거였고, 이는 곧 결의로 이어졌다. 명분은 '산악운동의 범국민운동화를 위한 주체'가 되자는 것이었고, 대의는 '질적, 양적 확산과 향상으로 산악한국의 기치를 세계의 거봉에 꽂아보자는 새로운 알피니즘의 창조'에 두었다.

### 대한산악연맹 창립

1960년 10월, 서울에서 대한산악연맹 창립을 위한 첫 회합이 있었다. 서울, 전주, 부산, 광주, 경북, 대구, 춘천 등 7개 지역산악회들은 새로 창립할 단체 이름을 '대한산악연맹'으로 한다는 등 일곱 개 사항에 합의했다. 이들은 합의된 사항을 정관에 반영키로 하고, 이듬해인 1961년 봄에 대한산악연맹의 창립총회 개최를 기약했다.

창립준비를 위해 경북산악회를 위시爲始, 전국적으로 움직임이 활발할 당시의 사회는 혼란의 연속이었고, 결국은 5·16 군사정변이 터졌다. 계획했던 총회는 군사정권에 의해 전국 규모 집회가 불가해 무기한 연기될 수밖에 없었다. 시민과 학생들의 일체 단체행동이 심히 제약을 받았다. 심지어 서울의 경우, 일요일에 도봉산이나 삼각산에 등산하려면 지역경찰 파출소에 들러 소정의 양식을 제출해 허가서를 받아들고서야 산행이 가능했다. 요즘 젊은 세대들은 도저히 이해하기 어려운 참으로 암울한 시절이었다.

군사정권은 '국가재건최고회의' 이름으로 나라를 통치했으며, 수시로 포고령을 발표했고, 이들 포고령에 의해 사회활동은 전면적 제약을 받았다. 새로운 포고령이 발표됐다. "모든 유사단체는 통·폐합한다"는 내용이다. 각종 사회단체의 해산명령과 함께 신규 등록 령令을 공포한 것이다. 이에 경북산악회 김기문 등이 앞장서서 "당국에 의해 강제통합의 수치를 당하기 전에 산악인 스스로 통합하여 자존심을 세우자"는 결의가 전국적으로 일었다.

1962년 4월 23일, 대한산악연맹 창립총회가 대한체육회관 3층 강당에서 열렸다. 참여한 단체는 서울의 서울산악회, 청운클럽, 남산산악회, 거리회, 한국하켄클럽, 지방의 경북산악회, 경북학생산악연맹, 부산산악회, 부산대륙클럽, 전주산악회, 무등산악회, 전남산악회, 춘천타이거클럽 및 협력단체로 참가한 한국산악회 등이다. 영문 명칭은 'Korean Alpine Federation'으로 정했다. 정관이 채택되고, 19명의 초대임원회장 이숭녕이 구성됐다. 이어 '창립취지문'을 발표했다.

여기에서 분명하게 밝혀둘 명확한 역사적 사실이 있다. 대한산악연맹 창립은 1960년부터 전국적으로 산악인들 자의自意에 의한 노력으로 이루어졌으며, 계획했던 1961년 창립총회가 군사정권에 의해 무산됐고, 비록 '유사단체 통합령'에 의한 외부의 힘이 있었다고 해도 어디까지나 전국산악인들의 자발적 산악운동의 일환으로 창립되었다는 사실이다. 대한산악연맹의 정체성正體性 확립을 위해 역사적 상황정립을 명확히 다지자는 의미다.

## 1960년대의 산악운동

1960년 4·19 의거, 1961년 5·16 군사쿠데타 이후 경직된 사회는 1963년 12월, 박정희 대통령의 제3공화국 시대가 전개되자 사회적으로 빠르게 안정되어 갔다. 집회 등 사회활동도 자유로워졌다. 전국적으로 폭넓게 일반 산악회는 물론 고등학교와 대학교에 산악부 창립이 이어졌다. 록클라이밍 등 순수 알피니즘을 추구하는 산악회도 다투어 창립되기 시작했다.

각 대학산악부와 일반 산악회의 창립을 보자. 대학의 경우 서울에서는 서강대1961년, 서울시립대1961년, 서울농대1962년, 숙명여대1962년, 홍익대1963년, 가톨릭의대1964년, 광운대1964년, 한국외국어대1964년, 건국대1965년, 명지대1966년, 서울교대1966년, 동덕여대1968년, 서울산업대1969년 등이 창립했다.

지방에서는 부산대 공대1960년, 동아대1960년, 광주교대1960년, 부산대 상대1961년, 전북대 문리대1961년, 충남대 농대1961년, 전북대 상대·농대1962년, 전북학생산악연맹1962년, 전남학생산악연맹1962년, 청주대1962년, 충북대 약대1962년, 전북대 공대1963년, 충남대 공대1964년, 충북대1965년, 조선대1965년, 조선이공대1965년, 부산대1965년, 충남대1965년, 영남대1967년, 전주대1967년, 전주간호전문대1967년, 인하대1968년, 부산학생산악연맹1968년, 성심여대1969년, 조선대 의대1969년 등이 창립했다.

일반 산악회의 경우 서울에서는 남산산악회1960년, 우정산악회1960년, 한국고령산악회1961년, 한국알프스산악회1962년, 요산회1962년, 어센트산악회1962년, 한국설령산악회1963년, 요델산악회1963년, 한국철도산악회1964년, 은벽산악회1964년, 한국음반산악회1965년, 태백산악회1965년, 마운틴빌라1965년, 산비둘기산악회1965년, 은령회1966년, 시민산악회1967년, 백산클럽1967년, 티롤알파인클럽

1960년대 등산 모습(뒤는 고참순으로 배낭이 가볍다.)

1967년, 타이탄산악회 1968년, 엠포르산악회 1968년, 검악산악회 1968년, 돌벗산악회 1968년, 청암산우회 1968년, 크로니산악회 1969년 등이다.

지방에서는 경북산악회 1960년, 부산자일클럽 1960년, 춘천타이거클럽 1960년, 부산주화산악회 1961년, 제주적십자 산악안전대 1961년, 전주에델바이스클럽 1962년, 광주너덜산우회 후에 너덜클럽으로 발족, 1962년, 부산고려산악회 1963년, 부산교직자 산악회 1963년, 관동산악회 1963년, 일고산우회 1964년, 치악산악회 1964년, 설악산악회 1964년, 제주산악회 1964년, 충남산악회 1965년, 충북산악회 1965년, 전남산악연구회 1965년, 광주푸른숲산악회 1965년, 대전쟈일클럽 1966년, 대전타이거산악회 1966년, 부안산악회 1967년, 한라산우회 1967년, 광주우보회 1968년, 부산청봉산악회 1968년, 충북K2산악회 1968년, 전북노령산악회 1968년, 포항산악연맹 1968년, 상당산악회 1969년, 팔공산악회 1969년 등이 창립했다. 이 밖에도 전국적으로 수많은 군소 산악회들이 속속 창립됐음은 물론이다.

여기에 사업체와 공장, 은행 등에서 이른바 직장 산악회가 태어나기 시작했고, 정부의 각 부처, 국회, 법원, 국영기업체 등도 나름대로 산악회를 두기 시작했다. 서울시청산악회 1969년 등 지방행정부에서도 산악회가 생겼다. 직장 산악회는 대부분 명산순례와 화합이 주목적이었다.

• • •

대한산악연맹 창립 후 각 지방에 산악연맹 창립이 이어졌다. 먼저 경북산악연맹 1962년이 결성됐고, 이어 경기도 1964년, 서울특별시 1965년, 충북 1966년, 전북·충남 1967년, 부산직할시·전남·제주도 1969년에 이어 제일 늦게 강원도산악연맹 1971년이 창립했다. 이 지역연맹들이 모두 대한산악연맹에 가맹함으로 대한산악연맹은 명실공히 전국을 통할하는 연맹체가 되었다. 대한산악연맹 산하 각 지역산악연맹은 2018년 현재 정부의 행정 구분에 따라 8개 시市연맹, 9개 도道연맹 및 2개 해외연맹미국·중국 등 총 19개 연맹으로 구성되어 있으며, 5개 해외연락사무소카트만두, 앵커리지, 샤모니, 산티아고, 부에노스아이레스가 설치되어 있다. 또한 한국산악회는 전국에 13개 지부를 두고 있다.

각 지역마다 일반 산악회와 대학산악부 등이 속속 시도산악연맹에 가입함으로써 행사가 다양해지고 바빠지기 시작했다. 등산대회, 식목행사, 사진 및 장비전시회 등이 각 지역마다 열렸다. 한편, 정부문교부와 국방부가 주관해 '한국특수체육회'가 설립1963년되어 수년간 적설기積雪期 산악훈련을 실시했으며, 나아가 해외 원정등반대만 옥산, 1965년도 실시했다.

대한산악연맹은 '통일에의 의지, 국토종주삼천리' 행사를 전개해 1968년부터 5년간 여름방학에 실시했다. 국토 최남단 마라도를 기점으로 향로봉에서 끝냈다. 이는 백두대간 최초의 종주기록이기도 하다. 한국산악회는 1968년 건국 20주년을 기념해 〈조선일보〉와 합동으로 '20대 명산순례'를 실시했다.

록클라이밍의 세계에도 새로운 등반장비가 수입, 제작되면서 서울 근교는 물론 전국 도처의 암벽에 등반루트가 마치 경쟁하듯 생겨나기 시작했다. 다울라기리 정찰1962년 등 해외 원정이 시작됐고, 국내 최초의 등산기술서 《등산백과》1962년, 《등산의 이론과 실제》손경석 저, 1964년가 출간되고, 월간지 《등산》1969년, 현 조선일보사의 월간 《산》의 전신이 출간되어 산악문화 발전에 원동력이 되었다. 《산수山水》1969년도 창간됐지만 오래가지 못하고 4회로 중단됐다. 1967년에는 지리산이 최초의 국립공원으로 지정됐다. 한편, 1969년 중앙관상대는 관악산에 한국 최초 기상레이더망을 구축했다.

1960년대 후반으로 가면서 국가의 빠른 경제발전으로 실업자가 줄어들고

최초 월간지 《등산》(월간〈山〉의 전신, 1969년 5월) & 한 달 늦게 나온 《山水》. 《山水》는 불과 4달 만에 문을 닫고, 《등산》도 그해 11, 12월 합병으로 6호를 펴낼 만큼 당시 독자층이 적었다.

도시 중심으로 조금씩 생활의 안정을 찾아가기 시작했다. 생존에 다급했던 시기를 벗어나자 시민들은 주말이면 대자연 속에서 자신들만의 호젓하고 자유스런 여가를 보내기 좋은 등산을 취미로 선택하는 경향이 뚜렷했다. 모험심과 도전심이 충만한 젊은이들, 고독함을 이해하며 대자연을 사랑하고 가까이하려는 사람들도 너나 할 것 없이 산을 찾기 시작했다.

1966년, 대한산악연맹은 정부文敎部로부터 산악 단체 최초로 사단법인 인가를 받았다. 국제산악연맹UIAA에는 한국산악회가 1969년에 가입하고, 대한산악연맹은 이듬해인 1970년에 가입했다. 1960년대 우리나라의 산악운동은 각 분야별로 새롭게 태어나고, 시작하고, 발전하고, 풍성해졌다. 전국적인 산악 인구도 도시 중심으로 급격히 증가하기 시작했다. 또한 순수등산Alpinism, Mountaineering이 깊게 뿌리내리기 시작했다.

그럼에도 불구하고 1960년대 우리나라 산악운동의 초석礎石을 다진 당시 젊은 산악인들은 수십 년 후 한국의 제반 등산실력과 능력이 세계의 선진국 대열로 발전하리라고는 아무도 예상치 못했으리라. 1970년대부터는 산악운동이 다양해져서 각 분야별로 살펴보기로 한다.

# 3
# 각 분야별 등산의 발전사

## 등산교육의 발전

해방 이듬해인 1946년 9월에 한국산악회는 '제1회 암벽등반Rock Climbing 강습회'를 개최했다. 2일간 인왕산에서 교육했으며 36명이 참가했다. 이 강습회는 해방 후 최초의 등산교육이다. 이듬해 봄, 한국산악회는 '제1회 신록회'를 광릉에서 개최했다. 1박2일 캠핑했으며 교육 내용이 등산보다는 한국의 수림樹林, 동식물, 조류鳥類 등과 야영생활 등이었다. 이 두 교육은 한국전쟁 전까지 매년 개최했고, 전쟁 후 1955년부터 다시 시작했다. 신록회는 1957년까지, 강습회는 1960년까지 계속됐다.

1950년대 후반부터는 범국민적으로 등산의 관심도가 높아지기 시작했다. 이에 발맞추듯 경북학생산악연맹은 '하계산간학교'를 열었다. 1960년 제1기는 가야산에서 5일간 124명이 참여했다. 이후 매년 장소를 바꿔 실시했으며, 학교라는 명칭과 교과과목의 내용이나 매년 정기적으로 개강한 운영체

최근 등산학교 암벽등반 교육

재를 볼 때 우리나라 '최초의 등산학교'로 기록될 만하다. 이 학교는 1968년부터 대한산악연맹이 인수해 전국적인 규모로 발전시켰다.

참고로 대한산악연맹이 인수한 첫해의 교육과목과 강사진을 보면 암벽등반 변완철, 히말라야 등반사 박철암, 등산과 도덕 이숭녕, 구급법 이근후, 독도법 곽귀훈, 산악일반 김기문, 장비와 식량 최명길, 한국산악사 이원직, 산의 기상 양승혁, 산악사진 김초영, 레크리에이션 윤현필 등 당대 최고 수준의 지도자로 이 땅의 산악운동을 이끌었던 원로 분들이다. 대한산악연맹의 이 하계산간학교는 시도산악연맹이 돌아가면서 주관했고, 1970년 7월 부산 달음산에서 열린 제11기는 총 302명이 참가하기도 했다. 1981년 제20기를 끝으로 막을 내렸고, 이후 각 시도산악연맹의 자체교육으로 전환, 실시했다.

각 지방 산악연맹과 대표적 산악회에서도 강습회, 등산교실 등을 열었다. 그 대표 격으로 서울산악회가 관동산악회와 합동으로 개교한 '하계산간학교 1963년'를 뽑을 수 있다. 서울산악회는 이어 설악산악회와 합동으로 1971년 '겨울등산학교'도 개교했다. 이 겨울등산학교는 현 서울시산악연맹 부설

GPS 독도법 교육

최근 등산학교 빙벽등반 교육

'한국등산학교'의 모태가 되었다.

대한산악연맹은 정부문교부와 〈한국일보〉 후원으로 1969년 11월에 '제1회 전국등산지도자세미나'4박5일를 도봉산에서 열었다. 등산의 각 분야별 지도자 양성이 주목적으로 이 전국등산지도자세미나는 매년 시대사조時代思潮에 걸맞게 보강해 나가며 평이 좋았으나 1979년 제10회로 마감해야 했다. 1980년 정부의 계엄령선포로 전국적인 집회가 불가능했기 때문이다.

한편, 한국산악회는 1969년 12월에 부설 '제1회 등산아카데미'를 개설했다. 설악산과 대관령에서 10일간 교육했으며 16명이 수료했다. 등산아카데미는 하계, 동계강좌, 추계종합반 등으로 세분화 교육을 하면서 학교명을 '등산학교', '산악연수원', '클라이밍스쿨', '한국산악회등산학교'로 개명해 왔고, 최근에는 '산악연수원등산학교' 종합과정 및 전문과정으로 정해 충실히 운영하고 있다. '여성 등산강좌' 등 비정기적인 강좌를 실시하기도 했고, 한동안 전문지도자 양성을 목적으로 학교 내에 '연구과정'을 운영하기도 했다.

'한국등산학교'는 1974년 6월 개교했다. 봄, 가을 정규반8주, 현재 6주, 여름 암벽반7일, 겨울 동계반8일으로 도봉산장 내 한국등산학교 교사校舍와 설악산에서 교육한다. 상설교육시설을 갖춘, 사계절을 아우르는 우리나라 최초의 등산학교로 수많은 지도자를 배출했고, 졸업생들이 훗날 전국 각 시도산악연맹 등산학교 발전에 지대한 역할을 했다. '한국등산학교' 김인섭 강사는 스포츠전문신문 〈일간스포츠〉에 '등산교실'을 49회 연재1974년 8월~1975년 11월하며 일반인을 대상으로 간접교육을 실시하기도 했다. 그러나 어느 분야건 초창기는 어렵기 마련인가보다. '한국등산학교'도 재정난 등 몇 차례 어려운 시기를 넘기며, 1985년부터 서울시산악연맹 부설 교육기관으로 거듭났다. 특별반을 개설해 산악경찰, 육군 ○○특수부대 교육 등을 오늘날도 계속하고 있다.

산악단체가 아닌 회사가 운영하는 대표적 등산학교가 '코오롱등산학교'다. 1985년 6월에 개교했다. '한국등산학교'와 마찬가지로 사계절 교육을 실시하지만 교육스타일이 다른 조별 중점교육을 실시한다. 상시 새로운 교육시스템을 영입하는 등 지속적 노력을 기울이며 2012년 가을부터는 매년 '히말라야 등반과정'을 네팔 현지로 옮겨 교육하고 있다. 이어 2015년 4월에 중국 베이징北京에 최초의 해외분교를 개교했고, 중국산악인 사이에 회자되며 빠르게 발전하면서, 매년 유능한 중국의 젊은 산악인들을 배출하고 있다. 모母회사의 중국 등산시장을 겨냥한 적극적, 효과적 투자인 셈이다.

산악인들이 개교한 등산학교도 생겨났다. 1990년에 개교한 '정승권 등산학교'와 1997년 개교한 '익스트림라이더 등산학교'가 대표적이다. 암벽등반과 빙벽등반을 중점 교육한다. 빙벽페스티벌을 주관하기도 하며, 졸업생의 활약상도 두드러져 요세미티, 파타고니아 등에서 훌륭한 성과를 이루는 등 신선한 충격을 주고 있다. 지방에서는 경남산악연맹의 '지리산등산학교'처럼 전국적으로 각 시도산악연맹이 자체 등산학교를 운영하며, 경북산악연맹의 경우 지역별로 나눠 4개의 등산학교를 운영하고 있다. 지방의 유명 산악회에서도 나름대로 등산학교를 개설한 경우도 제법 있다.

21세기에 들어가며 우리나라는 전국에 걸쳐 거듭나듯 등산 열풍이 새롭게 불기 시작했다. 태생적으로 자유분방하고 모험심과 호기심이 유별난 젊은이들이 산을 찾기 시작했고, 이들은 가까운 등산학교의 문부터 두드렸다. 여성 산악인도 빠르게 늘어나기 시작했다. 전국에 산재한 등산학교마다 학생이 몰리며 재수, 3수생들이 늘어나고, 인터넷 온라인on-line 등산학교도 많이 생겼다. 그러나 각 등산학교마다 교재와 교수법이 달라 통일된 교재가 절실히 요구됐다. 이에 대한산악연맹은 2002년 봄, 분야별 전문가 18명이 집필하고 정리한 전국등산학교 교재 《등산》을 발간했다. 이후 전국적으로 통일된 교재로 사용하고 있다.

한편, 전문화된 우수한 강사배출과 지속적인 강사교육의 필요성이 대두되었다. 이에 대한산악연맹은 2005년 가을, '등산 강사 및 가이드 자격 공인 제도'를 시행했고, 보다 심도 있는 연구발전을 위해 2009년 '등산교육원'을 개설했다.

## 백년대계(百年大計) 청소년 교육

학생 또는 청소년의 이름으로 산악교육훈련을 실시한 것은 1956년 7월 한국산악회가 실시한 '학생 해양산악훈련단'이 건국 이후 최초다. 해군 당국의 협조를 얻어 첫해는 14일간의 일정으로 해군사관학교에서 3일간 해상훈련을 받고 LST군함 타고 함상艦上 생활, 등산과 야영 등으로 울릉도와 독도에서 실시했다. 참가자는 본부요원 및 서울대공대, 법대, 사대, 문리대, 농대, 연세대,

고려대, 한양공대, 단국대 산악부원 36명 포함 총 234명이며, 이중 고교등산반 학생은 12개 고교 198명이었다. 대규모 편성이다. 이들이 설치한 100여 개의 천막은 한 마을을 방불케 했다. 이후 전시회와 보고회를 개최했다. 다음해 8월, 제2차는 14개 대학, 12개 고교에서 총 189명이 참가해 15일간에 걸쳐 함상과 한라산에서 실시했다. 이후 점차 참가자 수를 줄였고, 1960년까지 5년간 실시했다.

1960년 개교한 경북학생산악연맹의 하계산간학교도 처음에는 고교 및 대학산악부 대상으로 시작했다. 1960년대와 1970년대의 한국산악회와 대한산악연맹 및 전국의 시도산악연맹이 실시하는 각종 강습회 및 교육은 대부분 고교 및 대학생을 대상으로 했다. 초등학생, 중학생 교육으로는 한국산악회가 실시한 '한국산악회등산학교 소년반'1974년이 있었다. 1회성으로 끝나는가 싶더니 1981년부터 '여름 어린이 자연학습캠프' 이름으로 1986년까지 6년간 교육했다. 수년 후인 1992년부터는 '청소년산악캠프'를 시작해 오늘날까지 매년 여름방학에 실시하고 있다.

대한산악연맹은 1987년 5월에 '제1회 대학산악인 지도자강습회'를 개최했다. 서울지역 중심의 대학산악인의 모임인 '한국대학산악연맹' 주관으로 열린 첫해는 전국에서 70개 대학, 119명의 대학산악부원이 참여했다. 한국대학산악연맹은 이 기회에 전국에 산재해 있는 지방의 대학 산악연맹들을 가맹시켜 명실공히 전국적인 대학산악연맹으로 조직을 확대, 강화하려고 했으나, 지방의 대학산악연맹들이 반대해서 실패로 끝났다. 대한산악연맹은 이 대학산악인 지도자 강습회를 매년 장소를 바꿔 학구적 분위기의 강습회와 더불어 여러 반으로 나눠 주제를 정해 놓고 심도 있는 토론을 거쳐 발표하고 있다.

이어 2000년 7월에 '제1회 전국고교산악부원 강습회'를 실시했다. 첫해에 115명의 학생이 참여했다. 전국에서 모인 고교산악부 학생들에게 등산 전반에 관한 시청각교육과 유명인사 초청강연에 주력하고 있다. 대한산악연맹은 매년 대학산악인 지도자 강습회와 전국 고교산악부원 강습회를 효율적으로 관리, 운영 중이다.

21세기가 됐다. 자고로 백년대계百年大計 청소년교육이 수십 년 후의 미래를 좌우한다. 돌이켜보면 등산의 세계도 마찬가지였다. 1960년~1970년대 등산에 관한 교육을 받고 자란 당시 청소년산악인이 오늘날 한국등산을 크게 발전시킨 원동력이었다. 때문에 미래의 발전을 위해선 현재의 청소년교육이 중요하고, 이는 아무리 강조해도 지나치지 않다. 오늘날 가장 열심히 현장에서 청소년 교육지도에 앞장서고 있는 단체가 바로 전국의 각 시도산악연맹이다. 매년 수차례씩 '청소년산악체험학교'를 운영하고 있다. 한국산악회도

전국 대학산악인 지도자 강습회

초등학생, 청소년 친환경 산악캠프

'청소년 백두대간 산림생태탐방'을 매년 열고 있다.

세계로 향하는 청소년교육도 중요하다. 그 대표적 행사가 바로 2001년부터 매년 여름방학에 실시하고 있는 대한산악연맹의 '한국 청소년오지탐사대'다. 정부(문화체육관광부)의 지원을 받아 제1회는 유럽(카프카스), 아시아(힌두쿠시+카라코람, 쿤룬(崑崙), 텐샨(天山), 알타이), 아프리카(아틀라스), 남미(안데스) 등 4대륙 7개 지역 총 75명을 파견했다.

횟수를 거듭함에 따라 전국의 청소년 사이에 무척 인기가 높아져 소위 **'오탐'**에 참가하는 것이 큰 영예가 되었다. 앞으로도 그 인기와 열기가 계속되리라 전망된다. 2017년 현재 17년간 총 5대륙 79개 지역에 지도자 211명, 탐사대원 850명, 취재기자 25명 등 모두 1,086명이 참가했다. 이 청소년탐사대원 850명은 우리 미래의 주역이고 오피니언 리더다. 일부는 이미 훌륭한 산악인으로 두각을 나타내고 있다. 청소년오지탐사대는 매년 보고서를 발간한다. 대한산악연맹은 '국제산악연맹(UIAA) 청소년캠프'에도 매년 우리 청소년산악인들을 파견하고 있다.

매년 실시하는 한국 청소년오지탐사대

### 등산의 대중화에 기여한 등산대회

한국전쟁 이후 등산대회는 한국산악회가 6·25 사변 전부터 시행하던 '일반 및 학생단체 등행대회'를 1955년에 재개한 것을 처음이라 볼 수 있다. 이 대회는 1961년 제9회를 끝으로 막을 내렸다. 1959년 4월에 서울산악회가 개최한 '제1회 전국크로스컨트리대회'는 3인1조로 고등부로만 20개 팀이 참여했다. 무전기와 구급차Ambulance까지 준비한 이 대회는 제5회까지 계속됐다.

그러나 무엇보다 1959년 10월, 경북학생산악연맹이 개최한 '60km극복등행대회'는 우리 산악운동사에 큰 초석이라 할 수 있다. 광주학생항일운동1929년 11월 3일의 정의감, 동족애를 기리며 굽힐 줄 모르는 투지력을 이어나가자는 취지로 연례행사로 기획했으며, 지금은 1박2일 대회로 경북산악회가 주최하지만, 당시는 3박4일 대회로 65만 시민의 대구시가지를 떠들썩하게 했던 행사였다. 첫해는 고등부가 1팀에 10명씩이었다. 이 대회는 세월의 흐름에 따라 시대에 맞게 변화해 왔고, 오늘날까지 매년 열리는 전국 규모 산

대통령기 전국등산대회

악행사로 국내 최고最古의 권위를 자랑한다. 2018년 제60회 대회는 첫 대회의 취지를 살려 처음으로 대구지역을 떠나 광주지역에서 개최했다.

1960년대에는 전국 도처에서 등산대회가 열리기 시작했다. 〈전남일보〉 주최 '무등산등행전국대회'1961년, 부산산악회 주최 '부산시민등산대회'1962년, 전북교육위원회 주최 '집중식 전국등산대회'1964년, 서울시산악연맹의 '전국등산대회'1966년, 충북산악연맹의 '충청남·북도등산대회'1966년, 충남산악연맹의 '계룡기쟁탈 전국등산대회'1966년 등 대부분의 시도산악연맹이 등산대회를 개최했다. 자체 등산대회를 개최하는 대학교도 나타났다.

등산대회는 대체로 식량, 장비, 응급처치, 독도법, 확보 등 로프 다루기, 체력, 팀워크, 쓰레기 처리 등을 테스트한다. 또한 날씨 등 위험요소가 많기에 필기시험도 실시하면서, 시민들에게 질적으로 향상된 등산의 보급과 교육에 크게 이바지했다.

가장 큰 규모의 등산대회는 1967년 4월에 대한산악연맹이 개최한 '제1회 전국등산대회'다. 사단법인 체제의 첫 전국대회로 삼각산에서 거행됐으며, 4인1조, 79개 조, 316명의 선수를 포함해 본부임원 등 모두 384명이 참가했다. 개회식에 이어 임원과 선수들이 브라스밴드 행진곡에 맞춰 종로 시가행진을 했다. 제3회 때부터 국무총리기旗, 국회의장기, 문교부장관기, 서울특별시장기를 함께 수여했다. 제6회부터는 영예의 '대통령기 전국등산대회'로 발돋움했다. 에베레스트 원정 때문에 1977년 한 해만 개최하지 못했고, 1979년 제12회부터는 시도산악연맹이 돌아가면서 주관하고 오늘날까지 대표적인 전국산악축제로 행해지고 있다. 이 대회는 그동안 반백 년 긴 세월을 통해 전국의 수많은 정통파 산악인들을 배출시켰다.

한편, 한국산악회에서는 1971년부터 매년 '알파인 오리엔티어링Alpine

Orienteering대회'를 개최했다. 첫해에 일반부, 여자부, 학생부 총 26개 팀 78명의 선수가 참여했다. 1992년 제22회부터 '산악독도 운행경기대회'로 개명했고, 1994년 제24회 대회를 마지막으로 더 이상 개최하지 않았다. 한국산악회는 OL을 장려, 보급시키기 위해 1986년부터 '오엘스쿨'을 개강했다. 제12기부터 '산악독도교실'로 개명하고 1995년 제18기 교육으로 끝냈다.

1990년대에 들어와 산악마라톤 붐이 일어나 전국을 강타하다시피 했다. 각 시도산악연맹이 다투어 산악마라톤대회를 개최했다. 대한산악연맹도 1994년 국제산악마라톤대회를 설악산에서, 이듬해엔 용평스키리조트에서 개최했다. 이어 1999년 '제1회 국제산악마라톤대회'를 무주스키리조트에서 개최했다. 9개국에서 437명의 선수가 참가했다. 일본, 중국 등에서 개최하는 산악마라톤대회에도 꾸준히 우리 선수들을 파견해 왔다. 그러나 산악마라톤은 등산과는 거리가 멀고, 또 산지환경을 훼손한다는 환경단체의 반대가 있어 2000년대 중반부터 시들하더니 다투어? 대회가 사라졌다.

매년 질적 향상을 위해 노력하는 '대통령기 전국등산대회'는 1998년부터 소정의 심판교육을 이수한 자에 한해 심판으로 위촉했고, 같은 해부터 대한체육회에 '체육경기지도자1, 2급' 연수생을 매년 참여시켜 우수한 경기지도자 양성에 노력하고 있다. 등산대회는 2003년부터 2015년까지 13년간 3인1조 경기로 대한체육회의 '전국체육대회'의 전시동호인 종목으로 채택되어 경기를 치르기도 했다. 앞으로 등산대회는 재미있는 종목을 첨가해 전국산악인들의 '화합 축제한마당' 행사로서 지속적으로 발전되어 나가리라 예상된다.

## 클라이밍의 발달사

서울의 삼각산과 도봉산은 예사로운 산이 아니다. 천하의 명산이다. 비록 산정山頂은 높지 않지만 크고 작은 암봉岩峰이 부지기수며, 능선도 계곡도 무수히 많다. 외국인의 눈에도 범상치 않은 산세를 느꼈으리라. 1920년대에 영국인, 일본인, 한국인이 이곳의 암벽을 등반한 이래 많은 선구자들이 도전해 왔다. 《등산 50년》김정태 저, 1975년에 의하면 도봉산740m의 경우 만장봉의 3개 루트, 오봉의 3개 루트, 선인봉의 4개 루트, 주봉의 1개 루트, 삼각산836m의 경우 노적봉의 6개 루트, 만경대의 2개 루트, 인수봉의 3개 루트 등 총 22개 루트가 이미 해방 전에 개척됐다. 그 당시의 열악한 장비로 대단한 도전과 모험의 성과다.

1950년대 후반에 들어 서울지역에서는 록클라이밍의 매력에 빠지는 젊은 클라이머가 점차 늘기 시작했다. 1960년대에 들어선 클라이밍 전문산악회가 속속 창립되며 개척의 정점을 향하고 있었다. 국내 록클라이밍의 메카로 일컬어지는 인수봉과 선인봉의 경우를 보자. 먼저 선인봉의 경우 기존 코스 외에 B코스1956년, 박쥐 코스1960년, 남측 오버행1964년, 양지길1964년, 서측면1965년, 허리길1965년, 표범길1967년, 직상 코스1968년, 그림길1968년, 배첼러길1968년, 은벽길1969년, 어센트길1969년 등이 새로 개척됐다.

인수봉의 경우 기존 코스 외에 북서면 오버행1960년, 귀바위1963년, 취나드 A, B1963년, 동남면 대침니1964년, 비둘기길1967년, 에코길1968년, 우정길A, B1969년, 후면1969년, 하늘길1969년, 십자로길1969년, 서면 벽1969년, 동양길1969년, 하켄길1969년, 서면 슬랩1969년, 동녘길1969년 등이 1960년대에 탄생했다.

이중엔 세계적인 등반가 미국의 이본 취나드가 한국산악회 회원선우중옥, 이강오 2명과 취나드A, B코스 개척이 유일한 외국인 참여다. 이 밖에 오봉, 주

인수봉 궁형크랙 등반

희수(77세) 기념 등반으로 리딩하는 이용대 옹

봉, 만장봉, 우이암, 백운대, 병풍암, 노적봉 등 근처 암벽에도 암벽루트가 무수히 개척되면서 암벽루트 개척의 전성시대를 맞이하게 됐다.

1970년대가 되면서는 더 일층 성숙되어 갔다. 루트개척의 시대가 최고 정점을 향하던 시기였다. 선인봉의 경우 거미길1971년, 물개길1973년, 요델 버트레스1975년 등이 개척됐다. 인수봉의 경우 크로니길1970년, 검악길1970년, 우정길C1970년, 설교벽1~4코스1970년, 의대길1971년, 남측 슬랩1971년, 설교벽5~8코스1971년, 거룡길1972년, 아미동길1973년, 산천지길1973년, 벗길1973년, 여명길1973년,

알핀로제스1974년, 빌라길1974년, 궁형길1976년 등이 개척됐다. 더 이상 개척할 코스가 없을 정도로 새로운 길이 태어났다. 선인봉의 경송길1983년, 은정길1985년, 청암길1988년, 인수봉의 창가방 가는 길2005년 등이 후에 루트가 됐다.

삼각산의 숨은 벽, 코끼리바위 등 길지 않은 루트도 참 많이 개척되고, 설악산에도 울산암을 비롯해 장군봉, 범봉, 칠형제봉, 적벽, 천화대, 용아장성, 장수대의 하늘벽 등에 상당수의 신新 루트가 개척됐다. 전국에 산재해 있는 무수히 많은 암벽 또한 개척자들의 목표가 됐다.

● ● ●

1980년대에 들어서면서 국내 암벽의 세계에도 '자유등반Free Climbing' 스타일이 빠르게 확산되기 시작했다. 기존 인공 코스에서 하켄과 해머를 사용하지 않는 클린클라이밍Clean Climbing으로 암벽등반 기량이 크게 향상했다. 1980년대 후반에는 선인 남측오버행을 비롯한 수많은 기성 코스가 자유등반으로 해결됐다. 인수남면, 원주 간현, 선운산, 설악산 장수대 일대의 미륵장군봉, 신선벽 등과 몽유도원도 릿지길 등 전국적으로 자유등반 루트가 마치 경쟁하듯 도전을 받아, 전국적으로 5.13a급의 고난이도 자유등반 루트가 무수히 개척되었다. 이는 스포츠클라이밍의 저변확대가 가져온 결실이기도 하다.

1999년에는 설악산 적벽赤壁도 자유등반으로 완등이 되고, 손정준이 한국 최초로 5.14급에 등극했다. 2002년에는 13세의 김대엽 군이 국내 6번째로 5.14급에 올랐는데 이는 당시 세계 최연소 5.14급 기록이었다. 2018년에 서채현15세이 국내 여성 최초로 5.14d급 완등에 성공했다.

암벽등반의 등급等級, Grade 체계는 난이도를 나타내는 척도이자 등반에 필

5.14급 암벽등반하는 김자인

암벽, 빙벽 혼합 전지훈련 등반

요한 정보로, 1921년~1926년부터 유럽의 동부알프스 티롤지방에서 사용한 6등급 체계가 그 효시다. 현재 세계적으로 UIAA 방식과 요세미티 방식YDS을 사용하고 있으며, 우리나라는 현재 YDS를 적용한다. 1970년에 들어 암벽루트의 등급 중요성을 간파한 서울의 '악우회'가 1974년부터 5년간 서울 근교의 암장을 중심으로 등급을 실측하여 'UIAA 등급법'을 적용 《한국의 암벽서울편》1979년을 펴냈다. 악우회는 등급의 객관화를 위해 많은 노력을 기울였다. 이후 '한국등산학교 동창회'에서 '요세미티 등급체계YDS'를 적용한 암벽등급안내서 《바윗길》1990년 을 펴냈다. 암벽등급의 새 기준설정이다.

이어 전국의 암벽을 대상으로 《한국암장순례중부권》 《한국암장순례남부권》 김용기 저, 2004년 가 출판됐다. 저자 김용기는 2012년에 증보판으로 제호를 바꿔 《한국의 암벽전5권》을 출간했다. 김용기는 전국 암장을 돌며 각고의 노력을 기울여 역작을 펴냈다. 이 밖에 선운산, 간현암 등 지역별로 등반가이드가 출간되기도 했다.

● ● ●

일부 앞서가는 선구적인 산악회들은 겨울철에 전국에 산재해 있는 수직 빙벽에 도전해 왔다. 1975년 강촌의 구곡빙폭氷瀑이 어센트산악회에 의해 초등됐다. 9시간만이다. 이듬해 동국대산악부가 국내 최대의 폭포 토왕성 빙폭 하단을 오르더니, 1977년 토왕성 빙폭 상, 하단이 4박 5일만에 크로니산악회에 의해 개척됐다. 이 9시간과 4박 5일은 오늘날의 속도를 볼 때 천양지차天壤之差의 격세지감을 느끼게 된다.

이후 빠른 속도로 개발되는 장비와 기술에 힘입어 설악산의 대승폭1985년, 소승폭1988년, 국사대폭일명 소토왕폭포, 1989년이 차례로 초등됐다. 1984년 토왕성 빙폭 단독등반에 이어, 1993년엔 정승권이 토왕성 첫 클라이밍 다운을 단독으로 성공했고, 야간 단독등반도 성공했다. 강희윤은 상, 하단을 단독으로 단 37분만에 올랐다. 1994년에는 김용기의 3인조가 토왕성, 소토왕성, 소승폭, 대승폭 등 4개 빙폭을 단 하루에 모두 등반했다. 1995년에는 김점숙이 여성 최초로 토왕성 빙폭 단독등반에 성공했다.

참고로 과거 우리의 빙벽등반의 세계를 이끈 선구자들은 김재근, 박영배, 송병민, 권경업, 윤대표, 손칠규, 김용기, 정호진, 이태식, 정승권, 이상

판대 빙장을 오르는 윤대표

신선폭 등반 중의 몸짓 실루엣

록, 강희윤, 김운회, 남난희, 이현옥, 김점숙 등이다. 이외에도 앞서가는 산악인들의 노력으로 오늘날 우리의 빙벽 실력은 세계 최고 수준급이다. 실폭, 갱기폭, 가래비폭, 신선폭, 재인폭 등 자연빙장 외에 인공으로 만든 빙폭으로 강원도 용대리, 원주 판대, 화천 딴산, 충북 영동, 단양, 경북 청송 등 훌륭한 훈련장이 있다.

또한 2005년 세계 최대의 인공 실내 빙벽훈련장이 서울 우이동 O2빌딩 내에 개장되었다. 이 실내 빙벽훈련장은 '세계기네스북'에 정식 등재되기도 했다. 그러나 2018년 빌딩주가 바뀌며 빙벽등반 동호인에게 많은 사랑을 받던 이 실내 훈련장은 역사에서 사라졌다.

초창기 암벽과 빙벽 클라이머들의 목표는 너나 할 것 없이 국외로 뻗어나가 세계적인 암벽과 빙벽을 향했다. 당장은 꿈일 뿐이지만 그들은 결코 미래의 희망을 버리지 않았다. 이러한 젊은 클라이머들의 꿈에는 국내 최초의 등산기술서 《등산백과 이론과 실제》 손경석, 1962년가 크게 한몫했다. 이어 외국서적과 잡지도 큰 역할을 했다. 《설雪과 암岩》 가스통 레뷔파/변형진 역, 1971년이 당시 대표적 번역물이다. 이어 1990년대 들어 《암벽등반의 세계》 정갑수, 원종민, 한동철 공저, 1995년가 발간되어 신선한 충격을 주었고, 이후 암, 빙벽등반 전문서적과 영상물이 많이 발간, 제작되고 또 수입되고 있다.

1970년 초의 대표적 번역서 《雪과 岩》(1971년, 가스통 레뷔파/변형진 역)

## 등산장비의 국산화

1960년대만 해도 등산의류는 미 군복을 염색 개조해 입었다. 카라비너, 로프 등 등반장비와 스토브, 코펠, 수통 등 취사용구와 천막, 침낭 등도 모두 미군용 장구를 사용했다. 신발, 배낭도 마찬가지. 당시는 미군 군수물자가 흔했다.

1970년대도 사회 전체가 궁핍했다. 등반장비도 무척 귀했다. 돈이 있어도 못 구하던 시절이었다. 외국 등산장비는 해외여행자의 보따리 속에 끼어

들어 오는 장비가 비싸게 유통될 뿐이었다. 이런 어려운 시기에 장비개발에 뛰어든 '모래내 금강M.K'의 김수길 사장은 훌륭한 개척자다. 피켈, 아이젠, 해머, 아이스바일, 여러 형태의 피톤 등 하드웨어 장비를 제작했는데, 수십 차례 시행착오를 거치면서 제품은 점차 우수해졌다.

그의 피땀 어린 지칠 줄 모르는 노력 덕분에 결국 훗날 외국산에 비해 성능이 결코 뒤지지 않는 제품으로 인정받았다. 미국의 세계적인 등산장비 제작소의 인장력 실험에서 M.K 카라비너가 2,041kg의 하중을 견뎌내는 세계 정상급 수준으로 확인됐다. 그가 제작한 바트 혹Wart Hog은 1977년 한국산악계의 오랜 과제였던 토왕성 빙벽의 초등을 실현시켰다. 1980년 마나슬루 8,163m 원정에선 M.K 피켈이 정상등정에 사용됐으며, 일본의 히말라야 원정대가 수입하기도 했다.

김수길이 장비개발에 뛰어난 장인 1세대였다면 1980년~1990년대에 활약한 홍성암고려대 OB, 재료공학 박사은 산업기술의 함축된 방법으로 대량상품화에 성공한 장인匠人 2세대다. '트랑고 스포츠TRANGO Sport'를 설립해 출시한 등산화는 "리지ridge화"라는 신조어까지 유행시키며 호평을 받았다. 이 외에 암, 빙

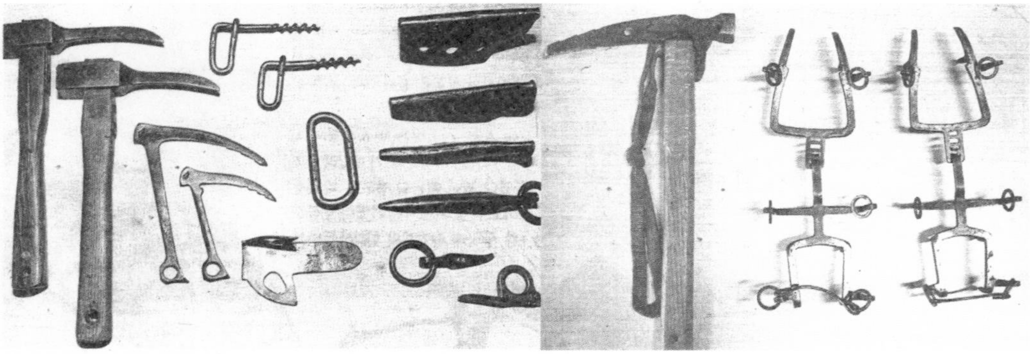

1970년대 MK 제작 등반장비

벽등반 전문장비인 하강기, 어센더, 아이스스크루, 아이스바일, 프렌드, 카라비너 등등을 생산했다. 그의 손을 거친 장비들은 세계 유수 제품과 우열을 가리기 힘든 명품이 됐으며, 유럽에서도 제품심사가 가장 까다롭기로 유명한 'CE인증'까지 획득했다. 그가 CE인증을 받은 장비는 프렌드 등 5종 21개 품목이다. 이 두 장인 외에도 국내에 장인정신이 충만한 훌륭한 기술자들이 분야별로 참 많이 있다.

우리보다 먼저 알피니즘Alpinism을 도입한 일본조차 북미와 유럽의 장비에 의존하는 오늘의 현실에 우리는 이제야말로 산악 선진국들을 능가하는 우수한 등반장비, 막영장비, 등산복, 등산화 등 'Made in KOREA'의 저력을 세계 아웃도어 시장에 널리 심어야 할 때다. 오늘날 아웃도어 의류 분야에서는 코오롱스포츠, 블랙야크, K2, 영원무역, 콜핑 등과 야영장비 분야의 코베아 등 우리나라 제품이 세계적이다.

## 힘차게 뻗어나가는 해외 원정 (히말라야 제외)

우리나라 산악단체 최초의 해외 원정은 서울의 '한국하켄클럽'으로 1960년 봄 대만 옥산3,952m 등정이다. 1960년대는 서민생활이 외국 원조에 의존하는 빈약한 때로 참 살기 어려웠던 시절이라 등산을 목적으로 외국에 나가기엔 제반 제약이 많았을 때다. 나가도 이웃나라 원정이 전부였다. 일본 북 알프스의 경우 동국대1964년, 한국산악회1965년, 한국하켄클럽1966년, 경희대1967년, 서울법대1968년, 서울문리대OB1970년, 대만 옥산의 경우 한국특수체육회1965년, 대한산악연맹1970년, 경북학생산악연맹1970년 등이 어렵게 해외 원정을 다녀왔을 뿐이다. 1970년대에 들어서며 서울시민산악회1971년, 부산대륙산악회1971년, 전북산악연맹1971년 등을 시작으로 점차 이웃나라 원정하는 산악회가 늘어났다.

1971년 가을, 한국산악회는 8명의 정예대원을 '프랑스국립스키등산학교 ENSA'로 보내 첨단기술을 이수토록 했다. 이듬해 여름에는 4명이 ENSA에서 교육받았으며 이들은 몽블랑4,807m을 등정하고, 귀국해 유럽의 빙, 설벽 등반기술을 국내에 전파시켰다. 몇 년이 지나 1978년 대한산악연맹은 전년도 에베레스트 등정에 힘입어 〈중앙일보〉와 합동으로 북극탐험대를 조직, 최초로 북극권에 도전했다. 탐험대는 북위80도선을 넘었다.

1979년에는 북미최고봉 드날리전 매킨리, 6,194m에 3개 원정대〈한국일보〉, 고령산악회, 고려대산악부가 도전해 모두 성공했으나 에베레스트의 영웅 고상돈〈한국일보〉 팀은 하산 중에 대원 1명과 함께 추락사했다. 같은 해 악우회가 유럽 알프스의 아이거3,970m 북벽표고 1,800m에 도전해 성공했다. 바야흐로 거벽등반의 시대가 개막된 것이다.

키르기스스탄 알아르차 설벽을 오르는 클라이머

1980년에는 미국 요세미티에 은벽, 요델산악회 합동으로 하프돔Half Dome을 오르고, 1981년 초, 서울문리대산악회는 남미최고봉 아콩카과6,959m에 도전해 성공했지만 1명이 추락사했다. 같은 해 은벽, 에코클럽 합동으로 알프스 드류 서벽을 올랐다. 악우회는 마터호른4,477m 북벽, 그랑조라스4,208m 북벽을 올라 알프스 3대 북벽을 모두 등정했다. 1985년에는 정부청와대 지원으로 한국남극관측탐험대가 남극대륙에 상륙, 최고봉인 빈슨 매시프4,897m를 등정했다. 남극 세종기지 설치의 교두보橋頭堡 역할이었다. 1988년에는 지현옥 등 여성 원정대가 드날리 등정에 성공하고, 검악산악회는 뉴질랜드의 마운트 쿡3,754m을 등정했다.

1989년 대한산악연맹은 구舊소련에 있는 유럽최고봉 엘브루스5,642m를 등정하고 연이어 1990년 서西파미르 고원의 최고봉 코뮤니즘7,495m봉을 등정했다. 한국과

박영석 산악그랜드슬램 달성 보고회

남미 피츠로이 등반중인 이명희(뒤는 한미선, 촬영 채미선)

소련은 1990년 수교했으며, 코뮤니즘봉은 당시 구소련의 최고봉이었다. 한국산악회도 1990년에 코르제네프스카야7,105m를 등정했다. 1990년 유럽 알프스의 암벽에서는 마산 한벗산악회, 울산대, 서울 반트클럽 등이 괄목할 만한 속도등반 성과를 올렸다. 1991년 충북 서원대는 최초로 동東파미르 고원에 진출해 무즈타그아타7,546m를 등정했다. 한국과 중국은 이듬해인 1992년 수교했다.

1992년 카자흐스탄 쪽으로 텐샨天山 산맥의 국제캠프에 참여한 한국산악인 중 19명이 대거 칸텡그리7,010m를 등정하고, 이어 2명이 최고봉 포베다7,439m도 등정했다. 1993년 검악산악회는 남미 파타고니아의 피츠로이3,441m를 오르고, 1994년 한국산악회는 키르기스스탄의 악수5,355m 북벽을 등정했다. 부천산악회 팀은 캄차카의 최고봉 클류체프스카야4,750m를 올랐다.

이어 1995년 경기북부산악연맹에서 처음으로 아프가니스탄의 힌두쿠시일명 힌두라지 산맥으로 진출해 최고봉 트리치미르7,708m 등정에 성공했지만 하산 중 실종되는 비극을 당했다. 위에 언급한 원정은 모두 국내 최초다. 한편, 1994년 한국을 비롯한 일본, 중국, 네팔 등 아시아의 7개국이 모여 아시아산악연맹UAAA을 창립, 그 창립총회를 한국에서 개최했다. UAAA는 아시아 산악인의 친선교류를 더욱 활발히 가속시켰다. 2018년 현재, UAAA 회원은 총 16개국 19개 단체다.

• • •

21세기가 됐다. 우리나라의 눈부신 경제발전 덕분에 산악인들은 너도나도 지구촌 곳곳에 있는 높고 험한 '하얀 산과 검은 벽'을 오를 수 있는 기회가 많아졌다. 2000년 새 밀레니엄을 맞이해 대한산악연맹은 정부문화체육부

UAAA주최 히말라야 니레카(6,159m) 아시아 여성 합동원정대

UAAA주최 천산 칸텡그리(7,010m) 아시아 합동원정대

의 지원을 받아 한 해에 '세계7대륙 최고봉 등정'을 모두 끝냈다. 2001년 산바라기산악회에서 캐나다 부가부산군의 코스 개척에 성공했다. 2002년에는 박영석도 7대륙 최고봉 등정을 마무리하고, 재미산악연맹은 미국 이민 100주년 기념으로 미국 50개주 최고봉을 모두 등정했다. 같은 해 정승권등산학교 팀이 남미 세로토레3,128m 마에스트리 루트를 오르고, 북미최고봉 드날리에서는 대거 10개의 한국 팀이 등정에 성공했다. 총 25명이 정상에 섰고, 김은광은 세계 최초로 이 산의 정상에서 매스너 쿨르와르 루트를 통해 스노보드로 활강했다.

2004년, 오은선이 7대륙 최고봉 등정을 끝냈다. 여성으론 세계 12번째다. 같은 해 익스트림라이더 팀은 캐나다 배핀 아일랜드의 거벽에 여러 루트를 개척했다. 이어 박영석은 북극점에 도보로 도착함으로써 세계 최초로 '산악그랜드슬램'을 달성했다. 14개 8,000m 거봉 완등과 7대륙 최고봉 등

2014년 아시아산악연맹(UAAA) 창립20주년 기념식에 모인 아시아 각국 산악인들

정 및 남, 북극점 도달을 말한다. 한편 재미있는 기록으로 전국산악조난구조대가 2005년에 북한 땅의 금강산 구룡폭포, 우벽 등의 빙벽을 초등했으며, 2007년에는 금강산의 구룡대와 세존연봉 암벽에 신新 루트를 개척하기도 했다.

2006년엔 김점숙 등 한국여성 3인조가 알프스 그랑조라스 북벽을 올랐다. 일찍이 드날리를 등반하다가 동상으로 열 손가락을 모두 잃은 장애인산악인 김홍빈은 2009년 빈슨 매시프4,897m를 끝으로 세계7대륙 최고봉 등정자 반열에 올랐다. 이듬해인 2010년 정승권등산학교 동문도 세계7대륙 최고봉을 모두 끝냈다. 2011년 청악산우회는 캐나다 로터스플라워 타워2,650m 직벽에 3개 루트를 개척했다. 한편 세계3극점1994년 남극점, 1995년 에베레스트, 2005년 북극점을 해결한 홍성택은 2011년 그린란드 북극권 썰매로 종단2,500km에 이어 2012년 겨울에 얼어 있는 베링해협을 도보로 횡단에 성공했다.

이어 2012년에 이명희, 채미선, 한미선의 여자3인조는 남미 피츠로이 거벽을 통해 등정하고, 최석문의 남자3인조는 알라스카 헌터4,441m의 변형루트를 개척했다. 정승권등산학교 팀은 북미 드날리 산군의 3개봉을 등정했다. 2013년 익스트림라이더의 김세준 팀은 키르기스스탄 악사이 산군의 복스피크4,240m 북벽 직등루트를 개척하고, 한국산악회도 역시 악사이 산군 테게토르4,479m 북동벽을 개척했다. 도전하는 인생이 아름답다고 했던가? 세계의 산악으로 뻗어나가는 이러한 모험심은 전국 도처의 젊은 산악인들의 가슴에 불을 댕겼다.

2014년 익스트림라이더 팀은 키르기스스탄 악사이 산군의 코로나 5봉4,860m을 루트초등으로 등정하고, 2015년 제주도산악연맹이 중국 쓰촨성의 니암보공가6,144m를 세계 초初등정했다. 2008년 7대륙 최고봉 등정을 끝낸 김영미는 2017년 2~3월, 얼어붙은 바이칼호수를 남쪽에서 북쪽으로 장장 724km를 혼자 걸어서 종단하는 기록을 세웠다. 또 안치영은 세계 최고最高 높이의 화산인 칠레의 오호스 델 살라도6,893m를 자전거로 등정했다. 이 밖에도 여기에 밝히지 않은 크고 작은 뜻있는 등반기록이 무수히 많다.

이렇듯 우리 산악인들의 활약상은 한마디로 놀라울 뿐이다. 우리가 선조로부터 물려받은 유전자 속엔 무한한 탐구심이 가득한 조상들의 훌륭한 도전 기질氣質이 촉촉이 숨어 있었나 보다. 요세미티, 유럽 알프스 등 기존의 암벽과 빙벽에는 이제 그 수를 헤아릴 수 없을 만큼 많은 한국산악인들이

2007년 산악조난구조대가 금강산 세존연봉의 암벽등반루트를 개척했다.

다녀갔다. '거벽등반의 세계'에서 우리 남녀산악인의 진출은 그야말로 눈부시게 두드러져 산악 선진국 반열에 당당히 들어섰다. '언제, 어디로, 어떻게'가 더 중요해야 모름지기 산악 선진국이다. 또 고산과 거벽에선 진실이 무엇보다 중요하다. 더 넓은 세계를 향해 지구촌 6대주 곳곳의 어느 곳이건 거벽을 향하는 한국의 젊은 산악인의 도전이 꾸준히 이어지고 있다.

## 히말라야 등반사 (20세기)

우리나라 최초의 히말라야 원정은 1962년 경희대산악부의 다울라기리 2봉7,751m 정찰이다. 처음엔 문교부가 출국 승인을 거부했다. 거부 사유가 "히말라야에 가면 죽는다. 뼈도 못 추린다." 당시 깨어나지 못한 국민 문화수준이 어느 정도인지 짐작케 하는 대목이다. 결국 정찰등반만 하겠다는 조건하에 겨우 문교부의 승인서를 받아냈다. 박철암 정찰대장 등 4명은 광복절에 역사적 장도에 올랐다. 이들은 정찰 활동 중 능선상의 한 작은 봉우리에 올라 사진을 찍었다. 돈이 모자라 귀국길은 방콕에서 화물선을 타고 12월 부산항에 도착했다. 넉 달만의 귀국이다. 후에 보고서 〈다울라기리 山群의 探査記〉1963년를 펴냈다. 첫 히말라야 원정 보고서다.

최초의 히말라야원정보고서(1963년 발간)

히말라야 정상을 향한 최초의 원정대는 1970년 추렌히말7,371m 원정이다. 원래 한국산악회가 창립 25주년 기념으로 추진한 원정이었으나, 한국산악회가 원정 준비를 맡긴 김정섭과의 갈등이 심화되자 원정대 파견을 취소해 결국 김정섭 개인에게 넘어가게 되었다. 〈조선일보〉 후원으로 원정대는 김호섭 대원이 추렌히말 동봉을 초初등정했다고 발표했다. 이 등정 소식에 국민들이 뜨거운 찬사를 아끼지 않았는데, 일본 원정대가 등정 의혹을 제기했다. 18년이 지난 1988년 중동산악회 원정대가 이 등정이 거짓임을 입증했다.

1971년, 두 원정대가 네팔로 향했다. 김정섭의 마나슬루8,163m 원정과 대한산악연맹의 로체샤르8,382m 원정이다. 둘 다 등정에 실패했지만 몇 가지 기록을 남겼다. 마나슬루의 경우, 김기섭 대원이 크레바스 추락사고로 사망, '최초의 조난'을 기록했다. 또 최초의 여성대원김정심 참가기록을 남겼다. 로체샤르의 경우, 권영배 대원이 고산병으로 혼수상태에 빠져 급히 쿰중의 힐라리 병원을 경유 헬기편으로 카트만두 병원으로 후송했다. 고산병으로 현지 입원한 첫 케이스다. 권 대원은 그해 12월 기적적으로 완전히 회복했다. 최수남 대원은 8,100m 상단의 갭Gap까지 진출해 한국인 최초로 8,000m 진출 기록을 남겼다. 로체샤르의 박철암 대장은 훗날 1990년부터 2009년까지 총 29차례나 티베트 오지를 탐험한 노익장으로 후배들에게 훌륭한 귀감龜鑑이 되었다.

이듬해인 1972년 봄 마나슬루 제2차 원정 때는 엄청난 비극이 발생했다. 4월 10일 새벽 3시에 거대한 눈사태가 3캠프를 덮쳤다. 대원 6명과 셰르파 12명이 잠자고 있는 6동의 텐트를 삽시간에 쓸어가 버렸다. 5명의 대원일본인 1명 포함과 10명의 셰르파 등 모두 15명의 생명을 앗아갔다. 이는 1937년 독일 낭가파르바트 원정대가 4캠프에서 눈사태로 당한 16명 조난대원 7명, 셰르파 9명 이후 히말라야 등반사상 두 번째 큰 참사로 기록됐다. 또 원정대는 죽은 셰르파의 보상 등을 해결하지 못하고 도망치듯 급히 귀국해 부끄러운 선례를 남겼다.

이후 《집념의 마나슬루》1975년를 발간하고, 동영상 기록을 편집, 동명 기록영화로 전국 주요 도시 극장에서 상영했다. 1975년 정찰대의 가짜편지를 작성, 전문全文을 신문에 게재하는 등 옳지 못한 방법으로 재도전의 분위기를 끌어내며 1976년 제3차 마나슬루 원정을 시도했지만 현지 기상악화와 원정대원 간의 불화로 중도에서 팀 자체가 와해되고 말았다. 한국 히말라야 원정의 개척기를 주도했던 김정섭은 두 동생을 포함한 16명의 숨진 영혼과 그 가족에게, 또 순수한 열정?에 속아 동참한 대원들과 후원과 지원을 한 수많은 지인들에게 실망과 고통만 안겨주었으며, 추렌히말 거짓 등정 발표에 이어 결코 용서받을 수 없는 비극의 결말을 맞았다.

● ● ●

1977년 9월 15일, 한국 원정대의 고상돈 대원이 세계 최고봉 정상에 우뚝 섰다. 이 쾌거는 하루아침에 이루어진 것이 아니다. 4년간에 걸친 국내 동계훈련을 통해 세 명의 훈련대원이 설악산에서 눈사태로 희생되는 아픔을 딛고, 두 차례에 걸친 현지 정찰 활동을 폈다. 제1차 정찰대는 아이스폴Ice Fall 지대의 상단부 1캠프6,100m까지 진출, 푸모리7,145m 6,200m까지 전지훈련 등 귀한 등반경험을 쌓았고, 임자체일명 아일랜드피크, 6,189m도 7명 전원이 등정했는데 이는 히말라야 산의 한국인 최초 등정이다. 2차 정찰대는 능력 있는 고소셰르파 고용, 미국 NASA 산소통 구입 등 준비에 만전을 기했다. 여기엔 로체샤르 원정의 잘잘못 등 제반 경험이 소중한 초석礎石이 되었음은 물론이다. 온 국민의 성원에 하늘도 감동했는지 큰 날씨 변동의 불운도 없었

1977년 에베레스트 등정한 고상돈
(가슴에 매단 무전기가 무척 크다. 사진 아래쪽 삼각대는 1975년 봄에 중국 팀이 설치했다.)

다. 결국 한국은 에베레스트의 세계 8번째 등정국가가 됐고, 고상돈은 58번째 등정자로 기록됐다.

대한산악연맹의 이 에베레스트8,850m 등정은 커다란 획을 긋는 일대 쾌거였다. 국민들에게 '하면 된다!'는 자긍심을 심어주었으며, 전국적으로 젊은 산악인들의 의지와 열정에 불을 붙이는 계기가 됐다. 이어 1978년 한국산악회는 안나푸르나 4봉7,525m을 등정했다. 이는 7,000m급 고산의 국내 첫 번째 등정으로, 등정자 유동옥은 동상으로 발가락 6개를 절단했다. 1980년대에 들어서며 히말라야 원정은 서서히 그러나 뜨겁게 불이 붙었다.

1980년 동국대산악부 팀이 단일산악회로는 처음으로 8,000m 등정마나슬루, 8,163m의 개가凱歌를 올리더니, 1981년에는 악우회가 바인타브락 2봉6,980m 등반으로 카라코람 산맥의 문을 열었다. 같은 해 성균관대산악부는 안나푸르나 남봉7,219m을 등정하고 성실한 보고서를 발간해 모범을 보였다. 1982년에는 정부문교부 지원을 받은 한국산악회의 마칼루8,463m 등정이 빛을 발했다. 이때 취재기자로 참여한 KBS TV 민상기 기자의 생생한 다큐멘터리 동영상은 영예의 ABU 특별상을 수상했다.

같은 해인 1982년, 부산학생산악연맹가네쉬 4봉, 7,102m과 대전자일클럽고줌바캉, 7,806m이 한 달 간격으로 연이어 7,000m급 등정에 성공함으로써 지방 산악회의 히말라야 도전 붐이 조성되기 시작했다. 대전 팀은 고줌바캉의 세계초初등정도 이루어냈다. 이해 여성으로만 구성된 선경여자산악회가 람중히말6,986m 등정의 쾌거를 이루고, 남선우가 7,000m급 국내 첫 동계등정푸모리, 7,145m 기록을 세웠다.

1983년에는 허영호의 8,000m 단독등정마나슬루이 성공하고, 장봉완, 윤대표의 2인조가 틸리초7,134m를 알파인스타일로 겨울에 등정했다. 알파인스타일Himalaya Alpine Style이란 유럽 알프스의 등반방식을 히말라야 거봉에 적용시킨 것으로 4인 이하의 소수정예로, 고정로프 없이, 산소 없이, 포터나 지원조의 도움 없이 자력으로 등정하는 방식을 말한다. 같은 해 포항 향로산악회가 처음으로 인도 북서부의 잠무카슈미르 지역의 펀자브히말라야에 진출해 눈봉7,135m을 등정했다.

• • •

1984년에는 한국외국어대학 팀이 바룬체7,220m의 쉬운 루트를 외면하고 험한 직벽으로 도전해 '히말라야 등로주의'의 막을 열었다. 1985년에는 울산 합동대가 히말출리 북봉7,371m 세계 초初등정의 위업을 달성했다. 1986년 대한산악연맹은 카라코람 산맥의 최고봉이자 세계 2위의 거봉 K2 8,611m를 등정했다. 당시 K2에선 세계적인 산악인 13명이 각각 하산 중 목숨을 잃었다. 이해 가을에 포항 향로산악회는 마칼루 2봉으로 알려진 캉충체7,678m를 등정하고, 충남대산악부는 랑탕리룽7,245m의 험난한 남서릉 루트를 개척했다.

1984년부터는 매년 10여 팀이 히말라야에 도전하기 시작했다. 바야흐로 코리안의 히말라야 전성시대가 도래한 것이다. 이른바 '히말라야러시'가 그것이다. 전국적으로 상당수의 대학과 일반 산악회가 너도나도 히말라야로 방향을 잡았다. 산의 높이와 루트, 도전시기, 팀의 규모 등이 점차 다양해졌으며, 등반의 양상과 방식도 점차 그러나 빠르게 바뀌어갔다. 동계등반 도전도 두려워하지 않았다.

동계등반의 경우, 위에 언급한 원정대 외에 1983년 남선우 팀의 아마다블람6,812m, 1984년 김기혁 팀의 자누7,711m, 1985년 대구 파라마운트의 캉테가6,685m, 1986년 진주 마차푸차레산악회의 가우리상카르7,134m 등이 모

1986년 K2 정상에서 장봉완과 김창선 (촬영 장병호)

두 성공했고, 이어 1987년에 한국산악회 합동대가 에베레스트 동계에 성공했다. 1988년 경남산악연맹은 눕체7,745m 동계초등을 이루고, 1989년 동국대 팀이 랑탕리7,239m 동계초등을 이루었다. 참고로 2018년 현재 세계적으로 K2 8,611m를 제외한 모든 8,000m 산의 동계등정이 이루어졌다. 폴란드 산악인이 무려 10개의 8,000m 동계초등을 이루었고, 이태리의 시모네 모로가 개인 최다 동계초등4개봉, 1개봉은 폴란드와 합동 위업을 쌓았다.

점차적으로 히말라야로 향하는 팀이 많아지더니 1988년 대한산악연맹은 '88서울올림픽'을 기념해 최초로 8,000m급 2개봉로체8,516m와 에베레스트을 연속 등정하며 두 자리 수10명의 등정자를 배출했다. 또한 부산합동 팀은 다울라기리8,167m를 등정하고, 울산 팀은 6,000~7,000m급 3개봉을 연속 등정했고, 대전자일클럽은 갸충캉7,952m 남서벽 변형루트를 개척했다. 1989년엔 마산산악동지회가 단일팀으로는 최초로 에베레스트를 등정했고, 광운대 팀이 인도 강고트리산군의 바기라티 3봉6,454m의 직벽을 통해 등정했다. 이는 국내 최초로 인도의 거벽등반 성공이다.

이처럼 1980년대의 활발한 원정등반 속에서 세계적인 기록도 제법 나오기 시작했다. 그러나 한편으론 현지적응력 부재와 경험미숙으로 인해 셰르파에 대한 의존도가 높고, 거짓 등정 발표와 등정 의혹의 불신도 심심치 않게 나타났다. 그런가하면 현지인과의 감정대립으로 다툼이 생기거나, 타 팀과의 분쟁 등 산속과 마을에서 비도덕적이고 불미스러운 처신으로 망신을 당하거나, 현지고용인 임금 미지급, 불법상품 매매 등 현지에서 경제사범의 우를 범하는 팀도 있었다.

●●●

1990년대에 들어서자 원정등반이 한층 노련해지고 성숙해졌다. 대상지 또한 네팔 히말라야에서 탈피해 인도, 티베트 및 카라코람, 힌두쿠시일명 힌두라지로 등반대상지가 확산되고, 외국 팀과의 합동등반, 거벽등반, 소수정예 등 등반스타일도 폭넓게 변천되어 갔다. 매년 20개 안팎의 팀이 대거 히말라야로 향하다보니 실패도 잇달았고 사고도 많이 발생했지만 곳곳에서 '코리언루트Korean Route'가 탄생했다.

1990년 대전, 충남산악연맹이 가셔브룸 1봉8,068m을 등정했고, 1991년에는 성균관대산악부와 울산시산악연맹이 하루 차이로 가셔브룸 2봉8,035m 등정에 성공했다. 성대는 대원 4명 전원이 등정했고, 울산연맹은 5명이 정상에 섰다. 중국과 한국의 수교 1년 전인 1991년 대한산악연맹은 최초로 티베트 고원으로 진출해 시샤팡마8,046m를 등정했다.

다음해인 1992년에는 경남산악연맹과 광주 우암산악회가 나란히 낭가파르바트8,126m를 등정하고, 서울, 울산 합동대는 초오유8,201m와 시샤팡마8,046m를 연속 등정했다. 또 현대자동차산악회와 혜종스님이 안나푸르나 4봉7,525m을 등정하고, 제주설암산악회가 랑탕리룽7,245m을 동계초등했다. 또한 카라코람의 트랑고타워6,239m 암봉을 미국 남가주 한인산악회가 등정했다.

1993년에는 거봉산악회가 초오유와 시샤팡마를 연속으로 올라 단위 산악회로는 최초로 2개 8,000m봉을 연속 등정하고, 에베레스트에서는 대한산악연맹 여성대의 지현옥, 최오순, 김승주가 한국여성 최초로 등정에 성공하고, 허영호는 북에서 남으로 종단하고, 박영석은 국내 최초로 무산소로 등정하는 기록을 세웠다.

한편, 난공불락의 거벽에도 한국인들은 도전을 멈추지 않았다. 1994년 경남산악연맹이 안나푸르나8,091m 남벽으로 등정에 성공했다. 이는 국내 최초의 8,000m급 거벽등반의 성공이다. 경남산악연맹은 이 여세를 몰아 이듬해인 1995년엔 과감히 에베레스트 남서벽에 도전해 정상을 밟았다. 실로 값진 성과다. 이해에 광주, 전남산악연맹은 브로드피크8,047m를 등정했지만, 애석하게 1명이 하산 중 추락사했다.

1994년 안나푸르나 남벽 등반중인 박정헌 (최초의 8,000m 거벽 등반을 성공했다)

1996년에 대한산악연맹은 중국등산협회CMA와 합동으로 티베트에 남아있는 미답봉

충모강리7,048m와 룽보강리7,095m의 세계 초初등정을 연속으로 이루어냈다. 1997년 한국산악회는 가셔브룸 4봉7,925m 서벽 중앙립 루트초등의 쾌거를 이룩했다. 같은 해, 최승철의 3인조는 그레이트 트랑고6,283m 암봉을 오르고, 한국대학산악연맹 팀과 엄홍길, 지현옥 등이 가셔브룸 1봉, 2봉에서 총 14명의 등정자를 배출했다. 이해 가을 초오유에서도 4개 팀 총 12명이 등정했는데 이때 유석재는 전진베이스캠프ABC에서 총 19시간 50분만에 등정과 하산을 마쳤다.

1999년에는 동국산악회가 세계 3위봉 칸첸중가8,586m를 등정했다. 이로써 한국의 산악인은 1977년 에베레스트 등정부터 시작해 22년 만에 8,000m 넘는 14개 거산巨山을 모두 등정하게 됐다. 당시까지만 해도 8,000m 완등한 나라는 산악 선진국 몇 나라뿐이었다. 그동안의 성공과 실패의 경험

1988년 에베레스트 정상에서 엄홍길

2001년 K2 정상에 선 박영석 (이로서 박영석은 최초의 8,000m 봉 완등자가 됐다)

에 따른 자체 노하우가 많이 쌓이면서 우리 산악인들의 시대적 적응력은 놀라울 정도였다.

### 히말라야 등반사 (21세기)

21세기가 왔다. 초장부터 우리는 8,000m 14개 거봉 완등자를 세 명이나 배출한 세계 유일한 국가가 됐다. 한국인의 저력을 세계만방에 펼친 일대 쾌거로, 더욱 놀라운 것은 본격적인 히말라야 붐Boom이 일어난 지 불과 20년도 채 안 되는 기간에 이루어냈다는 사실이다. 산악 선진국을 자처하는 유럽인들은 물론 전 세계 산악인이 크게 경악驚愕하며 부러워했다. 또 시기猜忌도 그만큼 했으리라. 일본의 경우, 한국인 3명의 8,000m봉 완등자를 결코 일본 언론에 공개조차 하지 않았다. 그야말로 한국산악인의 이 쾌거는 일반상식을 뛰어넘는 대단한 업적이었다.

여기에 멈추지 않고 우리의 경험 많은 선두대열들은 거벽등반, 연속등반, 알파인스타일 등으로 흐름을 주도해 나가더니 급기야 2000년 K2에 3개 팀에서 박정헌 등 대거 14명이 등정하고, 2001년 한국도로공사 팀이 시샤팡마 남서벽에 직등 신新 루트를 개척하고 '코리아 하이웨이'로 명명했다. 2002년 경북학생산악연맹은 동계 촐라체6,440m 남서릉 변형루트 개척의 성과를 이루어냈고, 경북 포스코산악회는 히말라야 동쪽 끝자락 부탄과 티베트의 국경에 위치한 쉬모캉리7,204m를 세계 초初등정했다. 2003년 김세준 팀은 파키스탄 나와즈브락5,800m에 신 루트를 개척했다.

2005년엔 광주, 전남산악연맹 합동대가 표고차 4,500m에 달하는 '지상 최대의 벽'이라는 낭가파르바트 루팔벽을 등정했다. 라인홀트 메스너 형제에 이어 장장 35년 만에 제2등의 쾌거로 하산도 메스너와 마찬가지로 디아미르 벽으로 횡단등반에 성공했다. 이는 유럽에서 변형 신 루트 개척으로 상당한 평가를 받았다. 2006년에는 서울특별시산악연맹 팀이 인도 탈레이사가르6,904m 북벽을 등정했다. 이는 1993년 대구 팀의 첫 시도 이후 계속 실패하다가 8번째 만에 드디어 성공한 것이다. 또한 김형일 팀이 트랑고타워 네임리스피크6,286m에 변형루트를 개척했다. 한편, 부산광역시산악연맹 팀은 2006년 봄부터 2011년 가을까지 5년 4개월 만에 14개 8,000m봉을 모두 마무리하는 대기록을 세웠다. 이 또한 세계기록이다. 부산산악연맹은 6권의 성실한 보고서를 편찬했다.

2006년 에베레스트에는 9개의 한국대가 몰려 모두 성공하고 19명이 등정하는 쾌거를 이룬다. 2007년 청죽산악회가 인도 가르무쉬6,244m를 알파인스타일로 올랐는데 이 등반으로 '아시아 황금피켈상'을 수상했다. 같은 해 강원대산악부가 과거 몇 차례 실패했던 안나푸르나 팡7,647m을 신 루트로 등정해냈다. 한국산악회 실버 원정대의 김성봉66세과 경남합동 팀의 송귀화59세가 각각 에베레스트 남녀 국내 최고령 등정기록을 세웠다. 엄홍길은 8,000m 14개 산 완등 이후에 2004년 얄룽캉8,505m과 2007년 로체샤르8,382m 등정을 끝으로 히말라야 고산세계에서 은퇴했다.

● ● ●

2008년 익스트림라이더 김세준 팀은 인도의 메루피크6,660m 북벽 신 루트를 개척했고, 같은 해 파키스탄의 카라코람 산맥에선 한국인들이 기록적인 등반을 몇 남긴다. 즉 직지 원정대가 차라쿠사 직지봉6,235m을 초初등정하고, 김형일, 박희용 등 5인조가 마셔브룸의 아딜피크5,300m를 북서벽 루트로 초初등정했다. 또 서울시립대학 팀과 최석문이 당시까지 남아있던 가장 높은 미답봉인 무즈타그 바투라2봉7,762m 세계 초初등정을 이루어냈다. 이어 2009년에 김형일이 이끈 K2대가 파키스탄 스팬틱7,027m 골든필라를 알파인 스타일로 신 루트를 개척하며 등정했다. 한편, 2009년에는 박영석 팀이 에베레스트 남서벽에 도전해, 2007년의 뼈아픈 실패와 좌절을 딛고 기어이 신 루트 '코리안 루트'를 개척하며 등정에 성공했다. 한국산악회도 카라코람의 우준브락6,422m을 초初등정했다.

이어 2010년 한국산악회 유학재 팀은 파리랍차6,017m 북벽에 신 루트를 개척하고, 2012년 김창호, 안치영 2인조가 네팔의 힘중7,140m을 알파인스타일로 세계 초初등정을 이루어냈고, '아시아 황금피켈상'을 수상했다. 이듬해 안치영, 오영훈, 김영미 3인조는 암프 1봉6,840m을 역시 알파인스타일로 세계 초初등했는데, 김영미는 '세계 초初등정을 이룬 여성' 대열에 합류하게 됐다.

특이한 등반으로 2013년 김

2005년 낭가파르바트 루팔 벽에서 김미곤 (김미곤은 2018년에 8,000m 봉 완등자가 됐다.)

2009년 마칼루 정상에서 고미영

2012년 힘중(7,192m) 세계 초등정 김창호(이 등반으로 '아시아 황금피켈상'을 수상했다.)

2014년 브로드피크 정상에서 김미곤 (왼쪽)

창호가 이끈 원정대는 인도양에서 출발해 카약을 타고 갠지스 강江을 거슬러 올라156km, 자전거를 타고 네팔까지 이동한 뒤893km, 걸어서 에베레스트 BC로 트레킹160km, 무無산소 등반으로 에베레스트를 등정하는 쾌거를 이루었다. 이른바 무동력으로 'From 0 to 8850m'를 이루어낸 것이다. 같은 해 김점숙, 채미선, 한미선의 용감한 3인조 한국여성의 파키스탄 트랑고 네임리스타워평균난이도 5.11a 등정이 빛이 났다. 2014년에는 한국외국어대학 산악회가 네팔 중앙 티베트국경지대 다모다르 히말의 루굴라6,899m 세계 초初등정을 달성하고, 안치영 팀이 파키스탄 가셔브룸 5봉7,147m의 세계 초初등정을 실현해냈다.

2016년 가을 서울산악조난구조대 팀의 구은수, 유학재는 마칼루 지역의 피크41 6,648m 북벽에 루트를 개척했다. 김창호, 최석문, 박정용 등 3인조 팀이 강가푸르나7,455m 남벽에 신 루트 코리안 웨이Korean Way 개척에 이어 이듬해 봄 김창호는 4인조로 인도의 다람수라6,446m 북서벽과 3인조로 팝수라

6,451m 남벽에 루트를 개척했다. 이러한 업적으로 김창호는 프랑스에서 수여하는 산악인 최고영예의 '황금피켈상' 심사위원 특별상을 수상했다. 산을 끔찍이도 사랑하는 우리 민족의 근성과 저력이 오늘날 뜻밖에 저 세계의 지붕 히말라야에서 무수히 입증되고 있다. 참고로 세계 최고봉 에베레스트를 등정한 한국산악인은 2018년 현재 여성 9명 포함 총 133명이다.

• • •

2018년 현재까지 국제산악연맹UIAA이 인정하는 히말라야 8,000m 14개봉 완등자는 고故 박영석, 고故 김창호 및 엄홍길, 한왕용, 김재수, 김미곤 등 여섯 산악인이다. 진정 자랑스러운 쾌거다. 참고로 2018년 현재까지 세계에서 여자 3명 포함, 총 40명이 완등했으며, 나라별로는 이태리7명, 1명은 슬로베니아인으로 최근에 이태리 2중국적 취득, 한국6명, 스페인6명, 폴란드3명, 카자흐스탄3명 등이며, 아시아에선 한국과 카자흐스탄 외에 네팔2명, 일본1명, 이란1명 뿐이다. 전통적인 산악강국 영국과 프랑스, 러시아는 아직 1명도 없으며, 미국, 스위스, 독일, 오스트리아, 호주, 슬로바키아, 체코 등등은 1명씩이다. 이중 김창호는 아직까지는 '무無산소 최단기간 완등'의 세계기록을 보유하고 있다. 오은선 역시 여성으로 14개봉 등정자로 등극했지만 칸첸중가 등정시비가 해결되지 못해disputed 안타깝게 세계기록에는 13개봉 등정자로 머물러 있다. 만약 확실한 물적 증거를 제출해 등정이 입증된다면 '여성 세계 최초 완등자'의 영예도 함께 안게 되는데, 이 때문에 유럽인들이 결코 인정하지 않으려 한다.

이외 8,000m봉을 많이 등정한 산악인은 고 서성호12개봉 등정, 2013년 에베레스트 사우스콜에서 사망, 고 고미영11개봉 등정, 2009년 낭가파르바트에서 하산 중 추락사, 고 오희준10개봉 등정, 2007년 에베레스트 남서벽에서 추락사, 김홍빈12개봉 등정, 나관주9개봉 등정 등이다.

2016년 강가푸르나 개척 등반하는 최석문 (이 등반으로 '아시아 황금피켈상'을 수상했다.)

김홍빈의 최근 모습
(김홍빈은 2018년 현재 12개의 8,000m 봉을 등정했다.)

반면에 1962년 한국인이 처음 히말라야에 발을 디딘 이래 반세기가 넘었지만 히말라야에서 돌아오지 못하고 불귀의 객이 된 한국산악인은 90여 명에 이른다. 한국 팀에 고용된 현지인 산악인까지 포함한다면 140여 명에 달한다. 죽음 앞에 두렵지 않은 자가 어디 있을까? 이들의 위대한 죽음으로 더 많은 승리자들이 생겼고, 이들의 뜨거운 희생으로 더 훌륭한 후배들이 계속 히말라야로 도전하며, 이들의 값진 교훈이 앞으로의 히말라야 길을 인도할 것이다.

### 백두대간 종주등산의 대중화

조선 영조 때 신경준이 편찬?한 조선의 산맥체계를 도표로 정리한 책 《산경표山經表》에는 1대간大幹 1정간正幹 13정맥正脈이 자세히 명기되어 있다. 여기에서 1대간이란 바로 백두대간白頭大幹을 말한다. 우리 한반도의 척추이며, 우리 민족의 5천년 역사와 문화가 이어져온 오랜 터전의 근원인 백두대간. 1980년대 초, 산악인이며 지도제작자 이우형이 조상의 얼이 담긴 이 파묻힌 보물을 찾아내 세상에 알리기 시작했다. 우리 산이 되살아난 것이다. 훗날 일본제국이 그린 한반도 지도보다 훨씬 상세했다. 《산경표山經表》에는 전국에 걸쳐 지방마다 민속의 삶이 촉촉이 배어 있기 때문이다.

1980년대 중반부터 퍼지기 시작한 '백두대간 종주'는 1990년대 초부터 근 20여 년간 붐Boom이 일어나 이 땅의 등산문화에 적지 않은 영향을 끼친다. 여기에는 등산전문잡지 《사람과 산》이 크게 일조했다. 《사람과 산》은 1990년부터 장장 7년에 걸쳐 남한에 위치한 백두대간과 백두대간에서 파생해 옆으로 뻗어 나가는 8정맥을 밟았다. 5개 정맥은 종주를 완료했다. 이 대장정에는 이우형을 필두로 권경업, 남난희, 조석필, 박용수, 김웅식 등을 비롯해 매년 수백 명의 산악인이 동참했다.

백두대간 종주 붐은 서서히 전국을 강타하기 시작했다. 당시 우리나라 산악인치고 백두대간과 남한의 여덟 정맥에서 일부 구간이라도 안 다녀온 사람이 없으리라. 한때 백두대간을 종주하지 않으면 엉터리 산악인이고 백두대간을 종주해야만 진짜배기 산악인이었다.

우리나라 한반도의 등줄기인 백두대간은 백두산2,750m에서 지리산1,915m까지 도상거리 1,625km남한 690km의 가장 긴 산맥이다. 백두대간의 종주는 흔히 지리산에서 향로봉까지 남에서 북으로, 또는 역방향으로 북에서 남으로의 종주를 말한다. 이 종주 붐은 전국의 등산열풍에 불을 붙였고, 등산의류 및 장비, 막영장비 발전에도 큰 영향을 끼쳤다. 아울러 국토사랑, LNT Leave No Trace 운동 등 자연보호에도 큰 관심을 일게 했으며, 나아가 통일에의 열망에 이어 애국애족정신을 기르게 했다.

이 기간에 백두대간 관련 책과 보고서가 무려 150여 권이나 발간됐다. 대표적인 책으로 백두대간 열풍의 기폭제 역할을 한 남난희의 《하얀 능선에 서면》수문출판사, 1990년, 학술적으로 접근한 조석필의 《산경표를 위하여》산악문화사, 1993년와 《태백산맥은 없다》사람과 산, 1997년를 꼽을 수 있다. 조선광문회의 《산경표》를 영인본으로 출간한 소설가 박용수, 10여 년간 현장을 답파하여 정리한 《신 산경표》조선일보, 2004년의 저자 박성태도 백두대간 종주 붐에 한몫했다. 뉴질랜

'백두대간 지키기' 캠페인

우리나라 《산경표》에 명기된 산줄기 (1대간, 1정간, 13정맥)

드 산악인 '로저 셰퍼드Roger Shepherd'의 영문판 《백두대간 트레일》2010년 도 있다. 로저 셰퍼드는 북한당국의 허가아래 북쪽의 백두대간도 12차례에 걸쳐 마무리했다. 2017년 발간된 최선웅, 민병준 공저 《해설 대동여지도》진선출판사, 2017년 는 '대동여지도'를 새롭게 재탄생시켰다.

수많은 사람들이 백두대간을 종주하면서 산지와 식생이 훼손되는 부작용까지 일어나 한때 백두대간 주변도시와 마을의 환경단체들이 "무리한 백두대간 종주는 보존차원에서 지양止揚 돼야 한다."는 목소리를 높이기도 했다. 결국 정부산림청는 2003년에 '백두대간 보호에 관한 법률'을 제정했다. 이에 따라 백두대간진흥회, 녹색연합 등 환경단체들이 백두대간 보존의식을 고취하자는 사랑운동을 매년 전개하고 있다. 산림청도 2010년부터 본격적으로 등산로 정비, 복원을 수시로 하고 있다.

근 20여 년간 우리나라 등산문화에 적지 않은 영향을 끼친 백두대간 종주 붐은 자연스레 '해외트레킹' 열풍으로 이어졌다. 앞으로 언젠가 기필코 걸어야 할 북녘의 백두대간이 우리를 기다리고 있다.

참고로 역사, 문화적으로 유명한 빼어난 산, 예로부터 "죽기 전에 꼭 한번 가봐야 된다."는 금강산1,638m의 관광은 1998년 장전항港으로 해로海路관광이 시작됐으나 2004년 1월에 중단됐고, 육로陸路관광은 2003년 9월 개방됐으나 2008년 7월 북한군의 관광객 사살로 이후 일체 중단됐다.

## 등산문화(文化)의 정착 (1)

민족의 비극 6·25 사변의 비참한 역경逆境을 딛고 폐허 속에 새 삶을 이루어 내기까지 등산이란 존재는 잠시 사라졌다 해도 과언이 아니다. 그러나 자연과 인간을 잇는 데 없어서는 안 되는 아름다운 행위의 존재가 바로 등산 아니던가! 산과 등산을 좋아하는 개개인이 모여 산악회를 만들고 또 그러한 산악회들이 모여 서로 뜻을 함께 할 때 비로소 등산문화도 싹이 돋고 꽃망울을 피우는 것 아니겠는가. 그런 의미에서 우리의 등산문화는 산악인들의 모임에서 시작됐다고 봐야 옳다. 지역마다 강습회, 산악강좌, 식목행사, 장비전시회 등과 등산대회 또는 산악정화캠페인 등으로 산악인들이 모임이 늘어나기 시작했다.

특히 1960년대 중반부터는 각 지역별로 '산악축제 한마당' 스타일로 산제山祭가 개최됐다. 계룡산제1966년, 한라산철쭉제1967년, 설악산제1967년, 마니산제1968년, 팔공산제1970년, 금정산제1970년, 지리산철쭉제1973년, 무등산갈대제1977년 등 매년 다채로운 행사를 곁들여 축제의 한마당이 되었다. 특히 1977년 설악제는 사상 최고의 인파16만 명가 참여하기도 했다.

1970년과 1971년 2년간 정부청와대 지원을 받아 민주공화당산악회와 대한산악연맹이 공동으로 전국의 명산에 35개 산장을 건립했다. 그 이전엔 서울산악회가 신우회信友會의 지원을 받아 지은 백운산장1960년 및 설악산의 양폭산장1966년, 희운각산장1969년 등이 있었다. 산장 건립은 훗날 전국의 등산 인구 저변확대와 등산사고 예방 및 LNT운동 등 친환경 산

등산의학 세미나

악정화캠페인에도 큰 일익을 감당케 되었다. 전국적으로 산장은 점차 많아졌고, 21세기 들어 웬만한 산에는 찻집을 겸한 산장이 곳곳에 생겨나 이 또한 등산문화로 연결되었다.

1970년대 등산문화 활동으로는 우선 대한산악연맹이 1972년부터 1975년까지 총 10차에 걸친 '산악영화' 상영회를 들 수 있다. 프랑스 등 산악 선진국 대사관 문화원을 통해 산악영화를 대여해 상영했다. 국립중앙공보관, 대학교 강당 등에서 보통 2편씩 상영했으며, 산악영상 문화에 대한 목마른 갈증이 심했던 시기라 관객이 늘 가득 찼다. 오늘날에는 동영상으로 제작된 세계의 산 소개, 등반기술, 등반기 등 시청각 자료가 외국에서 홍수처럼 밀려들어 오고, 국내 제작 동영상도 많아 마치 범람汎濫하는 듯하다.

한편, 1970년대에 들어서 전국의 각 시도산악연맹은 물론 상당수의 산악회에서도 너도나도 1~2월에 설제雪祭 또는 시산제始山祭를 거행하기 시작했다. 대학산악부는 신입생 때문에 3월 말에 시산제를 거행했다. 또 12월에는 '산악인 송년의 밤' 행사를 거행하며 산 노래, 응급처치 시범, 매듭&엮기 시범, 게임 등 다채로운 행사를 병행하기도 했다. 이 또한 등산문화로 자리매김한 셈이다.

● ● ●

외국의 유명 산악인 초청강연도 등산문화에 빼놓을 수 없다. 이를 시간의 순서대로 나열하면 1965년 미국 에베레스트 원정대 대장 노만 다이렌퍼스미국의 강연을 시작으로, 이본 취나드미국, 죠르즈 빠이요프랑스, 파벨 이샤블린소련, 아오끼 히로시일본, 모리스 에르조그프랑스, 헤르만 후버 외 4인서독, 반다 루트키에비치여, 폴란드, 페터 하벨러오스트리아, 보이테크 쿠르티카폴란드, 글

크리스 보닝턴 경(영국)의 초청강연회

로코프 비아체스라프구소련, 왕 평동중국, 에드워드 미슬로브스키러시아, 알랭 르노프랑스, J. D. 스웨드미국, 다베이 준코여, 일본, 산토쉬 야다브여, 인도, 왕 부주중국, 야기하라 오가타일본, 이안 맥노트 데이비스영국, 더그 스코트영국, 야마모리 킹이찌일본, 리 치신중국, 크리스토프 비엘리스키폴란드, 에드먼드 힐러리뉴질랜드, 하리쉬 카파디아인도, 안드레이 자바다폴란드 등이 국내에서 강연회를 가졌다.

21세기 들어선 외국 유명 산악인 초청강연이 더 잦아졌다. 2000년 스포츠클라이밍 국제루트세터 다미앵 유프랑스를 시작으로, 아미르 잔쥬아파키스탄, 루이스 로페츠스페인, 유지 히라야마일본, 세르지오 마르티니이태리, 에라르 로레탕스위스, 마우로 B 볼레이태리, 스테판 글로바츠독일, 크리스 보닝턴영국, 크리스티앙 트롬스도르프프랑스, 마르코 스콜라리스이태리, 앙드레 뒤지스페인, 퐁텐블루프랑스, 삐엘 험브레벨기에, 데니스 우룹코카자흐스탄, 로저 셰퍼드뉴질랜드, 야마노이 야스시일본, 라인홀트 메스너이태리, 릭 리지웨이미국, 스티븐 베너블스영국 등이다.

두 번 초청받은 분도 있다. 2004년에 크리스토프 비엘리스키폴란드가, 2011년에 다베이 준코여, 일본가, 2016년에 데니스 우룹코카자흐스탄가, 2017년엔 하리쉬 카파디아인도가, 2018년엔 크리스 보닝턴영국이 재 초청강연을 했다.

이들 세계적인 유명 산악인들은 다들 전문분야가 달라 국제산악연맹UIAA 회장, 아시아산악연맹UAAA 회장을 비롯한 지도자, 산악행정가, 고산등반가, 암벽등반가, 저술가, 스포츠클라이밍, 스키등산, 아이스클라이밍, 조난구조, 등산교육, 장비제조, 여성 산악인, 산악환경보존, 국립공원 관리 등 전문분야가 다채롭다.

• • •

어느 분야든지 시상施賞 제도는 문화의 꽃으로 그 분야의 발전과 성숙에 크게 기여하고 있다. 오늘날 산악계의 가장 권위 있는 상은 대한산악연맹이 2000년에 제정한 '대한민국 산악상'이다. 산악대상, 개척등반상, 고산등반상, 등산교육상, 스포츠클라이밍상, 산악문화상, 특별공로상 등 일곱 부문의 시상과 고상돈 특별상을 매년 '산악인의 날'에 수여하고 있다. 한국산악회는 2010년에 제정한 '한국산악상'을 매년 창립기념식에서 시상한다. 홍종인 상언론보도, 이은상 상산악문화, 김정태 상등반 등 세 부문의 시상이다. 이 밖에 한국대학산악연맹은 올해의 산악인 상1986년, 올해의 산악문화상1988년을 매년 시상하고 있고, 각 시도연맹 및 수많은 산악단체에서 나름대로의 우수상, 공로상, 감사패 등을 시상하고 있다.

등산문화 발전에 공로가 큰 잡지가 《사람과 산》이다. 1990년부터 '한국산악문학상'을 제정, 매년 산山 소설과 산시山詩 부문 수상작을 발표하고 있다. 2001년부터는 '산악지도자상', '알파인클라이머상', '스포츠클라이머상', '환경대상', '탐험대상'을 제정했으며, 2016년부터 '꿈나무클라이머상'을 추가했다. 또 국제적으로 권위 있는 '아시아 황금피켈상'2006년, '골든 클라이밍 슈상'2008년을 매년 시상하고 있다. 이 밖에 사진 및 그림전시회 등을 개최하며, 각종 단행본도 250여 권을 출판했다. 그럼에도 불구하고 반백 년 긴 세월을 우리나라 등산문화 발전에 묵묵히 동참해 온 월간 《산》의 고마움을 어찌 잊을 수 있겠는가!

등산잡지의 최장수 연재기록은 월간 《산》의 '이용대의 산행상담실' 〈Mountain Q & A〉다. 1996년 9월호부터 오늘날까지 단 1회의 쉼 없이 20여 년간 계속되고 있으며 언제 끝날지도 모른다. 보통 한 회에 3~5개 정도의 질문에 진솔하며 명쾌한 답을 게재한다. 등반기술, 등산상식, 등산문화, 등산 역사, 세계의 산 등을 총망라한 질문에 성실한 답변으로 일관된 기고寄稿다.

우리나라에는 2018년 현재 총 22개의 국립공원이 전국에 산재해 있다. 이중 17개 국립공원이 산악지대로 이를 나열하면 지리산, 한라산, 계룡산, 설악산, 속리산, 내장산, 가야산, 덕유산, 오대산, 주왕산, 치악산, 월악산, 북한산, 소백산, 월출산, 무등산, 태백산 등이다. 국립공원관리공단은 《한국의 국립공원》 등 정기, 비정기적으로 홍보책자를 발간하고 있다. 이외에

8,000m 완등자 기자회견. 좌로부터 한왕용, A. 로레탕(스위스), S. 마르티니(이태리), 엄홍길, K. 비엘리스키(폴란드), 박영석

도립공원과 군립공원으로 지정된 산山도 전국 도처에 있다.

한편, 2002년 UN이 정한 '세계 산의 해'를 맞이하여 정부산림청는 '우리나라 100대 명산'을 선정하고, 매년 10월 18일을 '산의 날'로 지정, 선포했으나 일반 산악인의 호응을 받지 못했다. 산림청은 후에 '한국의 200대 명산'을 선정하기도 했다. 이어 산림청은 전국적으로 등산객에 의한 무분별한 산림자원 훼손 및 각종 산악사고를 예방하고, 청소년을 포함, 일반 시민의 올바른 산악운동 선도, 지원을 위해 2008년 7월, '한국등산트레킹지원센터'를 출범시켰다. 한국등산트레킹지원센터는 〈등산로 이용자 만족도 조사연구〉 등의 조사보고서와 《안전산행 길잡이》, 《실전등산교실》, 《알기 쉬운 트레킹 길잡이》 등의 책자를 펴내 필요한 산악인에게 무료 제공하고 있다.

산 노래 부르는 알펜트리오(좌로부터 이승구, 유문환, 이영수)

## 등산문화(文化)의 정착 (2)

우리나라의 등산문화는 산악인들의 모임에서부터 시작했지만, 수십 년이 지나 성숙해져 가며 그 폭이 다양해지고 깊이도 더욱 깊어졌다. 알피니즘도 단순히 눈과 얼음의 세계에서의 행위뿐만이 아니라 그 체험이 문화로 승화할 때 비로소 빛을 발한다. 불가능을 가능으로 변화시키고, 두려움과 절망을 넘어 희망과 희열로 승화하는 일체의 과정이 등산문화이며, 그 속에 녹아있는 아름다운 유형, 무형의 폭넓은 산악인의 노력과 열정이 바로 등산문화다.

2007년 제주도 올레길 제1코스가 개발된 이래 2012년까지 20개 코스가 개장됐다. 이를 기회로 전국의 크고 작은 섬의 둘레길, 도시의 둘레길은 물론 지리산, 삼각산, 도봉산 등 명산의 둘레길, 해안가 둘레길 등이 하루가 다르게 무서운 속도로 널리 개발됐다. 원래 예로부터 있던 길들을 지방자치단체에서 새롭게 연결하고 단장한 것이다. 이런 둘레길 등에 기존 산악인은 물론 가족 단위로 찾는 시민이 엄청 늘어남으로써 삽시간에 전국 곳곳의 명소가 됐고, 등산문화에도 지대한 영향을 끼치게 되었다. 비록 작은 땅의 한국이지만 둘레길이 생기면서 아름다운 도시, 아름다운 산하, 아름다운 해안, 아름다운 섬으로 변했다.

산 노래는 무형의 훌륭한 장비로 산악인에게 참 친근한 문화다. 노래가사엔 진취적 기상과 용기가 물씬 담겼으며, 안온한 휴식, 추억의 회상, 아름다운 자연을 다정한 벗들과 함께 나누는 정겹고 낭만적인, 산악인의 시詩다. 산 노래는 1960년대부터 본격적으로 애창되어 왔다. 초기에는 외국 곡에 우리 가사를 붙인 산 노래가 구전되어 오다가 양천종의 '산으로 또 산으로', 백경호의 '산정' '숨은벽 찬가', 이정훈의 '설악가' '즐거운 산행 길' 등이 태어나면서 점차 풍요로워졌다. 최근에는 신현대의 '선인봉' '인수봉' 등이 산노래에 합류했고, 각 산악회마다 그들 정서에 와 닿는 도전, 기쁨, 슬픔, 환희, 사랑을 노래하며 뿌리내리게 됐다.

한편, 노산 이은상이 1967년에 산악인의 마음가짐을 100자로 정리해 발표한 〈산악인의 선서〉는 아직까지 수많은 산악 관련 행사에서 낭독되고 있다.

흑백 산악사진작가로 유명한 김근원을 초대회장으로 '한국산악사진가협회'가 창립1990년되어 오랫동안 매년 12월에 사진전시회를 개최했다. 이어 산악사진가들의 개인전시회도 왕성히 열렸다. 산山그림 전시회도 심심치 않게 열렸다. 1993년 경남산악연맹은 '경남산악문화제'를 개최해 고급승용차 한 대를 경품으로 내걸고 산에 관한 시, 시조, 사진, 그림전시 등 다양한 축제를 벌였으나 1회성 행사로 끝났다. 같은 해 이인정전 대한산악연맹 회장은 '한국산악문화회관'을 건립해 산악 관련 상설박물관, 도서관을 개장했다. 1997년에 MBC TV 드라마 '산'박인식 각본이 20회에 걸쳐 인기리에 방영됐다. 최초의 본격적인 등반이야기를 극화劇化한 것이다.

● ● ●

21세기 들어 '서울삼각산국제산악문화제', '문경산악문화제전', '부산산악문화축제', '영남알프스축제' 등 지역 산악문화제가 다투어 열렸다. 2004년 등산전문 케이블채널 'MOUNTAIN TV'가 개국해 오늘날도 전국의 산악인에게 알찬 산악 관련 정보 등을 제공하고 있다. 2007년 등산연극 〈안나푸르나〉가 초연初演됐고, 2008년 등산소설 《촐라체》가 출판되어 2년 후 연극으로도 공연됐다.

1990년 '제1차 국제산악장비전'이 한국종합무역센터KOEX에서 열리고 한때 주춤했지만 21세기에 들어선 '국제아웃도어장비전시회', '국제스포츠레저산업전' 등 세계적인 아웃도어 명품의류 및 아웃도어의 각종 신新장비전시회가 코엑스, 킨텍스 전시장 등에서 매년 성황리에 열리고 있고, 외국인 관람객도 해마다 증가하고 있다.

한편, 서울시산악연맹을 중심으로 대한산악연맹, 한국산악회, 한국대학산악연맹, 국립공원관리공단 등 5개 단체가 힘을 모아 2008년 7월 삼각산 무당골현 추모골에 '산악인 추모비'를 건립했다. 이후 자연스럽게 추모비 주변을 '추모공원'으로 부른다. 2018년 현재까지 추모동판 60개와 179명의 고인故人이 봉안奉安되어 있으며, 매년 상기 다섯 단체가 심사하여 추가봉안을 선정한다. 또한 매년 봄에 합동 추모행사를 추모공원에서 거행하고 있다. 이 추모공원은 앞으로 정부가 개입하여 옛 우이산장 터부터 시작해 현 추모비까

추모공원에서의 산악인 합동추모제를 매년 봄에 거행한다.

지 훌륭한 '산악인 추모공원'으로 잘 꾸며서 후손들에게 숭고한 도전정신을 계승하게끔 잘 가꾸어 나가길 희망한다.

제주도의 '고상돈 기념사업회' '오희준 기념사업회', 전북의 '고미영 기념사업회', 부산의 '서성호 기념사업회'처럼 지역에 따라 고인이 된 유명 산악인을 기리는 크고 작은 모임이 있지만, 유명 산악인을 내세워 산악활동을 통한 사회봉사활동을 하는 단체도 있다. 그 대표적인 예가 2008년에 창립한 '엄홍길 휴먼재단'과 2010년에 창립한 '박영석 탐험문화재단'이다. 엄 재단은 네팔에 학교를 짓고, 병원을 짓는 등 국제적으로 좋은 일을 많이 하고 있다. 국내에서는 '도전상'과 '휴먼상' 시상, 생활이 어려운 산악인 가족 후원, 청소년희망 국토순례 등 여러 뜻있는 행사를 매년 치르고 있다. 박 재단은 서울 상암동 월드컵경기장 옆에 재단빌딩을 큼직하게 짓고 있는데, 2019년 개관하면 본격적으로 청소년과 시민을 위한 다방면의 산악 관련 행사를 활발

파키스탄 산간지역 '홍수피해 돕기 캠페인'을 통해 상당수의 구호품을 기증했다. 2015년 네팔 대지진 때도 많은 구호품과 기금을 후원했다.

히 실시할 예정이다.

한편, 정부산림청는 2014년 설악산 자락에 '국립산악박물관'을 개관했다. 이 국립산악박물관에는 2015년 국제산악연맹UIAA 및 아시아산악연맹UAAA 서울총회에 참석한 세계의 산악지도자들이 모두 참관하고 기념식수를 심기도 했다. 국립산악박물관은 특별기획전을 열 때마다 《산에 들다》, 《8848》, 《이화, 산에서 피다》 등 전시기념 책자와 《사람, 산을 오르다》 등 양질의 서적을 매년 펴내고 있다. 산림청은 이어 2018년 12월, 박물관 옆 부지에 '국립등산학교'를 개교했다. 국립산악박물관도 마찬가지지만, 국립등산학교가 있는 나라는 세계에서 프랑스, 스페인, 인도, 네팔 등 별로 많지 않다.

2016년에는 '제1회 울주 세계산악영화제'가 화려하게 개막됐다. 첫해에 저명한 등반가 라인홀트 메스너의 강연회가 있었고, 이듬해인 2017년부터 '울주 세계산악문화상'을 제정했다. 영예의 제1회 수상자는 '세븐 서미츠'로

울주 세계산악영화제 개막식

유명한 미국등산가 릭 리지웨이가 선정됐다. 제2회 수상자는 영국의 크리스 보닝턴 경卿이다. 이 상賞은 전 세계의 산악 관련 자연, 환경, 등반, 문학, 영화, 언론, 방송 등 다양한 분야를 함께 아우르는 상으로 울주 영화제를 더욱 빛나게 해 앞으로 세계적인 산악영화제로 발돋움하리라 본다.

오늘날까지도 춥고 배고픔이 등산영화 제작이다. 우리 등산영화는 타 선진국에 비해 많이 늦었고 열악한 환경 속에 작품도 많지 않기에 몇 작품의 영화평을 간단히 언급코자 한다.

● 다큐멘터리 영화 〈길〉은 '1977년 에베레스트 원정대원'들이 30년이 지나 초로初老의 모습으로 2007년 '남서벽 원정대원'들과 함께 다시 에베레스트로 향하는 가슴 벅찬 여정으로 시작된다. 선후배의 따듯함으로 시작한 등반이 점차 엄청난 역경에 직면하면서 결국 가슴 아픈 결말에 이르고, 울부짖는 박영석 대장의 슬픔은 산악인의 길이 과연 무엇인가를 담담히 되짚어보게 한다. **(김석우 감독 작품, 2008년 / 96분)**

● 〈우리는 그곳에 있었다〉는 1997년 한국산악회 팀이 가셔브룸 4봉7,925m에 '코리안 다이렉트' 신 루트의 기적을 일궈낸 원정대 이야기다. 2년 전 실패했던 등반부터 시작해 성공을 이뤄낸 투혼, 그 후 산에 대한 애착을 간직한 채 살아가는 대원 모습을 담고 있다. 산악다큐멘터리가 아닌 휴먼다큐멘터리다. 산사람 특유의 투박한 정서, 등반대장의 생생한 증언을 통해 12명 대원들이 그곳에 어떻게 존재했는지 진솔하게 보여준다. **(박준기 감독 작품, 2012년 / 82분)**

● 극영화 〈히말라야〉는 히말라야 등반 중 사망한 고 박무택의 시신을 찾기 위해 목숨 건 등반을 떠나는 엄홍길 대장과 휴먼 원정대의 뜨거운 도전을 그렸다. 히말라야 현지 로케이션 촬영과 역동적 화면을 위한 새로운 시도로 관객들에게 좋은 반응을 얻었다. 실화를 바탕으로 산악인의 우정을 진정성 있게 담아냈다는 평가를 받으며 흥행에도 성공했다. 구은수, 김미곤, 안치영, 김세준, 임일진 등 산악인이 참여했다. **(이석훈 감독 작품, 2015년 / 124분)**

● 〈벽〉은 캐나다 부가부산군의 거벽을 등반하는 전양준과 박희용 등의 클라이밍 다큐멘터리다. 거벽을 오르는 한 남자의 내레이션으로 시작해 소외된 주인공을 둘러싼 두려움의 세계와 적막 속에 외롭게 거벽을 오르는 고독한 산사나이의 의식을 따라가면서 진행된다. 2008년 제56회 이태리 트렌토국제산악영화제에서 아시아 최초로 경쟁부문 수상작으로 선정, 가장 알피니스트 적이라는 쁘레미오 마리오벨로알파인클럽상를 수상했다. **(임일진 감독 작품, 2007년 / 70분)**

● 〈알피니스트〉는 2013년까지 몇 차례의 원정등반을 다루고 있다. 영화는 카메라맨이자 감독인 관찰자 '나'의 시선으로 촬영되어 선별된 푸티지Footage로 이야기를 전개한다. 이어 또 다른 '나'의 이야기와 함께 주관적 시선으로 바라보는 카메라는 결국 안타까운 결말을 보여주지만, 그들의 죽음은 삶에 대한 강한 애정과 히말라야의 부름에 기꺼이 응하는 어느 알피니스트의 운명을 이야기하고 있다. 제1회 울주세계산악영화제 최종 선정 작품으로 제42회 서울국립영화제 특별부문 초청작이다. **(임일진·김민철 감독 작품, 2017년 / 84분)**

앞으로 등산영화의 미래는 드론Drone 등 촬영기법의 발달과 산악인의 등산영화에 대한 애정과 관심 증가로 우리 등산영화 제작은 가일층 발전하리라 본다.

## 등산문학(文學)의 어제와 오늘

일찍이 1950년대 발간된 등산회보는 경기고산악부, 서울문리대산악회, 부산대륙산악회, 무등산악회, 한국산악회 소식지 1호 등이 있지만, 무엇보다 놀라운 책은 경북학생산악연맹에서 발간한 《산악山岳》1961년 창간호다. 국판 갱지인쇄에 무려 268쪽의 방대한 양이다. 부록으로 《산악용어사전》을 펴냈다. 본격적인 등산전문지로서는 우리나라 최초의 책으로 국보급 가치다.

1960년대의 회보창간은 서울의 이화여대산악회, 수락산악회, 소나무산악회, 시민산악회, 양정산악회, 국회산악회, 은벽산악회, 우정산악회, 산비둘기산악회 등이고, 지방에선 부산산악회, 부산자일클럽, 동아대산악부, 마산무학산악회, 전남대산악부 등이다. 1970년대에 들어선 회보를 펴내는 산악회가 전국적으로 부쩍 많아지더니 1980년대부터는 홍수처럼 발간됐다.

1975년 한국산악회는 창립 30주년을 기념해 《등산50년》, 《별빛과 폭풍설》, 《산악소사전》, 《암벽등반기술》 등 문고판 산악서적 7종을 발간해 당시 산악인들의 지적 갈증을 해소해 주었다. 대한산악연맹의 계간지 《산악인》1978년 창간은 1982년 중단됐다가 1986년 재 발간되어 국내외를 커버하는 알찬 내용의 우수한 전문지로 애독자가 많았으나 1997년 폐간됐다.

21세기 들어 현재까지 꾸준히 발간되는 정기간행물은 대표적으로 한국산악회의 연보 《한국산악》1968년 창간과 격월간지 《산》, 대한산악연맹의 《산악

대한산악연맹 50년사

서울특별시산악연맹 50년사

한국산악회 70년사

연감》2000년 창간과 월간지 《대산련大山聯》, 한국대학산악연맹의 연보 《엑셀시오》1976년 창간, 한국산서회 연보 《산서山書》1987년 창간 등이 있고, 전국의 각 시도 산악연맹도 서울시산악연맹의 《서울산악연감》2010년 창간처럼 각기 정기적으로 출간하고 있다. 이외 정기적 또는 비정기적으로 펴내는 산악단체와 산악회도 전국적으로 엄청 많은데 여기선 생략한다.

또한 국제화에 맞춰 대한산악연맹은 우리의 히말라야 등반 등의 훌륭한 기록, 국내외의 제반 산악활동 등을 보다 효과적으로 홍보하기 위해 영문으로 작성한 연보 《Korean Alpine News》2009년 창간를 매년 발간해 국제산악연맹 회원단체 및 각국 언론기관 등에게 배포하고 있다.

한편, 오늘날 현존하는 등산전문 월간 잡지는 역사가 가장 깊은 조선일보사의 《산》1969년 창간을 비롯해, 《사람과 산》1989년 창간의 단 2권뿐이다. 《MOUNTAIN》2001년 창간은 안타깝게도 최근 들어 문을 닫았다. 남녀노소 산악인들이 보다 많이 애독해야만 서로 상부상조하리라 본다.

● ● ●

해외 원정대 보고서는 내용이 두텁다고 꼭 좋다고 볼 순 없다. 원정계획서와 보고서는 세월이 갈수록 점차 업그레이드되었다. 가령 어느 팀이 수준 높게 펴내면 다들 따라하는 식이다. 원정 보고서는 많다. 이중 성실하게 작성한 대표적 보고서를 골라 보면 문공부 아동문학상을 수상한 1977년 《나의 에베레스트》 외 1981년 《안나푸르나 남봉 등반 보고서》, 1987년 《렌포강 하늘길》, 1987년 《Oriental Express to Crystal Summit》영문 보고서, 1989년 《카라코람 원정 보고서》, 1995년 《EVEREST South-West Face》 2권, 1996년 《아마다블람 등반기》, 1997년 《빛나는 산으로》, 1999년 《Great Karakoram》과 《신이 허락한 땅》, 2000년 《새천년 7대륙의 정상》, 2001년 《만다1·2봉 원정 보고서》와 《낭가파르밧 원정등반 보고서》, 2003년 《히말라야의 별》, 2004년 《LHOTSE West Face》와 《아버지의 산 무즈타그아타》, 2005년 《PUMORI》, 2006년 《MUZTAGATA》, 2006년부터 2011년까지 부산시산악연맹이 발간한 《Dynamic Busan Expedition》총 6권, 1991년에 시작해 2007년에 끝을 맺은 《17년 인고 끝에 빛나는 정상》, 2008년 《파미르 악수》와 《신들의 영역 로체남벽》, 2011년 《자유》, 2016년 《거니에산》 등이 있다. 또 대한산악연맹이 2001년부터 매년 발간하는 《한국청소년오지탐사대 종합보고서》도 꼽을 수 있겠다.

산과 등산에 관한 서적은 상기의 정기간행물과 보고서 외에 국내외 산 소개, 등반기술, 등산상식, 심포지엄 발표, 학술집, 등반기, 수필집, 시집, 화집, 사진집, 소설, 만화, 기타 단행본 등이다. 21세기 들어 다양한 소재의 산악도서가 세계 어느 선진국 못지않게 무수히 출판되고 있다. 2002년 한 해엔 무려 37권의 산악 관련 단행본이 출간되기도 했다. 다양한 소재에 재미있는 책도 많고 반면에 깊이 없는 책도 꽤 있다.

유럽, 북미 등에서의 수입서적도 많아 읽을거리가 풍요롭다. 나아가 우리의 등산도서 《똑똑한 등산》김성기 저이 《我的 第1本 登山》이란 중국어 책으로 번역되어 중국에서 인기가 높을 정도로 우리의 등산문학이 일취월장하고 있다. 작금에는 산악 선진국조차 우리의 책과 글들을 많이 인용하고 있는 실정이다. 참고로 번역물을 포함해 사)한국산서회가 2016년 창립 30주년을 맞이해 '한국의 산서山書 BEST 30'을 발표했는데 이를 옮긴다.

1. 《영광의 북벽》(정광식)
2. 《8,000미터 위와 아래》(헤르만 불/김영도)
3. 《K2, 죽음을 부르는 산》(김병준)
4. 《검은 고독, 흰 고독》(라인홀트 메스너/김영도)
5. 《나는 아무래도 산으로 가야겠다》(김장호)
6. 《마운틴 오딧세이》(심산)
7. 《알프스 등반기》(에드워드 윔퍼/김영도)
8. 《14번째 하늘에서》(예지 쿠쿠츠카/김영도·김성진 공역)
9. 《친구의 자일을 끊어라》(조 심슨/정광식)
10. 《내 청춘 산에 걸고》(우에무라 나오미/김성진·곽귀훈 공역)
11. 《무상의 정복자》(리오넬 테레이/김영도)
12. 《끈》(박정헌)
13. 《나는 살아서 돌아왔다》(라인홀트 메스너/김성진)
14. 《내 생애의 산들》(월터 보나티/김영도)
15. 《사람의 산》(박인식)
16. 《안나여 저게 코츠뷰의 불빛이다》(우에무라 나오미/곽귀훈)
17. 《최초의 8,000미터 안나푸르나》(모리스 에르족/최은숙)
18. 《희박한 공기 속으로》(존 크라카우어/김훈)

19. 《그곳에 산이 있었다》(이용대)
20. 《꿈속의 알프스》(임덕용)
21. 《역동의 히말라야》(남선우)
22. 《하얀 능선에 서면》(남난희)
23. 《한국명산기》(김장호)
24. 《회상의 산들》(손경석)
25. 《산의 사상》(김영도)
26. 《雪과 岩》(가스통 레뷔파/변형진)
27. 《우리는 산에 오르고 있는가》(김영도)
28. 《북한산 역사지리》(김윤우)
29. 《알프스의 3대 북벽》(안데를 헤크마이어/이종호)
30. 《알피니스트의 마음》(장 코스트/손경석)

사)한국산서회가 뽑은 '山書 BEST 30'

상기 한국산서회의 'BEST 30'에는 김영도 선생의 책이 가장 많이 선정됐다. 산서애호가로서 이분께 존경을 표하지 않을 수 없다. 영예의 1위를 차지한 《영광의 북벽》의 저자 정광식은 애석하게도 2018년 봄, 네팔에서 불귀의 몸이 됐다. 《K2, 죽음을 부르는 산》은 최근에 제호를 《K2, 하늘의 절대군주》로 바꿔 부록을 빼고 다시 펴냈다.

상기 'BEST 30' 안에 안 들었어도 훌륭한 내용의 산서는 얼마든지 많이 있다. 참고로 현존하는 가장 두꺼운 등산 서적은 1,328쪽에 달하는 《大韓山岳聯盟 五十年史》로 역사자료 참고서로서 가치가 높은 소중한 책이다.

### 산에서의 조난과 구조 활동

1948년 1월, 한국산악회의 제2차 적설기한라산등반대의 전탁 대장이 폭설로 하산 중 탐라계곡에서 사망했다. 광복 후 최초의 조난사고다. 당시 지친 대원들이 시신을 옮길 수 없을 정도로 상황이 심각했다. 한국산악회는 1, 2차 조난구조대를 파견했으며, 시신은 꼭 2달 만에 발견됐다. 첫 적설기 조난기록이기도 하다. 1954년 9월, 한라산이 개방되면서 제주도 내 각종 행사가 한라산으로 이어지고 육지에서도 한라산을 찾는 이들이 점차 많아지더니 1961년 1월, 서울법대산악부가 조난당했다. 두 번째 조난이다.

그해 5월, 대한적십자사 제주도지사는 "한라산은 제주산악인이 지키자"는 취지하에 우리나라 최초의 민간산악구조대 '적십자산악안전대'를 결성했다. 발 빠른 움직임이다. 이후 한라산의 크고 작은 산악사고를 도맡아 해결해 왔다. 2005년 2월, '대한적십자사 제주특별자치도지사 대한산악연맹 제주특별자치도연맹 산악안전대약칭 제주 산악안전대'로 거듭났다. 제주 산악안전대는 예나 지금이나 바람직한 제주도 산악문화 발전에 큰 일익을 담당하고 있다. 2016년에는 창설된 이후 한라산에서의 산악구조 기록을 정리한 구조역사서 《산악안전대》712쪽를 펴내기도 했다.

1968년 10월, 가톨릭의대산악부가 설악산 십이선녀탕에서 진눈깨비를 동반한 갑작스런 추위로 인해 7명이 사망했고, 몇 달 후인 1969년 2월에 한국산악회의 훈련대가 설악산 죽음의 계곡에서 눈사태로 10명이 희생됐다. 또 1971년 11월, 인수봉에서 하강 중 로프가 돌풍에 휘말려 엉키는 바람에 7명이 매달려 동사하는 등 대형사고가 일어났다. 이에 자극받아 다음해 2월, 서울특별시산악연맹에서 '산악조난구조대'를 발족했다. 전국적으로 산악단체로선 처음이다. 1974년 12월, 서울시연맹구조대는 '대한적십자사서울지사 합동산악구조대'의 역할도 맡아 두 개의 단체에 소속하게 됐다. 때문에 대원들은 의무적으로 매년 12시간씩 응급처치 교육을 받아야 했다.

1983년 4월, 한국대학산악연맹 합동등반 중 인수봉에서 때 아닌 눈보라에 날씨가 급변하자 하산을 서두르며 7명의 대학생이 사망하고 11명이 동상에 걸리는 사고가 발생했다. 이 참사를 계기로 한 달 후인 5월에 삼각산일명 북한산과 도봉산에 상주하는 두 '경찰산악구조대'가 창설됐다. 이 경찰산악구조대와 119구조대가 사고자 구조와 후송에 주력하면서 서울시산악조난구조대는 사고 예방활동에 주력하게 된다. 기 산악안전시설물에 대한 점검활동을 강화해 인수봉, 선인봉을 중심으로 시설물 보수 및 교체작업을 수시로 벌이고 있다. 1990년 2월, 해병대 특수훈련장 안전점검을 의뢰받은 이래 현재까지 특전사령부 특수훈련장, 육군 ○○부대의 유격장 안전점검을 현재까지 이어오고 있다. 또한 1989년 《산악조난과 구조》를 발간해 가맹단체에게 무료 배포하며, 1991년에는 《산악안전》을 발간했다.

산악조난구조대의 구조훈련

1980년대 후반으로 들어가며 각 시도산악연맹에서도 지역별로 산악구조대 결성이 활발하게 이뤄졌다. 이에 대한산악연맹은 1989년 6월, '제1회 전국산악구조대 합동훈련'을 실시했다. 서울시산악조난구조대가 핵심역할을 담당한 첫해에 전국에서 170명의 산악구조대원이 참여했다. 이 합동훈련은 각종 조난사례 발표와 연구를 중점으로 다루는 '산악안전대책 세미나'와 함께 연례행사로 자리 잡아 전국의 각 시도산악연맹이 돌아가면서 주관하며, 현재까지 전국적으로 산악구조대원들의 정예화에 크게 기여했다. 한편, 《친환경 안전등산》《Ridge Climbing Safety》 등을 발간해 일반 산악인과 클라이밍동호인에게 무료 배부하기도 했다.

1998년 1월, 설악산 토왕성 계곡에서 경북대산악회 외 8명이 눈사태로 사망했다. 같은 해 8월 초에는 지리산에서 폭우로 인해 유람객 포함 대거 100여 명이 사망, 실종되는 대형 참사가 발생했다. 이 사고로 8월 15일 전국의 5개 명산에서 거행할 '대한민국 정부수립 50주년기념 산상대축전' 행사에 지리산을 제외해야만 했다.

누구나 예기치 못한 사고를 당하면 구조를 요청하지만 구조대를 기다리기 어려운, 화급火急을 요할 경우를 대비해 산기슭 마을 젊은이들로 이루어진 민간지역구조대가 지키고 있는 산山도 전국에 많이 산재해 있다. 한편, 한국산악회는 1939년부터 2014년까지 삼각산, 도봉산 지역의 모든 산악사고를 학구적으로 연구, 분석 정리한 《山岳事故 白書》522쪽, 2016년를 발간했다.

산에서는 계절에 따라 또 날씨의 급변에 따라 크고 작은 사고가 매년 이어진다. 그 원인을 보면 리더의 부재, 무지無知, 안이한 생각, 순간적인 방심, 부주의 등 능히 피할 수 있었던 사고가 더 많다. 변덕스런 날씨, 갑작스런 사태 등 자연적인 요인 외에 지치거나 체력저하, 판단미숙, 장비부족, 기술상 요인 등으로 평소 '안전사고 예방'을 늘 염두에 두고 충분히 준비한 후 산행에 임해야 하겠다. 자연보호 교육과 마찬가지로 사고예방 교육은 평생교육이다.

# 4

# 21세기의 변화와 산악스포츠의 발전

## 13년 생애의 국민생활체육 전국등산연합회

'88 서울올림픽'이 성공적으로 끝나고 나서 정부체육부는 일반 국민을 대상으로 생활체육을 통해 국민체력증진과 건전한 여가선용을 선도하기 위해 1991년 '국민생활체육협의회'를 창립했다. 건강한 가정, 건강한 사회, 건강한 국가건설을 위해 모든 국민의 생활체육 참여가 바람직하다는 취지다. 이어 생활체육을 통한 세계 한민족의 동질성과 조국애 함양涵養, 통일기반 조성을 목적으로 '세계한민족체전위원회'와 통합했다. 국민 모두가 한 종목 이상의 스포츠에 참여할 수 있는 효율적인 환경개선과 편의제공 확대 등 지원을 강화하자는 것이다. 스포츠 강국으로 도약하자는 신선한 발상이다. 시작이 거창했다.

또한 이를 위해 세부적으로 현장지도자의 효율적 관리, 선진프로그램 개발, 제반 육성지원 확대 등을 통해 내실 있는 '세계한민족축전' 개최와 나아가 소외계층 및 장애인을 위한 '체육나눔운동'을 실행하자는 의미다. 그러니까 전 국민은 물론 세계에 흩어진 한민족을 이러한 생활스포츠로 굳게 뭉치며, 여기에 소외계층과 장애인을 포함시키자는 그럴듯한 계획의 실천인 셈이다. 이론은 그럴 듯했다. 2009년 '국민생활체육회'로 명칭이 변경되고 엘리트 스포츠를 육성하는 '대한체육회'와 어깨를 나란히 하는 단체로 급성장했다.

한편, '전국등산연합회'는 등산운동을 국민에게 널리 보급해 활기찬 생활여건을 도모함으로써 명랑하고 밝은 사회건설에 기여하자는 취지로 2003년 3월에 발족했다. 창립 당시는 9개 시도연합회로 구성됐고, 이듬해인 2004년에 국민생활체육협의회 정회원단체가 되었다. 등산운동 보급 확산을 위한 효과적인 홍보와 이를 위해 평균 연중 500여 회에 걸쳐 지역별로 나눠 시·도 및 시·군·구 등산대회·걷기대회 등 각종행사를 개최해 왔다.

마침 20세기 말에 몰아닥친 IMF 사태 이후 평일에도 산을 찾는 시민이 많아졌고, 산은 많은 이들에게 재충전의 훌륭한 장소를 제공해 주었다. 따라서 각 지역마다 우후죽순 식 산악회 내지 등산소모임이 생겨나기 시작했다. 지역은 지역대로, 직장, 사회조직, 동창, 친구들의 산악회 창립이 이어졌다. 21세기 들어선 전국적으로 산악회의 숫자가 전 스포츠 종목 중에서 압도적 1위를 차지했다. 참고로 2위는 동네마다 있는 조기축구회다. 여기에 편승해 주말마다 국내 명산들을 찾아 떠나는 관광버스 안내 산행이 각 도시마다 북새통을 이룰 정도로 성시成市를 이루었다.

'국민생활체육 전국등산연합회'는 전국적인 등산대회도 많이 개최했다. 이를 나열하면 2016년까지 '생활체육 대축전 전국등산대회'14회, '문화체육관광부장관기 전국등산대회'8회, '국민생활체육회장배 전국등산대회'8회, '연합

사)대한산악연맹·국민생활체육전국등산연합회 통합총회를 마치고 기념촬영

회장기 국민생활체육전국등산대회'[12회] 및 각종 '국민생활체육 전국등산대회'[18회] 등 활발한 활동을 했다. 이 전국동호인등산대회들은 등산의 각 분야별로 최고 실력을 겨루는 대한산악연맹의 전통적인 등산대회와는 성격이 사뭇 다르다. 일반 시민을 대상으로 등산운동의 보급과 홍보가 주목적이라 정부예산을 받아 축제형식으로 치러왔다.

나아가 국민생활체육 전국등산연합회는 효과적인 생활체육 활성화를 위해 2013년부터 2015년까지 3년에 걸쳐 트레킹학교를 운영했다. 년 80회 실시하는 이 트레킹학교에선 주로 산행 안전문화를 선도함이 주목적이었다. 국민생활체육 전국등산연합회는 각종행사에 참여하는 회원을 약 500만 명으로 추산한다. 실로 대단한 규모의 연합회다.

그러나 정부지원의 의존도가 높아 대부분의 생활체육 분야들이 다양한 사업개발에 한계가 드러났고, 각 생활스포츠들이 회장 및 임원들의 기부금에 의존하는 재정운영으로 자립도가 열악했다. 국민생활체육은 이론상으론 그럴듯했지만, 현실적으로 발전성이 희박하고, 나아가 체육행정의 2중성으로 “적지 않은 혼란과 예산의 낭비만을 초래한다.”는 비판이 전국적으로 높아졌다. 결국 이를 반영한 정부문화체육관광부 시책에 따라 2016년 ‘국민생활체육회’와 ‘대한체육회’가 통합됐다. 국민생활체육회 이름으로 분리 독립한 지 25년 만에 대한체육회로 편입된 것이다. 이에 따라 그 소속단체인 ‘국민생활체육 전국등산연합회’와 ‘대한산악연맹’이 통합했다. 전국등산연합회는 태어난 지 13년 만에 대한산악연맹에 편입된 것이다.

### 대한산악연맹의 등산교육원

21세기를 맞이해 전국에 산재한 50여 개 등산학교의 질적 평준화 문제가 대두되자 우선 2005년에 대한산악연맹은 ‘등산교수, 강사제도 세미나’를 개최했다. 강사교육에 대한 열의가 의외로 높아 곧 ‘산악강사 자격과정’을 신설하고 제1기 하계교육 및 산악강사2급 제1기 동계수료를 끝내고 강사1기 자격을 취득토록 했다. 이어 ‘등산가이드2급 자격과정’을 신설했다. 2008년 산림청으로부터 ‘등산안내인 교육기관’으로 정식 인증을 받은 대한산악연맹은 이를 보다 전문화하기 위해 2009년 부설 ‘등산교육원’을 설립했다.

등산교육원은 정부문화체육관광부의 지원을 받아 ‘범국민등산교실’을 열었다. 안전등산, 친환경, 트레킹학교를 전국의 시도산악연맹을 통해 2009년 한 해에 총 236회를 개강해 8,120명이 교육을 받았다. 이듬해에는 ‘등산교육원 국민등산학교전문등산교육 과정’를 열어 전국에서 총 78회 개강해 1,580명이 수료하고, 2011년도 일반과정+전문과정 총 75회에 걸쳐 3,130명을 배출했다.

대한산악연맹 등산교육원의 범국민등산교실

2012년 심화과정+전문과정은 총 59회, 2,540명을 배출했다. 이렇듯 2015년까지 7년간 무려 26,879명의 교육생을 배출했고, 교재 《범국민등산교실》, 《친환경안전등산》 등을 펴냈다.

2011년부터 국민생활체육협의회 트레킹학교에 강사를 파견해 2016년 협의회가 대한체육회와 통합할 때까지 계속 강사를 파견해 왔다. 이 트레킹학교에서도 총 213회, 5,698명을 배출했다. 한편, 등산교육원은 2010년에 산림청 국립등산학교 및 산악박물관 설립에 관한 업무협약을 하고, 2011년 산림청 '숲길체험 지도사전 등산안내인' 교육기관으로 재 인증 받았다. '숲길체험 지도사'는 현재 '등산지도사'로 명칭을 변경해 교육하고 있으며, 2015년부터는 한국산악회도 등산지도사 교육기관으로 인증 받았다.

2013년에는 '등산강사 자격 및 등산교수 임용에 관한 규정'을 개정해 각 과목의 커리큘럼 재정비 및 최적화, 다각도 연구에 주력하고 있다. 등산교

등산교육원의 등산교수 연수

육원의 강사자격을 취득하려면 하계연수10과목, 동계연수3과목 및 교양과정2과목을 모두 합격해야 한다. 강사자격을 취득하면 유효 기간이 5년이며, 5년 내에 매년 1~2회 개최하는 '등산기술발전을 위한 교육원세미나'에 3회 이상 참석해야 하며, 보수교육에 불참하면 자격이 상실된다.

등산교육원은 등산강사 자격취득자를 대상으로 교육, 연구발표, 토론을 통해 강사/교수의 자질과 수준을 향상시키는 데 꾸준히 노력하고 있다. 등산교수는 2년에 1회 이상 연구발표를 해야 재임용 자격이 유지된다. 2017년 기준 등산교수 13명, 특임교수 6명, 등산전임강사 18명, 특임강사 1명이며, 2016년까지 등산교육원에서 배출한 강사가 207명으로 이들은 전국의 각 등산학교에서 강사로 활동하고 있다.

앞으로 순수한 산악인을 육성하기 위한 등산교육원은 무척 바빠지리라 예상된다. 선진화교육, 보다 과학적인 교육을 통해 한 차원 높은 교과내용으로 등산강사 자격제도를 더 강화해야 한다. 꾸준한 커리큘럼 보완을 위해서는 우수한 인재확보가 필요하며, 국제화를 향해 꾸준히 발전하려면 지속적인 재원財源 마련이 필수적이다.

한편, 산림청에서는 '국립등산학교'를 설악산 산악박물관 옆 부지에 건립해 2018년 12월에 개교했다. 국립등산학교는 국가차원의 앞서가는 교육공간과 교육시스템 구축으로 산림복지사회를 선도하며, 각종 아웃도어 리더십을 통한 창의적인 산악인 양성과 폭넓은 등산문화 확산 등 친환경적 삶의 질을 높이자는 목적을 지녔다. 청소년, 일반, 가족, 장애인, 전문, 특별반으로 구분해 스포츠클라이밍, 드론 촬영 등 세분화된 최적화 커리큘럼으로 앞으로 기대가 무척 크다.

### 사)대한산악구조협회

2009년 11월, 사)대한산악구조협회가 창립했다. 전국 시도산악연맹 산악구조대가 더욱 효과적인 구조 활동을 위해 대한산악연맹 산하단체이자 별도의 법인산림청 등록법인으로 정식 출범했다. 등산 인구의 증가는 곧바로 산악사고 증가로 이어지기 때문에 시대적 요청에 의한 출범으로, 제반 산악조난사고의 효과적인 예방과 사고발생시 안전하고 신속한 구조로 국민의 생명을 보호함이 주목적이다.

무엇보다 우선은 구조대원의 꾸준한 교육이다. 구조대원의 자질향상과 정예화를 위해 응급처치 과정은 기본이고 체계적인 암벽등반 구조훈련을 시작으로 동계 합동구조훈련, 헬기 구조훈련 등을 주기적으로 실시하고 있다. 아울러 2년여에 걸친 등산교육원의 산악구조대 과정을 통해 표준적인

사)대한산악구조협회 창립기념식

교육을 이수함으로써 현장에서 보다 능률적으로 구조 활동을 펼칠 수 있도록 노력하고 있다.

2012년부터는 산악구조 강사과정을 신설해 각 지역에서 강의와 실기교육을 할 수 있는 고급 인력 양성에 주력하는 한편, 사기진작士氣振作과 결속력을 다지기 위해 매년 우수구조대원 시상施賞을 하고 있으며, 이 시상제도는 대한산악연맹이 1996년부터 실시해 왔다.

등산 인구의 폭발적인 증가로 한 달에 한 번 이상 산에 가는 인구가 대략 1,500만 명이나 되고, 전국적으로 등산 인구가 골고루 분포되어 산악사고가 도처에서 잇따르고 있다. 특히 40대 후반 이상의 연령층 산악사고가 76.7%에 달하고, 실족과 무리한 산행이 주원인으로 이는 무엇보다 부족한 등산교육, 무분별한 산행, 잘못된 등산상식으로 이를 예방하기 위해선 꾸준한 교육이 필수적이다. 이에 시민안전등산교실, 응급처치 강좌 등을 개

민관 합동 구조훈련

민관 합동 산악구조 경진대회

설, 운영하고 있으며, '봄철 해빙기 산악안전' 등 영상프로그램 제작, 홍보에 힘쓰고 있다.

한편, 대한산악구조협회는 2010년 산림청으로부터 각 시도산악연맹 별로 11인승 왜건 차량, 자동식 심실제세동기FRX, 들것, 위성항법장치, 무전기, 캠, 로프, 도르래, 카라비너, 체인, 조끼, 실습장비 등을 지원받았다. 이러한 구조장비는 이후 매년 점차적으로 보완, 확보해나가고 있다. 아울러 다각적으로 안전사고 예방 및 응급처치, 구조 등의 교육과 훈련에 필요한 장비를 점차적으로 구비하고 있다.

산에서의 사고는 언제 어디에서나 아차 실수로 일어나기 쉽고, 실지로 주말이면 전국 도처에서 크고 작은 산악사고가 비일비재非一非再 발생한다. 일단 사고가 발생하면 무엇보다 신속, 안전한 후송이 급하기에 보다 효율적 구조를 위해 정부기관 및 민간단체의 구조협력시스템 구축이 필연적이다.

한국·중국 산악구조대 합동훈련

다시 말해 경찰청, 소방방재청, 산림청 및 대한산악구조협회의 효율적 협력 시스템으로 현재 17개 시도산악연맹 구조대는 지역별로 119 산악구조대, 경찰 산악구조대 및 산림청 항공구조대와 연계連繫해 합동훈련을 주기적으로 실시한다.

또한 2010년부터 매년 '민관 산악구조 합동경진대회' 및 '인명구조 시범훈련'을 실시하고 있다. 바람직하다. 민간산악구조대와 산림항공구조대는 9개 권역별로 팀을 구성 산악구조의 전 과정을 시연한다. 한편, 산악구조기술 교육 및 조난구조사례 발표 및 연구세미나를 매년 실시하고 있다. 이를 인정받아 2015년 정부국민안전처로부터 '재난예방 및 재난구조 활동분야 민관협력 유공 장관표창'을 수훈 받았다. 일반 산악인들의 입장에서도 산악구조대가 고맙고 든든하기 그지없다.

대한산악구조협회는 선진화된 산악구조시스템을 습득하고 새로 개발,

발전되는 신교육을 전수받기 위해 2010년 여름, 미국 마운틴 레이니어 레인저 교육에 대원들을 파견했다. 이미 2008년부터 오스트리아 산악구조교육Mountain Rescue School에 우수대원들을 파견해 왔었다. 2015년부터는 매년 미국 콜로라도 베일 산악구조대와 합동훈련을 실시해 선진 산악구조교육시스템 및 프로그램을 전수받고 있다.

한편, 고산구조기술 연마를 위한 고소 전지훈련을 네팔과 키르기스스탄 등에 파견하는 원정훈련을 비정규적으로 실시하고 있다. 중국등산협회CMA, 일본등산협회JMA와 한·중·일 산악구조대 합동훈련은 해마다 개최국을 바꿔가며 성실히 실시하고 있다.

### 사)대한산악스키협회

스키등산Ski Mountaineering, 일명 산악스키은 눈 덮인 자연의 산악지형에서 스키를 이용해 등반과 활강滑降, Down-hill을 하는 설상등산이며 설상스포츠다. 우리나라는 일제 때부터 겨울스포츠로 자리 잡은 산악스키Mountain Ski가 입에 배어 '스키등산'을 '산악스키'로 부르지만 엄밀히 말해 많이 다르다. 등산과 활강 중 어디에 더 중점을 두느냐에 따라 느낌이 다르리라.

스키등산은 알파인스키, 노르딕스키와 장비가 전혀 다르다. 플레이트Plate, 바인딩Binding, 스틱Stick, 일명 폴Pole, 신발 등이 모두 다르다. 플레이트는 가볍고, 바인딩은 3단으로 조절이 가능해야 하고, 스틱은 알파인 스틱보다는 길고 노르딕 스틱보다는 짧다. 신발도 가볍고 발목이 앞뒤로 움직일 수 있어야 하고 또 고정固定도 가능해야 한다. 신발을 바인딩에 부착할 때도 앞은 고정되고 뒤가 움직일 수 있어야 한다. 스키등산은 플레이트 바닥에 씰

Seal, 일명 Skin을 붙여 설상을 올라가고, 씰을 떼어내고 활강하는 등산의 한 형태로 오래전부터 대표적 겨울스포츠였다. 스키등산의 가장 큰 장점이자 묘미는 설상을 오를 때와 내려올 때 모두 스스로의 힘으로 즐긴다는 것이다.

제2차 세계대전 이후 유럽, 미국 등 선진국의 스키리조트마다 리프트Lift와 곤돌라Gondola 등 동력을 이용해 올라가는 것이 발달하자 스키동호인들은 너나 할 것 없이 오르기 편한 것을 즐기게 되어 알파인스키는 점차 종류도 다양해지고 눈부시게 발전되었다. 반면에 스스로의 힘으로 올라가야 하는 스키등산은 점점 쇠퇴하더니 결국 겨울스포츠의 각종 대회도 사라졌다. 소위 동호인만의 스포츠로 남아있던 스키등산은 20세기 말부터 스페인, 이태리 등 남부 유럽 중심으로 다시 날개를 펴기 시작했다. 놀라울 정도의 빠른 속도로 재차 활성화되어 오늘날 산악스키동호인은 유럽에서만 대략 200만 명에 달한다.

1998년 국제산악연맹UIAA 총회에서 국제산악스키위원회ISMC가 UIAA에 정식 가맹했다. 대한산악연맹은 스키등산의 각종 자료를 구해 연구한 후 2000년부터 ISMC 총회에 참관Observer하고, 각종 자료집과 규정집을 번역했다. 이어 2002년 1월, '제1회 산악스키 세계선수권대회'에 선수단을 파견했다. 이어 2월에 국내 최초로 '산악스키 강습회'를 용평에서 실시했다. 3월에는 ISMC 사무국장을 국내로 초청해 비디오 강연회를 개최했다. 이어 5월에 정식으로 ISMC에 가입했다. 아시아 국가로는 첫 번째의 가입이다. 10월에는 정회원단체로 ISMC 총회에 참석하고, 11월과 12월에 이태리와 오스트리아로 산악스키 연수생을 파견했다. 숨 가쁘게 움직였던 2002년이다.

대한산악연맹은 이듬해인 2003년에 '산악스키위원회'를 신설하고, 매년 산악스키강습회를 개최하는 한편, 우수연수생을 전지훈련 차 유럽으로 파

사)대한산악스키협회 해외전지훈련

견했다. 이어 2004년 3월, '제1회 강원도지사배 전국 산악스키대회'를 용평리조트에서 개최했다. 유럽으로 산악스키 연수생 파견은 매년 실시하고 있다. 2005년에는 '제1회 산악스키지도자 강습회'를 개최하고, 이어 중국 무즈타그아타 7,546m 로 스키등반대를 파견해 등정에 성공했다.

한편, 전국의 산악스키 동호인들이 뭉쳐 2002년 사)대한산악스키협회를 발족했다. 산림청 등록법인이다. 창립기념으로 같은 해 '제1회 산림청장배 산악스키대회'를 개최했다. 그러나 대한산악연맹이 ISMC에 먼저 가입하고, 대한산악스키협회의 임원과 회원들이 점차적으로 대한산악연맹 산악스키위원회의 위원과 각 시도산악연맹 산악스키위원으로 활동하게 되고, 각기 주최하는 대회에 산악스키동호인들이 대거 참여하면서 두 단체는 2012년에 대통합을 이뤄 대한산악연맹 산하 사)대한산악스키협회로 거듭나게 됐다.

새로 태어난 대한산악스키협회는 '스키등반을 통한 창조적 알피니즘 구

산악스키 일반강습회

현'이란 원대한 목표가 있다. 또한 겨울스포츠로 2022년 동계올림픽 종목에 들어가도록 노력하는 가까운 목표가 있다. 앞으로 기대가 매우 크다.

## 산악 관련 스포츠대회의 발전사

'순수한 등산'이란 남과의 경쟁이 결코 아니다. 자신과의 싸움이다. 그러나 현대사회에서는 서로 선의의 경쟁도 필요한가 보다. 산악 관련 경기는 기존의 등산대회 외에 '스포츠클라이밍대회', '아이스클라이밍대회', '산악스키대회' 등이 있다. 이 3개 대회는 여느 올림픽 종목과 마찬가지로 국제연맹이 있고, 엄격한 국제규정 경기장, 대회, 심판, 선수 등 이 적용되며, 아시아선수권대회, 유럽선수권대회 등 대륙대회, 세계선수권대회, 월드컵대회 등 세계대회가 있다.

### 1. 스포츠클라이밍(Sports Climbing) 대회 발전사

최초의 전국암벽등반대회는 1981년 5월에 삼각산에서 개최됐다. 대한산악연맹 주최로 등산을 스포츠의 영역으로 넓혔다는 데에 큰 의의가 있었다. 제1회 대회는 일반부, 대학부, 고등부 총 66명의 선수가 참여해 우이산장에서 필기시험도 보고, 족두리바위에서 예선전, 인수봉에서 결승전을 했다. 제1회부터 제7회까지 톱 로핑Top Roping 속도경기로 치러졌다. 제8회 대회부터 리딩Leading 방식을 채택하고, 제10회부터는 국제규정에 따른 '온 사이트 리딩' 방식을 채택했다. 대회는 매년 예기치 못했던 시행착오가 나오면서 해마다 개선, 발전되어 나갔다. 이 대회는 오늘날 '전국스포츠클라이밍선수권대회' 이름으로 성장을 거듭하면서 수많은 젊은 유망주를 배출하고 있다.

1987년 국제산악연맹UIAA 총회에서 체계적인 스포츠클라이밍대회를 위한 국제등반경기위원회CICE를 조직했다. UIAA는 이때부터 국제암벽등반경기대회 규정을 제정하고, 1988년에 '제1회 세계암벽등반대회'를 개최했다. 대한산악연맹은 1989년 제2회 대회부터 참가했으니 발 빠른 움직임이다. 당시 국내챔피언의 성적은 하위급이근택 57위, 김유형 58위으로 세계의 높은 벽을 실감했다. 세계대회에 출전하려면 전국대회가 하나로는 모자란다는 판단에서 1990년 11월, 제1회 대한산악연맹 '회장배杯 전국스포츠클라이밍대회'를 개최했다. 이 대회도 발전을 거듭했고 두 대회를 통해 전국적으로 하드프리클라이밍 보급 및 암벽등반 저변확대에 결정적 역할을 했다. 각 시도산악연맹에서도 크고 작은 대회를 개최하기 시작했다.

대한산악연맹은 1992년 '제1회 아시아 스포츠클라이밍선수권대회'를 서울 88체육관에서 개최했다. 제1, 2회에 이근택, 제3회에 이재용, 제5회에 손정준이 1위를 했고, 7년 후 제12회에 김자하가 1위를 차지했다. 여자부는 고

세계청소년선수권대회 (영국 에든버러)

전국체전 스포츠클라이밍대회

미영이 6회 우승의 금자탑을 쌓았다. 이후 우리 선수는 아시아권에서는 늘 상위그룹에 있다. 1999년에는 '제1회 아시아 청소년 스포츠클라이밍선수권대회'가 열렸다. 손상원, 한려진, 이혜성이 1위에, 팀 종합1위도 한국이 차지했다. 청소년 선수층도 두터워 한국 팀은 아시아에선 최상급에 속해 있다. 대한산악연맹은 2002년부터 '코리안컵 시리즈'를 채택했다. 원년 챔피언은 손상원, 윤경임이다.

21세기에 들어 우리 선수들이 점차 두각을 나타내더니 드디어 2009년에 김자인이 체코대회에서 영예의 1위를 차지했다. 김자인 선수는 2010년에 리드월드컵 5경기를 연속 우승하는 쾌거를 이룩했다. 월드랭킹 1위로 대망의 세계챔피언이 된 것이다. 이후 오늘날까지 세계랭킹 1~3위를 고수하고 있다. 대단한 저력이다. 김자인의 세계챔피언은 의미가 크다. 그녀의 가족은 모두 스포츠클라이밍 애호가다. 한편, 2015년엔 국제스포츠클라이밍연맹IFSC에서 발표한 세계랭킹에 우리 천종원 선수가 남자 볼더링 부문 랭킹1위로 세계챔피언에 등극했다. 참고로 2016년 남녀 각 세계랭킹 30위 안에 한국의 남녀 선수 11명이 들어가 있다.

우리나라 스포츠클라이밍의 위치는 2003년 대한체육회의 '전국체육대회'의 전시종목 채택에 이어 2009년에 시범종목으로 선정됐고, 드디어 2012년 '제93회 전국체육대회'부터 정식종목으로 승격됐다. 아직은 남자 일반부대학부 포함뿐이지만 조만간 여자부도 정식종목에 들어가리라 본다. 세계 속에서도 스포츠클라이밍의 스포츠적 위치는 단단하다. 2018년 아시안게임인도네시아, 자카르타-팔렘방에 정식종목으로 채택됐고, 유스올림픽아르헨티나, 부에노스아이레스 정식종목으로도 채택됐다. 또 국제올림픽위원회IOC는 2020년 하계 세계올림픽일본에 정식종목으로 채택했다. 대단한 희소식이다. 스포츠클라이밍 동호인들에겐 엄청난 낭보朗報인 셈이다.

참고로 2018년 아시안게임에선 스피드 개인남/녀, 스피드 릴레이남/녀 및 스피드, 리드, 볼더링 3개 종목의 점수를 종합해 평가하는 콤바인 개인남/녀의 총 6개의 금메달이 걸렸는데, 한국 팀은 남자 콤바인에서 천종원 선수가 영예의 금메달을 따고, 여자 콤바인에서 사솔 선수가 은메달, 김자인 선수가 동메달을 땄다.

우리나라의 스포츠클라이밍 전망은 매우 밝다. 대한산악연맹은 그동안 꾸준히 노력, 투자해 선수와 지도자를 육성해 왔고, 전국의 시도산악연맹은 대부분 국제수준의 경기장을 갖추고 있다. 전국적으로 큰 도시마다 스포츠클라이밍 교육, 훈련장이 실내외 약 500여 곳 있다. 선수층이 두터울 수밖에 없다. 크고 작은 국내대회도 자주 열린다. 월드컵대회, 청소년대회,

2010년~2015년 세계챔피언 김자인 선수

2018년 아시안게임 국가대표선수단 (금, 은, 동메달 1개씩 획득했다.)

아시아대회 등에 꾸준히 선수단을 파견하며, 2010년 춘천시가 월드컵대회를 유치했고, 2012년에는 전남산악연맹이 목포시에 '국제스포츠클라이밍센터'를 개장하며 바로 월드컵대회를 유치했다.

앞으로 합리적인 선수관리, 지도자 육성, 효과적인 홍보와 교육이 필요하다. 지도자의 외국어 실력향상도 그 무엇보다 중요하다. 올림픽의 정식종목이 됨으로써 각국마다 과거보다 더 열심히 투자하리라 본다. 따라서 우리는 앞으로의 구체적인 방향 설정과 제도적 준비가 시급하고, 국가예산 확충 등 과감하고 꾸준한 노력과 투자가 뒤따라야 함은 물론이다.

### 2. 빙벽등반(Ice Climbing) 대회 발전사

국내빙벽등반대회는 1997년 2월, '제1회 토왕폭 빙벽등반대회'가 처음이다. 속초시가 주최하고 강원도산악연맹, 외설악구조대가 주관해 토왕성폭포 하단에서 개최했다. 2002년 대한산악연맹은 기존의 이 대회에 난이도경기를 추가해 '제1회 전국 빙벽등반선수권대회'를 개최했다. 우승자에게는 국제대회 출전권이 주어졌다. 인공빙벽장이 출현한 때도 2002년이다. 강원도 용대리 매바위에 인공빙벽장이 생겼다.

한편, 유럽에서는 2000년 새 밀레니엄을 맞아 '제1회 아이스클라이밍 월드컵대회'를 개최했다. 과거 빙벽등반경기는 자연빙장에서 거행되었으나, 월드컵대회는 인공빙장에서 개최했다. 프랑스 등 6개국에서 1월~3월까지 돌아가면서 총 6번의 경기를 치른 뒤 세계랭킹을 발표했다. 김용기 선수는 3개 대회에 출전해 첫 세계랭킹 22위가 됐다. 또한 2000년 전후로 미국 ESPN 주최 Winter X-Game 빙벽등반대회에 우리 정승권, 강희윤, 김점숙 등이 참가해 우수한 성적으로 입상하기도 했다.

국내의 빙벽등반은 도처에서 자연빙장 및 인공빙장이 개발되고, 등반기술과 장비가 발달하면서 대회의 수준도 점차 높아지며 해마다 성장을 거듭해 왔다. 전국대회가 열린 빙장은 구곡폭포, 토왕성폭포, 청송 얼음골 등 자연빙장 외에 가평2003년, 용대리2004년, 원주2005년, 청송2007년, 영동2008년 등 인공빙장에서 대회가 개최됐고, 우이동 O2월드 실내 빙벽장2006년에서도 대회가 개최됐다.

국내대회도 드라이 툴링Dry Tooling, 빙벽과 자연암벽 등에 인공 홀드를 부착, 연결한 루트이란 혼합루트를 세팅해 난이도 높은 경기를 추구해 왔다. 한편, 대한산악연맹은 2006년부터 국내 각 빙벽대회에 '코리안시리즈'를 적용했는데 원년 랭킹1위의 영예는 박희용, 신운선 선수가 차지했다.

대한산악연맹은 세계선수권대회에 꾸준히 우리 선수단을 파견해 왔다. 그러다가 2010년에 엄청난 사건?이 터졌다. 루마니아에서 개최된 월드컵대회에서 한국의 박희용과 신운선이 나란히 남녀 우승을 차지한 것이다. 때마

청송 아이스클라이밍 월드컵대회 경기장면

침 당시 캐나다 밴쿠버동계올림픽 스피드스케이팅 500m 단거리에서 한국이 세계 최초로 '한 국가가 남녀 금메달'을 휩쓸었는데 뒤를 이은 겹경사라 해서 당시 세계 스포츠언론이 떠들썩했었다. 이 동반우승의 감동드라마는 2017년 청송 월드컵에서 재연됐다. 박희용과 송한나래가 그 주역이다.

박희용은 고산거벽 등반도 즐기는 전천후 클라이머로서 대표적인 노력파로 유명하며, 역대 최장수 챔피언이며, 2018년 현재 역시 세계랭킹 1위다. 신운선은 스포츠클라이밍 선수로 김자인에 밀려 계속 2위를 하다가 빙벽등반 선수로 전향했다. 이후 매년 세계랭킹 상위에 랭크돼 있고, 꾸준한 자기관리로 생명력이 긴 바람직한 선수다. 송한나래도 스포츠클라이밍 코리안컵 챔피언2010년 출신으로 주 종목을 바꿨다. 줄곧 세계랭킹 상위에 랭크돼 있다가, 2017년에 드디어 세계랭킹 1위가 됐다. 참고로 2017년 기준 세계랭킹은 남녀 각 1위를 포함해 세계랭킹 30위 안에 한국선수가 각각 6명씩 랭크돼 있다.

2010년 남녀동반 우승의 주역 박희용과 신운선 선수

최장수 세계챔피언 박희용 선수

드디어 2010년 2월, 우리나라에서 아이스클라이밍 월드컵대회가 열렸다. 대한산악연맹이 경북 청송군의 대대적인 지원을 받아 '제1회 청송 아이스클라이밍 월드컵대회'를 개최한 것이다. 청송 얼음골 인공빙벽 경기장은 세계 최고 시설의 멋진 경기장으로 기획, 설계되었으며, 청송군의 전폭적인 지원을 받아 2012년부터 매년 '월드컵대회'를 개최하고 있다. 오랫동안 노스페이스의 후원을 받아 경기를 치렀는데 아웃도어 의류업계의 불황으로 앞으로 어려움이 많으리라 예상된다. 꾸준한 지도자 배출과 세계화에 맞춰 지도자의 외국어 능력향상, 두터운 선수층 육성 및 과학적인 관리, 국제대회 선수단 파견 등 해야 할 일이 많다.

그동안의 세계대회 좋은 성적은 대한산악연맹의 행정적 뒷받침과 선수 개개인의 꾸준한 노력의 결과다. 앞으로 늦어도 2026년에는 아이스클라이밍이 동계올림픽에 정식종목에 들어갈 가능성이 높음으로 대한산악연맹은

2017년 세계챔피언 송한나래 선수

제도적으로 더욱 철저한 준비를 위해 노력해야 한다. 현실적으로 오늘날 선수들이 사계절 편히 운동할 수 있는 전용 드라이툴링 훈련장이 청송군의 경기장 한 곳밖에 없다. 전국적으로 '드라이 툴링' 전용 훈련장이 턱없이 부족한 실정이다.

### 3. 스키등산(Ski Mountaineering) 대회 발전사

스키등산은 겨울스포츠 대회의 역사도 어느 종목보다 오래됐다. 일찍이 1924년 제1회 동계올림픽프랑스 샤모니부터 정식종목이었으나, 20세기 중반의 제2차 세계대전 이후 리프트Lift, 곤돌라Gondola, 케이블카Cable Car 등 동력을 이용해 산 위로 올라가서 스키로 내려오는 '알파인스키Alpine Ski'와 멀리 숲속의 눈길을 이동하는 '노르딕스키Nordic Ski'의 인기에 가려 점점 쇠퇴하더니 결국 대회 자체가 없어졌다. 그러나 스키등산 동호인은 매년 조금씩 성장해갔다.

전국산악스키대회 경기장면

20세기 말에 스페인, 이태리, 프랑스 등 남부 유럽국가가 중심이 되어 국제산악스키위원회ISMC를 발족하여 1998년 국제산악연맹에 가맹했다. 이들이 왜 국제스키연맹에 가맹하지 않고 국제산악연맹에 가입했을까? 그 이유는 스키등산은 어디까지나 스키 타고 설상을 올라가는 점에 더 역점을 두었다는 사실이다. 즉 활강 보단 등산에 더 가깝다는 것이다.

대한산악연맹은 ISMC에 아시아에서 첫 번째로 가입했다. 이어 2002년 제1회 세계선수권대회에 선수단을 파견하고, 이듬해에는 제2회 유럽선수권대회에 8명의 참관인을 파견했다. 이어 매년 유럽으로 전지훈련 팀을 보내고 있다. 국내에선 산악스키 지도자강습회와 동호인 강습회를 매년 개최하면서 전국순회 산악스키 홍보를 시작했다. 드디어 전국산악스키대회가 개최됐다. 2002년에 '제1회 산림청장배 산악스키대회'가 열렸고, 2004년에 '제1회 강원도지사배 전국 산악스키대회'가 개최되어 매년 대회가 치러지고 있다.

오늘날 대한산악스키협회가 개최하는 이 두 대회의 성격이 조금씩 다르다. 산림청장배 대회는 장소가 국유림 내 임도에서 거행한다. 남녀 장년부40세 이상, 청년부19세 이상, 주니어중, 고등학생로 나눠 인디비주얼 대회를 치른다. 강원도지사배 대회는 용평, 하이원 등 기존 스키리조트에서 거행한다. 인디비주얼 경기는 남녀 시니어, 주니어 및 동호인 경기로 나누며, 버티컬 경기는 남녀로만 구분한다.

2007년에 '제1회 아시아 산악스키선수권대회'가 일본 나가노에서 개최되어 우리 곽미희 선수가 영예의 여자부 우승을 차지했다. 그러나 산악스키를 오랫동안 발전시켜 온 일본에 비해 우리의 선수층은 매우 얇다. 2008년엔 '제1회 아시안컵 산악스키대회'를 용평에서 개최했다. 같은 해인 2008년에 ISMC는 조직과 운영방식을 바꿔 'UIAA 산하 국제산악스키연맹ISMF'으로 명칭을 변경했다. ISMF는 산악스키 종목을 동계올림픽에 정식종목으로 가입시키려 부단한 노력을 기울이고 있다. 늦어도 2026년 동계올림픽 정식 종목은 거의 확실시되고 있다.

이러한 세계적인 추세를 볼 때 우리는 산악스키의 발전을 위해 대한산악연맹과 대한산악스키협회는 다방면으로 가일층 노력해야 한다. 앞서가는 산악스키 지도자 및 국제심판 양성도 시급하며, 무엇보다 산악스키의 대중화 및 두터운 선수층 확보가 시급하다. 일반 스키동호인들이 산악스키에 아직은 접근하기 쉽지 않은 현실이기에 안타깝게도 우리의 산악스키동호인은 유럽과 달리 그 수가 좀처럼 증가하지 않고 있다.

더욱 선수층은 세계대회의 후미그룹 수준이다. 산악스키의 대상지 및 훈련장 확보도 절실하다. 자립기반 구축도 중요하지만, 산악스키의 보급과 홍보에 더욱 주력해야 하리라 본다. 시청각 홍보자료를 제작해 전국의 청소년을 대상으로 홍보와 강습회를 활발히 개최해야 한다.

# 5

# 에필로그(Epilogue)

오늘날 우리나라의 국민스포츠는 등산이다. 천만 명 이상이 매달 산에 오르며, 일반 시민의 아웃도어패션도 우리만큼 세련된 나라가 없다. 새천년을 맞이하면서 새로운 활력과 희망으로 일기 시작한 웰빙Well-being 바람은 건강한 삶을 원하는 수많은 국민들을 산으로 불러들였다. 그러나 2014년 이후 안타깝게도 등산 의류업체의 호황은 무분별한 과잉경쟁으로 인해 꼭짓점을 찍고 하향곡선에 들어섰다. 등산 인구의 빠른 증가도 주춤하는 듯하다.

"양量에서 질質이 나온다."는 진리를 그대로 믿고 있으면 안 된다. 요즘 그 많은 산악인들 대부분이 중장년층 이상이기 때문이다. 땀 흘리며 산에 오르는 10대 청소년들이 과연 얼마나 될까? 전국 대부분의 대학산악부가 신입회원이 줄어들어 대代가 끊기기 일쑤고 암, 빙벽 등반 전문산악회도 신입회원 수가 감축일로에 있다.

오늘날 국내경제가 크게 불황이 아니면, 인천-카트만두 왕복 KAL편이 주3회에 이를 만큼 히말라야 트레킹은 넘쳐나고 있다. 매년 3만 명 이상의 우리나라 사람이 히말라야를 찾는다고 한다. 또 지구촌 6대주 곳곳에 산재해 있는 아름다운 산들을 찾아 트레킹을 즐기려는 중, 장년산악인들은 해마다 늘고 있는데 정작 고산과 거벽을 찾는 젊은 등반대는 줄어드는 실정이다. 삶이 윤택해질수록 권투, 레슬링 등 배고픈 운동Hungry Sports의 선수층이 얇아진다는데 우리 고산과 거벽의 세계에도 예외는 아닐까하는 우려도 있다.

그럼에도 불구하고 우리의 등반잠재력은 무한하다. 인재도 많다. 하지만 앞으로 더욱 산악문화의 꽃을 피우려면 몇 가지 노력이 절실히 요구된다. 국제무대에 아직 취약하기에 서둘러 국제화에 눈을 돌려야 한다. 세계화를 통한 진취적이고 가치 높은 문화공유가 필수적이고, 앞서가는 외국 산악인과의 정보교류 및 합동등반은 필연적이다. 지방자치단체와 기업체의 범사회적 지원도 절실하다. 다행히 몇 등산장비회사가 전도유망한 젊은 산악인들을 육성하고 있어 참 고무鼓舞적이다.

오늘날 세계등반 사조는 고도高度보다 태도態度를 지향한다. 한국의 알피니즘 역사는 짧으며, 초창기는 등정주의Peak Hunting에 몰두했었지만, 시행착오와 고귀한 희생, 다양한 경험축적 등으로 이젠 보다 성숙된 등반을 추구하고 있다. 경험 많은 산악인들이 앞장서 나아가며, 젊은 산악인들이 부지런히 뒤따르고 있다. 순수산악인도 제법 많아졌다. 한편, 젊은 산악인들은 과거의 힘들었던 과정을 거치며 오늘날까지 산악운동을 꾸준히 발전시킨 선배들의 피땀 어린 노고에 늘 고마움을 간직해야 하리라.

히말라야 등 고산과 거벽의 세계를 향한 도전은 예년처럼 스폰서받기가 쉽지는 않을 전망이다. 때문에 상당수의 첨예등반가들은 고도지향보다는 비록 낮지만 새로운 벽의 코리안루트 개척에 집중될 것으로 전망한다. 일본 산악인 야마노이 야스시처럼 "등산은 자신의 즐거움이기에 타인의 지원을 받아 산에 갈 수 없다."는 상업주의와 영웅주의를 배제한 순수산악인도 제법 나타나리라 본다.

한편, 등산잡지 등 관련 매스컴들도 등산 이면의 보이지 않는 순수함에 적극 동참해야 한다. 또 제아무리 사회 인지도가 높아도 현재 한발 물러난 영웅보단 장래가 촉망되거나, 떠오르는 진정한 스타들을 발굴해 주안점을 맞추는 미래지향적 현안懸眼을 지녀야 하겠다. 산악인과 산악 관련 언론은 서로를 함께 필요로 한다. 상부상조해야만 한다.

역사에 나타난 국가와 민족의 흥망성쇠를 보면 역동적力動的으로 발전하고, 미래지향적인 국가의 국민은 항시 모험심과 도전정신이 투철, 왕성했음을 우리는 잘 알고 있다. 탐험정신과 생동감이 사라진 국민의 미래는 암담할 뿐. 등산의 세계에도 보다 전문성을 지닌 젊은 세대의 진취적인 산악활동이 꾸준히 이어져야 한다. 또한 우리가 사랑하는 산과 자연을 우리 후손들도 사랑하고 아끼면서 우리보다 더 멋진 삶을 당당하게 누릴 수 있기를 희망한다.

그러기 위해선 앞으로 산악한국의 등산애호가들은 산악문화의 다양성을 추구하며, 친환경적 산악운동에 앞장서며, 내일의 주역인 청소년에게 산악운동을 열심히 전파해야 한다. 또한 각종 산악스포츠의 국제경쟁력을 높이는 것이 무엇보다 시급하다. 특히 스포츠클라이밍의 하계올림픽 정식종목에 이어 아이스클라이밍과 산악스키 종목이 동계올림픽 정식종목으로 유력시 되는 만큼 두터운 선수층과 지도자 확보, 충분한 재원마련이 시급하다.

우리의 제반 산악운동은 앞으로 등산을 통한 남과 북의 통일에도 앞장서야 하리라. 그러려면 무엇보다 산악인 스스로가 대자연을 경외敬畏하면서 도전정신에 충만해야 한다. 등산의 내면세계를 사랑하되 자신을 과신하지 말고 서로를 존중하고 아끼며, 협조하고 격려해야 한다.

'정통 알피니즘'을 향한 우리 산악인의 자존심을 잊지 말아야 한다. 우리나라는 여러 면에서 우수한 민족임이 입증됐지만, 등산 분야야말로 진정 그러하다. 등산에 관한 우리의 축적된 노하우와 잠재력은 무한하리라. 히말라야 고산과 거벽등반은 물론 제반 등산문화의 성숙에서도 우리는 머지않아 내일의 세계를 지도할 산악 선진국이 되리라 확신한다.

오늘날 한국등산의 선배 세대(엄홍길)와 후배 세대(송한나래)

## 참고문헌


《대한산악연맹 50년사》

《한국산악회 50년사》

《한국산악》(한국산악회)

《산악연감》(대한산악연맹)

월간 《산》, 《사람과 산》, 《MOUNTAIN》

《대구경북학생산악연맹 50년사》

《산으로 새아침을 연다》(서울시산악연맹)

《한국의 근대등산사를 어떻게 정리할 것인가》(한국산서회)

《양정산악 70년》(양정산악회)

《산악안전대》(제주산악안전대)

《韓國名山記》(김장호)

《韓國登山史》(손경석)

《登山50年》(김정태)

《한국바위열전》(손재식)

《역동의 히말라야》(남선우)

《알피니즘, 도전의 역사》(이용대)

《산악인》(대한산악연맹)

《등산》(대한산악연맹)

《Himalaya 8000×14》(부산시산악연맹)

《1960년대 한국의 산악운동》(60대산회)

**산의 품안에**

**글** 김병준 | **발행인** 김윤태 | **발행처** 도서출판 선 | **편집 · 교정** 김창현 | **북디자인** 디자인이즈
**등록번호** 제15-201 | **등록일자** 1995년 3월 27일 | **초판 1쇄 발행** 2020년 2월 20일
**주소** 서울시 종로구 삼일대로 30길 21 종로오피스텔 1218호 | **전화** 02-762-3335 | **전송** 02-762-3371

**값** 25,000원
ISBN 978-89-6312-595-4 03810